내 남편이
너무 귀여워서
곤란하다

fi
ret

내 남편이 너무 귀여워서 곤란하다 3

초판 1쇄 인쇄 2019년 12월 9일
초판 1쇄 발행 2019년 12월 30일

지은이 Rana
발행인 오영배
편집 편집부
표지·내지디자인 오정인
제작 조하늬

펴낸곳 (주)삼양출판사 · 피오렛
주소 서울시 강북구 도봉로 173
대표 전화 02-980-2112 / **팩스** 02-983-0660
편집부 전화 02-987-9393 / **팩스** 02-980-2115
블로그 blog.naver.com/dan_gul
출판등록 1999년 3월 11일 제9-00046호.

ISBN 979-11-283-9750-9 (04810) / 979-11-283-9747-9 (세트)

fio ret 은 (주)삼양출판사의 로맨스 판타지 문학 브랜드입니다.

내 남편이
너무 귀여워서
곤란하다

III

Rana
장편소설

fio
ret

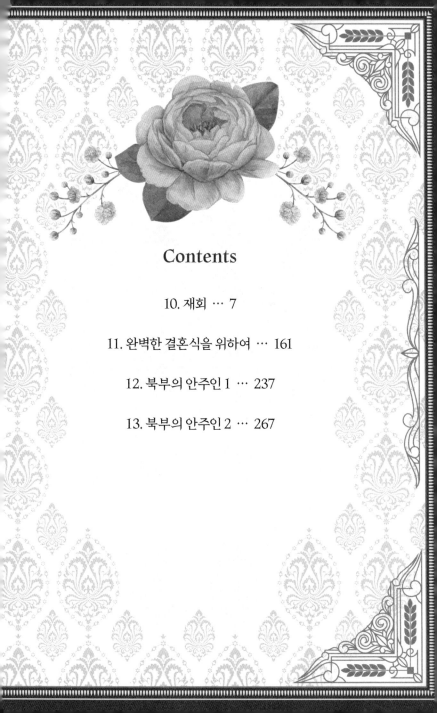

Contents

10
재회

시간이 느리다고 생각했는데 그렇지도 않다. 숄을 걸친 이엘리는 창밖을 가만히 내다보았다.

"벌써 겨울이네."

그녀가 고향으로 돌아왔던 그때, 화창했던 여름 정원은 어느새 사라져 있었다. 가을을 거쳐 시간은 초겨울로 달음질쳤다. 날씨는 차가워졌고, 앙상한 나뭇가지에 마른 낙엽이 팔랑거린다.

'공작령은 이맘때쯤이면 함박눈이 내리고도 남을 텐데.'

이엘리는 숄을 추스르며 그렇게 생각했다. 그러고는 머쓱하게 웃어 버렸다. 이제 나와 공작령은 아무 상관 없는데, 쓸데없이. 그녀는 창문에 이마를 기댔다. 입김이 창문을 희게 물들인다.

'자카리.'

잘 지내고 있을까. 내 생각, 조금이라도 해 줄까. 기다리겠다는 내 말, 아직 기억하고 있을까.

'……내가 좋다고 했으면서.'

이엘리는 입술을 당겨 물었다. 생각이 멋대로 달음질친다. 자카리가 보고 싶었다. 그의 미소, 다정한 목소리, 그녀를 바라보는 달콤한 시선. 모든 것이 그리운데. 넌 내 생각은 하지 않니?

"이엔."

그때 그녀를 부르는 목소리가 들렸다. 깜짝 놀란 이엘리가 뒤를 돌아보았다. 자작 부인이었다.

"왜 여기에 나와 있어."

안타까운 눈빛으로 딸아이를 바라보던 자작 부인이 사뿐사뿐 걸어왔다. 이엘리의 손을 가만히 감싸쥔다. 어느새 손끝은 차갑게 식어 있었다. 걱정으로 눈가를 오므리며 자작 부인이 물었다.

"춥지 않니?"

"아니에요, 괜찮아요."

딸아이는 웃으면서 고개를 가로저었다. 자작 부인은 그런 딸아이를 안타깝게 바라보았다. 공작령에서 돌아온 이래로 딸에게는 버릇이 하나 생겼다. 바로 하염없이 창밖을 바라보고 있는 것이다.

'마치 무언가를 기다리는 것처럼.'

텅 빈 연녹색 눈동자는 창밖을 멍하니 더듬고 있다. 자작 부인은 부러 활기차게 입을 열었다.

"참, 네게 초대장이 왔단다."

"……."

아, 또? 이엘리는 미간을 좁혔다. 그녀는 저도 모르게 시큰둥한 얼굴이 된 채 질문을 던졌다.

"이번에도 황성에서 왔나요?"

"그래. 신년 무도회에 참석해 달라고 하더구나."

"……."

이엘리는 한숨을 삼켰다. 처음 이혼한 당시에는 조용했던 황제는 요새 다시 슬금슬금 이엘리를 귀찮게 굴고 있었다. 이엘리는 거의 반년 동안 블랑쳇 영지 안에서 칩거하고 있었음에도, 초대장을 계속 보내오는 그 작태만 해도 그랬다.

황제는 이엘리에게 은근히 요구하고 있었다.

'나의 정부가 되어라.'

그 속내를 모를 리 없다. 이번에는 무어라 거절해야 하려나. 이엘리는 피곤한 얼굴이 되었다.

'처음에야 다른 귀족들의 반발도 그렇고, 공작가의 압력 때문에 자중하는 것 같았지만.'

블랑쳇 자작가는 귀족 명부에 간신히 이름을 올린 작은 가문일 뿐이다. 외려 가문의 힘이 없다는 것이 이엘리에게 도움이 되었다. 빚도 탕감한 마당에, 황가가 소귀족을 핍박한다는 소문이 돌 수도 있었던 거다. 게다가 공작가와 연을 맺었던 여식에게 대놓고 그러는 모양새니까.

'아마 공작가에서도…… 황가에게 압력을 가했던 것 같기도 하고.'

자카리는 자신이 한 약속은 지키는 사람이었다. 이혼 후에도 그녀의 안전을 보장한다는 자카리의 말은 유효했다. 공작가와 대립각을 세우느니 이엘리를 당분간 놓아두는 쪽을 택했겠지.

"하아."

"왜 한숨은 쉬고 그러니, 이엔."

"그냥요."

이엘리는 어색하게 미소를 지었다. 부모님께는 이런 상황을 설명드리지 않았다. 어차피 설명해 봐야 걱정만 하실 거고, 딱히 답이 없으니까. 하지만 황제는 꾸준히 초대장을 보내왔다.

'초대해 주셔서 감사합니다만, 이혼한 지 얼마 안 되어 무도회는 참석하기 어렵습니다.'

그녀가 보통 내세웠던 핑계였다. 하지만 황제는 그 허울 좋은 핑계를 가볍게 무시하고 있었다.

'하긴, 언제까지나 황가의 초대를 거절할 수도 없는 노릇이니까…….'

이엘리는 입술을 잘근 씹으면서 고민에 빠졌다. 벌써 초대를 거절한 지도 다섯 번이 넘는다.

"이번에는 참석해야 하려나."

"응?"

"아, 이번 신년 무도회 말이에요."

이엘리도 알고 있었다. 자카리와 이혼한 이후 자신에게 얼마나 많은 소문이 따라붙어 있는지.

'레이디 블랑쳇께서는 이혼 이후로 외부 활동도 전혀 하지 않으신다면서요?'

'어찌나 불화가 심했으면 소공작께 이혼을 당했을까요?'

그녀의 평판도 슬슬 바닥을 치고 있었다. 사교계에 나서질 않으니 소문에 반박할 수도 없다.

'역시…… 숨을 죽이고 있는 건 지금 상황에선 도움이 안 되겠지.'

황녀의 걱정스러운 편지도 몇 번이나 날아들곤 했다. 소공작이 황제가 넣은 혼담을 거절했으니 너무 마음 쓰지 말라는 조심스러운 내용이었다. 반년 이상 칩거했으니 슬슬 나가 볼 때도 됐다.

'그래, 자카리가 찾아올 거라는 기대는 이제…… 버리는 편이 좋을지도.'

이미 이혼한 지 한참 시간이 흘렀다. 그들의 이별은 현실이었고, 다시 원래대로 돌아갈 일은 없었다. 자신만 계속 지나간 인연에 미련을 갖고 있었을 따름이다. 쓰게 웃은 그녀가 말했다.

"초대장에 답신을 써야겠어요."

"그, 그래? 뭐라고?"

"초대에 감사하며, 신년 무도회에 참석한다고요."

자작 부인의 표정이 밝아졌다. 계속 집에 틀어박혀 있는 딸아이가 걱정스러웠던 차였다. 그런 자작 부인을 바라보며 이엘리는 마음이 아팠다. 못난 딸 때문에 부모님께서 마음고생을 했다.

"뭐, 오래 쉬었으니까요."

"그래, 우리 딸. 드레스라도 새로 맞출까? 응? 어때?"

"아녜요, 괜찮아요. 우리 집 살림에 무슨 새 드레스예요?"

이엘리는 고개를 가로저었다. 어머니의 얼굴에 오랜만에 미소가 번지는 모습이 보기 좋았다.

"처음 데뷔탕트를 치르는 아가씨도 아닌걸요."

"하지만."

"드레스를 고쳐 입어도 되니까요."

연회용 드레스 한 벌을 맞추는 비용은 상당하다. 비싼 옷감과 고급 실, 가끔 보석까지 사용해 맞추니 당연한 일이다. 그녀의 결혼으로 빚은 변제했지만, 블랑쳇 영지는 평범한 시골 영지였다.

'고만고만한 시골 영주의 살림으로 새 드레스를 맞추는 건, 역시 좀.'

영지의 생활 수준을 아는데 값비싼 드레스를 맞추는 건 좀 불편하다. 그때 자작 부인이 말했다.

"그래도 신년 무도회 전에 드레스라도 한번 살펴보는 게 좋지 않을까?"

"아, 그럴까요?"

"그럼, 수선해 입는 건 그렇다 치더라도 무슨 드레스가 있는지부터 알아야지."

맞는 말이었다. 드레스를 수선하는 데도 시간이 꽤 드니까. 두 모녀는 재잘재잘 떠들며 이엘리의 방으로 향했다. 오랜만에 드레스를 보관한 옷장을 열자, 화려한 의상이 눈을 간지럽힌다.

"확실히 이 정도면 드레스를 맞출 필요는 없겠구나."

"……뭐, 그렇죠?"

자작 부인의 감탄한 음성에 이엘리는 억지로 미소 지었다. 자작 부인은 신이 난 것처럼 보였다.

　"다행이야. 이 드레스들, 조금만 고치면 제도에서도 부끄럽지 않겠어."

　"······."

　드레스를 바라보던 이엘리의 눈매가 살짝 일그러졌다. 열세 살 이래로 이엘리는 계속 북부에서 살았다. 당연히 그녀의 드레스는 모두 북부의 물건이었던 것이다. 그녀는 작게 중얼거렸다.

　"······필요 없다고 했는데."

　괜찮다고 거절했음에도 부득불 물건들을 챙겨 주던 메리가 떠올랐다. 마차에 차곡차곡 짐들을 날라 주던 사람들도. 메리가 공작가의 물건을 좌지우지할 권리가 있을 리 없으니, 아마 그건.

　'자카리와 공작님께서 뒤에서 챙겨 준 거겠지. 이런 상황이 올 것을 알고······.'

　우리는 이혼해야 한다고 단호하게 말하던 자카리. 그럼에도 너는 끝까지 내가 보호할 거라고 말하던 자카리. 찰나의 그리움이 몸집을 불려 그녀를 집어삼키려 한다. 그녀는 헛숨을 삼켰다.

　"······아냐, 쓸데없는 생각 하지 말자."

　이엘리는 마구 고개를 내저었다. 어차피 이혼한 사이다. 마침내 자카리가 돌아오지 않을 거라는 것을 받아들이기로 결심했는데, 쓸데없이 감상에 젖을 필요 없었다. 그녀는 옷장을 관찰했다.

　"어머나, 이엔."

　"응?"

어머니의 탄성에 그녀는 눈을 동그랗게 떴다. 자작 부인이 옷장 안에서 무언가를 끄집어냈다.

"이 은여우 목도리, 정말 예쁘다."

"······."

이엘리는 순간 말문이 턱 막히는 것을 느꼈다. 새하얗게 빛나는 여우 모피가 눈에 들어왔다.

"세상에, 이런 모피를 보게 될 줄이야. 어디서 구한······ 아."

즐겁게 떠들던 자작 부인이 순간 멈칫했다. 이 하얀 여우 모피를 어디서 봤는지 떠올린 탓이다.

"······저, 이엔?"

"······."

이엘리는 입술을 세게 앙다물었다. 하지만 연녹색 눈동자에는 이미 눈물이 글썽 고인 채였다.

"이거, 설마."

"네······ 그거 맞아요."

손을 들어 올린 그녀가 눈가를 꾹 눌렀다. 안 돼, 울지 않으려 했는데. 다시 툭툭 눈물이 쏟아졌다. 아직도 눈물은 마르지 않았다.

'은여우 모피.'

자카리의 성인식 때, 사냥회에서 선물 받았던 모피다. 그의 다정한 목소리가 들리는 것 같다.

'하지만 이것만큼은 네게 직접 주고 싶었거든.'

오래 말을 달려 발그스름하게 달아오른 **뺨**, 이마에 흐트러진 은빛 머리카락. 자카리는 수줍은 태도로 그녀에게 제가 잡아 온 여우를 내밀었다. 그 순간 하나하나가 마음속에 선명하게 남아 있었다.

'은여우?'

'응. 너 추위를 많이 타잖아. 은여우 모피는 다른 모피들보다도 훨씬 더 따뜻하니까……'

가죽이 상하지 않도록 눈에 화살을 쏘아 잡은 새하얀 은여우. 햇살을 머금어 갓 내린 눈처럼 새하얗게 빛났다. 손에 감기는 감촉이 어찌나 부드러운지, 마치 비단을 어루만지는 것만 같았다.

'……정말 고마워, 자카리.'

'말로만?'

'그럼?'

장난스러운 낯이 된 자카리가 양팔을 활짝 벌렸었다. 이엘리에게 나지막이 속삭이던 목소리.

'이리 와.'

결국 못 이기는 척, 그의 품에 폭 끌어안겼던 그때. 서늘한 눈 냄새와 뒤섞인 그의 체온에 가슴이 터질 것처럼 뛰었다. 제 머리를 쓰다듬는 자카리의 손길을 느끼며 작게 투덜거렸었다.

　　'내가 못살아, 정말.'
　　'그래도 이혼은 안 된다?'

　있지, 자카리. 네가 준 귀한 여우 가죽보다도 네가 날 생각해 주
던 그 마음이 훨씬 더 기뻤어.
　"엄마."
　"응?"
　"자카리…… 나한테 말했었는데."
　"무엇을?"
　아무리 눈물을 가리려 해도 소용없었다. 이엘리는 고개를 숙인
채 조그맣게 흐느꼈다. 방울방울 떨어지는 눈물이 무릎을 적셨다.
모피 목도리를 내려놓은 자작 부인이 딸의 어깨를 감쌌다.
　"이엔."
　"이혼하지, 않겠다고."
　이엘리는 숨을 죽이고 두 눈을 꽉 감았다. 오랫동안 눌러 왔던
서러움이 다시 치밀어 오른다.
　"이혼은 안 된다고…… 그랬었는데."
　"우리 딸……."
　"어떻게 자카리가 저한테 이래요? 제가, 전…….."
　차마 말조차 제대로 잇지 못하고 이엘리는 뚝뚝 눈물을 흘렸다.
자작 부인은 이엘리를 품 안에 끌어안았다. 어머니에게 기대듯 매

달린 채, 이엘리는 오랫동안 묻어 두었던 감정을 토해 냈다.

"내가 그 애를…… 얼마나, 얼마나…… 좋아했는데."

"그래, 알아."

"그리고 그 애도, 자카리도…… 날 좋아한다고 생각했는데……."

어떻게 이래. 어떻게 이런 식으로 날 말끔히 잘라 낼 수 있어. 얼굴 한번 보여 주지 않고, 편지 한 통 보내지 않고, 아예 내가 네 곁에 존재하지도 않았던 사람처럼. 이엘리는 흐느껴 울었다.

*　　*　　*

그리고 며칠 후. 이엘리는 신년 무도회에 참석할 수 있도록 일정을 맞춰 제도로 향했다. 마차에 오르는 그녀는 언제 그렇게 서럽게 울었느냐는 것처럼 말간 낯빛을 하고 있었다.

"……."

이엘리를 배웅해 준 자작 부인은 딸아이의 방으로 돌아가 옷장을 열어 본다. 옷장 깊숙한 곳에는 조그마한 상자가 들어 있었다. 자작 부인은 조심스럽게 상자를 열어 보았다.

"이엔."

자작 부인의 얼굴이 일그러졌다. 여름에 돌아온 이래로 딸아이는 계속 마음고생을 했다. 애써 괜찮다고 미소를 지으면서도, 하릴없이 창문을 내다보곤 하던 가여운 딸. 그녀가 중얼거렸다.

"……불쌍한 우리 딸."

상자 안에는 새하얀 은여우 목도리가 들어 있었다. 그건 이엘리가 간신히 떨치고 간 그리움이었다.

블랑쳇 자작은 객관적으로 평범한 시골 영주였다. 그 말은 곧, 자작가는 제도에 타운하우스를 가질 재력이 되지 못한다는 뜻이다. 그에 따라 이엘리는 조그만 호텔에 숙박하기로 했다.

'어차피 신년 무도회만 참석하면 되니까.'

짧게 숙박만 하면 된다. 황제의 초대를 계속 거절하는 것도 좀 힘드니, 신년 무도회가 지나면 바로 블랑쳇 영지로 돌아갈 생각이었다. 이엘리는 마차에서 가만히 제도의 풍경을 지켜봤다.

'……예쁘네.'

신년을 맞이하여 제도는 화려하게 장식되어 있었다. 금색과 은색의 별로 장식하고 갖가지 리본을 늘어뜨렸다. 전생에서 봤던 크리스마스 장식을 연상시키는 그 모습은 굉장히 화사했다.

'자카리와 같이 보면 좋을 텐데.'

반사적으로 그렇게 생각하던 이엘리는 입술을 앙다물었다. 내가 도대체 무슨 생각을 한 거람.

"아가씨, 호텔에 도착했어요."

"아, 고마워."

때마침 마차가 호텔에 멈춰 섰다. 비싼 호텔은 아니었다. 오히려 다소 저렴한 호텔에 속했다.

'아마 이 호텔에 묵는 것 자체가 구설수에 휘말릴 이유가 되겠지.'

대부분의 귀족들은 제도의 사교 행사에 참석할 때마다 최소 둘 이상의 하인을 끌고 올라온다.

'하지만 내가 데려온 하녀는 한 명뿐이고…….'

시골 영지의 살림이란 빤하다. 사실 하녀 한 명을 데려오는 것도 자작가에겐 좀 어려운 일이었다. 게다가 좀 행세한다는 귀족들은 레브랑 거리의 고급 호텔에 묵는 것을 고려한다면…….

'다소 초라하다고 보일 수 있을지도 모르지. 그렇지만 뭐, 어때.'

남들 눈을 신경 쓰는 것도 이젠 피곤하다. 이엘리는 하녀 한 명과 함께 호텔 안에 들어섰다.

"아가씨, 이왕 제도에 오신 김에 좀 더 쉬다 가셔도 좋을 텐데."

"아냐, 얼른 무도회만 참석하고 돌아가는 편이 더 나아."

이엘리는 빙긋 웃었고, 하녀는 안쓰러운 얼굴을 했다. 하녀도 아가씨의 속내를 모를 리 없었다. 오래 숙박할 비용이 없었거니와, 제도에서 사람들의 입에 오르내리는 것도 싫었던 거겠지.

'그래서 일부러 곧장 무도회에 참석할 수 있도록 빠듯하게 시간을 잡으신 거겠지만…….'

그래도 보통의 이엘리 나이 또래는 한창 파티에 참석하거나 예쁘게 치장하며 지낸다. 아직 나이도 어린데, 블랑쳇 영지에서 칩거하고 있는 모습이 안타깝다. 하녀는 애써 밝게 웃어 보였다.

"그래요. 그럼 일찍 주무세요."

"굳이 그럴 필요 있어? 어차피 무도회도 내일 저녁인데……."

"안 돼요. 신년 무도회에 참석하시려면 준비할 것이 많으니까요."

"그렇지만, 난 그냥 조금 쉬고 싶은데."

침대에서 굴러다니던 이엘리가 불만스럽게 고개를 내밀었다. 하녀는 엄격하게 고개를 저었다.

"내일은 일찍 일어나셔야 해요. 피부 관리부터 해 드릴 테니까요."

"피부 관리라고? 아니, 그 정도로 노력을 기울일 필요 없는 행사인데?"

"그렇게 말씀하셔도 이미 물건은 다 챙겨 왔어요."

하녀가 고개를 가로저었다. 이엘리는 이불에 고개를 폭 파묻고, 눈동자만을 데구루루 굴렸다.

"내일 아침에는 꿀과 보릿가루를 섞어 팩부터 할 거예요."

"이미 다 정해진 거야? 변경할 수는 없어?"

"그럼요."

이엘리는 불퉁하게 입을 다물었다. 중년의 하녀가 빙긋 미소지었다. 그녀는 자작 부인의 직속 하녀로서, 어렸을 적 몸이 약한 자작 부인을 대신하여 이엘리를 돌봐 준 사람이었다. 그 말은 곧…….

'아무리 싫다고 해 봤자 이길 수 없는 상대라는 거지.'

아무리 하녀라 한들, 거의 어머니의 친구이자 이엘리에게도 유모 같은 사람이었다. 이엘리는 그냥 얌전히 그 말에 따르기로 했다. 솔직히 마차를 오랫동안 타서 그런지 피곤하기도 했다.

'신년 무도회 따위 얼른 끝났으면 좋겠다.'

이불 속에 폭 파고든 이엘리는 그렇게 생각했다. 그때까지만 해도 이엘리는 신년 무도회만 참석하면 별일이 없을 거라 생각했다.

하지만 무도회 당일. 이엘리는 충격적인 사실을 접했다.

*　　　*　　　*

이엘리는 복잡한 마음으로 황궁 무도회장에 들어섰다. 무도회장에는 신년 특유의 활기참이 가득 차 있었다. 사람들은 까르르 웃으며 술잔을 부딪치고, 재잘재잘 대화를 나누었다.

'하지만 이런 시선은 역시 좀 불편하네.'

이엘리는 애써 아무렇지도 않은 척 표정을 관리하면서 생각했다. 황실이 주최하는 신년 무도회에 파트너조차 없이 레이디 홀로 참석한다. 이것만으로도 이엘리가 사람들의 입에 오르기에는 충분하고도 남았다. 게다가 이엘리를 물어뜯을 만한 새로운 조건도 하나 추가되었지 않나.

"저분, 레이디 블랑쳇 아닌가요?"

"그러게요. 오랫동안 영지 내에서 칩거하셨는데, 이번 신년 무도회는 참석하셨네요."

소곤거리는 목소리. 이엘리를 곁눈질로 보는 사람들의 시선. 온몸이 따끔따끔해질 정도였다.

"그보다 들으셨어요? 신년 무도회 전, 레이디께서는 올렌 호텔에 머무셨다고 하더라고요."

"네? 그곳이 어딘가요?"

귀족 여인이 두 눈을 동그랗게 뜨며 서로를 마주 보았다. 이후 일부러 들리도록 크게 말한다.

"레브랑 거리 바깥의 호텔이라고 하던데요."

"세상에, 그런 호텔에서 숙박하시다니…… 이혼 후 사정이 좀 어려우신가 봐요."

까르르 웃음이 터졌다. 공작가의 후광이 없는 이엘리를 바라보
는 사람들의 시선은 그리 호의적이지 않았다. 뭐, 이 정도 험담은
처음부터 예상했던 일이니까.

이엘리는 허리를 곧게 폈다.

"역시 헤센바이츠의 후광이 사라졌기 때문이겠죠?"

"그런데도 드레스는 꽤나 번쩍거리네요."

"그러게요. 꽤나 고급스러운데…… 블랑쳇 자작가가 그 정도 부
유함을 갖고 있었던가요?"

두 눈을 가늘게 뜬 사람들은 이엘리의 모습을 관찰했다. 오늘의
그녀는 분홍색 머리카락을 가볍게 땋아 내리고 연한 푸른색 드레스
를 입고 있었다. 머리에 꽂은 깃털 장식이 사랑스럽다.

"그런데 어째…… 드레스의 모양새가 북부의 양식인데요?"

"세상에, 헤센바이츠에서 마련했던 드레스를 그대로 입고 오신
건가요?"

"저건 좀 뻔뻔한 것 아닌가요?"

그들은 제멋대로 지껄여댔다. 이엘리가 새 드레스를 장만하지
않고, 예전 드레스를 차려입고 온 것까지 모두 입방아에 올랐다. 북
부와 남부의 드레스 양식이 조금 다르니 알아보긴 쉽다.

"설마 이혼하는 마당에 공작가의 재물을 챙겨 내려온 건 아니겠
죠?"

"그렇지 않고서야 저런 드레스가 있을 리가요. 얼굴에 철판을 깐
것도 아니고, 저게 뭔지."

이엘리는 무표정한 얼굴로 사람들의 뒷담을 듣고 있었다. 솔직히 그녀를 욕하는 건 상관이 없었다.

"솔직히 말하면, 헤센바이츠 공작 각하께서 소공작님의 아내분을 잘못 고르신 거죠."

순간 이엘리는 멈칫했다. 그녀를 욕하는 건 상관없지만, 공작과 자카리를 모욕하는 건 다르다.

"어딜 감히 유서 깊은 공작 가문에 자작가의 여식을 들이나요?"

하지만 저 말은 참을 수가 없었다. 물론 이엘리와 자카리가 혼인하게 된 자세한 사정을 알고 있는 사람은 무척 적었다. 하지만 그 무지가 제국 유일의 공작을 모욕할 이유는 되지 않는다.

"아무리 소공작을 아끼지 않으신다고 해도 그렇죠, 자작가의 아가씨를 들이시다니요."

"솔직히 로렌 백작 부인께서 불만을 가지실 만도 해요."

아무래도 지금 말하는 귀부인은 로렌 백작가와 꽤나 친밀한 관계인 것 같다. 부인이 웃었다.

"백작 가문의 영애를 밀어내고 자작 가문의 영애를 들이신 건, 역시 눈이 흐려져서일까요?"

"……."

이엘리는 주먹을 꽉 말아 쥐었다. 노골적으로 이엘리를 무시하는 것 정도는 참을 수 있다. 하지만 이엘리와 자카리의 결혼을, 공작의 눈이 흐려졌다고 표현하는 저 무례함은 도대체 뭔가.

'물론 지위와 권력이 사람을 대하는 방식을 정한다고는 하지만…….'

이엘리가 '레이디 헤센바이츠'의 호칭을 가지고 자카리의 곁에 있을 때. 저 여자들은 모두 이엘리에게 살갑게 대했었다. 그녀 앞에서 함부로 공작가에 대해 말하지 않는 것도 물론이었다.

'감히 공작가에 대해 왈가왈부해?'

이엘리의 눈동자가 차게 식었다. 이엘리는 걸음을 옮겼다. 그녀를 본 귀부인들이 흠칫 놀란다.

"이런, 귀부인들."

"무, 무슨 용무이신가요?"

자신들이 무례한 행동을 하고 있었던 건 알았는지, 귀부인들은 어깨를 굳히며 이엘리를 마주보았다. 이엘리는 비뚜름하게 미소 지었다. 그러게 남에게 모욕적인 이야기는 애초에 하지 말았어야지.

"아주 흥미로운 이야기를 하고 계신 것 같아, 저도 모르게 끼어들게 되었네요."

"레이디 블랑쳇?"

"저를 모욕하는 건 상관없지만."

이엘리가 비스듬하게 고개를 꺾었다. 새싹처럼 연연한 연녹색 눈동자는 깊게 가라앉아 있다.

"무려 헤센바이츠 공작가를 모욕하시다니요."

"모, 모욕이라니요?"

"함부로 말씀하지 마세요!"

귀부인들은 파르르 화를 냈다. 하지만 이엘리는 여전히 무표정한 얼굴이었다. 그녀가 다시 말을 잇는다.

"공작께서 소공작님의 아내로 절 선택하신 이유에 대하여, 제멋대로 추측하시더군요."

"그건……!"

"공작 각하께서 보는 눈이 흐려지셔서 그렇다고 말씀하시던데. 맞나요?"

귀부인들은 이를 악물었다.

한미한 자작가의 영애, 그러나 헤센바이츠의 차기 안주인.

소공작이 괴물이라는 소문이 나 혼인을 기피했던 건 까맣게 잊은 채, 그들은 이엘리가 운 좋게 결혼으로 신분 상승을 이룬 아가씨라 생각했다. 그런 이엘리에게 질투심을 느끼는 사람도 있었다.

'고작 자작 영애 주제에, 주제넘게.'

'혼인을 통해 고위 귀족에 편입된 것뿐이잖아?'

제도 사교계에서 몇몇 귀족들에게 암암리에 퍼져 있던 그 분위기는 이엘리가 이혼한 후 더욱 고조되었다. 다시 자작 영애가 된 이엘리는 손쉬운 상대였고, 그래서 좀 험담한 것뿐인데…….

'너무 신이 나서 얘기해선 안 될 것까지 말했어.'

귀부인들은 낭패한 얼굴이었다. 이엘리는 담담한 얼굴로 당황한 귀부인들의 얼굴을 살펴보았다.

"귀부인들의 이런 면모를 보게 되다니, 참으로 실망스럽네요."

"레이디 블랑쳇?"

귀부인들은 찔끔한 표정으로 그녀를 마주 보았다. 차라리 이엘리가 화를 내거나 언성을 높였다면, 귀부인들도 당사자도 아니면서 어딜 감히 무례하게 구느냐면서 항변할 수 있었을 것이다.

"언제부터 공작가가 호사가들의 입에 함부로 오르내릴 위치가
되었나요?"

하지만 이엘리는 화를 내지 않았다. 다만 싸늘한 목소리로 그들
의 잘못만을 짚어 낼 뿐이다.

"저, 저희는 그런 의도로 말한 게 아니라……."

"이런, 귀부인들."

이엘리는 빙그레 미소 지었다. 하지만 그 미소에는 온기라고는
하나도 없었다.

"의도는 눈에 보이지 않죠. 보통 누군가의 의도란 그 사람의 행
동으로 판단되는 법이랍니다."

"……."

"……."

차가운 침묵이 흘렀다. 이엘리는 사람들을 한 바퀴 둘러본 후, 냉
정한 눈빛으로 말을 잇는다.

"제 이혼이 무척 흥미로우신 건 이해하지만, 고작 하신다는 게 그
런 저열한 행동이라니."

정곡을 찔린 기분이다. 귀부인들의 얼굴이 빨갛게 달아올랐다.
이엘리는 짧게 한숨을 쉬었다.

"솔직히 굉장히 실망스럽네요."

이엘리는 가볍게 어깨를 으쓱여 보였다. 이엘리가 한 말 자체는
틀린 점이 하나도 없었기에, 귀부인들은 속내야 어떻든 한 걸음 물
러났다. 그녀도 여기서 더 그들을 긁을 생각은 없었다.

"물론 귀부인들께서 악의가 있으셔서 그렇게 행동하신 게 아니

라는 건 알아요."

이엘리는 다소 누그러진 목소리로 말을 이었다. 귀부인들은 미간을 좁힌 채 그녀를 마주 본다.

"다만 저는 어떻게 품평하시건 상관없지만, 공작가에 관련한 말은 조심하시는 게 좋겠네요."

"……"

"그편이 귀부인들의 품위를 유지하는 데에도, 훨씬 더 현명한 처신일 거라고 생각합니다."

그렇게 말한 그녀는 정중한 인사와 함께 돌아섰다. 그때 쩌렁쩌렁한 시종의 목소리가 울렸다.

"황제 폐하 드십니다!"

귀족들의 눈이 순식간에 황제가 들어선 문으로 향했다. 이엘리는 저도 모르게 낯을 찌푸렸다.

"황제 폐하를 뵙습니다."

"황제 폐하를 뵙습니다."

파도가 일듯이 사람들이 하나하나 허리를 굽혀 인사했다. 황제는 수려한 얼굴 위로 선량해 보이는 미소를 걸고 있었다. 아무래도 황제는 이번 무도회를 꽤나 중요하게 생각하는 것 같다.

'보통 연회에서는, 황제가 입장할 때 시종이 입장까지 고하지는 않으니까.'

이엘리는 그렇게 생각했다. 황제와 황족, 그리고 최고위 귀족들만이 입장을 알리는 권리를 갖는다. 하지만 연회의 즐거운 분위기를 깰 수 있는 가능성이 있기에 그들 또한 웬만하면 지양하곤 했다.

'폐하께서는 오늘 어떤 사람에게 가장 먼저 하문하실까?'

그리고 사람들은 눈동자를 굴리며 황제가 누구에게 먼저 말을 걸 것인지를 관찰하고 있었다.

'황제가 처음 말을 거는 건 보통 명예로운 일이라고 생각하지. 하지만……'

나만 아니었으면 좋겠다. 이엘리는 고개를 정중히 숙인 채, 속으로 그렇게 생각했다.

"오늘도 무척 아름다우시군요, 레이디 블랑쳇."

"……"

아아, 역시 이럴 줄 알았지. 이엘리는 입 안 보드라운 살을 잘근잘근 짓씹었다. 황제가 부드럽게 말했다.

"고개를 드세요."

"황공합니다, 폐하."

이엘리는 제멋대로 일그러지려는 얼굴을 애써 펴며 웃어 보였다. 방금 그녀를 부를 때, 황제는 부러 '레이디 블랑쳇'이라는 호칭에 힘을 실어 말했다. 그녀가 미혼으로 돌아왔음을 강조하는 호칭이었다.

'이젠 대놓고 저러시는군.'

황제가 저렇게 행동하는 속내는 훤히 보였다. 그녀에게 본격적으로 관심을 표하겠다는 거였다. 이엘리와 황제를 바라보던 사람들의 눈이 휘둥그레 뜨였다. 그들은 애써 경악을 감췄다.

'폐하께서 레이디 블랑쳇을 보는 눈빛이 심상치 않다 생각은 했지만……'

'설마 했는데, 정말로 황제 폐하께서 레이디 블랑쳇에게 가장 먼저 다가가실 줄이야.'

사람들도 바보가 아니었다. 저번 황제의 즉위식 때, 황제가 이엘리를 보는 눈빛이 특별하다는 것을 눈치채지 못할 리가 없었다. 다만 이엘리에게는 자카리가 있기에 모른 척했을 뿐이다.

'하지만 지금은 레이디가 이혼한 상태.'

'폐하께서는 레이디를 자신의 여자로 들이실 생각인가?'

'한때 공작가의 차기 안주인이었다고는 하나, 지금 신분은 자작영애니까.'

사람들의 눈이 가늘어졌다. 아무래도 황제는 이엘리를 자신의 정부로 들일 생각을 하고 있는 것 같았다. 그러지 않고서야 저렇게 노골적으로 이엘리에 대한 관심을 표시할 리 없지 않나.

"레이디 블랑쳇."

사람들의 시선을 온몸에 두른 채, 황제는 마치 꽁지를 부풀린 공작새처럼 자랑스레 말했다.

"레이디의 첫 춤을 제게 허락해 주시겠습니까?"

"……."

황제는 우아한 동작으로 손을 내밀었다. 이엘리는 제게 내밀어진 그 손을 빤히 내려다보았다.

"이젠 제 춤 요청을 거절하실 수는 없겠지요."

"……폐하."

"이제 레이디께서는 남편이 없으신 몸 아닙니까."

황제의 눈이 샐쭉하게 휘었다. 황제가 저렇게 나올 것은 예상했다. 이엘리는 입술을 깨물었다.

"그 말씀은 맞습니다만, 아직 이혼한 지 얼마 되지 않은 것 또한 사실입니다."

"이런. 레이디의 '얼마 되지 않았다'는 기준은 저와 상당히 다른 것 같군요."

황제는 나긋하게 입을 열었다. 황제의 짙은 회색 시선이 뱀처럼 이엘리를 위아래로 뜯어본다.

"객관적으로 반년의 칩거라면, 공작가에 대한 예의는 충분히 지켰다고 봅니다."

"하지만……."

"어서 제 손을 잡아 주시지요."

황제는 보란 듯이 손끝을 까닥거려 보였다. 이엘리가 머뭇거리자, 황제는 살짝 미간을 좁혔다.

"예전에는 레이디께 남편이 있으시다는 이유로 제 춤을 거절하시고는 했지만."

"……."

"그 핑계는 이제 더이상 통하지 않는 상황이라는 것, 잘 알고 계시겠죠."

무려 황제가 저리 말하는데 그녀가 더이상 거절할 수 있을 리 없다. 그녀는 한숨을 삼켰다.

'이번 춤 한 곡만 추고, 얼른 무도회장에서 빠져나가야겠다.'

어쨌든 신년 무도회에 참석했기에, 예의상 한 곡 정도는 춤을 추어야 한다. 차라리 상대가 황제라면, 적어도 앞에서 귀찮게 구는 사람들은 없겠지. 이엘리는 애써 좋게 생각하려 노력했다.

"란트 왈츠로."

황제는 차분한 목소리로 명령을 내렸다. 이엘리는 눈썹을 찡그렸다. 란트 왈츠는 박자가 빠른 춤곡으로, 여성과 남성의 신체가 자주 접촉되기로 유명한 춤이다. 속내가 빤히 들여다보인다.

'일부러 저 춤을 고른 거겠지.'

명령을 받은 악사들은 황급히 악기에 손을 올렸다. 황제와 이엘리는 나란히 손을 잡고 댄스 플로어로 나아갔다. 두 사람이 플로어에 자리를 잡자, 주변 사람들이 다급하게 뒤로 물러났다.

"자, 이리로."

그렇게 말한 황제는 정중한 척 이엘리의 한쪽 손을 맞잡았다. 그리고 서로의 몸이 맞닿을 정도로 다른 손으로는 이엘리의 허리를 확 끌어당긴다.

미간을 좁힌 이엘리가 낮게 속삭였다.

"폐하, 허리를 너무 세게 당기신 것 같습니다만."

"글쎄요. 란트 왈츠는 원래 이런 곡이지 않습니까."

치미는 불쾌감에 이엘리는 눈썹을 찡그렸다. 이엘리는 다소 신경질적인 목소리로 쏘아붙였다.

"폐하. 폐하의 품위, 그리고 제 명예를 고려하시는 편이 좋을 것 같습니다."

황제는 흥미로운 표정을 지었다. 헤센바이츠의 이름을 잃었음에도 이엘리는 여전히 당당했다.

"저를 원하신다고 주장하시려면, 적어도 절 존중하는 모습을 보여 주셔야 하는 게 아닐까요?"

그렇게 말한 이엘리는 황제의 몸을 보란 듯이 밀어냈고, 두 눈을 가늘게 치뜬 채 쏘아붙였다.

"그리고 이렇게 몸을 붙이면 춤을 출 수가 없어요."

"아하, 그런 문제가 있군요."

능글맞게 대답한 황제가 그제야 이엘리의 허리를 놓아주었다. 그 이후, 즐거운 어조로 말했다.

"그렇다면 우리 한 번, 우리의 관계에 대해 심도 있는 이야기를 해 볼까요."

"무슨 말씀이신지……?"

그와 동시에 왈츠곡이 연주되기 시작했다. 황제는 이엘리를 거의 포옹하다시피 끌어당겼다.

"이전에 레이디께서는 제게 몇 가지 매도를 하셨지요."

"……."

"제가 레이디를 한 사람의 인간으로서 좋아하는 게 아니라고 말씀하셨습니다."

물론 그랬던 적은 있었다. 그리고 그 생각은 아직 변함없었다. 이엘리는 피곤한 얼굴을 했다.

"소공작의 부인이셨기에 전리품처럼 빼앗고 싶으신 건 아닌가, 그렇게 질문하셨지요."

"네, 그렇게 말씀드렸던 적이 있었지요. 매도는 아니고 진심이었습니다만."

저를 끌어안은 황제의 품에서 벗어나며 그녀는 차갑게 대답했다. 황제는 눈매를 곱게 휘었다.

"뭐, 그래서 레이디의 말을 듣고 좀 생각해 봤는데."

도대체 무슨 말을 하려고 저렇게 뜸을 들이나. 이엘리는 스텝을 밟는 데에 집중하기로 했다.

"아예 그런 뜻이 없었던 것은 아닌 것 같습니다."

"그러시군요."

"하지만 그렇다면 레이디께서 이혼하신 그 시점부터…… 당신에게 흥미가 식었어야 할 텐데."

황제가 이엘리에게 가까이 다가왔다. 손으로 그녀의 등을 미끄러지듯이 쓸어내리며 속삭인다.

"전 아직도 레이디를 갖고 싶습니다."

"……."

"그것도 무척."

이엘리는 침묵했다. 등골에 소름이 돋았다. 황제가 그녀에게 이유 없는 소유욕을 드러내는 건 평소에도 몇 번 있었지만, 이렇게 사람들이 있는 곳에서 노골적으로 이야기하는 건 처음이었다.

'젠장.'

그녀는 입술을 짓씹었다. 빨리 춤곡이 끝났으면 생각했지만, 아직도 곡은 절반도 오지 않았다.

"레이디께서는 제 여자가 되기 싫다고 하셨지만."

황제의 입가에서는 미소가 떠나지 않았다. 무척 만족스러운 얼굴로 황제가 그녀에게 말했다.

"어쩌겠습니까, 이제 레이디께서는 스스로를 보호할 수단이 하나도 없는 것을요."

"그래서 이 기회에 기댈 데 없는 연약한 여자를 어떻게 해 보시겠다, 이런 말씀이신가요?"

이엘리는 싸늘하게 빈정거렸다. 황제를 향해 이렇게까지 함부로 말해도 되나 싶었지만, 그가 보이는 치졸함을 견딜 수가 없었다. 황제도 그녀의 말에 딱히 기분이 상한 것 같지는 않았다.

"주어진 기회를 잡지 못하는 사람만큼 바보 같은 이도 없지요."

"신사답지 못하시군요."

"기회를 잘 활용한다고 말씀해 주시지요."

황제는 한 마디도 지지 않았다. 처음부터 이것을 노린 것 같았다. 이엘리는 분노를 억눌렀다.

"여태까지처럼 공작가 측에서 훼방을 좀 놓으려 하겠지만……
뭐 어떻습니까?"

'자카리가?'

이엘리는 반짝 고개를 들어올렸다. 공작가에서 훼방을 놓았다, 라. 설마 자카리의 보호 때문에, 지금껏 황제가 칩거하는 그녀를 건드리지 않았던 건가.

그동안 황가에서 가끔 초대장 정도는 날아오곤 했었지만, 확실히 무시할 수 있는 수준이긴 했었다. 황제는 불편한 얼굴로 이엘리에게 말을 이었다.

"전 이미 그쪽에게 최대한의 예의를 차려 주었습니다. 무려 반년이나 기다리지 않았습니까."

"폐하."

"그러니 이제 레이디께서 제게 대답해 주셔야 할 차례입니다."

동시에 춤곡이 끝났다. 그녀는 급히 그에게서 떨어지려 했지만, 황제는 손을 놓아주지 않았다.

"그리고 전 긍정적인 대답이 돌아올 것을 믿어 의심치 않습니다."

그렇게 말한 황제가 그녀의 손등을 들어 키스했다. 이엘리는 토할 것 같은 기분을 억눌러야만 했다. 그와 동시에 춤곡이 끝났다. 그녀는 지금만큼 음악이 끝나는 게 반가웠던 적이 없었다.

"전 이만 물러나겠습니다."

"이런, 벌써요?"

황제는 아쉬운 표정을 지었다. 하지만 이엘리는 속이 후련한 얼굴로 황제에게 인사를 건넸다.

"좋은 시간 보내십시오, 폐하."

"당신과 함께 춤을 출 수 있어서 좋은 시간이었습니다."

황제의 느물거리는 말에 소름이 돋았다. 황제는 그녀의 손등을 느긋한 동작으로 어루만졌다.

"조금만 기다려 주십시오. 금방 다시 찾아가겠습니다."

'네가 왜 날 찾아오니?'

그렇게 쏘아붙이고 싶은 마음을 애써 억누르며 이엘리는 황급히 몸을 돌렸다. 황제는 그런 그녀의 뒷모습을 사랑스러운 눈으로 바라보았다. 다른 여자의 손을 잡으며 황제는 중얼거렸다.

"……뭐, 오늘 하루는 기니까."

연회의 분위기가 한창 무르익었을 때, 사람들의 이목을 이쪽으로 모두 모은 후. 그녀에게 요청할 것이다. '나의 여자가 되어 달라'

고. 그 순간을 상상하던 황제는 흐뭇한 미소를 지었다.

이엘리는 연회장 구석에서 주변을 두리번거렸다. 황제에게서 허겁지겁 멀어지느라 정신이 없었는데, 이제야 연회장의 모습이 눈에 들어왔다. 그리고 이엘리는 하나 이상한 점을 발견했다.

'황녀 전하께서 보이지 않으시네?'

신년 무도회는 황궁에서 여는 무도회 중에서도 꽤 규모가 큰 행사였다. 게다가 황제까지 직접 참석하는 자리인데, 황녀가 참석하지 않는 건 조금 이상하다. 그녀가 어리둥절한 낯을 할 때.

"레이디 블랑쳇!"

"론도 후작 영애?"

내심 놀란 이엘리가 뒤를 돌아보았다. 그녀를 부른 사람은 리체 론도, 론도 후작의 여식이다. 황후의 자리에 가장 가까운 여인으로 점쳐지며, 황녀와도 원만한 관계를 유지하고 있는 그녀.

'지금까지 몇 번 얼굴을 보긴 했지만, 지금과 그때는 사실 상황이 다른데.'

그때의 이엘리는 공작가의 차기 안주인이었다면, 지금의 이엘리는 그저 조그만 자작가의 여식일 뿐이다. 게다가 공작가에서 이혼까지 당한. 후작 영애가 굳이 말을 걸 위치가 아닌 것이다.

"괜찮으세요?"

하지만 론도 후작 영애는 걱정스러운 얼굴로 입을 열었다. 그리고 힐끔 귀부인들을 돌아본다.

"몇몇 귀부인들의 말씀은 신경 쓰지 마세요."

후작 영애의 날카로운 시선에 귀부인들은 움찔했다. 론도 후작 영애는 제도 귀족들 사이에서도 상당한 지위를 가진 레이디였다. 후작가의 지위를 가진 귀족 자체가 몇 없기 때문이었다.

"아, 아니에요. 전 괜찮으니까……."

반사적으로 그렇게 대답하던 이엘리는 가슴에서 울컥 무언가가 치밀어 오르는 기분을 느꼈다.

'헤센바이츠의 이름을 잃게 되자마자, 사람들은 날 외면했는데.'

아이러니한 상황이었다. 한때 자카리와 혼담이 오갔던 안네로제 황녀와, 그리고 짧게 얼굴만 보았던 론도 후작 영애만이 그녀를 그 전과 똑같이 대해 주고 있다. 이엘리는 어색하게 웃었다.

"……그래도 솔직히 영애께 감사하네요. 대부분의 귀부인들께서 절 피해 다니셨거든요."

"뭐, 어디든 치졸한 사람들은 있는 법이니까요."

론도 후작 영애는 들으란 듯이 대답했다. 그 말에 좀 찔렸는지, 귀부인들이 우수수 흩어졌다.

'여기서 레이디에게 무례하게 구는 건 멍청한 짓이야.'

자카리와 이혼한 후에도, 이엘리는 반년 이상 황제의 손아귀를 벗어날 수 있었다. 탐욕스러운 황제가 그녀를 그대로 놓아 둘 리 없으니, 이엘리가 자유로웠던 이유가 분명 있을 것이다.

'게다가 소공작께서 황가에 압력을 행사하고 있다는 소문이 파다하니까.'

후작 영애는 흘끗 뒤를 돌아보았다. 이엘리와 후작 영애를 바라보며 수군거리는 귀부인들. 이엘리가 소공작의 부인이었을 땐, 말도 제대로 걸지 못했는데. 후작 영애는 눈을 가늘게 떴다.

'……그리고 비단 그 점이 아니라도, 저렇게 손바닥 뒤집는 듯 바뀌는 행위는 좀 치졸해 보이네.'

오랫동안 사교계에 머무른 귀족 영애 특유의 감이 론도 후작 영애에게 경고를 보냈다. 그 감이 후작 영애가 황녀의 부탁을 받아들인 이유였다.

후작 영애는 살가운 어조로 말을 붙였다.

"많이 힘드시죠, 레이디?"

"……."

이엘리는 꿀 먹은 벙어리가 되었다. 힘들지 않다고 말하고 싶은데, 도무지 입이 안 떨어진다.

'나 의외로 마음고생을 좀 했나 봐.'

이엘리는 입 안에 쓴맛이 도는 것을 느꼈다. 그때 후작 영애가 그녀에게 불쑥 입을 열었다.

"두 분께서 이혼하셨다는 이야기는 들었어요."

"맞아요."

그 말을 긍정하며 이엘리는 가슴이 아려 왔다. 그때 단호한 얼굴로 후작 영애가 말을 이었다.

"하지만 두 분께서도 뭔가 사정이 있으셨을 거라고 생각해요."

"론도 후작 영애?"

"그도 그럴 것이, 저번에 뵈었을 때 소공작께서 레이디를 대하시는 태도를 보았는걸요."

후작 영애가 부드럽게 미소 지으며 이엘리의 손을 꼭 잡았다. 이엘리는 흠칫 놀라 후작 영애를 바라보았다. 후작 영애는 안타까움을 느꼈다. 이엘리의 작은 손바닥은 차갑게 식어 있었다.

"그런데 레이디."

"네?"

이엘리는 후작 영애를 마주보았다. 이엘리의 곁에 바싹 붙어 선 후작 영애가 작게 속삭였다.

"사실 저, 레이디께 드릴 것이 있어 왔어요."

"제게요?"

고개를 끄덕인 후작 영애가 이엘리에게 편지 봉투를 건네주었고, 어리둥절해하는 그녀에게 말한다.

"이 편지를 전해 달라 부탁하신 분은 황녀 전하세요."

"황녀 전하께서요?"

이엘리는 두 눈을 동그랗게 떴다. 황녀와 후작 영애에게 부탁까지 해서 이렇게 비밀스럽게 편지를 남길 이유가 도대체 무엇이란 말인가. 후작 영애는 진지한 얼굴로 한 마디를 덧붙였다.

"네. 그리고 사람이 없는 곳으로 가시는 편이 좋을 것 같아요."

"아, 감사합니다."

두 사람은 인적이 드문 테라스로 이동했다. 밖으로 나서자 싸늘한 공기가 온몸을 감싼다. 이엘리는 미간을 좁힌 채 편지를 뜯어보았다. 비스듬하게 흘려 쓴 글씨체로 글이 적혀 있었다.

'아직 레이디가 이 소식을 알지 못할 것 같아 짧게나마 서신을 남겨요.'

황녀의 글씨는, 예전 황제가 황녀인 척 황궁에 초대했던 초대장의 글씨체와는 확연히 달랐다.

'놀라지 말아요. 헤센바이츠 공작께서 서거하셨어요.'

뭐? 이엘리는 순간 혼란에 빠졌다. 공작님께서 돌아가셨다고? 어째서? 마지막으로 인사를 드렸을 땐 그래도 건강해 보이셨는데?

손끝이 덜덜 떨리기 시작했다. 그녀는 입술을 깨물었다.

'공작 각하의 죽음은 명확히 밝혀지지 않았지만, 듣기로는 자살에 가깝다고 했어요.'

병사가 아니라 자살이라고? 이엘리는 초조한 얼굴이 되어 황급히 다음 문장을 읽어 내려갔다.

'전 지금 조문을 위해, 황제 폐하의 명을 받들어 헤센바이츠 공작령으로 내려가고 있습니다.'

그리고 이엘리는 황제의 무례함에 충격받았다. 아무래도 황제는 둘의 혼담을 진행시킬 욕심을 아직 버리지 않은 듯하다. 혼담을 거절했음에도 군이 황녀를 조문이란 명목으로 보내다니.

'사실 이 사실을 레이디께 말씀드릴까 좀 고민했었어요.'

고민했다는 황녀의 말은 사실인지 저 문장의 끝에는 잉크가 작게 얼룩져 있었다. 고민에 빠진 채 펜을 오래 대고 있느라, 잉크가 번진 흔적이다. 황녀는 유려한 필체로 편지를 이어 나갔다.

'하지만 이건 레이디께서 알고 계셔야 할 것 같아 이 글을 남깁니다. 공작 각하께서 서거하신 이후, 단 하나뿐인 후계자이신 헤센바이츠 소공께서는 무사히 작위를 승계하셨어요.'

황제가 자카리의 작위 계승에 시시때때로 훼방을 놓던 일들을 생각한다면 그나마 다행이었다.

'저도 이 이상의 소식은 잘 모릅니다. 더 알려 주지 못해 미안해요. 편지는 이만 줄일게요.'

사랑을 담아, 안네로제. 그 글자를 내려다보던 이엘리는 털썩 어깨를 늘어뜨렸다. 후작 영애는 기민하게 이엘리의 낯빛을 살폈다. 그녀는 이엘리에게 무슨 일인지 묻지 않았다. 그 말은 즉······.

"후작 영애께서도 지금 소식을 알고 계신가요?"

"네, 알고 있어요. 고위 귀족들에게는 은밀하게 소식이 돌았답니다."

바꿔 말하자면 하급 귀족들에게는 일부러 소식을 숨겼다는 뜻이다. 어째서? 스스로에게 질문하자마자 이유는 금방 나왔다. 이번 신년 무도회를 위해서였다. 정확히는 이엘리 자신 때문에.

'신년 무도회가 치러지지 않았으면, 폐하와 내가 마주칠 일이 없 잖아.'

비약일까? 자신이 너무 과하게 생각한 걸 수도 있었다. 하지만 이엘리는 황제가 일부러 숨긴 것 같다는 예감이 강하게 들었다.

"어떻게 이런 사실을 숨길 수가 있죠?"

"황제께서 저 사실을 숨긴 이유, 이미 추측하고 계시잖아요. 황녀 께서 조문을 위해 공작령으로 내려가신 것만 해도 그렇죠."

"그러니까, 선수를 치기 위해서……."

이엘리는 멍하니 중얼거렸다. 공작이 죽었다. 그 사실을 들으면 당연히 이엘리는 공작가를 찾아가려 할 터. 그러나 황제는 이엘리 를 제 정부로 원하고, 또한 황녀가 공작가와 혼인하길 바란다. 이번 신년 무도회에서 이엘리와의 관계를 굳히고, 공작가의 혼담을 처리 하면 완벽하다.

"아무리 그래도 그렇죠. 헤센바이츠 공작 각하께서는 제국 유일 의 공작이세요."

"하지만 여기는 제도예요. 황제 폐하의 의지가 작용하는 곳."

"……"

이엘리는 잠시 침묵했다. 지금 이 순간 이엘리의 머릿속을 채우 는 사람은 단 한 명뿐이었다.

"그렇다면 자카리는."

자카리. 그의 이름을 입에 담는 것만으로도 얼음으로 만든 바늘 이 심장을 쿡 찌르는 것 같다.

"자카리는 지금 장례식을 홀로 치르고 있겠죠?"

"아마 그러시겠죠. 조문을 받아야 할 테니, 장례식까지는 시간이 좀 남았을 거예요."

이엘리는 입술을 깨물었다. 그렇지 않으면 눈물이 흐를 것 같았다. 그녀는 주먹을 움켜쥐었다.

'공작님, 그리고 자카리.'

공작이 거세게 기침을 뱉어 내던 모습이 문득 떠올랐다. 설마 내가 모르는 새, 병세가 더 심해지시기라도 한 건가? 그런데 자살이라니? 어째서? 머릿속이 혼란하다. 이엘리는 숨을 삼켰다.

'공작님이 돌아가셨던 그때, 자카리는 혼자 있었을 텐데.'

비록 두 부자가 서로를 그리 좋아하지 않았다는 건 알지만, 그래도 아버지와 아들이었다. 아버지의 죽음에 충격을 받지 않을 리 없었다. 자카리. 지금 어떤 기분으로 공작 성에 있는 걸까.

'지금도 공작 성을 혼자 지키고 있겠지…….'

생각만 해도 막막했다. 지금 그가 어느 정도의 슬픔과 절망을 느끼고 있을지 감이 안 잡힌다.

'도대체 자카리는 어디로 간 거지?'

날 찾아오지 않았을 뿐, 차라리 편안하게 잘 살고 있다면 좋았을 텐데. 온몸이 덜덜 떨려 왔다.

"레이디 블랑쳇. 괜찮으세요?"

이엘리의 안색이 창백했다. 그럴 만도 하다. 후작 영애는 걱정스러운 목소리로 말을 덧붙였다.

"물론 레이디께서도 많이 놀라셨겠죠. 이해해요."

"……."

말문이 턱 막혔다. 공작의 서거, 홀로 남은 자카리. 그녀는 심호흡을 했다. 신경이 날카롭다.

"단단히 마음 붙들고 계세요. 조만간 공작가에서도 따로 연락이 오겠지요."

이엘리는 작게 고개만을 끄덕였다. 그런 이엘리의 파리한 낯을 보면서 후작 영애는 생각했다.

'그 소공작께서 이대로 레이디를 두고 보실 리가 없어.'

그건 거의 예감과 같았다. 저번 황제의 즉위로 인해 처음 만났던 소공작 부부의 모습을 기억한다. 다른 사람은 눈에 들어오지도 않는다는 양, 오로지 이엘리에게 고정되어 있던 그 시선.

'소공작께서는 레이디를 포기하지 못하실 거야.'

이엘리를 바라보던 소공작의 열렬한 눈동자, 강렬한 애정과 집착. 모를 수가 없다. 또한 그녀의 아버지도 같은 판단을 내린 듯했다. 소공작 부부의 이혼 소식을 들은 론도 후작은 말했다.

'아마도 뭔가 사정이 있으셨겠지.'

'아버지께서도 그렇게 생각하세요?'

'그래. 하지만 이혼 후 재결합이라는 결과도 있을 수 있지 않니?'

거의 확신하는 목소리였다. 후작 영애 또한 아버지의 생각에 동의했다. 아직 상황은 확정되지 않았다. 두 사람이 재결합할 수도 있었다. 게다가 이번에 소공작이 공작위를 계승하지 않았나.

"……가야겠어요."

"네?"

그때 그녀가 낮게 중얼거렸다. 깜짝 놀란 후작 영애가 그녀를 돌아본다. 그녀가 다시 말했다.

"저, 자카리를 만나러 가야겠어요."

"하지만, 레이디 블랑쳇……."

"어떻게든 얼굴을 봐야 해요. 자카리는 지금 혼자 있을 테니까요."

아무도 자카리의 곁에 남아 있지 않아. 이엘리는 입술을 깨물며 생각했다. 자카리가 온 세상에서 버림받아도, 그녀만큼은 자카리의 곁에 있어 주기로 결심했다. 하물며 지금과 같은 상황이라면…….

'아무래도 소공작님과 레이디의 마음은 같은가 보네.'

상대방을 포기하지 못한다는 게 부부가 꼭 닮았다. 론도 후작 영애는 한 걸음 뒤로 물러났다.

"그래요."

"……론도 후작 영애."

"어차피 말린다 하더라도 제 말을 들으실 것 같지 않으니까요."

그 말에 이엘리는 처음으로 미소 지었다. 잠시 후, 해사한 미소의 끝이 단단하게 얼어붙었다.

"그럼 다음에 다시 뵈어요."

"몸조심하세요."

론도 후작 영애는 짧은 인사말로 이엘리를 보내 주었다. 이엘리는 테라스 밖으로 빠져나갔다.

　　　　　*　　　　*　　　　*

　황녀는 헤센바이츠 공작령으로 향하는 마차 안에 탑승해 있었다. 황녀의 마음은 꽤 복잡했다.

　'이 소식을 레이디에게 미리 전했던 게 과연 옳은 일이었을까.'

　그렇지 않아도 마음고생이 깊어 보이는 이엘리였다. 과연 제가 잘한 행동을 한 건지 알 수 없다. 여러 가지 고민에 매몰된 채, 황녀는 손톱으로 창틀을 톡톡 두드렸다. 머리가 지끈거렸다.

　'뭐, 어떻게든 되겠지. 그보다 이렇게 내려가는 게 의미가 있나.'

　솔직히 황녀가 당장 내려가 봤자, 장례식에 참석할 수조차 없었다. 장례를 주관할 새로운 공작이 자리를 비운 상황이니까. 그럼에도 황제가 부득불 조의를 핑계로 그녀를 내려보내는 건.

　'아직도 헤센바이츠와의 혼담을 포기하지 않으신 거지, 오라버니께서는.'

　황녀의 입술에 비웃음이 서렸다. 절대 이루어질 수 없는 일을, 스스로의 욕심으로 멋대로 밀어붙이는 황제의 태도가 한심해서다. 황녀는 지그시 눈을 감았다. 이동해야 할 거리가 멀었다.

　　　　　*　　　　*　　　　*

　이엘리는 황급히 무도회장을 가로질렀다. 사람들이 놀란 눈으로 이엘리를 곁눈질했다. 예의를 지켜 좀 더 머물러야 한다거나, 그런 생각들은 이제 머릿속에서 말끔히 사라진 지 오래였다.

'빨리 자카리에게 가야 해.'

이엘리의 온몸을 지배하는 생각은 오직 그것뿐이었다. 어떻게든 빨리 자카리의 곁에 당도해야 한다. 지금 그가 어떤 심정을 한 채, 아버지의 죽음을 홀로 견디고 있을지 알 수가 없었다.

"레이디 블랑쳇."

그때 이엘리를 부르는 목소리가 들렸다. 퍼뜩 자리에 멈춰 선 그녀가 천천히 뒤를 돌아본다.

"당신을 위해 준비한 것이 있습니다."

"……저를, 위해서요?"

이엘리는 억눌린 목소리로 입을 열었다. 황제는 빙그레 눈웃음을 쳤다. 그 이후, 입을 열었다.

"들여오너라."

"……."

그와 동시에 시종들이 커다란 꽃다발을 든 채 걸어왔다. 이엘리는 사람들의 시선이 이쪽으로 확 쏠리는 것을 느꼈다. 꽃다발을 받아 든 황제가 그녀를 향해 느른한 목소리로 말을 이었다.

"이전의 마상 시합에서 아샤 꽃가지는 드리지 못했지만."

"폐, 폐하."

"그 대신 꽃다발을 준비했습니다."

황제는 그녀에게 꽃다발을 내밀었다. 새빨간 장미 꽃송이만 골라 빼곡하게 담아 만든 화려한 꽃다발이다. 어찌나 향이 짙은지 머리가 어지러워질 지경이었다.

황제가 장미 한 송이를 뽑았다.

"당신에게 가장 어울리는 꽃은 물론 아샤 꽃입니다만……."

"……."

"꽃의 여왕이라 불리는 붉은 장미도 꽤나 잘 어울리는군요."

그녀의 머리에 장미꽃을 꽂아 준 황제가 달콤하게 웃었다. 그녀는 어깨가 떨리는 걸 느꼈다.

"어떻습니까?"

"……저는."

사위는 고요했다. 연회장 안의 사람들은 모두 황제와 이엘리를 바라보고 있었다. 황제의 말을 도무지 거절할 수 없는 분위기에 그녀는 입술을 깨물며 지금 상황을 타개할 방법을 고민했다.

'어쩌지?'

당연히 꽃다발은 거절할 생각이다. 하지만 무어라 말하며 거절해야 할지 알 수 없었다. 꽃다발을 준비하고, 사람들 앞에서 공개적으로 말하는 것 자체가 그가 단단히 마음먹었다는 증거였다.

"그러니까…… 폐하의 호의는 무척 감사하지만."

이엘리는 숨을 삼켰다. 황제는 묘한 얼굴로 이엘리를 응시했다. 이엘리는 주먹을 당겨 쥐었다.

"아직 제가 폐하의 호의를 받아들일 준비가 되지 않았습니다."

"그건 괜찮습니다. 전 기다릴 수 있으니까요."

황제는 부드러운 목소리로 그녀에게 대답했다. 나른하게 눈을 깜빡이던 황제가 말을 잇는다.

"다만 레이디가 마음을 제대로 잡을 때까지, 우리의 관계만 확실히 하자는 뜻입니다."

'젠장. 이렇게 시간 낭비 하고 있을 때가 아닌데.'

그녀는 입술을 짓씹었다. 어떻게든 그녀와 관계를 확정 지어 놓겠다는 황제의 의지가 보였다.

"대답, 안 하십니까?"

황제가 상냥한 태도로 그녀를 압박해 왔다. 나, 어쩌면 좋지? 그녀는 막막함을 느꼈다. 그때.

"그런데, 레이디 블랑쳇."

"예, 폐하."

"그 팔찌는 무엇입니까?"

황제는 턱짓으로 이엘리의 손목을 가리켰다. 긴 소매 아래, 그녀가 찬 팔찌가 드러난 탓이다.

"……아, 이건."

이엘리는 저도 모르게 손목을 감쌌다. 차마 풀어내지 못했던 팔찌. 자카리의 생일 선물로 함께 맞췄던 가느다란 팔찌였다. 황제의 눈이 불쾌감을 품고 가늘어졌다. 그가 내뱉듯이 말을 꺼낸다.

"그러고 보니, 헤센바이츠 소공작도 이 팔찌를 착용하고 있더군요."

"네. 하지만……."

"이미 관계를 정리하셨는데, 아직도 그 팔찌를 착용하고 계시다니."

이엘리는 손이 가늘게 떨리는 것을 느꼈다. 이혼한 지 반년이 지났지만, 이엘리는 아직 공작가의 물건을 하나도 정리하지 못했다. 그리고 이 팔찌는 자카리가 준 은여우 목도리와 함께, 두 사람의 추억이 담긴 물건이었다. 두 사람이 영원한 행복을 약속하며 나눠 착용했던 팔찌.

'실수했어. 이 팔찌를 황제에게 보여서는 안 됐는데.'

이엘리는 어쩔 줄 몰라 이를 앙다물었다. 황제는 귀족적인 태도로 이엘리에게 손을 내밀었다.

"레이디. 그 팔찌를 제게 주시겠습니까?"

연녹색 눈동자가 잘게 떨렸다. 막다른 곳에 몰린 자그마한 짐승처럼 그녀는 황제를 응시했다.

"대신 레이디의 격에 걸맞은 다이아몬드 팔찌를 드리도록 하죠."

"……."

"그것만으로는 마음에 차지 않으신다면, 원하는 모든 보석을 말씀하셔도 괜찮습니다."

황제는 마치 커다란 은혜를 베풀기라도 하는 것처럼 그렇게 말했다. 그의 시선이 번뜩였다.

"다만 그 팔찌는 벗어 주셨으면 하는군요."

"……싫어요."

"예?"

이엘리는 크게 숨을 들이쉬었다. 이엘리와 자카리의 관계가 정리된 것은 사실이었다.

"싫다고 말씀드렸습니다, 폐하."

그렇다고 누구도 이엘리와 자카리의 추억을 건드릴 권리는 없다. 그녀는 단호히 고개를 가로저었다.

"폐하께서 제 행동을 강제할 권리는 없으십니다."

"레이디 블랑쳇."

"어떠한 보석도 이 팔찌보다 값지지 않아요. 절대로 드릴 수 없습니다."

"이런, 고집부리지 마세요. 다시 생각해 보시면……."

황제는 이엘리를 달래듯 입을 열었다. 하지만 그녀는 여전히 완고한 얼굴이었다. 그녀가 말했다.

"생각해 볼 필요도 없는 문제입니다."

그렇게 대답한 이엘리는 제 머리에 손을 뻗었다. 제 머리에서 장미꽃을 빼낸 그녀가, 손안에서 꽃을 우그러뜨렸다. 황제의 얼굴이 일그러졌다. 이엘리는 사나운 표정으로 미소를 지었다.

'지금껏 그녀가 저런 표정을 지었던 적이 있던가.'

황제는 아연해졌다. 적어도 최소한의 예의를 지키던 이엘리였다. 그러나 지금 그녀는 그런 것조차 걷어치운 채, 황제를 명백히 거부하고 있었다. 이엘리는 싸늘한 얼굴로 시선을 맞추었다.

"제게 어울리는 꽃은 오로지 하나뿐입니다."

"……."

"그리고 그 꽃은 바로, 헤센바이츠 공작께서 제게 주셨던 아샤 꽃가지지요."

이엘리는 살짝 손을 펼쳤다. 짓눌린 장미꽃이 바닥에 툭 떨어진다. 그녀는 낭랑하게 말했다.

"억지로 밀어붙이면 모두가 그 마음을 받아들일 거라는 생각은 고치시는 게 좋겠습니다."

이엘리는 그대로 한 걸음 뒤로 물러났다. 미련 따위 전혀 없는, 오히려 홀가분한 동작이었다.

"그럼 전 이만 물러나겠습니다, 폐하."

그녀의 말을 듣자, 황제는 그제야 깨달았다. 지금의 이엘리는 자카리를 '헤센바이츠 공작'이라고 칭하고 있었다. 그 말은 곧 그녀가 공작의 죽음과 자카리의 작위 승계를 알고 있다는 뜻이었다.

"레이디 블랑쳇! 지금 간다 한들, 공작이 당신을 받아들일 거라 생각하십니까?!"

황제가 악에 받쳐 목소리를 높였다. 지금의 황제는 그녀를 공격할 효과적인 말을 알고 있었다.

"현실을 직시하세요, 공작은 이미 당신을 냉정하게 버리지 않았습니까!"

"폐하."

연한 녹색 눈동자가 미소조차 없이 황제를 똑바로 바라본다. 그녀는 침착한 목소리로 말했다.

"저희의 이별에 관련한 문제는 저희가 알아서 해결할 문제입니다. 다만."

다만, 이라고 말하는 그녀의 말끝이 서늘했다. 뭔가 일이 잘못됐다. 황제는 입술을 깨물었다.

"폐하께서 저와 자카리의 관계에 끼어드실 권리가 없다는 것만큼은 확실히 해 두고 싶습니다."

이엘리는 옷깃을 붙든 손에 힘을 주었다.

"세상 모든 사람들이 사라져도, 전 폐하를 선택할 일이 없습니다.”

싸늘한 침묵이 깔렸다. 황제는 이엘리를 눈빛으로 뚫어 버리기라도 할 것처럼 노려보았다. 그러나 이엘리는 망설임 없이 걸음을 옮길 따름이었다. 그 누구도 떠나는 그녀를 붙들지 못했다.

“젠장!”

황제는 주먹을 꽉 말아 쥐었다. 항상 이렇다. 왜 그녀를 갖기 직전이라고 생각할 때마다 눈앞에서 그녀를 놓치게 되는지 모르겠다.

황제의 분노를 보며 사람들은 숨을 죽였고, 뒤늦게 무도회장에 들어선 론도 후작 영애는 흥미로운 낯을 했다. 그렇게 연회는 엉망으로 종료되었다.

　　　　　　　*　　　*　　　*

그녀가 향한 곳은 당연히 헤셴바이츠 공작령이었다. 무도회장에서 빠져나온 그녀는 당장 마차부터 잡아탔다. 호텔조차 들르지 않은 채 마차에 올라탄 그녀는 한참 후에야 정신을 차렸다.

‘아, 부모님께 말씀을 안 드렸네.’

워낙 정신이 없었다. 이엘리는 잘근 입술을 깨물다가, 차가운 유리창에 살짝 머리를 기대었다.

‘공작령에 도착하면 편지를 부치자. 지금은 자카리가 더 급하니까…….’

자카리. 눈을 감으면 그의 모습이 떠오른다. 오랫동안 고독했던 청년. 얼음과 눈으로 짜인 세상에서 살아와, 애정을 받아들이는 것까지 서툴렀던 청년. 그녀가 사랑할 수밖에 없던 사람.

'자카리, 조금만 기다려.'

저번에는 순순히 물러났지만, 이번에는 그러지 않을 것이다. 울고 화내고 다투는 편이 자카리를 홀로 두는 것보다 훨씬 낫다. 난 널 놓지 않을 거야. 이엘리는 단단히 마음을 먹었다.

마차를 타고 북부로 내려가니 과거 생각이 났다.

그녀 나이 열세 살, 자카리와 혼인하기 위해 아무것도 모르고 공작령으로 내려가던 때. 번화한 도시를 보면서 놀라움에 젖었던 어린 시절.

'처음 만났을 때의 그 애 모습이 떠오르네.'

이엘리는 쓰게 웃었다. 잔뜩 경계하면서도 다가오는 애정을 차마 거부하지 못하던 어린 소년.

'우리…… 그때보다도 훨씬 더 멀어진 건 아닐까.'

처음 만났던 때가 차라리 낫지 않나. 이엘리는 자괴감에 빠지려는 스스로를 속으로 질책했다.

'아냐, 우울한 생각 하지 말자.'

그녀는 고개를 마구 가로저었다. 손을 들어 뺨을 짝 소리 나게 친 그녀가 눈에 날을 세웠다.

'난 자카리를 되찾으려 다시 돌아온 거니까.'

저멀리 공작 성이 보였다. 색유리처럼 빛나는 하늘 아래로, 공작 성은 쓸쓸한 기운이 감돌았다.

*　　*　　*

　선대 가주를 잃은 헤센바이츠 공작 성은 죽음 같은 침묵에 빠져 있었다. 새로이 가주가 된 자카리는 상처를 입은 맹수처럼 바짝 날을 세웠다.

　그는 무표정한 얼굴로 주어진 과제를 처리해 나갔다. 아버지를 잃은 슬픔만 견뎌야 하는 게 아니다. 가문의 무게가 어깨를 짓누른다.

　"아버지의 장례식 준비는 어떻게 진행되고 있지?"

　"귀빈들께서는 모두 도착하셨습니다."

　"그래?"

　"예. 문제될 일이 없도록 철저하게 신경 쓰고 있습니다."

　집사는 차분한 얼굴로 그에게 말했다. 자카리는 손을 들어 신경질적으로 눈을 문질렀다.

　"그래. 그렇다면 장례식은 모레쯤 치르도록 하지."

　자카리는 냉담한 얼굴로 고개를 끄덕였다. 집사는 그런 자카리를 말없이 지켜보았다. 이번에 새로 작위를 이은 자카리는, 마치 스스로의 한계가 어디까지인지를 시험하고 있는 것 같았다.

　'저렇게 무리하실 필요 없으신데.'

　자카리는 느닷없이 죽음을 맞이한 공작을 떠올리며 눈물 한 방울조차 흘리지 않았다. 다만 무언가 의무라도 건네받기라도 한 것처럼 공작의 사후 일 처리에 대해 미친 듯이 매달리고 있다.

　'선대 공작 각하의 죽음에 대해, 애도조차 표하지 않는다고 주변

에서는 말이 많지만……'

집사는 지그시 입술을 물었다. 곁에서 오래 모셔 왔기에 알 수 있었다. 자카리가 왜 저러는지.

'공작께서는 충분히, 선대 공작 각하의 죽음에 대해 슬퍼하고 계시다.'

다만 자카리는 제가 아버지의 죽음에 슬퍼할 자격이 없다고 생각하고 있을 뿐이었다. 그렇지 않다면 저렇게 아버지가 남긴 모든 일들을 필사적으로 해결하려 할 리 없다.

헤센바이츠의 완벽하고도 유일한 공작으로 인정받는 것. 그는 그것만이 아버지가 남긴 유산이자 과제인 것처럼 행동하고 있었다.

"……하아."

자카리는 짧게 한숨을 내뱉었다. 피로한 시선으로 집사를 바라보던 그가 손을 대충 내저었다.

"그만 물러가도록."

"하나만 보고를 드리고 물러가겠습니다."

"뭐지?"

자카리는 흘끗 시선을 들어올렸다. 우아한 눈매 아래로 옅은 그늘이 져 있다. 집사가 말했다.

"각하를 찾아오신 분이 계십니다."

"도대체 누가? 대부분의 귀빈들은 모두 참석하지 않았나."

자카리는 냉랭한 목소리로 대답했다. 귀빈들 중, 황녀를 떠올리던 자카리의 입매가 비틀렸다.

'무려 황녀를 직접 조문을 핑계로 내려보내다니, 황제가 꽤나 몸

이 달았나 보군.'

자카리가 이엘리와 이혼한 이후, 황제는 어떻게든 헤센바이츠에 황녀를 보내려 들었다. 하지만 선대 공작, 테론 헤센바이츠의 죽음마저 이런 식으로 이용하려는 건 역시 무척 치졸했다.

'……아버지.'

그는 문득 아버지를 떠올렸다. 제 죽음마저도 자신과 가장 잘 어울리는 방식을 선택했던 아버지. 아버지를 한 번도 사랑한 적 없다고 생각했는데도, 가끔씩 울컥거리며 무언가가 치밀었다.

"레이디 블랑쳇입니다."

"뭐라고?"

순간 자카리의 눈동자가 커다랗게 확대되었다. 집사는 젊은 공작을 보면서 또박또박 말했다.

"레이디 블랑쳇께서 공작 각하를 찾아오셨습니다."

귀빈들을 맞이할 채조차 무표정한 얼굴이었던 그의 표정이 처음으로 무너졌다. 그가 물었다.

"어디, 그녀가 어디에……?"

"응접실에 계시도록 해 두었습니다."

"……."

이엘리. 애써 지워 내려 했던 그녀의 모습이 순식간에 눈앞에 떠올랐다. 그는 입술을 짓씹었다.

"……그녀가 어떻게 공작 성에 들어온 거지?"

"제가 레이디를 안으로 모셨습니다."

"자네가?"

"예."

집사는 담담한 얼굴이다. 집사를 한참 쏘아보던 자카리는 성난 맹수처럼 낮게 그르렁거렸다.

"……차후 이 문제에 대해서 따로 문책하겠네."

"예, 공작 각하."

자카리의 말에 집사는 고개를 조아렸다. 자카리는 길을 잃어버린 것 같은 막막함을 맛보았다.

'아버지.'

전 어떻게 해야 하는 겁니까? 자카리는 두 눈을 꾹 내리감았다. 그녀를 만나야 할까, 아니면 얼굴조차 보지 말아야 할까. 혼란스러운 와중에도 그녀가 자신을 찾아왔다는 사실이 기뻤다.

"……."

저열한 기쁨에 환멸감이 든다. 그러나 몸을 일으키고 마는 건, 어쩔 수 없는 불가항력이었다.

*　　*　　*

응접실 안에 앉은 이엘리는 살짝 시선을 들어올려, 창밖을 내다보고 있었다. 그녀는 긴 여행길을 거쳤는지 다소 지쳐 보였다. 드레스는 제멋대로 구김이 가 있었고, 긴 머리카락은 잔뜩 흐트러져 있었다.

"이엘리……?"

자카리는 멍하니 그렇게 중얼거렸다. 홀린 듯 그녀를 보면서, 자카리는 느리게 눈을 깜빡였다.

'거짓말. 이거 꿈이지?'

꿈에서조차 잊지 못했던 그녀가 눈앞에 서 있었다. 마지막으로 봤던 때보다 조금 말랐다. 하지만 아샤 꽃잎처럼 화사한 분홍색 머리카락과, 새싹처럼 연연한 연녹색 눈동자는 그대로다.

'이엔.'

자카리는 저도 모르게 홀린 것처럼 그녀에게 다가가려 했다. 그러던 중 퍼뜩 정신을 차린다.

'안 돼. 이엔에게 다가가면……'

새파란 눈동자가 잘 갈린 칼날처럼 날을 세웠다. 자카리는 이를 드러낸 맹수인 양 도사렸다.

"자카리."

머뭇거리던 이엘리가 울음 섞인 목소리로 자카리를 불렀다. 순간 현실감이 와락 되살아난다.

"……네가 왜 여기에 있어?"

자카리는 부러 싸늘한 목소리를 내어 이엘리에게 질문했다. 멈칫한 이엘리가 대답했다.

"나, 널 만나러 왔어."

"미안하지만 그럴 필요 없었어."

자카리는 단호하게 대답했다. 이엘리는 입술을 깨물었다. 자카리의 냉정한 태도는 이미 예상하고 온 거지만, 그래도 열렬히 사랑하는 상대가 제게 차갑게 구는 게 아프지 않을 리 없다.

"그러니까 당장 돌아가."

"자카리!"

이엘리는 다급하게 자카리를 불렀다. 그는 흘끗 그녀를 돌아보았다. 그녀가 더듬거리며 말했다.

"나, 나는."

반년의 세월이 지났을 뿐인데, 그녀가 알던 그는 예전과 전혀 달랐다. 해사했던 분위기는 말끔히 사라진 지 오래였다. 살짝 키가 자라고 눈매가 깊어졌다.

설원 같은 은발, 얼어붙은 바다처럼 푸르게 가라앉은 눈동자. 그는 칼로 얼음을 깎아 만들어 낸 것 같은 청년이 되어 있었다.

"돌아가지 않을 거야."

"어째서?"

자카리가 차게 물었다. 이엘리는 숨을 삼켰다. 어째서 돌아가지 않는가. 그 이유는 간단하다.

"……네 곁에 있고 싶으니까."

자카리의 눈동자가 짧게 떨렸다. 이 말은 진심이었다. 그녀는 자카리의 곁에 머무르고 싶었다.

"내 곁에 있고 싶다고? 하, 정말. 웃기지도 않아."

잠시 침묵하던 자카리가 비죽하게 입술 끝을 밀어 올렸다. 이엘리는 달래듯 자카리를 불렀다.

"진심이야. 난 네 옆에 있고 싶……."

"이엔, 넌 네 마음만 중요해?"

그녀의 말을 탁 끊어 낸 자카리가 그녀에게 쏘아붙였다. 그녀는 말문이 막히는 것을 느꼈다. 자카리가 그녀에게 저렇게 날카로운 표정을 짓는 건 처음이었다.

언제나 그는 그녀에게 환하게 웃어 주었기에, 저런 얼굴을 한 자카리는 너무나도 낯설었다. 빙하처럼 냉랭한 눈동자가 이엘리의 가슴을 저며 내는 것 같았다.

고통스럽다. 이엘리는 마른침을 삼켰다.

"모르겠어? 난 널 만나고 싶지 않았어!"

자카리는 피를 토하듯 외쳤다. 그녀를 대하는 수많은 거짓들 중, 지금 이 말은 진심이었다. 너를 다시 만나면 속절없이 흔들릴 것을 아니까. 다시 한 번 그녀의 온기에 기대고 싶어지니까.

"이엔, 도대체 너 왜 그래?"

자카리는 이마를 덮은 앞머리를 거칠게 쓸어 올렸다. 그러고는 비스듬히 고개를 들어올린다.

"내가 너에게 어떻게 굴었는지 기억하면서도 이러는 거야?"

"그런 건 중요하지 않아! 난 괜찮으니까……."

"뭐가 괜찮아!"

자카리는 저도 모르게 언성을 높였다. 넌 세상에서 가장 소중한 사람이야. 다른 사람은 몰라도, 넌 여기서 내게 괜찮다고 하면 안 돼. 소중한 널 형편없이 밀어내 버린 나를 미워해야 해.

"정말로 내가 너에게 한 짓을 기억하는 거, 맞긴 한 거야?"

흐트러진 은발 아래, 새파랗게 가라앉은 눈동자가 그녀를 똑바로 바라본다. 자카리가 말했다.

"난 널 버렸어, 이엔."

날 용서하지 마. 넌 나 같은 사람보다 훨씬 더 좋은 사람을 만나서, 넘치는 사랑을 받고 살아야 한단 말이야. 그렇게 생각하던 자카리는 지그시 입술을 깨물고는 스스로에게 물었다.

'정말로 이엘리가 다른 사람을 만나기를 바라?'

이기적인 자식. 자카리는 속으로 자신을 실컷 비웃었다. 만약에 그녀가 다른 사람을 만났다면⋯⋯.

'난 아마 미쳐 버렸을지도 모르는데.'

하지만 이엘리는 자카리의 진짜 속내를 모른다. 또한 설령 자신이 미쳐 버린다 해도, 그는 그녀 앞에서만큼은 제 마음을 들켜서는 안 됐다. 모든 것은 그녀를 보호하고 지키기 위해서였다.

"그러니까 넌 내게 돌아와서는 안 됐어."

자카리가 짓씹듯 말을 토해 냈다. 이엘리는 자카리와 가만히 시선을 맞췄다.

"날 말끔히 잊어버리고, 널 사랑하고 존중하는 다른 사람과 행복하게 살았어야지. 그게 나에 대한 가장 완벽한 복수였을 텐데."

복수? 순간 그녀는 주먹을 꽉 말아 쥐었다. 어떻게 그런 말을 해? 연녹색 시선이 불타오른다.

"내게 복수하고 싶었다면 그게 가장 현명한 방법이었어."

"무슨 말을 그렇게 해? 나, 복수 같은 건 생각도 하지 않았어!"

"아아, 그래?"

자카리는 비스듬히 고개를 꺾었다. 얼굴에 번지는 차가운 미소에, 그녀는 흠칫 어깨를 굳혔다,

"그도 아니라면 설마 그건가."

냉랭한 목소리에 그녀는 저도 모르게 그 자리에 굳어 버렸다. 그

가 무표정한 얼굴로 묻는다.

"너, 날 동정해?"

"그럴 리가 없잖아! 나는⋯⋯!"

"그렇지 않고서야 내게 돌아올 리 없잖아."

그렇게 쏘아붙이던 자카리가 지그시 입술을 당겨 물었다. 얼음으로 만든 유리 조각이 심장을 갈기갈기 난도질하는 것 같았다. 모를 리 없었다. 이엘리가 자신을 진심으로 대한다는 것쯤은.

'그리고 내가 너의 진심을 매도하고 있다는 것도.'

그럼에도 이렇게 하지 않으면 널 보낼 수 없을 테지. 어째서 난 원만한 방법을 모르는 걸까.

"그래, 물론 내가 아버지를 잃은 건 사실이지."

"자카리."

"내가 천애 고아가 되니 마음이라도 동했나? 불쌍하고 가여워 보였어?"

하지만 이렇게 말해야 했다. 어떻게든 이엘리를 보내야 했다. 그러지 않으면 분명 그는 다시 그녀의 다정함을 이용하려 들 것이다. 이엘리가 괜찮다고 했으니까. 그렇게 합리화를 하면서.

'그것만큼은 안 돼.'

자카리는 괴롭게 시선을 들어올렸다. 이엘리의 얼굴을 마주보는 그 순간 목을 조르는 것 같은 압박감이 들었다. 연녹색 눈동자가 커다랗게 뜨이고, 서리를 맞은 아샤 꽃잎처럼 무너지는 것.

'제발 그런 표정 하지 마, 이엔.'

덜덜 떨리는 손끝을 감추기 위해, 자카리는 손을 들어 제 반대편 손을 있는 힘껏 움켜쥐었다.

"내가 어째서 너에게 동정을 받아야 하지?"

한껏 빈정거리던 자카리가 두 눈을 질끈 감았다. 마음이 아파 견딜 수 없었다. 그녀에게 쏟아 내는 날카로운 말들은 모두 자카리 자신을 공격하는 칼날이었다. 마음이 얇게 저며지는 느낌이 들었다.

"모든 문제는 완벽하게 처리되었어. 네가 걱정할 일도, 동정할 일도 없으니까."

아니야. 네가 없기 때문에 모든 것은 불완전하기만 해. 난 그저 너만 있으면 되는데. 난……

"난 네 동정 따위 필요 없어."

차라리 감정 따위 모조리 거세되었으면 좋겠다. 그러면 이런 고통은 느끼지 않아도 될 텐데.

"이엔, 난."

"……"

"널 다시는 보고 싶지 않았어."

제멋대로 난도질당한 마음에서 피처럼 감정이 흘러내린다. 자카리는 애써 마음을 가다듬었다.

"그러니까 돌아가."

"제발 내 말 좀 들어 줘, 난 널 동정해서 돌아온 게 아니야……!"

"아니, 네가 아무리 말해 봤자 소용없어."

그는 돌아섰다. 더이상 그녀의 얼굴을 보고 있을 자신이 없다. 그녀의 말을 조금만 더 듣다 보면, 정말로 그녀를 붙들며 남아 달라고 애원할 것 같았다. 그는 피가 나도록 입술을 깨물었다.

'그래서는 안 되니까.'

한편 이엘리는 마음이 급했다. 이대로 자카리를 보내게 되면, 우리의 관계는 어떻게 되는 거지?

"자카리, 네가 뭔가 오해한 것 같아. 나는……!"

보다 못한 이엘리는 다급하게 자카리의 손목을 붙들었다. 자카리는 그녀의 손을 확 뿌리쳤다.

"이거 놔!"

"앗!"

이엘리가 짧게 비틀거렸다. 그의 눈동자가 커다랗게 확장되었다. 그가 이엘리를 외쳐 부른다.

"이엔!"

반사적으로 손을 뻗어 이엘리를 부축한 자카리는 순간 멈칫했다. 새파란 눈동자가 파르르 떨렸다. 이엘리는 제 팔을 붙든 자카리를 아연하게 바라보았다. 그녀의 입술이 작게 달싹거렸다.

"자카, 리?"

"……."

물기가 어린 연녹색 눈동자가 그를 빤히 바라보고 있었다. 자카리는 억지로 자신을 설득했다.

'더이상 흔들려서는 안 돼. 난 그녀를 행복하게 해 줄 수 없으니까……'

내팽개치듯 팔을 놓은 그가 그곳을 벗어났다. 마치 어린아이가 도망치는 것 같은 모습이었다.

　　　　　　　*　　　*　　　*

　　자카리는 당장 집사부터 소환했다. 집사가 집무실에 들어서자마
자 자카리는 차갑게 질문했다.

　　"이엘리에 관련한 문제를 차후 문책하겠다고 했었지."

　　"그러셨습니다, 각하."

　　"어째서 내 허락조차 없이 공작 성에 이엘리를 들여보낸 건가?"

　　"죄송합니다."

　　집사는 정중하게 고개를 숙여 보였다. 하지만 죄송하다는 말과
는 달리 표정은 그저 담담했다.

　　"하지만 그분은 선대 가주님께서 귀애하셨던 분이십니다."

　　그 말은 사실이었기에 그는 입술을 잘근잘근 짓씹었다. 아마 아
버지께서는 이엘리가 자신의 마지막 가는 길을 배웅해 주기를 바랐
을 것이다. 어머니가 돌아가신 후, 유일하게 아낀 사람이었으니.

　　"비록 지금은 헤센바이츠 공작가의 일원이 아니시지만, 그래
도……."

　　주름진 눈매 안, 색소가 옅은 시선이 자카리를 마주 본다. 집사
는 침착한 어조로 말을 이었다.

　　"……선대 가주님의 장례에 참석하시어 마지막 인사를 할 권리
가 있으시다 생각했습니다."

　　"그걸 왜 집사의 마음대로 판단하나!"

　　"지금 제가 내린 판단이, 현 가주님의 판단과 같을 거라고 생각했
기 때문입니다."

그 말에 자카리는 덜컥 굳어 버렸다. 집사는 여전히 차분한 낯이다. 오히려 집사가 되물었다.

"그렇다면 가주님께서는 정말로 그분을 공작 성안에 들이지 않으실 작정이셨습니까?"

"……"

말문이 막혔다. 온몸이 떨린다. 심호흡을 하던 자카리는 신경질적인 동작으로 문을 가리켰다.

"……나가."

다시 꾸벅 허리를 굽힌 집사가 방을 빠져나갔다. 그 뒷모습을 바라보던 자카리는 온몸에 힘이 빠지는 것을 느꼈다. 자카리는 스르륵 자리에 주저앉았다. 그가 양손을 들어 제 이마를 짚는다.

"내가, 널, 어떻게 보냈는데."

지독하게 낮고, 갈기갈기 찢긴 목소리가 흘러나왔다. 제 목소리가 낯설어 그는 픽 웃어 버렸다.

"어떻게 넌 그렇게 간단하게 내게 돌아와서……."

아까의 만남을 다시 상기한다. 눈앞에 서 있는 이엘리를 보는 순간 꿈이라도 꾸는 줄 알았다. 찰나의 선잠 속에서만 스치듯 지켜볼 수 있었던 그녀. 그녀를 떠올리는 것조차 죄스러웠는데.

"……이엔."

솔직히 그녀가 자신을 찾아왔다는 게 기뻤다. 저열한 기쁨에 자카리는 가볍게 어깨를 떨었다.

"나는……."

형용할 수 없는 감정에 자카리는 입술을 당겨 물었다. 그는 알았다. 아버지를 잃어 서글픈 와중에도, 이엘리를 잠깐이나마 볼 수 있을지도 모른다며 약간은 기대했다는 것. 그게 서러웠다.

"구제불능, 쓰레기 자식."

자카리는 스스로에게 낮게 욕설을 퍼부었다. 고개를 툭 떨어뜨린 그가 눈물을 꾹꾹 참아 냈다.

"아가씨!"

응접실에 멍하니 서 있던 이엘리는 문득 자신을 부르는 목소리를 들었다. 뒤를 돌아보자, 눈에 눈물을 가득 담은 메리가 서 있었다.

"메리?"

"세상에, 아가씨!"

메리가 종종걸음으로 이엘리에게 달려왔다.

"여긴 어쩐 일이세요, 설마……."

"……이번 일은, 역시 내가 방문했어야 하는 일이라고 생각했어."

이엘리는 희미하게 웃었다. 공작이 죽었다. 어쨌든 헤센바이츠의 이름을 가지고 긴 시간을 이 성에서 살아왔다.

자카리와의 관계가 어떻게 되든지 간에, 이엘리는 공작과의 마지막 인사는 할 작정이었다.

'물론 자카리도 어떻게든 설득할 생각이지만.'

이엘리는 마음을 굳게 먹었다. 자카리가 그녀를 계속 밀어내고 있지만 그건 아마 진심이 아닐 것이다. 오만한 생각일지도 모르지만, 그녀를 밀어냄으로써 오히려 더 괴로운 쪽은 아마 자카리 아닐까.

"요새 자카리는 어떻게 지냈어?"

"하루 종일 일에 파묻혀 계시죠, 뭐."

이엘리의 물음에, 메리는 한숨을 쉬며 고개를 내저었다.

"식사조차 거르시는 경우가 많으셔서, 집사님께서 걱정이 크세요."

"식사를 거른다고?"

"네. 아무래도 상황이 상황이니만큼, 예민해지신 것 같아요."

"……."

이엘리는 침묵했다. 아무래도 자카리를 이대로 내버려 둬서는 안 될 것 같은 기분이 들었다. 입술을 당겨 물던 그녀가 말했다.

"고마워, 메리. 그럼 나 가 볼게."

"네? 가 보시다니, 어딜……."

"자카리 만나러."

"네에?"

방금 전에도 만나시지 않았나? 하지만 그런 의문을 표할 새조차 없이, 이엘리는 이미 응접실을 빠져나간 상태였다.

뒤에 남겨진 메리는 잠시 당황한 얼굴을 하다가, 조그맣게 중얼거렸다.

"……어쨌든 아가씨가 오셨으니, 잘 해결되면 좋을 텐데."

지금 상황에서 그나마 지금 상황을 개선할 수 있는 가능성을 가진 사람은 이엘리뿐이었다.

자카리는 이미 극도로 식사량과 수면량을 줄인 상태였기에, 공작 성 사람들도 자카리의 몸이 상할까 전전긍긍하고 있었다. 사라지는 뒷모습을 바라보던 메리가 다시 한숨을 내쉬었다.

성큼성큼 걸음을 옮기는 이엘리의 표정은 잔뜩 굳어 있었다.

'식사까지 거를 정도로 스트레스를 받고 있었다니.'

안 되겠다, 다시 한 번 부딪쳐야겠어. 저대로 자카리를 내버려 둘 순 없잖아. 이엘리는 주먹을 꽉 말아 쥐었다. 비록 자카리가 그녀를 거부하긴 했지만, 겨우 이 정도로 물러날 생각이었으면 애초에 공작 성에 찾아오지도 않았다. 그러던 중 그녀는 집사를 마주쳤다.

"아, 집사님?"

이제 이엘리는 공작가의 일원이 아니기에 집사에게 공대를 사용해야 했다. 집사도 멈칫했다.

"레이디."

집무실 쪽에서 걸어오던 집사는 정중하게 고개를 숙여 보였다. 머뭇거리던 이엘리가 물었다.

"저, 죄송하지만 자카리는 어디에 있나요?"

"가주님께서는 집무실에 계십니다."

"아, 집무실에……."

이엘리는 고개를 끄덕였다. 그러고 보면 자카리가 드디어 공작 작위를 계승했다는 게 실감이 났다. 자카리가 사용하고 있는 집무실은 대대로 헤센바이츠 공작들이 사용하는 장소였으니까.

"레이디. 이런 말씀을 드리는 것도 면구합니다만……."

"네?"

"……가주님을 잘 부탁드립니다."

복잡한 얼굴을 하고 있던 집사가 이엘리에게 말했다. 잠깐 멈칫하던 그녀가 고개를 끄덕였다.

"걱정 마세요. 어떻게든 자카리를 설득할 생각이니까요."

"감사합니다."

집사는 희미하게 미소 지었다. 선대 공작마저 세상을 떠난 이상, 자카리를 설득할 수 있는 사람은 세상에서 오로지 이엘리뿐이었다. 멀어지는 이엘리의 뒷모습을 집사가 가만히 바라보았다.

*　　*　　*

집사의 부탁을 받은 이엘리는 생각에 빠졌다. 그녀는 자카리의 얼굴을 떠올렸다.

'어쨌든 얼굴을 보고 다시 이야기를 나누어야 해.'

그녀를 밀어내던 자카리. 일부러 냉정한 말을 골라 내뱉던 자카리. 하지만 그런 모습들이 진심일 거라고 생각하지 않는다. 오히려 상처 입은 짐승처럼 도망치던 모습이 진심에 가까웠다.

'어떻게든 자카리의 얼굴을 다시 봐야 해.'

이엘리는 입술을 깨물며 집무실로 향했다. 저 멀리 커다란 마호가니 문이 보인다. 그 문을 바라보며 이엘리는 묘한 감회에 젖었다. 그러고 보면 한때 저 문을 열면, 선대 공작이 있었는데.

'그러고 보면…… 공작님께서는 정말로 돌아가신 거구나.'

테론 헤센바이츠. 그녀는 주먹을 꽉 움켜쥐었다. 서로 사랑하면서도 증오했던 아버지와 아들.

'공작님, 제가 자카리를 설득할 수 있도록 도와주세요.'

이엘리는 속으로 중얼거렸다. 커다랗게 심호흡을 한 이엘리가 결연하게 손을 들어올렸다.

똑똑똑. 노크 소리가 울렸다. 대답조차 없는 조용한 방문 앞에 서서, 이엘리는 자카리를 불렀다.

"자카리."

"……."

"너 거기 있는 거 다 알아."

지금은 자카리와의 대화가 최우선이다. 이엘리는 확고한 목소리로 말했다. 문 안쪽에 주저앉아 있던 자카리는 입술을 깨물며 어깨를 움츠렸다. 이엘리가 집무실까지 찾아올 줄은 몰랐다.

"우리 할 얘기가 많잖아."

"……."

"그러니까 문 좀 열어 줘. 응?"

간절한 그녀의 말에 자카리는 작게 온몸을 옹송그렸다. 마치 그러면 자신이 이 세상에서 사라질 거라고 믿는 것처럼 그는 숨을 삼켰다. 이엘리의 말을 더 들어서는 안 된다.

'안 돼. 제발 참아, 자카리.'

그는 간절한 마음으로 눈을 꽉 내리감았다. 솔직한 심정으로는 당장이라도 문을 열고 싶었다.

'흔들리지 마.'

그녀를 제 품 안에 가득 끌어안고 싶었다. 네가 너무 소중하다, 진심을 다해 고백하고 싶었다.

'그녀를 붙들어 두는 건 네 이기심임을 잘 알잖아.'

자카리는 막막한 기분을 느꼈다. 햇살 가득 머금어 살랑대는 아샤 꽃가지 같은 아가씨. 몇 번이고 그녀를 찾아가려 했다. 눈물로 그녀의 발등을 적시고 제발 돌아와 달라 애원하려 했다.

'그럼에도 널 찾아가지 않았던 건……'

내 옆에 네가 머무른다면 네가 행복할 수 없다는 것을 알아서. 자카리는 멍하니 시선을 들어 올렸다. 아무리 사랑하면 뭐하나. 자신 때문에 그녀가 위험해질 수도 있다면 모두 끝이었다.

"있잖아, 자카리."

그때 자그마한 목소리가 들려왔다. 이엘리는 문 앞에 주저앉아 방문에 살며시 고개를 기댔다.

"내가 정말로 모를 줄 알아?"

"……"

자카리는 침묵했다. 방문을 사이에 둔 채 나란히 등을 맞대고 앉아, 이엘리의 조곤조곤한 목소리를 귀담아듣는다. 그녀의 말을 들으면 흔들릴 거라는 것을 알면서도 귀를 막을 수 없었다.

"너랑 함께 보냈던 시간이 얼만데."

"……"

"넌 거짓말을 할 때면 오히려 표정이 전혀 없어져."

이엘리는 희미하게 웃었다. 자카리는 언제나 그랬다. 남을 속이려 할 때면 어떤 얼굴을 해야 할지 몰라 오히려 가면처럼 무표정을 덮어 버렸다. 하지만 자세히 들여다보면 보인다. 그 눈동자의 서글픔이.

"게다가 아까 그렇게 도망친 주제에, 아직도 내가 싫다고 우기려고 하는 거야?"

"……."

"아까 전의 넌 나를 똑바로 바라보지도 못하고 있었어."

단호한 목소리에 자카리는 호흡이 흐트러지는 것을 느꼈다. 이엘리는 나긋하게 말을 이었다.

"넌 항상 그러더라. 언제나 날 위한다는 명목으로 네 멋대로 판단하고 행동하지."

"……."

"그리고 자카리, 네 그런 행동은 전혀 기쁘지 않아."

작게 중얼거리는 이엘리의 목소리 끝에 희미한 분노가 서렸다. 이엘리도 사람이었다. 멋대로 그녀를 밀어내려 한 그의 행동이 화가 나지 않을 리 없다. 크게 심호흡을 한 그녀가 말했다.

"저번에는 깜빡 속아서 널 떠났지만…… 이번의 난 네게 속지 않을 거고."

닫혀 있는 방문에서는 여전히 대답이 들려오지 않았다. 하지만 진심은 전해졌을 거라 믿었다.

"자카리. 정말로 이 문 열어 주지 않을 거야?"

그 질문이 시발점이었다. 자카리는 더이상 스스로의 행동을 제어할 수 없었다. 달칵 소리와 함께 문이 열렸다. 쪼그려 앉은 그대로 이엘리는 자카리를 올려다보았다. 그녀가 그를 불렀다.

"자카리."

자리에서 일어난 이엘리가 자카리에게 다가섰다. 불에 덴 것처럼 자카리는 화들짝 물러났다.

"오지 마."

"싫어."

그러나 이엘리는 오히려 한 발자국 더 가까이 다가섰다. 거리가 가까워진다. 연녹색 눈동자에 그렁그렁 눈물이 고인 모습이 보였다. 자카리는 순간 머릿속이 새하얗게 물드는 것을 느꼈다.

'제발, 이엘리. 울지 마.'

자카리는 필사적으로 그렇게 생각했다. 네가 울면 난 미칠 것 같아져. 비틀비틀 걸어 자카리의 코앞에 선 그녀가 그를 있는 힘껏 노려보았다. 그녀가 가늘게 떨리는 목소리로 입을 열었다.

"너, 정말 나빴어."

이엘리의 뺨 위로 주르륵 눈물이 흘러내렸다. 자카리를 빤히 보던 이엘리가 내뱉듯이 말했다.

"이왕 거짓말을 할 거라면 날 완벽하게 속여 줬어야지."

감정이 북받친다. 그 앞에서는 끝까지 감정을 다스릴 수 있을 거라고 생각했는데. 오산이었다.

"그렇게 냉정하게 날 떠났으면, 그래서 날 끝까지 속이고 싶었으면."

그렇게 말한 이엘리가 턱을 들어올렸다. 자카리의 파리한 낯. 아까 전 냉정함은 흔적도 없다.

"어떻게든 네가 날 미워한다고 착각하게 만들었어야지."

"이, 엔."

"네 낯빛조차 제대로 관리하지 못하면서, 말만 그렇게 하면 다야?"

그녀가 사납게 쏘아붙였다. 그의 창백한 얼굴을 보고 있자니 속상한 마음이 봇물처럼 터진다.

"봐 봐. 지금도 거의 울 것 같은 얼굴을 하고 있으면서."

"하지만, 이엔. 난."

목을 조르는 것 같던 감정이 풀려났다. 막혀 있던 호흡이 터졌다. 그는 가쁜 숨을 몰아쉬었다.

"나는, 너를, 그러니까 난……."

어떤 표정을 해야 할지 알 수가 없었다. 게다가 자카리가 어떤 얼굴을 하고 있더라도, 이엘리는 그의 가장 내밀한 진심을 아무렇지도 않게 꿰뚫어 본다.

이엘리는 단호한 어조로 말했다.

"난 네가 어떤 표정을 하고 있더라도 네 진심을 알아볼 수 있어."

"……."

"그런데도 날 속일 생각이야, 자카리?"

이엘리는 차분한 얼굴로 자카리를 올려다본다. 그 순간 자카리가 이엘리를 와락 끌어안았다.

"이엔."

품 안에 폭 안기는 이엘리의 무게가 지나치게 가벼워서 마음이 아팠다. 그가 낮게 속삭였다.

"네가 내게 돌아온다고 한 거야."

"응."

"난 몇 번이나 네게 날 떠날 기회를 줬어."

흰 이마에 헝클어진 은빛 머리카락이 달빛을 머금어 창백하게 빛났다. 새파란 눈동자가 이엘리를 내려다본다.

나의 구원. 나의 기적. 애써 외면하고 밀어내면서도 차마 멀어질 수 없었던.

"나, 이젠 널 못 보내."

"그래."

그녀는 고개를 끄덕이며 그의 품에 파고들었다. 그는 숨을 삼켰다. 이 온기가 너무 그리웠다.

"미안해, 정말 미안해, 이엔⋯⋯."

자카리의 목소리 끝이 흐트러졌다. 그럼에도 건조한 목소리에는 물기라고는 없었다. 마치 우는 방법을 잊어버린 것 같아 안쓰러웠다. 이엘리는 손을 뻗어 그의 뺨을 천천히 어루만졌다.

"이렇게 미안해할 거라면 처음부터 그러지 말지 그랬어."

이엘리는 희미하게 웃었다. 그런 그녀를 보며, 자카리는 어떻게든 그녀에게 사죄하고 싶었다.

"이엔, 내가 널 얼마나 아프게 했는지 알아."

"⋯⋯."

"그러니까 네가 날 용서하지 않아도 어쩔 수 없다고 생각해."

그녀의 손을 붙든 자카리가 손바닥 안에 뺨을 기댔다. 이엘리는 의아한 얼굴로 그를 보았다.

"그게 무슨 소리야?"

"난 이기적이었어. 널 무척 괴롭게 했지. 그러니까 날 평생 원망해도 괜찮아."

자카리는 빠른 말씨로 말을 이었다. 죄를 고해하는 죄인처럼 간절한 시선이 보였다. 그가 말을 맺었다.

"대신 네가 먼저 내게 돌아왔으니까."

"……."

"제발 날 떠나지만 말아 줘."

그렇게 말한 자카리가 그녀의 어깨에 고개를 툭 기댔다. 여신을 경애하듯 정중한 동작이었다.

"너에게 이런 말 하는 것 자체가 우습다는 건 알아, 널 먼저 떠나보내려 한 건 나였으니까."

"자카리."

"온 힘을 다해서, 널 잊어 보려고 노력했는데도……."

마치 고해성사를 하는 것처럼 자카리는 조그맣게 소곤거렸다. 이엘리는 가만히 숨을 죽였다.

"아무리 발버둥을 쳐도, 널 잊을 수 없다는 것을 알게 될 뿐이었어."

눈을 뜨고 감을 때마다, 일상적인 시간을 지날 때마다. 오직 떠오르는 사람은 이엘리 한 명뿐이었다. 상처 입은 짐승이 제 상처를 핥는다. 상처가 덧날 것을 알면서도 그러고 만다.

"……자카리."

이엘리는 본능적으로 깨달았다. 지금 그녀는 자카리의 가장 내밀한 진심을 마주하고 있었다.

"우리의 관계를 정리하는 게, 널 보내 주는 게…… 네가 더 행복해지는 길이라 생각했는데."

이엘리는 침묵했다. 뭐라 말해야 할지 알 수 없다. 자카리의 눈가가 점차 발갛게 달아올랐다.

"아직도 그 판단이 틀렸다고 생각하지 않는데도……."

자카리의 눈동자에 고통이 차올랐다. 그런 그를 보면서 이엘리는 알았다. 그녀 못지않게 자카리도 힘겨웠을 것이다. 자카리는 낮게 흐느끼듯이, 토막토막 끊어지는 목소리로 말을 이었다.

"네가 내 앞에 나타난 그때부터."

"……."

"내 얼굴을 보니까. 네 목소리를 들으니까. 너를 만지고…… 끌어안을 수 있다고 생각하니까."

자카리는 그녀의 어깨에 깊숙이 고개를 파묻었다. 이런 마음을 고백하는 것 자체가 미안했다.

"이제 너 없이는 도저히 살 수 없을 것 같아."

신음 같은 목소리다. 차마 이엘리의 눈을 바라볼 용기가 나지 않는다. 죄스러워 견딜 수 없었다.

"난 제대로 감정도 조절하지 못하고, 널 앞에 두고 폭주까지 했던 전적이 있는데도."

"……."

"네가 위험해질지도 모른다는 것을 알면서도…… 도무지 널 포기할 수가 없어."

자카리는 지난 시간을 다시 떠올렸다. 두 사람이 이혼한 후로 그는 계속 그녀의 소식을 듣고 있었다. 명목은 이엘리의 보호였지만, 실은 그녀의 소식조차 알지 못하면 죽을 것 같아서였다.

"이엔, 난 있잖아."

이엘리는 말없이 자카리의 말에 귀를 기울여 주었다. 자카리는 오래 묵혀 둔 고뇌를 꺼냈다.

"네가 내 어머니처럼 될까 봐 겁이 났어."

이엘리를 곁에 두면 저 때문에 그녀가 다칠 것 같았다. 어머니처럼 영영 잃게 될까 두려웠다.

"네 말대로…… 어머니와 넌 다른 사람임을 잘 알고 있었는데도."

악몽 속에서 언제나 모습을 드러내는 어머니. 차라리 죽는 편이 나았을 거라고 그를 매도하는 어머니. 만약 그 악몽에 그녀까지 한자리를 차지하게 된다면. 그게 두려워 이별을 선택했다.

"그럼에도 두려운 건 어쩔 수가 없었어. 그래서 널 억지로 보냈는데도……."

자카리는 더 말을 이으려다가 다시 입술을 깨물었다. 그녀가 다른 남자에게 가는 걸 막아서는 안 된다고 생각하면서도, 그녀를 놓지 못해 번민하던 시간. 자카리는 솔직한 마음을 토해 냈다.

"네가 내 곁에 없으니까 죽을 것 같았어."

"……."

"참고 또 참았는데. 내가 널 보냈으니, 너의 부재는 어떻게든 견뎌야 한다고 생각했는데……."

자카리는 가쁜 숨을 내뱉었다. 견딜 수 없어도 견뎌야 한다 여겼다. 하나 그조차 오만이었다.

"내게 남은 사람이 아무도 없다는 게, 이렇게 고통스러운 줄 몰랐어."

"……자카리."

"널 잃어도, 아버지를 잃어도…… 적어도 살아갈 수는 있을 줄 알았는데."

이엘리는 망연히 자카리를 바라보았다. 무릎을 꿇은 자카리의 어깨가 가늘게 떨리고 있었다.

"……모두 내 착각이었어."

온 세상에게서 버림받아 홀로 남은 어린아이. 눈과 얼음으로 짜 올린 차가운 세상에 살던 소년. 그녀 나이 열셋, 자카리를 처음 만났던 그때의 고독함이 다시 자카리를 집어삼킨 채였다.

"다시 네게 돌아와 달라고 빌까. 하지만 내게 감히 너에게 애원할 그런 자격이 있을까."

자카리는 쓰게 미소 지었다. 제 마음을 토로하는 것 자체가 해선 안 될 일이라는 것을 안다.

"너를 보냈던 그 시간 동안 이따위 생각만을 했어. 우습지?"

그를 빤히 바라보던 이엘리는 고개를 가로저었다. 전혀 우습지 않다. 그녀 또한 그랬으니까.

"그런데 그것보다도 더 우스운 게 뭔지 알아?"

지금껏 충분히 힘겨운 시간을 홀로 견뎠을 이엘리였다. 게다가 그녀를 긴 외로움 속에 빠뜨린 건 다름 아닌 그였다. 그런데도 사람은 어찌나 이기적인지, 자꾸만 이엘리에게 애원하게 된다.

"아버지께서 돌아가시기 직전, 마지막 대화를 나누었을 때."

자카리의 눈동자가 과거를 되짚었다. 이엘리는 순간 마른침을 삼켰다. 공작의 죽음을 자카리가 먼저 언급할 거라고는 생각하지 못했다. 자카리의 목소리는 이제 잔뜩 쉬어 갈라져 있었다.

"난 그때조차 아버지께…… 널 포기하겠다는 대답을 하지 못했어."

"……."

"너와의 이별을 멋대로 통보한 주제에. 널 상처 입힌 주제에, 난, 나는……"

자카리의 목소리가 잘게 떨리기 시작했다. 이엘리는 입 안의 보드라운 살을 깨물었다. 자카리를 잃고 홀로 지새웠던 기나긴 시간이 떠올랐다.

무심결에 창밖을 내다보며 그를 기다리던 그 시간. 언젠가 네가 내게 돌아와 주지 않을까, 내게 미소 지어 주지 않을까. 기대하던 순간들.

물끄러미 자카리를 바라보던 이엘리가 입을 열었다.

"그리고, 나."

"……."

"공작님께서 왜 죽음을 선택하셨는지 그 이유가 알고 싶어."

그 말에 자카리는 어깨를 굳혔다. 이엘리는 차분하게 말을 이었다.

"공작님께서는…… 스스로 목숨을 놓으셨다고 들었어."

"이엔."

"공작님께서 스스로 목숨을 놓으실 이유가 없다고 생각했어. 만약 돌아가신 거라면, 내내 몸이 편찮으셨기에 병이 깊어지셔서 그랬던 거라고 여겼어. 그런데 어째서 스스로 죽음을 택하신 거야?"

내내 공작이 어째서 그런 선택을 했는지, 그 이유가 마음에 걸렸었다. 자카리의 얼굴이 대번 어두워진다. 이엘리가 한숨을 삼켰다.

"게다가 내가 떠날 때까지만 해도 당장 병세가 악화될 것 같진 않았거든. 그래서 이런 소식을 들을 거라고는 생각도 하지 못했는데."

이엘리는 말끝을 흐렸다. 문득 황녀가 보내온 편지가 떠오른 탓이다. 그 편지에는 공작이 자살했다고 적혀 있었다. 하지만 공작이 자살할 이유가 없지 않나, 역시 병사를 착각한 것이 아닌가.

"그 이유는……."

한편, 반사적으로 이유를 말하려던 자카리가 지그시 입술을 깨물었다.

공작의 죽음. 이엘리는 아직 아무것도 모른다. 그녀에게 비밀을 만들 생각은 없지만, 아직 자카리의 마음도 복잡했다.

"이유가…… 있어."

"이유?"

"응."

그렇게 말하는 자카리의 눈빛은 복잡했다.

'내가 내 힘조차 제대로 감당하지 못하는 괴물이었기에.'

그렇게 생각하는 자카리의 입 안에 쓴맛이 가득 괴었다. 은룡의 힘을 물려받은 서리 악마. 그런 괴물을 위해 아버지께서 어떤 일까지 감내하셨는지, 자카리는 아주 잘 알고 있다.

"나는……."

자카리가 멍하니 입술을 열었다. 마음속은 엉켜 버린 실타래처럼 온통 엉망이었다. 어디서부터 어떻게 진실을 말해야 할지 그조차 알 수 없었다.

그런데 그때, 이엘리가 입을 열었다.

"힘들면."

자카리가 괴로운 눈으로 이엘리를 마주보았다. 그녀가 속삭였다.

"나중에 말해 줘도 돼."

"……이엔."

"난 여기에 있고, 언제든 네 이야기를 들을 준비가 되어 있어."

그렇게 말한 이엘리가 자카리의 손을 맞잡았다. 손에서 손으로 옮겨 오는 온기가 숨 막히게 따스하여, 자카리는 저도 모르게 코끝이 시큰해지는 것을 느꼈다. 그녀가 희미하게 미소 지었다.

"그러니까, 네 마음이 편해지면."

"……."

"그때 이야기해."

그 말에 자카리가 입술을 깨물었다. 이엘리는 지금 이 순간마저도 자신을 배려한다. 그 배려가 너무 따스해서, 어쩔 수 없이 그녀에게 기대고 마는 그 스스로가 한심했다.

그런 자카리의 얼굴을 물끄러미 바라보던 이엘리가 불쑥 말을 뱉었다.

"그것보다 자카리, 넌 정말 바보 같아."

저 홀로 고통을 견디기만 했던 자카리. 지금만큼은 정말 밉다.

"……미안해."

"웬만하면 내게 사과할 필요 없다고 말하려고 했는데…… 이번에는 안 되겠다."

안쓰러움과 분노가 엉켜 가슴을 헤집었다. 이엘리는 사나운 눈빛으로 자카리를 올려다보았다.

"네가 무슨 짓을 하건, 내가 널 용서하지 못할 일은 없어."

지금 가장 상처 입은 사람은 분명 자카리일 것이다. 고통스러워하는 자카리를 보듬어 줘야 한다고 생각했다. 이엘리는 숨을 삼켰다. 그런데도, 알고 있는데도…… 목소리가 날카롭게 나왔다.

"하지만 그런데도, 너의 이런 모습을 보는 건 화가 나."

"이엔."

"날 억지로 떠나보냈으면 너 혼자서 행복하게 살기라도 했어야지."

이엘리의 목소리가 점차 격해졌다. 적어도, 날 위해서라도…… 이런 모습으로 살진 말았어야지.

"한미한 자작 가문의 여식 따위, 차라리 말끔하게 잊어버리고 떵떵거리면서 지내지 그랬어."

그 말에 자카리는 침묵했다. 그를 눈에 담은 연녹색 시선이 잘게 떨렸다. 그녀가 말을 이었다.

"홀로 이렇게 아파할 거였으면서 왜 억지로 날 보냈어? 어째서 나와 이혼한다고 했어?"

"그건…… 널 보내는 게 옳은 일이니까."

가만히 시선을 들어 올린 자카리가 이엘리의 눈을 바라보았다. 그 눈이 빙하처럼 푸르게 빛나고 있었다.

"솔직히 내 생각은 변하지 않았어."

"뭐라고?"

"그때나 지금이나 난, 널 보내는 게 맞는 일이라고 여겨."

자카리의 표정은 고요했다. 그녀와 함께 보냈던 시간 속, 다채롭던 표정들은 모조리 사라졌다.

"그런데 이렇게 한심하게, 또…… 네게 매달리고 말아."

자카리는 쓰게 미소 지었다. 이엘리는 울컥, 이름 모를 감정이 치솟는 걸 느꼈다. 유리창 너머 희게 쏟아지는 달빛. 조각상처럼 침묵하고 있는 나의 기사. 넌 왜 아직도 이렇게나 바보 같니.

"너에게는 사죄할 것만 잔뜩 쌓였어."

"실망이네, 네가 이렇게까지 바보 같을 거라고는 생각하지 않았는데."

이엘리는 냉담한 목소리로 입을 열었다. 자카리는 물끄러미 그녀의 시선을 맞받았다. 처형을 기다리는 사형수처럼 이엘리를 바라보는 시선이 새파랬다. 말을 잇는 그녀의 목소리가 점차 떨려 왔다.

"나, 너와 이혼한 이래로 널 참 많이 원망했어."

"알아. 나라도 그랬을 거야."

힘이라고는 한 톨도 남아 있지 않은 그의 목소리. 그 목소리를 듣던 이엘리는 그의 품에서 벗어났다. 그녀의 연녹색 눈동자에 바짝 힘이 들어갔다. 자카리는 그 시선을 괴로운 눈으로 마주보았다.

찰싹! 날카로운 파공음이 들렸다. 이엘리가 있는 힘껏 자카리의 뺨을 후려친 것이다.

"……."

자카리는 고개가 꺾인 채 그대로 침묵했다. 어찌나 세게 때렸는지 이엘리의 손까지 아파 왔다.

"……정말 미안해, 이엔."

"당연히 미안해해야지. 내가 얼마나 힘들었는데?"

말을 쏘아붙인 이엘리가 쌔근쌔근 거친 숨을 몰아쉬었다. 자카리는 침묵했다. 저를 미워해도 된다고 한 건 자신이었는데, 그녀가 정말로 절 미워한다 생각하자 심장이 내려앉는 것 같다.

"그렇게 네 멋대로, 내 의견은 듣지도 않고 나와 이혼한다고 하고!"

내내 고요했던 이엘리의 목소리에 점차 날이 섰다. 치미는 감정에 그녀는 주먹을 움켜쥐었다.

"날 위해서 그런 거라고? 날 위해서였다면 먼저 나와 대화부터 했어야 하는 거 아니야?!"

그녀는 저도 모르게 언성을 높였다. 그 분노에 할 말이 없었다. 그녀의 분노는 정당했으니까.

"내가 싫다고 했잖아!"

"이엔."

"널 떠나기 싫다고, 그러니 내 곁에 있어 달라고 그렇게 말했는데!"

이엘리가 이런 식으로 흥분하며 화를 내는 건 그조차 처음 봤다. 자카리는 덜컥 두려워졌다.

"너 혼자서 판단하고, 너 혼자서 행동하니까 속 시원했니? 이대로 괜찮을 거라 생각했어?"

얼마나 화가 났으면 내게 이러나. 다시 내 얼굴을 보지 않는다고 말하면 어떡하나. 그녀가 저를 영영 중오하는 것. 그녀에게는 괜찮다 말했지만…… 실은 괜찮지 않았다. 미움받기 싫었다.

"게다가 난 선대 공작 부인도 아닌데, 왜 자꾸 내가 그분처럼 될 거라는 걱정을 하는데?"

이엘리의 호흡이 거칠어졌다. 그녀는 자카리를 빤히 노려보았고, 자카리는 고개를 떨어뜨렸다.

"미안해."

"……."

"정말 미안해, 이엔. 난……."

무어라 말하려던 자카리는 흠칫 어깨를 굳혔다. 마치 눈물을 삼키는 것처럼 이엘리의 호흡이 가쁘다. 이엘리는 다시 울고 있었다. 자카리는 저도 모르게 손을 뻗었다. 그 눈물이 뜨거웠다.

'내가 널 또 울리고 말았어.'

스스로가 미워 견딜 수 없다. 손가락에 닿는 촉촉한 눈물의 감촉을 느끼며 그는 얼어붙었다.

"……하지만, 그런데도."

흰 뺨 위로 넘쳐흐르는 투명한 눈물이 온통 얼굴을 적신다. 이엘리는 더듬더듬 말을 이었다.

"네가 내게 돌아왔다는 게 기뻐."

"이, 이엔."

"게다가……."

이엘리는 코를 울렸다. 손을 들어 아무렇게나 눈가를 닦아 낸다.

그 이후 해사하게 웃어 보였다.

"기다리겠다고 먼저 약속한 건 나였으니까."

"……."

손을 뻗은 그녀가 자카리의 양 뺨을 그러쥐었다. 시선을 맞춘 그녀가 울먹이며 말을 이었다.

"공작님께서 돌아가셨다고 해서 얼마나 놀랐는지 알아?"

"이엔."

"그럼 너 혼자 공작님의 장례식을 치러야 하잖아. 역시 그건……."

이엘리는 말끝을 흐렸다. 공작이 죽었다니 아직도 믿어지지 않는다. 아버지의 죽음을 자카리는 홀로 견뎌야 했을 터다. 비록 데면데면한 관계였다 해도, 두 사람은 단 하나뿐인 부자였다.

'분명 아버지를 잃은 고통이 작지 않았을 텐데.'

뺨 위를 미끄러지는 작고 보드라운 손가락. 자카리는 입술을 당겨 물며 이엘리를 바라보았다.

"많이 힘들었지?"

"나는……."

자카리는 숨을 삼켰다. 아니야. 나 때문에 아파했던 네게 내 고통까지 얹어 줄 생각은 없는데.

'그런데.'

이엘리의 온기가 닿는 순간 단단하게 세워 뒀던 마음의 벽이 녹아내리는 기분이었다.

이엘리는 이해한다는 것처럼 가볍게 고개를 끄덕여 보였다. 자카리의 속눈썹이 천천히 젖어 들었다.

'네가 나에게 이렇게 해 주면.'

새싹 같은 연녹색 눈동자는 여전히 다정하기만 하다. 자카리가 사랑해 마지않았던 그 눈동자.

'……난 이번에도 또 네게 기대려 들 텐데.'

그때 이엘리는 자카리를 꼭 끌어안았다. 느닷없는 포옹에 자카리가 반사적으로 몸을 굳혔다.

"자카리, 괜찮아. 나에게는 기대도 돼."

마치 자신의 속마음을 들여다보기라도 한 양, 이엘리는 그렇게 말했다. 자카리는 숨을 삼켰다.

"이엔."

"난 절대로 널 떠나지 않을 테니까."

이엘리는 낮은 목소리로 중얼거렸다. 그녀의 목소리가 끝부터 다시 한 번 천천히 젖어 들었다.

"그리고 공작님께서도…… 우리가 함께 찾아오기를 기다리고 계셨을 거라고 생각해."

자카리는 침묵했다. 그의 아버지, 테론 헤센바이츠. 돌아가신 아버지와 했던 마지막 대화는 이엘리에 관련한 것이었다.

그녀를 데리고 오겠다는 자카리의 말에, 아버지는 작게 웃어 주었다.

"난 너와 함께 공작님께 마지막 인사를 드리고 싶어."

그녀가 그를 올려다보았다. 그와 눈이 마주치자마자 이엘리는 서글픈 낯으로 눈웃음을 쳤다.

"그렇게 해 줄 거지?"

"······그래."

자카리는 잠긴 목소리로 대답했다. 이엘리는 그런 자카리의 품에 고개를 묻으며 중얼거렸다.

"이제는 울지 않네."

"아무리 울어 봤자 소용없다는 것을 배웠으니까."

자카리는 단호하게 대답했다. 이제 예전처럼 눈물을 흘리지 않는다. 그녀와 떨어져 있던 시간 동안, 그는 고통을 홀로 삭이는 방법을 배운 것 같다. 그리고 이엘리는 그런 그가 안타까웠다.

"울고 싶으면 우는 것도 괜찮아."

"아니야, 이제 난."

자카리는 그녀를 끌어안은 팔에 힘을 주었다. 나직한 목소리가 이엘리의 귓가를 간지럽힌다.

"다시 한 번 지켜야 할 사람을 되찾았으니까."

그건 차라리 맹세와도 같은 말이었다. 그에게 남은 단 한 사람, 이엘리. 이미 자신 때문에 큰 상처를 받았던 그녀만큼은 온전히 지켜 낼 것이라는 맹세. 오로지 기댈 곳은 그녀밖에 없기에.

"그러고 보니, 자카리."

그때 고개를 들어올린 그녀가 부러 밝은 목소리로 입을 연다. 자카리가 고개를 갸웃거렸다.

"응?"

"일 년, 지났어."

"······."

이게 무슨 소리인지 알 수가 없다. 자카리가 의아한 얼굴을 했다. 이엘리는 생글생글 웃었다.

"소원 팔찌를 끊어야 할 시간이야."

"아, 소원 팔찌."

자카리는 문득 제 팔목을 내려다보았다. 이엘리가 직접 만들어 줬던 실팔찌.

그녀가 떠난 이후로 몇 번이고 풀어내려 했지만, 도저히 풀 수 없어 그대로 내버려 두었다. 그녀가 속삭였다.

"그래도 기쁘네."

"뭐가?"

그녀는 자카리의 손목에 걸린 실팔찌를 손가락으로 살살 어루만지며 다정한 어조로 답한다.

"우리가 이별했었는데도, 네가 이 팔찌를 풀지 않아 주었다는 것."

순간 자카리는 말문이 턱 막혔다. 잠시 머뭇거리던 자카리가 어색한 낯빛으로 미소를 지었다.

"내가 이걸 풀 수 있을 리 없잖아."

"응?"

"네가 남긴 것인데, 어떻게 감히 풀어 버릴 수 있겠어."

이엘리가 떠난 이후로, 그는 그녀가 남긴 아주 조그만 것들에 기대 살아갔다. 이 팔찌도 그랬다. 그녀가 직접 만들어 손목에 감아 준 물건이었다. 아마 평생 풀 일이 없으리라 생각했었다.

"그런 거야?"

"응, 그런 거야."

"그렇구나."

이엘리는 뺨을 발갛게 물들인 채 웃었다. 자카리는 고개를 숙여 이엘리와 톡 이마를 맞댔다.

"그 말 기억해?"

"무엇을?"

"팔찌를 나눠 찬 사람과 함께 팔찌를 끊으면⋯⋯."

속눈썹을 들어 올린 그녀가 속살거렸다. 그녀는 자카리의 목에 팔을 감으며 다정하게 말했다.

"두 사람은 영원히 행복하게 살 수 있다는 전설이 있다고 했었잖아."

"알아. 네가 내게 이 팔찌를 선물해 줄 때, 그런 말을 해 줬으니까."

"그러니까 이제 이 팔찌, 끊어 버리자."

그녀가 단호하게 말했다. 자카리는 저도 모르게 고개를 끄덕였다. 영원한 행복을 약속한다고 하는 소원 팔찌. 작은 반짇고리를 뒤적거리던 그녀가 자수를 할 때 쓰는 쪽가위를 가져왔다.

"손목, 이리 줘 봐."

자카리는 말없이 손목을 내밀었다. 긴장한 그녀가 쪽가위를 손목과 팔찌 사이로 밀어넣었다.

"아파?"

"아니, 전혀."

자카리는 고개를 가로저었다. 도대체 소원 팔찌가 뭐라고, 팔찌 하나를 끊는 게 이렇게 긴장되는지 모르겠다. 이엘리는 숨을 들이쉰 채 팔찌를 잘랐다. 톡, 소리와 함께 팔찌가 끊어졌다.

"아."

조그만 사파이어 구슬들과 실이 후드득 떨어졌다. 팔찌의 잔해를 주운 자카리가 허리를 폈다.

"쪽가위 이리 줘."

"여기."

이엘리는 냉큼 쪽가위를 건넸다. 자카리의 커다란 손이 이엘리의 가느다란 손목을 감쌌다. 거의 뼈밖에 남지 않은 손목을 보며 그의 눈이 가늘어졌다. 그는 저도 모르게 추궁하듯 말했다.

"너 왜 이렇게 말랐어?"

"누가 마음고생을 실컷 시켜서 그렇다, 왜?"

"……."

이엘리의 새초롬한 답에 자카리는 말문이 막혔다. 그에게 손목을 맡긴 채 그녀가 생글거렸다.

"왜, 양심에 찔리니?"

"……역시 나 때문이구나."

"당연하지. 그러니까 앞으로는 나한테 잘해."

이엘리는 얼른 팔찌를 끊으라는 것처럼 손목을 흔들어 보였다. 가녀린 손목이 금방이라도 부러져 버릴 것 같아, 자카리는 황급히 이엘리의 손목을 감싸 쥐었다.

신중한 동작으로 팔찌에 쪽가위를 갖다 댄다. 톡. 팔찌가 끊어졌다. 쏟아져 내리는 보석 구슬을 보던 이엘리가 말했다.

"이제 같이 팔찌를 끊었으니까."

"……."

"우리는 끝까지 행복하게 살 수 있을 거야. 알았지?"

서로를 마주보던 두 사람은 이윽고 마주 웃어 보였다. 서글픔과 행복함, 소중한 사람을 잃어버린 슬픔. 갖가지 감정이 뒤섞인 미소였다. 누가 먼저랄 것도 없이 두 사람은 서로를 끌어안았다.

'이엔.'

그녀의 따스한 체온에 눈물이 날 것 같다. 그녀의 온기를 만끽하던 자카리는 문득 생각했다.

'나 혼자 이런 행복을 누려도 되는 걸까.'

아버지의 죽음. 어깨를 짓누르는 무게가 버거웠다. 하지만 끝없는 죄책감과 부채감에 시달린다 해도, 그 죽음에 대한 벌을 받는다 해도…… 지금은 이엘리의 애정을 온전히 누리고 싶었다.

'……아버지.'

그는 그녀를 끌어안은 팔에 힘을 주었다. 어떻게든 아버지에 대한 생각을 떨쳐 내기를 바라며.

＊　＊　＊

이엘리는 간단한 상황을 적은 편지를 부모님께 부쳤다. 자카리는 걱정스레 질문을 던졌다.

"설마 장인어른과 장모님께 말씀도 안 드리고 온 거야?"

"응. 뭐, 괜찮아. 너를 다시 만나는 게 훨씬 더 급했는걸."

"하지만 무척 걱정하셨을 것 같은데."

"그야 좀 걱정하긴 하셨겠지만……."

이엘리는 눈동자를 굴렸다. 솔직히 부모님께 아무 말도 없이 나온 건 좀 양심에 찔리긴 했다.

"뭐, 편지는 부쳤으니까. 나중에 화를 좀 내시겠지만, 그건 어쩔 수 없지."

"……그래도 되는 거 맞아?"

"어쩌겠어, 일은 이미 벌어졌는걸."

아무렇지도 않게 대답한 이엘리는 제 방에 들어섰다. 방의 전경은 그녀가 살던 때와 전혀 다르지 않았다. 두 눈을 동그랗게 뜬 이엘리가 자카리를 돌아보더니, 만면에 방긋 미소를 지었다.

"어머나, 방이 그대로네?"

"그게……."

"설마 내가 공작 성을 떠난 이후에도 이 방은 전혀 정리하지 않은 거야?"

자카리는 다소 머쓱한 얼굴로 작게 고개를 끄덕였다. 뺨을 긁적거리던 자카리가 입을 열었다.

"……너에 관한 것들은 모두 정리하지 않았어."

"어째서?"

"그건."

자카리는 잠시 말을 멈추었다. 어떻게 설명해야 할지 잘 모르겠다. 다만 확실한 건, 그녀에 관련한 모든 것들은 건드릴 수조차 없었다. 켜켜이 쌓인 추억마저 망가질 것 같아서, 두려워서.

"아마도 나에 대한 미련이 남아서 그런 거 아닐까?"

"그럴 거라고 생각해."

이엘리는 생글생글 웃는 얼굴로 뼈 있는 농담을 던졌고, 자카리는 진지한 표정으로 긍정했다.

"이제 내 소중함을 알았겠지?"

"물론이야."

자카리가 미안한 표정으로 웃었다. 이엘리는 이쯤에서 자카리를 구박하는 걸 멈추기로 했다.

"공작 성 사람들은 모두 잘 지내고 있었는지 모르겠네."

"글쎄. 근무 환경이 예전에 비해 좀 힘들어졌을 것 같기도 하고……."

"어째서? 월급이나 복리 후생 같은 건 변한 것도 없잖아."

의아한 얼굴로 이엘리는 자카리를 돌아본다. 자카리는 머쓱한 얼굴로 어깨를 으쓱여 보였다.

"그게…… 근무처의 분위기라는 게 있잖아."

"분위기라니?"

"솔직히, 네가 떠난 이후의 공작 성의 분위기는 좀……."

자카리는 살짝 미간을 좁혔다. 이엘리가 떠난 이후 공작은 내내 병석에 누워 있었고, 자카리는 계속해서 신경이 예민해져 있었다. 아픈 공작과 예민한 소공작을 모시는 삶이 어땠겠는가.

'아무래도 사용인들이 좀 고생스러웠겠군.'

그 당시에는 이엘리를 잃은 게 너무 고통스러워서 차마 주변까지 살피진 못했지만, 지금 생각해 보니 좀 미안하긴 했다. 자카리는 사용인들에게 포상금을 챙겨 주리라 남몰래 마음먹었다.

"장례식은 내일 치르는 거지?"

"맞아."

자카리는 작게 고개를 끄덕였다. 조심스럽게 자카리의 낯을 살피던 이엘리가 질문을 던졌다.

"너, 괜찮은 거지?"

"응, 괜찮아."

하지만 괜찮다는 그 말과는 다르게, 자카리의 표정은 여전히 괴로워 보였다. 아버지. 그녀가 느닷없이 돌아옴으로써 잠시 멀어졌던 감정들이 순식간에 자리를 채운다.

자카리는 복잡한 얼굴을 했다. 그의 얼굴에 드리워진 감정은 단순히 아버지를 잃은 것에 대한 슬픔만이 아니다. 슬픔의 안쪽, 채 드러내지 못한 아픔이 도사리고 있었다.

*   *   *

장례식 전날, 이엘리는 공작 성의 사람들을 다시 만나 보았다. 모두 웃는 얼굴로 그녀를 맞아 주었다.

"어서 오세요, 아가씨."

"아가씨를 다시 뵙게 되어서 기뻐요."

이엘리는 공작 성 사람들에게 따뜻한 환대를 받았다. 내심 감동을 받은 이엘리가 부드럽게 웃었다. 특히 그녀의 곁에 선 메리는 눈물까지 눈에 그렁하게 맺혀 있었다.

처음 만났을 때도 메리는 펑펑 울었었는데, 이번에도 메리를 또 울리게 되네. 이엘리는 뭉클한 마음이 되어 그렇게 생각했다.

"정말 잘 돌아오셨어요, 아가씨."

"고마워, 메리. 이전에는 경황이 없어서 못 물었네, 잘 지냈지?"

"그게, 잘 지냈다고 말씀드리고 싶은데……."

"왜? 설마 무슨 일이라도 있었어?"

놀란 이엘리가 메리에게 질문을 했다. 메리는 어색하게 웃어 보이더니, 고개를 살래살래 젓는다.

"아니에요, 그런 건 아니고."

"그럼?"

"그냥 새삼스럽다 싶어서요."

메리가 이엘리를 흐뭇한 얼굴로 바라보았다. 어리둥절한 이엘리를 향해 메리가 입을 열었다.

"저번에도 말씀드렸지만, 실은 아가씨가 계시지 않았을 때 공작성 분위기가 정말 어두웠거든요."

메리는 미간을 좁혔다. 마치 어른에게 일러바치는 아이처럼 메리가 목소리를 낮춰 속삭인다.

"선대 가주님께서는 계속 앓아누워 계셨고, 가주님께서도 어찌나 기세가 흉험하셨는지요."

"아, 그랬구나."

"하루하루 외다리 나무를 건너는 기분이었다니까요."

메리가 어깨를 움츠리며 질색을 했다. 이후 무언가를 곰곰이 생각하는 것 같더니 입을 연다.

"그리고 선대 가주님께서 너무 급작스럽게 돌아가신 것도 그렇고요."

"……그렇구나. 다들 무척 놀랐겠어."

"그렇죠, 특히 가주님의 상심이 무척 크셨어요."

이엘리는 작게 고개를 끄덕였다. 아무리 서로를 미워했다 한들, 어쨌든 두 사람은 피를 나눈 부자였다. 그 상심이 작을 리 없다.

"게다가 선대 가주님께서 돌아가신 모습을 가장 먼저 발견하신 건 현 가주님이셨거든요."

"자카리가?"

"네. 그때, 현 가주님께서 선대 가주님이 돌아가셨음을 저희에게 알려 주셨지요."

메리는 당시 자카리의 모습을 기억하고 있었다.

칼로 얼음을 깎아 만든 양 서늘했던 그 얼굴.

'아버지께서 돌아가셨다.'

아버지의 죽음을 알리는 말은 오직 그 말뿐. 감정을 말끔하게 도려낸 것처럼 자카리는 무감정한 목소리로 선언했다. 하지만 파리한 낯 위로는 미처 지우지 못한 눈물이 말라붙은 채였다.

"다들 현 가주님께서 선대 가주님의 죽음을 슬퍼하지 않는 것 같다며 입방아를 찧지만……."

너무 오지랖을 부리는 건 아닐까. 그렇게 생각하던 메리가 힐끗 이엘리의 눈치를 살폈다.

그러나 이엘리는 제 말을 진지하게 귀담아들을 뿐이다. 잠시 머뭇거리던 메리가 말을 이었다.

"전 그렇게 생각하지 않아요."

"메리."

"왜냐하면 전, 가주님께서 그렇게 슬퍼하시던 얼굴은 처음 보았거든요."

메리는 진지한 얼굴로 이엘리를 바라보았다. 그 당시 가주님의 얼굴은 역시 잊을 수가 없었다.

"사람들이 제멋대로 떠들어 대긴 하지만, 그건 그때의 가주님 얼굴을 보지 못해서예요."

"자카리가 그렇게 슬퍼했니?"

이엘리는 잠긴 목소리로 되물었다. 도대체 어떤 심정이었을까. 메리는 한숨을 길게 내쉬었다.

"예. 아무래도 선대 가주님께서 그렇게 갑작스럽게 죽음을 맞이하실 줄은 몰랐으니까요."

"그렇구나."

"그래서 다들 가주님을 안쓰러워했어요. 물론 이후에 가주님께서 굉장히 예민해지시기는 했지만……."

메리의 말을 듣던 이엘리는 가슴이 아려 오는 것을 느꼈다. 그럴 수밖에 없었겠지. 아마 당시의 자카리는, 아버지를 잃은 그 순간부터 무너지지 않기 위해 날카롭게 날을 세웠을 것이다.

'역시 내가 곁에 있었어야 했는데.'

이엘리가 한숨을 삼켰다. 지금도 무척 힘들겠지. 다만 저 때문에 힘들었던 그녀에게 부담이 될까 속내를 표현하지 못할 뿐이다. 무어라 말하려다 입을 꾹 다물던 그의 모습이 선연했다.

'실제로 공작님께서 돌아가신 지 얼마 되지도 않았으니까.'

이엘리의 수심이 깊어졌다. 그 어두운 얼굴을 어떻게 해석했는지, 메리가 급히 고개를 저었다.

"아뇨, 하지만 이건 아가씨의 탓이 아니니까요."

"메리."

"아가씨는 그때 남부에 내려가 계셨는데, 선대 가주님께서 돌아가셨는지 어떻게 알겠어요?"

어떻게든 이엘리를 위로하려는 메리의 얼굴이 빨갛게 달아올라 있었다. 메리가 말을 이었다.

"그리고 아가씨에게 이혼을 요구하신 건 가주님이셨으니까요."

"하지만……."

"솔직히 이번에 아가씨께서 돌아오신 것 자체가, 가주님을 크게 배려하신 거예요."

메리의 음성이 단호했다. 워낙 그 목소리가 확고하여 이엘리는 저도 모르게 메리를 응시했다.

"그러니까 아가씨께서는 절대로 죄책감 따위 가질 필요 없으세요. 아셨죠?"

"그래, 고마워."

이엘리는 픽 웃었다. 그런 그녀를 바라보던 메리도 따라 웃었다. 그녀가 떠난 지 시간이 한참 지났음에도, 공작 성 사람들은 여전히 그녀의 편이 되어 주고 있었다. 가슴 깊은 곳이 따스해졌다.

*　　*　　*

선대 헤센바이츠 공작, 테론이 떠나는 날은 아침부터 부슬부슬

비가 내렸다. 공작령에서는 드문 겨울비였다. 마치 선대 공작이 떠나는 것을 서글퍼하는 양, 눈물처럼 빗방울들이 쏟아졌다.

'……이렇게 공작님을 보내는구나.'

아침 일찍 일어나 장례식에 참석하기 위해 몸단장을 하던 이엘리는 멍하니 창밖을 바라보며 생각했다. 오늘의 그녀는 까만 베일이 달린 모자를 써 얼굴을 가리고 검은 드레스를 입었다.

'이 정도면 공작님을 배웅하기에 적절한 차림일까.'

그녀는 서글픈 기분에 젖어 들었다. 그녀가 공작 성을 떠날 때까지만 해도, 시아버지를 만날 때의 마지막 옷차림이 상복일 거라곤 생각하지 않았다. 시아버지의 모습이 눈 안에 아른거렸다.

'공작님.'

서늘하고 차분한 분위기가 자카리와 꼭 닮았던 공작. 하나 제게는 다정한 사람이었다. 좋아하지도 않는 달콤한 레몬차를 그녀가 만들어 왔다는 이유로 기꺼이 마셔 주던 모습이 떠올랐다.

'스스로의 다정함을 어떻게 표현해야 할지 잘 모르시는 분이었지만……'

마지막 떠나실 때, 자카리와의 관계는 어땠을까. 설마 돌아가실 때까지도 서로 모난 말만 내뱉으며 상처를 준 것은 아닐까. 내심 걱정스러워진 그녀는 살며시 눈을 내리감았다.

'그래도 보고 싶어.'

가실 때만큼은 편안하게 가셨으면 좋았으련만. 그래도 이렇게 쉽게 돌아가실 거라고 생각하지 않았는데. 적어도 얼굴은 보여 주시고 떠나시지. 복잡한 마음이 뒤섞였다.

"아가씨. 가주님께서 아가씨를 데리러 오셨어요."

메리가 작게 이엘리에게 일러 주었다. 이엘리는 퍼뜩 고개를 들어 올렸다. 어느새 방문 앞에 자카리가 서 있었다. 그의 낯빛은 파리했다. 아마 그도 마음이 어지럽겠지. 그는 애써 웃었다.

"이엔, 데리러 왔어."

"자카리."

그녀를 가만히 바라보던 자카리가 슬쩍 손을 내밀었다. 이엘리가 자카리의 손을 꼭 맞잡았다.

"잠은 좀 잔 거야? 얼굴이 피곤해 보여."

"괜찮아. 좀 피곤하긴 하지만……."

아무래도 이엘리보다도 자카리 쪽이, 공작을 보내면서 더욱 마음이 힘들 것이다. 제대로 잠을 이루지 못했는지 자카리의 눈 밑 아래에는 그늘이 져 있었다. 그가 손을 들어 낯을 문질렀다.

"그래도 네가 신경 쓸 정도까지는 아니야."

"그렇게 남 얘기하듯이 말하면 서운해."

"남 얘기처럼 말하려고 했던 게 아니라……."

무어라 말하려던 그는 지그시 입술을 다물었다. 살짝 시선을 내린 자카리가 작게 소곤거렸다.

"그냥 네가 날 걱정할까 봐 그랬어, 미안."

"미안할 건 없지만, 가끔은 내가 널 마음껏 걱정할 수 있도록 해 줘."

설핏 웃은 이엘리는 자카리와 손가락을 얽었다. 희미하게 웃은 자카리가 이엘리에게 말했다.

"장례는 가족장을 택했어."

"그래?"

"응. 귀빈은 최소 인원만 부르고 간소하게 치르려고 했거든."

자카리는 비가 쏟아지는 유리창 너머를 흘끗 바라보았다. 쏟아지는 빗줄기 위로 얼비친 두 사람의 모습은, 자카리가 그녀의 온기에 온전히 기대고 있는 모습이었다. 그가 작게 중얼거렸다.

"가족장으로 치르는 장례식인데, 무려 황녀가 조문을 위해 내려올 줄은 몰랐지. 아무래도 황제가 꽤나 몸이 달았나 보지."

그렇게 말하는 자카리의 목소리는 다소 냉소적이었다. 어떤 식으로 반응해야 할지 알 수가 없어서, 이엘리는 작게 고개만을 끄덕였다.

"어쨌거나 장례의 규모를 키울 생각은 없어서, 네 생각보다 성대하지는 않을 거야."

자카리의 푸른 시선이 깊게 가라앉았다. 아버지를 언급할 때마다 가슴 깊은 곳이 따끔거렸다.

"아버지께서도 장례식은 최소한만 했으면 좋겠다고, 바라시기도 했고……."

마지막까지 모든 것을 정리하고 떠나신 아버지였다. 새로 작위를 이을 자카리에게 부담이 될 것을 염려했는지, 장례의 규모는 최대한 작게 하라 미리 집사에게 언질을 해 둔 모양이었다.

'아버지.'

그가 아버지에게 느끼는 감정은 지독한 죄책감과 부채감, 그리고 채 지우지 못한 애정이었다.

'전 당신을……'

마음이 제멋대로 헝클어진다. 자카리는 피가 나도록 입술을 깨물었다. 그때 이엘리가 자카리의 손을 가볍게 끌어당겼다. 퍼뜩 놀라 그녀를 내려다보니, 그녀는 미간을 살짝 찌푸린 채였다.

"그렇게 세게 깨물면 입술이 상한다고."

"……"

"이제 귀빈들까지 맞이해야 할 텐데, 입술이 터진 채로 나갈 수는 없잖아."

손가락으로 그의 입술을 살짝 쓸어내리던 이엘리가 한숨을 삼켰다. 다행히 피를 내지는 않았다. 망연한 얼굴로 그녀를 내려다보던 자카리가 작게 고개를 끄덕였다.

"고마워."

"별말씀을."

이엘리는 희미하게 웃었다. 이엘리가 있어서 정말 다행이었다. 자카리는 진심으로 그렇게 생각했다. 혼자 이 무게를 견딜 수 있었을지, 자신이 없었다. 그들은 곧장 장례식장에 들어섰다.

*   *   *

장례식의 모습은 호사에 찌든 수도의 귀족들이 보면 너무 소박하다며 고개를 절레절레 흔들 모양새였다. 하나 그녀는 오히려 이 풍경이 가장 진실 된 장례식의 모습이 아닐까 생각했다.

'모두 공작님의 죽음을 진심으로 애도하고 있어.'

작은 목소리로 대화를 나누는 사람들은 모두 고인의 추억을 이야기하고 있었다. 이엘리는 이 자리에 모인 사람들이 순수하게 공작을 추모하고 있다는 것을 알 수 있었다. 그는 존경받는 군주였던 것이다.

"이리 와, 이엔."

"응."

두 사람이 홀 안에 발을 들이자, 마치 돌멩이가 물에 던져진 파문처럼 속삭임이 일었다.

"설마, 레이디 블랑쳇?"

"레이디께서 여기는 어떻게⋯⋯."

하긴 사람들이 놀랄 만도 했다. 관계가 정리되었다고 생각했던 현 공작의 전 아내가 느닷없이 공작 성에 등장한 것이다. 그리고 공작은 그녀를 예전처럼, 즉 아내였던 때처럼 대하고 있었다.

"설마 공작 성에 다시 돌아오신 걸까요?"

"하지만 두 분께서는 이혼하셨잖아요."

사람들은 낮게 소곤거렸다. 그녀는 검은 드레스를 차려입고, 검은 베일로 분홍색 머리채를 감쌌다. 명백히 장례식에 참석하기 위한 모습이었다. 그때 자카리가 주변을 차갑게 한 바퀴 휘돌아봤다.

"⋯⋯."

"⋯⋯."

그와 눈을 마주하자마자 수군대는 음성들은 자취를 감췄다. 이엘리는 작게 한숨을 내쉬었다.

"공작 각하를 뵙습니다."

"······."

자카리의 눈썹이 살짝 꿈틀거렸다. 이엘리에게 예를 갖추지 않는 게 마음에 들지 않는 탓이었다. 하지만 공작에게 말을 걸 정도로 용기 있던 사람은, 그 용기를 잘못된 방향으로 사용했다.

"레이디 블랑쳇께서도 이번 장례에 참석하십니까?"

"레이디 블랑쳇이 아닙니다."

자카리는 냉랭한 어조로 답했다. 흠칫 어깨를 굳히는 상대방에게 자카리가 비뚜름히 웃었다.

"레이디 헤센바이츠입니다."

그 차분한 얼굴을 보며 상대방은 얼어붙었다. 자카리는 곧장 말을 이었다.

"여러분들도 모두 알다시피, 전 이제 헤센바이츠 공작가의 가주입니다."

"······."

"그 말은 곧, 누군가의 허락 없이도 제 반려를 제가 선택할 수 있다는 뜻이지요."

자카리의 새파란 눈동자에는 온기라고는 하나도 없었다. 자카리의 말이 맞았다. 작위를 계승한 자카리는 더이상 선대 공작의 허락 없이도 혼인 관계를 이룰 수 있었다.

"이혼은 이미 과거의 일입니다."

그렇게 말한 자카리가 이엘리의 어깨를 가볍게 안았다. 이엘리는 가만히 그에게 몸을 기댔다.

"그녀는 제 단 하나뿐인 반려이자, 헤센바이츠의 공작 부인이며,

북부의 안주인입니다."

선고처럼 말이 떨어졌다. 장례식장에 충격이 뒤섞인 침묵이 흘렀다. 사람들은 당황한 기색이 역력한 얼굴로 자카리를 마주 보았다. 그 와중 자카리의 얼굴만이 홀로 평온했다.

"이전에도 그래 왔고, 앞으로도 그럴 테지요."

이엘리는 마른침을 삼켰다. 바늘 떨어지는 소리까지 들릴 것 같은 압도적인 고요함. 그 누구도 제대로 입을 열지 못하고 있었다. 자카리는 그녀를 끌어안은 팔에 힘을 주면서 선언했다.

"또한 헤센바이츠의 유일한 안주인은 마땅한 예우를 받아야 합니다. 그렇지 않습니까?"

그때 사람들을 헤치고 집사가 앞으로 나섰다. 곧 이엘리를 향해 깊숙이 고개를 숙여 보인다.

"레이디 헤센바이츠, 북부의 안주인이자 공작 각하의 적법하며 유일한 반려를 뵙습니다."

공작 성 사람들의 대표 격인 집사가 그렇게 인사를 올리자 순식간에 분위기가 반전되었다. 사람들은 서로 눈빛을 나눈다. 그때 지금 상황을 관망하고 있던 황녀가 한 걸음 앞으로 나섰다.

"오랜만이에요, 레이디 헤센바이츠."

사람들은 숨을 삼켰다. 이 자리에는 수많은 귀빈들이 모여 있지만, 그럼에도 가장 중요한 귀빈은 역시 황녀였다. 그런 황녀가 이엘리에게 '레이디 헤센바이츠'라는 호칭을 사용한다는 건.

'황녀 전하께서 레이디를 공작가의 안주인으로 인정하신다는 뜻이지.'

'상황이 이렇게 돌아갈 줄이야.'

사람들은 분위기를 파악하기 위해 열심히 눈치를 살폈다. 한편 황녀는 그저 반가운 얼굴이었다.

"황녀 전하를 뵙습니다."

이엘리는 정중하게 황녀에게 인사를 올렸다. 황녀가 즐거운 목소리로 이엘리를 반겨 주었다.

"공작과 레이디가 함께 돌아온 것을 보니, 두 사람은 재결합하기로 한 거군요."

"그렇게 되었습니다, 전하."

뭔가 어색한 기분에 이엘리는 희미하게 웃어 보였다. 황녀는 그녀의 손을 꼭 맞잡으며 말했다.

"정말 축하해요. 저도 정말 기뻐요."

"감사합니다."

"사실 레이디 외의 다른 분을 '레이디 헤센바이츠'라고 부를 마음이 안 나더라고요."

황녀는 장난스럽게 코끝을 찡그리며 웃었다. 그러고는 한 발 뒤로 물러나며 상황을 정리했다.

"드디어 공작과 공작 부인 두 분 다, 스스로에게 어울리는 자리를 찾아온 것 같네요."

그제야 이엘리는 주변의 모습이 어떤지를 살펴볼 정도의 여유를 되찾았다. 자카리는 물론이고 황녀까지 이엘리를 대놓고 인정해 주어서일까, 방 안의 분위기는 이제 그럭저럭 부드러웠다.

"정말 반갑습니다, 레이디. 레이디께서 이렇게 돌아오실 줄 몰랐습니다."

"미리 언질이라도 주셨으면 놀라지 않았을 텐데요."

"경황이 없어 그러지를 못했네요."

이엘리는 웃는 얼굴로 공작 성에 머무르고 있던 수많은 귀빈들과 인사를 나누었다. 그러던 중…….

'자카리도 다른 사람들과 인사를 좀 해야 할 텐데.'

이엘리는 흘끔 자카리를 돌아보았다. 자카리는 내내 그녀의 곁에 붙어 있었다. 아무래도 그녀가 다른 사람들에게 무시를 당할까 경계하고 있는 것 같다. 잠시 후 이엘리가 작게 속삭였다.

"자카리."

"응?"

"우리도 이만 공작님을 뵈러 가는 게 좋겠어."

"……그래."

자카리가 작게 고개를 끄덕였다. 이엘리는 지그시 입술을 당겨 물었다. 자카리가 새로 작위를 승계한 것은 알지만, 그래도 아직 자신의 시아버지에게 '선대'라는 호칭을 붙이기가 꺼려졌다.

'……마지막 인사라.'

아직 공작의 죽음이 실감이 나지 않는다. 바윗덩이를 삼킨 것처럼 마음이 무겁게 가라앉았다.

이엘리와 자카리는 망자와의 마지막 인사를 위해 공작의 관을 모신 너른 홀 안으로 들어섰다.

'조용하네.'

망자의 휴식을 방해하지 않기 위해서일까, 귀빈들이 모인 응접실과는 다르게 홀은 고요했다.

'공작님께서 이런 장례식을 원하셨다고 했었지.'

가족장을 택했다 하더니, 온갖 허례허식도 모두 치워 버린 모양이었다. 붉은 주단과 군데군데를 밝힌 고급 초, 북부에서 유독 값비싼 하얀 국화 장식 외엔 큰 사치품은 존재하지 않았다.

"이리 와, 이엔."

"아, 응."

이엘리는 자카리의 곁에 다가갔다. 자카리는 관 옆에 무릎을 꿇고 앉아, 아버지의 얼굴을 빤히 내려다보고 있었다. 무슨 생각을 하는지 알 수 없는 푸른 눈동자가 아비의 모습을 훑는다.

"……아버지."

자카리는 낮게 속삭였다. 그녀가 가만히 자카리의 어깨를 어루만지자, 자카리가 숨을 삼켰다.

"먼저 꽃부터 바쳐야지, 자카리."

"그래."

하지만 입으로는 그렇게 대답하면서도, 자카리는 아버지의 모습을 홀린 듯이 바라볼 뿐이었다.

"자카리?"

"……"

그의 침묵에 이엘리는 짧게 한숨을 쉬었다. 자카리의 어깨를 토닥이며 그녀가 말했다.

"아직 마음의 준비가 되지 않았다면, 나부터 꽃을 바칠게."

"……아버지도 아마 그편을 더 기뻐하실 거야."

자카리는 쓰게 웃었다. 공작이 그녀를 딸처럼 생각하던 모습이 문득 떠올랐다. 아버지가 진심으로 웃었던 건 오직 그녀가 곁에 있을 때뿐이었다. 이엘리는 두 눈을 가늘게 뜨며 대답했다.

"글쎄, 난 공작님께서 네 꽃을 받기를 더 바라실 거라고 생각하지만."

"그건 우리를 너무 과대평가하는 거야."

"너야말로 공작님과 네 관계를 너무 과소평가하는 거지."

이엘리는 불퉁한 얼굴을 했다. 아마 자카리와 공작 모두 인정하지 않겠지만, 두 사람은 서로를 상당히 소중하게 여겼다. 비록 애증이 섞인 관계일지라도 기반에 깔린 감정은 애정이었다.

'공작님께서는 자카리 외의 다른 사람을 제 후계로 생각하지 않았지.'

공작 정도면 새로이 재혼을 해도 됐을 테고, 다른 후계자를 내세우려면 그럴 수도 있었을 것이다. 하지만 공작은 그러지 않았다. 자카리 또한 공작을 싫어하면서도 아들 노릇은 충실했다.

'뭐, 두 사람은 부정할 테지만……'

망자의 관에 가까이 다가간 그녀는 곁에 놓여 있는 화병에서 흰 국화 한 송이를 뽑아 들었다. 비로드와 모피, 새하얀 국화로 감싸인 테론의 모습은 마치 깊게 잠든 것처럼 편안해 보였다.

"공작님."

손에 든 꽃을 그의 몸 위에 조심히 올려놓고 차갑게 식은 이마에 입 맞춘 이엘리가 속삭였다.

"너무 늦게 와서 죄송해요."

"······."

"하지만 공작님, 마음의 준비를 할 시간은 좀 주셨어야지요."

마치 어린아이가 칭얼거리는 것처럼 이엘리가 공작에게 속삭였다. 자카리는 그 모습을 가만히 지켜보았다. 생전 이엘리를 보면서 공작이 지었던 미소가 눈앞에 아른거렸다. 마치 어린 딸을 대하는 것처럼 다정한 눈빛을 하고 있던 아버지.

이엘리는 공작의 이마를 가만히 쓸어내렸다.

"몸 건강하시라고 말씀드렸었는데 어떻게 이렇게 쉽게 가세요?"

"······."

"그때 뵈었던 모습이 마지막일 줄 알았다면······."

이엘리의 목소리 끝이 천천히 젖어 들었다. 북부를 떠나며, 그녀는 공작에게 무어라 말했던가.

"······그렇게 차가운 얼굴로 이별하지는 않았을 거예요."

이엘리의 눈에 눈물이 고였다. 눈물을 닦아 내며, 이엘리는 잠긴 목소리로 조그맣게 속삭였다.

"제가 공작 성을 떠나던 그날, 공작님께서는 자신을 원망하느냐고 물으셨죠."

"······."

"공작님이 무슨 마음으로 그러신지 알았는데도, 원망한다고 말씀드려서······ 정말 죄송해요······."

그녀의 목소리가 툭툭 끊겼다. 공작이, 그리고 자카리가 왜 그렇게 행동했는지 잘 알고 있었다. 오로지 그녀를 위해서였다. 그녀가 다칠까 두려워서. 스스로를 향한 가없는 애정이 고마웠다.

"그리고 멋대로 돌아온 것도 사죄드릴게요."

"……."

"하지만 저, 자카리를 포기하지 않을 거라고 이미 말씀드렸었으니까요."

이엘리는 눈물 고인 눈으로 환하게 웃었다. 잠든 공작의 얼굴을 내려다보며 이엘리가 물었다.

"이젠 공작님께서도 저희를 축복해 주실 거죠?"

비록 공작의 대답은 들려오지 않았다. 하지만 공작의 평온한 얼굴은 마치 그녀에게 '당연하다'라고 대답해 주는 것 같았다. 이엘리는 다시 한 번 허리를 숙였고, 공작의 이마에 입맞춤했다.

"편히 잠드세요."

조그맣게 속삭인 이엘리는 망자에게, 그리고 상주인 자카리를 향해 예의 바른 인사를 건넸다.

"공작님의 영면을 바랍니다. 가장 깊은 평안 속에 영원히 머무르시기를."

"감사합니다. 그대의 기원이 내 아버지를 안식 속으로 이끌어 주실 겁니다."

형식적인 인사를 나눈 두 사람이 잠시 서로의 눈을 들여다보았다. 묵직한 고요가 호흡을 버겁게 했다. 그녀를 의식해서인지 지금껏 멀쩡한 척 낯빛을 가다듬던 자카리였다.

하지만 아버지의 관을 앞에 두자, 그도 더이상 평온을 가장할 수 없게 되었다. 자카리는 신음처럼 중얼거렸다.

"……이엔."

눈앞의 자카리는 헤센바이츠의 새로운 공작이었지만, 동시에 아버지를 잃은 어린 청년이었다.

'자카리는 아직 갓 성년을 지났을 뿐인데도.'

금방이라도 쓰러질 것처럼 휘청거리는 몸, 애써 감정을 짓누르려 애쓰는 파리한 낯. 푸른 눈동자 안 가장 깊은 곳에 침잠한, 흰 눈처럼 창백한 슬픔. 목이 멘 이엘리가 입술을 짓씹었다.

"자카리."

그녀를 말없이 바라보던 자카리는 충동적으로 이엘리에게 손을 뻗었다. 그대로 이엘리를 와락 끌어안는다. 이엘리는 자카리를 보듬어 주었다. 자카리가 상처 입은 맹수처럼 낮게 속삭였다.

"잠시만……."

"……."

"아주 잠깐이면 되니까……."

그의 목소리가 가늘게 떨렸다. 그녀는 대답 대신 그의 품을 파고들었다. 손을 뻗은 그녀가 자카리를 있는 힘껏 끌어안자, 자카리의 목 깊은 곳에서부터 짐승 같은 신음 소리가 기어올랐다.

"……윽."

하지만 이번에도 자카리는 울지 않았다. 다만 나지막이 숨을 몰아쉬며 감정을 억누를 뿐이다.

"아버지."

그녀의 품에 고개를 묻은 채, 자카리는 낮게 속삭였다. 손에 쥔 국화가 형편없이 뭉그러졌다.

"죄송합니다……."

바닥 깊은 곳에서부터 긁어 올린 사죄였다. 무엇이 그리 미안한지 알 수 없지만, 우는 방법조차 잃어버린 청년의 목소리는 처절하기만 했다. 가슴이 뻥 뚫린 상실감이 그를 괴롭게 했다.

"죄송합니다, 죄송합니다, 정말로……."

자카리는 홀린 듯이 중얼거렸다. 그를 괴롭히는 상실감은 지나치게 깊고 지나치게 어두웠다.

"……죄송합니다."

눈물 한 점 없이 새뜻한 눈동자가 죽은 아비의 얼굴을 훑어 내렸다. 하지만 이엘리는 그 시선 안에 숨겨져 있는 깊은 슬픔과 고독을 알아볼 수 있었다. 지금 그가 얼마나 괴로워하는지도.

'자카리.'

그랬기에 그녀는 그저 그에게 한껏 몸을 붙이고 자신의 체온을 나눠 주었다. 오래된 추위 속에서 어쩔 수 없이 얼음 갑옷으로 마음을 두른 청년에게, 그 갑옷이 조금이나마 녹길 바라며.

길고 긴 장례식도 이제 마지막 절차만 남았다. 바로 공작의 관을 공작가의 가묘에 묻는 과정이었다.

"공명하고 정의로웠던 헤센바이츠의 공작이 이렇게 우리 곁을 떠났습니다."

긴 추도사가 이어졌다. 공작은 객관적으로 훌륭한 군주에 가까웠다. 이 자리에 모인 귀족들의 표정만 봐도 알 수 있었다. 그저 슬픔을 꾸며 내는 것과, 실제로 그 슬픔을 느끼는 건 다르다.

"공작님의 치세 아래 공작령은 유례없는 번영을 누렸으며, 공작령의 시민들 또한……."

추적추적 비는 그치지 않고 내렸다. 비단과 꽃으로 감싼 공작의 관이 깊게 파인 구덩이 아래로 천천히 내려갔다. 사람들은 우산을 쓴 채 공작의 관이 땅에 파묻히는 모습을 지켜보았다.

"⋯⋯평온한 안식을 맞이하시길."

추도사가 끝났다. 공작의 관 위로 흙이 뿌려진다. 자카리는 홀린 듯 공작의 무덤이 만들어지는 과정을 지켜보았다. 그리고 사람들은 내심 걱정스러운 얼굴로 새로운 공작을 곁눈질했다.

"솔직히 선대 공작께서 이렇게 급작스럽게 떠나실 줄은 몰랐습니다."

"그나마 현 공작께서 작위를 무사히 승계했다는 건 다행이지만요."

"부디 새 공작께서도 황가와 큰 충돌 없이 계셔야 할 텐데⋯⋯."

그의 말대로 자카리는 몇 번이나 황가와 본격적으로 충돌했던 전적이 있었다. 사제가 말을 맺었다.

"이로써 테론 헤센바이츠, 선대 공작께서는 먼길을 떠나셨습니다. 그 길, 편히 가시기를."

장례식이 모두 끝났다. 자카리는 힐끗 뒤를 돌아보았다. 파리한 얼굴이 장례식에 참석한 사람들의 면면을 하나하나 살폈다. 온갖 감정으로 들끓는 시선이다. 이윽고 자카리는 입을 열었다.

"모두들 제 아버지의 마지막 가는 길을 전송해 주어서 감사합니다."

자카리는 정중하게 고개를 숙여 보였다. 차갑게 식은 공기 속, 하얀 입김이 부서져 흩날렸다.

"돌아가시는 길은 집사가 살펴 드릴 것입니다."

자카리에게 마주 예를 갖춘 사람들이 모두 뿔뿔이 흩어졌다. 이엘리는 그의 옆얼굴을 가만히 응시했다. 이상하게 그 뒷모습이 메마른 겨울나무 같았다. 금방이라도 부러져 버릴 것 같은.

"자카리……."

"난 괜찮아, 이엔."

자카리는 한 걸음 뒤로 물러났다. 이엘리는 자카리를 가만히 올려다보았다.

"잠시만 혼자 있게 해 줄래?"

그렇게 말하는 자카리의 눈동자는 그저 고요했다. 얼어붙은 바다와 꼭 닮은, 시린 그 눈동자.

"너무 늦게 오지 마, 알았지?"

"그래."

그는 희미하게 웃었다. 이엘리는 걱정스러운 얼굴로 멀어지는 자카리의 뒷모습을 지켜보았다.

* * *

처음에는 이엘리가 걱정할까 싶어, 우산까지 받쳐들고 차분하게 걸음을 옮기던 자카리였다. 하지만 정신을 차리고 보니 그는 어느새 달리고 있었다. 밭은 숨이 목의 안쪽을 아프게 찔러 댔다.

"헉, 허억, 헉……."

자카리는 거친 숨을 토해 냈다. 우산은 이미 어딘가에 내동댕이

친 지 오래, 차가운 빗줄기가 화살처럼 온몸에 쏟아졌다. 하지만 그
는 그녀에게만큼은 무너지는 모습을 보여 주고 싶지 않았다.

"……하아."

이엘리에게서 최대한 멀어지려 아무렇게나 달린 결과, 그는 넓은
정원의 한구석에서 문득 이성을 되찾았다. 쏟아지는 비 때문에 온
몸은 차갑게 식었다. 자카리는 눈을 깜빡거렸다.

"여긴?"

어딘지는 잘 모르겠지만, 적어도 인적이 드물다는 점 하나만큼
은 마음에 들었다. 자카리는 앙상한 나무 아래에 아무렇게나 주저
앉았다. 아니, 정확히 말하자면 무너졌다는 표현이 더 맞았다.

"아버지."

자카리가 멍하니 중얼거렸다. 아버지와 함께 보냈던 마지막 시
간이 제멋대로 쏟아져 내렸다.

"아버지……."

언제나 냉랭했던 그의 아버지. 차라리 그를 밀어내려면 끝까지
밀어내지, 끝의 끝에서 아버지의 애정이랍시고 보여 준 그 행동들.
자카리는 혼란스러웠다. 사람들의 말이 귓속에 쟁쟁했다.

'공작 각하께서 돌아가셨는데 눈물 한 방울 보이시지 않네요.'
'아무리 사이가 좋지 않은 부자였다지만, 저건 좀 심하지 않습니까.'

자카리는 입술을 깨물었다. 그래. 그저 사이가 나쁜 부자로 끝까
지 선을 긋는 게 나았을 텐데.

"차라리 마지막까지 제가 아버지를 미워할 수 있도록, 그냥 내버려 두시지 그러셨습니까."

아무것도 생각하고 싶지 않은데. 자꾸만 생각이 아버지에게로 치달았다. 이엘리를 다시 만나며 애써 괜찮은 척했었지만, 그것도 이제 한계였다. 해일처럼 온갖 감정이 몰아쳐 들어온다.

"그랬다면 이렇게까지 괴로울 필요는 없었을 텐데요."

자카리는 조소했다. 그 조소는 스스로를 향한 것이었다. 쿡쿡 소리 내어 웃음을 터뜨리던 자카리가 나무에 툭 머리를 기댔다. 지독히도 피곤했다. 독약처럼 고인 죄책감이 그를 좀먹었다.

*   *   *

이엘리는 초조한 얼굴로 창밖을 바라보았다. 벌써 두 시간이 지났는데 자카리는 공작 성에 돌아올 생각을 하지 않는다. 빗줄기는 약해졌지만 그래도 몸이 차가워지기에 충분한 시간이었다.

'자카리가 왜 돌아오지 않지?'

혼자만의 시간을 갖는 건 상관없다. 하지만 이 추운 날씨에 외부에 이렇게 오래 머무르는 건…….

'몸이라도 상하면 어떡하려고…….'

그녀는 눈썹을 찡그렸다. 그렇지 않아도 식사와 수면이 한참 모자라, 피곤한 얼굴을 하고 있던 자카리였다. 게다가 공작 성 사람들 중 자카리의 행방을 아는 이가 아무도 없다.

'안 되겠어, 찾아보러 가야겠어.'

우산을 챙겨 든 그녀가 방을 나섰다. 마치 안개처럼 흩날리는 빗발이 시야를 보얗게 물들였다.

*   *   *

얼마나 시간이 흘렀을까. 시야가 온통 흐렸다. 자카리는 얕게 숨을 몰아쉬었다. 눈이 뜨겁다.

'분명 이엔이 걱정하고 있을 텐데.'

하지만 생각과는 다르게 손가락 하나 까닥하기 어렵다. 그는 쓰게 웃었다. 온몸을 짓누르는 피로감마저 기껍게 느껴지다니. 하나 피로감에 뒤섞여 아버지의 생각이 흐려지는 게 기뻤다.

'돌아가야 할 텐데……'

그는 멍하니 그렇게 생각했다. 그때 사박사박 발걸음 소리가 들렸다. 자카리는 눈을 깜빡였다.

"……이엔."

불쑥 튀어나온 우산이 시야에 들어왔다. 연연한 새싹을 닮은 녹색 우산이었다. 우산은 곧바로 자카리의 머리 위로 드리워졌다. 그의 몸을 쉴 새 없이 두드리던 차가운 빗방울이 사라졌다.

"세상에, 자카리. 여기서 뭐해?"

희고 가녀린 손이 자카리의 이마를 어루만졌다. 걱정이 가득 찬 목소리가 자카리를 질책했다.

"날씨도 추운데, 이렇게 비를 맞으면 온몸이 차가워지잖아!"

"……"

"우산은 어디에 버려두고, 이렇게 구석진 곳에서 혼자서 뭐해?"

자카리는 느릿하게 눈을 깜빡였다. 이엘리는 우산을 한껏 기울여 자카리의 머리 위에 씌웠다.

"걱정했잖아, 일찍 돌아온다더니 두 시간이나 돌아오지 않고……."

"이엔."

자카리가 그녀를 불렀다. 그 목소리는 지독하게 낮았다. 이엘리가 그를 가만히 내려다보았다.

"난 괜찮아."

"뭐?"

이엘리는 기가 막힌 낯을 했다. 하지만 자카리는 빙그레 미소를 지어 보일 따름이었다. 어이가 없다는 얼굴로 이엘리는 손수건부터 들었다. 온통 젖은 얼굴을 닦아 주며 그녀가 화를 냈다.

"괜찮다니, 흠뻑 젖었으면서! 넌 지금 상황에서 웃음이 나와?!"

"그냥, 네 얼굴을 보니까 반가워서."

머리가 어지러웠다. 아무렇게나 지껄이는 스스로를 보니 아무래도 조만간 말실수를 할 것 같다. 자카리는 더 말하는 대신 공작 성으로 돌아가기로 했다. 자카리는 자리에서 몸을 일으켰다.

"그만 돌아가자."

"……자카리?"

이엘리는 미심쩍은 얼굴을 했다. 자신은 괜찮았지만, 이엘리는 이런 빗속에 내버려 두면 안 된다. 그렇지 않아도 몸이 약한 그녀였으니 감기라도 걸리면 큰일이지 않은가.

"날씨가 차갑잖아. 감기라도 걸리면 어떡해."

"넌 온통 젖어 놓고, 지금 내 감기를 걱정하는 거야?"

"난 원래 건강하니까."

그렇게 대답하던 자카리는 순간 눈앞이 빙글 도는 것을 느꼈다. 그는 이를 물었다. 안 돼. 하지만 몸은 그의 의지를 완벽히 배반했다. 극도로 적은 수면과 비로 인해 차가워진 몸 탓이었다.

"자카리!"

깜짝 놀란 이엘리가 자카리의 몸을 부축했다. 하지만 자카리는 손을 내저어 그녀를 밀어냈다.

"괜찮아, 발을 헛디뎠을 뿐이야."

"너 정말……."

이엘리는 자카리에게 바싹 붙어서 우산을 들이댔다. 자카리는 입술을 깨물었다. 그녀 앞에서는 절대로 무너지는 모습을 보여서는 안 된다. 그는 부러 허리를 곧게 펴고 그녀를 향해 웃었다.

"……됐으니까 얼른 돌아가자. 너 얼굴이 무척 창백해, 알아?"

그렇게 말한 이엘리가 당연하다는 것처럼 그의 손을 맞잡았고, 곧바로 경악한 얼굴을 했다.

"이런, 너 손이 뜨겁잖아."

"그래?"

마치 어린아이가 장난을 치듯 자카리는 맞잡은 손을 흔들어 댔고, 이엘리는 미간을 좁혔다. 처음 그를 발견했을 때부터 뭔가 좀 이상하다 싶긴 했는데, 지금의 그는 무척 불안정해 보인다.

'게다가 안색도 안 좋아.'

체온도 이상하게 높은데, 오래 비를 맞은 얼굴은 백지장처럼 희었다. 그녀가 그의 손을 잡아당겼다.

　"너, 아무래도 몸 상태가 굉장히 안 좋은 것 같아. 빨리 들어가자."

　"……."

　"열이 나고 있잖아. 진짜 앓아누울지도 모른다고."

　이엘리의 얼굴에는 걱정스러운 기색이 가득했다. 자카리가 살짝 시선을 내리깔고는 손을 뻗어 그녀의 뺨을 쓸어내린다. 비가 내려 차갑게 식은 뺨 위로 뜨거운 손바닥이 스쳐 지나갔다.

　'이건 좀 심각한 것 같은데.'

　그녀가 미간을 좁히면서 자카리를 올려다보았다. 그와 결혼 생활을 하던 내내 잔병치레 한번 해 본 적 없던 자카리였다. 아무래도 빨리 침대에 눕히는 게 좋겠다, 그렇게 생각하고 있던 때.

　"이런 말 하면, 넌 분명 화를 내겠지만."

　"무슨 말?"

　자카리는 희미한 미소를 지었다. 너무 지쳤다. 가슴속에 고여 썩어 가던 말이 툭 튀어나왔다.

　"차라리 아버지 대신 내가 가는 편이 나았을 거라는 생각이 들어."

　"그게 무슨 소리야?"

　그 자리에서 멈칫한 이엘리를 보며 자카리는 고개를 숙였다. 그의 눈동자가 깊이 가라앉아 있었다.

　"내가 살아 있는 것보다 아버지가 계시는 편이 더 나았어."

"뭐?"

"그런데도 난 아버지를 말리지 못했지……."

온몸에 힘이라고는 한 톨도 남아 있지 않았다. 물먹은 솜처럼 온몸이 노곤했다. 머리는 이제 이성적인 판단을 내리지 못했다. 아버지의 마지막 모습. 마치 늪처럼 자카리를 끌어당기는.

"그거 알아, 이엔?"

자카리의 시선에 기이한 빛이 서렸다. 이엘리는 어깨를 굳혔다. 자카리가 한숨처럼 속삭였다.

"아버지는 오로지 나 때문에 스스로 죽음을 선택하신 거야."

자카리의 목소리가 천천히 흐트러졌다. 그는 입술을 깨물며 눈을 돌렸다. 그대로 말을 이었다.

"그러니까, 아버지는 결국 나 때문에 돌아가신 거지."

"너…… 그게 무슨."

"내가 아니었더라면, 아버지는 그런 죽음을 선택하실 필요가 없었어."

최대한 침착하게 말하려 했는데, 자꾸만 목소리가 덜덜 떨려서 나온다. 그는 입술을 깨물었다.

"내가…… 나의 부모님을 모두 죽인 것이나 다름없어."

"그런 말 하지 마, 그건……."

"아버지도, 어머니도 모두 나 때문에 돌아가셨어."

이엘리는 어떻게든 자카리를 설득하려 했지만, 자카리는 고개를 가로저었다. 내가 없었더라면 그렇게 돌아가시지 않아도 됐을 거야. 오랫동안 그를 매도해 왔던 절망이 다시 그를 덮쳤다.

"나와 얽히는 사람은 모두 좋지 못한 결과를 맞고 말아."

마치 원죄를 고백하듯 자카리는 그렇게 속삭였다. 그때 이엘리가 와락 자카리를 끌어안았다.

"이엔, 이거 놔. 젖잖아."

"좀 젖으면 어때!"

앙칼진 목소리에 자카리는 어깨를 굳혔다. 저를 쏘아보는 연녹색 눈동자가 온통 젖어 있었다.

"울지 마, 네가 왜 울어."

자카리는 온통 쉬고 갈라진 목소리로 이엘리에게 말했다. 내 슬픔은 내가 감당하면 족해. 너를 울리고자 말한 게 아니었는데……. 이엘리가 고개를 마구 내저었다.

"자카리 너, 이렇게 슬퍼하고 있는데."

"……."

"그런데도 전혀 울지 않잖아."

자카리는 순간 막막해졌다. 이엘리는 언제나 그랬다. 예전 황제의 오페라에서도, 지금 이 자리에서도. 그를 위해 순수하게 울고, 화를 내 주는 유일한 사람. 그녀가 단호하게 말을 이었다.

"그러니까 내가 너 대신 울어 줄 거야."

"이엔."

그는 그녀의 이름을 불렀다. 이엘리는 자카리의 건조한 눈동자 안쪽, 깊게 할퀴어진 채 남아 있는 상흔을 응시했다. 바다색 눈동자는 사막처럼 바짝 말라 있었다. 그가 흐느끼듯 속삭였다.

"이엔…… 난 어쩌면 좋지?"

"자카리."

"나는, 아버지를, 나 때문에, 모든 게……."

온통 젖은 이엘리의 눈동자가 그를 비춘다. 봄비에 젖은 새싹처럼 연연한 눈동자. 그 안의 자신을 바라보는 순간, 자카리는 그를 억지로 버티게 했던 마지막 선이 부스러지는 걸 느꼈다.

"아니야."

"……."

"네가 마음이 힘든 건 알겠지만, 모든 것을 네 탓으로 돌릴 필요는 없어."

하지만 이엘리는 단호한 목소리로 입을 열었다. 그 속에 담긴 온기가 제멋대로 난도질당한 마음을 덮어 주었다.

"자카리, 날 봐."

"……."

"혼란스럽다면, 어떻게 해야 할지 모르겠다면…… 그렇다면 나만 봐."

그렇게 말한 이엘리는 자카리의 양 뺨을 그러쥐었다. 빙해처럼 얼어붙은 눈동자가 잘게 떨렸다. 강제로 자신을 똑바로 바라보게 한 후, 이엘리는 한 음절 한 음절 또박또박 입을 열었다.

"내가 네 옆에 있어."

"……이엘리."

"절대로 네 곁을 떠나지 않는 사람이 여기에 있어."

변하지 않는 진실을 이야기하듯 이엘리는 그렇게 말했다. 연녹색 눈동자가 결연하게 빛났다.

"그런데도 아직도 무서워?"

이엘리가 물었다. 그는 입술을 당겨 물었다. 아직도 무섭냐고? 당연히 그럴 수밖에 없지 않나.

'소중한 사람들은 모두 나 때문에 이 세상을 떠났어.'

그리고 자신의 눈앞에 있는 이 자그마한 아가씨는, 제 삶을 모두 주어도 모자랄 이엘리였다.

"나는……."

자카리는 무언가 말하려 했다. 그러나 그녀는 그가 말하도록 두지 않았다. 이엘리는 곧장 자카리의 입술을 삼켰다. 열에 들뜬 입술 위로 촉촉한 입술이 가닿았다. 그가 얼어붙었다.

"……웃."

자카리는 차마 그녀를 밀어내지 못했다. 오래 사막을 헤맨 여행자가 물 한 모금을 얻듯, 자카리는 그녀의 호흡과 체온을 간절히 갈구했다. 고른 치열을 혀로 어루만져 두드리고, 벌어진 입술 사이로 깊숙이 들어간다. 혀와 혀가 서로를 탐닉하듯 뒤얽혔다.

"자카리."

가쁜 신음 사이로 자카리의 이름이 흐트러졌다. 자카리는 마치 그녀가 없으면 금방 숨을 놓아 버릴 사람처럼 보였다. 거친 호흡이 포말처럼 부서졌고, 그녀의 손안에서 우산이 툭 떨어졌다.

'세상 모든 것이 사라져도, 너만은 내 곁에 있어. 제발.'

자카리는 간절하게 바랐다. 어느새 이엘리의 드레스는, 그녀의 어깨 아래로 느슨하게 흘러내려 있었다. 쏟아지는 빗방울 사이로 드러난 어깨는 상아처럼 희다. 자카리는 그 어깨에 입술을 댔다.

'네가 내 곁에 없으면……'

달아오른 입술로 어깨를 지분거리자, 이엘리가 파드득 온몸을 떨었다. 신경이 바짝 곤두선다. 어깨를 핥는 혀와, 피부를 깨물며 긁어 내리는 이의 감촉이 선명하다. 그녀가 헐떡이며 그를 불렀다.

"자카, 리."

하지만 자카리는 그녀에게서 떨어질 생각을 하지 않았다. 촉 소리 나게 키스한 그의 입술이 미끄러지듯 움직였다. 움푹 파인 쇄골에 이를 박고, 오목한 틈으로 혀를 뾰족하게 세워 넣는다.

"아아, 훗……"

이엘리의 입술에서 뜻 모를 신음이 흘렀다. 도무지 제대로 정신을 차릴 수가 없다. 자카리의 손짓 하나에 뜨겁게 달아오르는 몸 위로, 떨어지는 빗방울의 소름 끼치도록 차가운 감각이 겹쳐진다. 농밀하게 스치는 손길에, 온몸이 생크림처럼 녹아내리는 것 같다.

"……이엔."

잠시 후 자카리가 그녀를 불렀다. 지독하게 달콤하고, 맹수가 그르렁거리는 것처럼 위험하게 들리는 목소리. 그 안 깊은 곳에 진득하게 달라붙어 있는 슬픔이, 뼈가 시리도록 와닿았다. 젖은 속눈썹 그늘 아래. 푸른 눈동자는 새카맣게 가라앉아 있었다.

대답 대신 고개를 끄덕인 이엘리는, 그의 목을 있는 힘껏 끌어안았다. 다시 한 번 그에게 입을 맞춘다. 방금 전의 격렬함보다는 다정함이 자리한 키스. 자카리는 눈을 감고 그녀를 받아들였다.

'이엔.'

이번의 키스는 다친 동물들이 서로의 상처를 핥아 주는 것에 가까운 접촉이었다. 서로의 아픈 곳을 감싸고 어루만지는 교감. 잠시 후 이엘리가 입술을 떼어 냈다. 자카리가 그녀를 응시했다.

"봐, 자카리."

숨을 헐떡이며 그녀가 말했다. 올곧은 눈동자가 자카리를 빤히 바라본다. 그녀가 말을 이었다.

"난 여기에 있어."

"……이엔."

"바로 네 앞에, 네 눈이 닿는 곳에 있어."

그녀가 단호하게 말했다. 이엘리를 바라보는 자카리의 눈동자가 바람맞은 호수처럼 떨렸다.

"그러니까 무서워하지 마."

"하지만……."

"몇 번이고 말했잖아, 난 절대로 너를 떠나지 않는다고."

이엘리의 말에 자카리는 말문이 막혔다. 절대로 너를 떠나지 않는다. 꿈처럼 달콤한 말이었다.

"넌 너 때문에 모든 사람이 널 떠난다고 말하지만……."

"……."

"……그 생각이 틀렸다는 걸 내가 증명해 보일 테니까."

자카리의 목을 휘감은 채 이엘리는 자신만만하게 웃었다. 그가 숨을 삼켰다. 거짓말. 그럼에도 일말의 기대감이 있었다. 가슴이 벅차올랐다. 어떻게든 이엘리의 말을 믿어 보고 싶었다.

"자카리, 나 믿지?"

이엘리의 눈동자가 봄날 햇살처럼 반짝거렸다. 자카리는 도무지 그 시선을 거부할 수 없었다.

"……응, 믿어."

나지막한 목소리를 듣자, 이엘리는 생긋 눈웃음을 짓는다. 그러고는 걱정스러운 얼굴이 됐다.

"너, 몸이 뜨거워."

"괜찮아."

"하나도 안 괜찮아 보여, 너!"

그녀가 잔뜩 미간을 좁혔다. 자카리는 이엘리를 따라 웃었다. 너무 오래 밖에 있었던 데다 비까지 흠뻑 맞았다. 온몸을 덮치고 물어뜯는 추위조차 남이 느끼는 것처럼 멀게만 느껴졌다.

"그래도 네가 내 옆에 있으니까, 걱정해 주니까…… 기뻐."

진심이었다. 그와 동시에 자카리의 호흡이 흐트러졌다. 자카리의 무릎이 힘없이 꺾이며, 몸이 축 늘어졌다. 그의 이마가 불덩어리처럼 뜨겁다. 이마를 짚던 이엘리의 얼굴이 사색이 되었다.

"자카리? 자카리!"

자신을 간절하게 부르는 그 목소리가 마지막이다. 안도감과 동시에 정신이 까무룩 멀어졌다.

*　　*　　*

그날 이후 자카리는 호되게 앓았다. 피로가 한창 쌓여 있기도 했고, 정신적으로도 몰려 있었던 탓이다. 게다가 비까지 흠뻑 맞았으니 쓰러지지 않는 게 더 이상했다.

"……."

그의 신체 중 가장 먼저 감각이 돌아온 부분은 청각이었다. 주변 공기가 따스했다. 시야는 보드라운 커튼 같은 어둠으로 가려져 있는데, 사람들이 낮게 대화하는 소리가 소곤소곤 귓전을 간지럽힌다.

"자카리가 왜 이렇게 정신을 못 차리는 건가요?"

울 것 같은 목소리의 주인공은 바로 이엘리였다. 이엔, 넌 왜 그런 목소리를 하고 있어. 그는 그들의 대화에 애써 집중했다. 처음에는 웅얼거리는 것 같던 목소리가 천천히 형태를 찾는다.

"근래 가주님께서는 제대로 잠을 주무시지 못했다고 들었습니다."

"그건 맞지만……."

"게다가 선대 가주님께서 돌아가신 지 얼마 안 되었으니, 정신적으로도 많이 힘드셨겠지요."

조곤조곤 설명하는 사람은 바로 의사였다. 의사는 이엘리에게 부드러운 어조로 말을 이었다.

"하지만 워낙 신체가 강건하시니 금세 자리를 털고 일어나실 겁니다. 너무 걱정 마시지요."

"그래도 이렇게 오래 눈을 뜨지 않은 적은 없었는걸요."

"이런, 아가씨. 아직 다섯 시간밖에 지나지 않았습니다. 그저 주무시고 계실 뿐이에요."

잠깐의 정적이 흐르고, 따뜻한 물수건이 이마와 뺨 언저리를 닦아 내는 게 느껴진다. 자카리는 눈을 뜨고 싶었다. 눈을 떠서 이엘리에게 걱정하지 말라고, 나는 괜찮다고 이야기하고 싶었다.

'그런데 너무 피곤해.'

물먹은 솜처럼 온몸이 노곤했다. 이대로 다시 잠들고 싶다. 어떻게 눈을 감고 있는데도 졸릴 수 있을까. 이런저런 생각하던 자카리는 수면의 늪에 발을 잡혔다. 그는 속절없이 잠에 빠져들었다.

＊　　＊　　＊

자카리는 죽은 듯이 잠들어 있었다. 겹겹이 쌓인 꿈의 층위로 과거의 기억들이 제멋대로 들락거렸다. 지금 꾸는 꿈은 어린 시절의 꿈이었다. 이엘리를 만나기 전, 자신을 억누르던 그때.

'소공작님은 조금 무섭지 않아요?'

공작 성에서 드물게 열렸던 연회였다. 끼리끼리 어울리던 아이들이 재잘거리면서 떠들어 댔다.

'헤센바이츠의 겨울의 마법은 온 세상을 모두 얼려 버릴 수 있는 힘이라면서요?'

'그리고 소공작께서는 은룡의 가장 순수한 피를 타고나신 분이라잖아요.'

아이들의 눈에는 여러 가지 빛깔이 스며들어 있었다.

그들과 동갑내기인 소년이 강인한 기사들조차 이루지 못한 무공을 아무렇지도 않게 세우는 것에 대한 질투.

일반인과 다른 이에 대한 공포. 전설 속에서 나올 법한 강력한 마법의 재림. 아이들은 눈동자를 굴리며 말을 이었다.

'야만족과의 전투에서 전공도 수없이 세우셨다고, 우리 아버지께서 그러셨어요.'

'에이, 야만족뿐이겠어요? 그 끔찍한 마수들도 순식간에 목숨을 앗아 간대요.'

자카리는 조소했다. 제 힘은 사람의 목숨을 단번에 빼앗고, 마수들을 순식간에 얼린다. 손가락만 갖다 대도 만물은 부스러진다. 모두가 괴물이라 입을 모은다. 사람들을 불행하게 하는 힘이었다.

'……그래, 내 주변 사람들은 모두 나 때문에 불행해지니까.'

바스락. 나뭇잎이 밟혔다. 별생각 없이 뒤를 돌아보던 아이들의 표정이 순식간에 얼어붙었다.

'소, 소공작님?'

'으……'

제멋대로 떠들어 대긴 했지만, 압도적인 일화의 대상을 눈앞에서 보는 건 역시 두려웠나 보다.

'⋯⋯무, 무서워.'

'괴물⋯⋯.'

자카리의 존재 자체는 사람에게 본능적인 공포를 불러일으켰다. 아이들은 곧 울상이 되었다.

'세상에, 소공작님을 앞에 두고 너희 무슨 말을 하는 거니!'

'다들 이리 와!'

그때 귀부인들이 황급히 이쪽으로 달려왔다. 아이들을 치마폭에 감싼 귀부인들은 자카리에게 꾸벅꾸벅 고개를 숙여 보였다.

'죄송합니다, 소공작님!'

'아이들이 어리고 잘 몰라 실언한 거예요, 부디 자비를⋯⋯.'

눈앞의 아이들은 자카리와 동갑내기였다. 하지만 그와는 다르게 아이들은 어머니의 치맛자락에 감싸여 있었다. 그들은 부모님에게 어리광을 부릴 수 있었고, 사랑받는 걸 당연하게 여겼다.

'⋯⋯.'

사는 세계가 다르다. 가끔씩 회의감을 느낀다. 난 언제쯤 당신들의 세계에 편입될 수 있을까.

"⋯⋯리."

그때, 다정한 목소리가 들렸다. 자카리는 반짝 고개를 들어 올렸다. 온기가 가득한 세상. 외롭지 않은 세상. 항상 바라 왔던 그 세상의 문을 열어 주는 유일한 사람이 그를 부르고 있었다.

"……자카리."

따스하고 부드러운 손, 익숙한 감촉. 이마에 흐트러진 머리카락을 치워 주고 뺨을 쓸어내린다.

"아, 정말."

약간 불퉁한 목소리가 들려왔다. 아, 이 사람은. 그는 저도 모르게 웃어 버렸다. 나의 이엘리.

"언제까지 잘 생각이야?"

조그만 목소리로 이엘리는 투덜거렸다. 그 목소리를 들으며, 자카리는 깨어날 때임을 느꼈다.

"내가 이렇게 널 기다리고 있는데."

그는 이마를 어루만지는 손을 마주 잡았다. 동시에 눈꺼풀을 들어 올렸다. 오랫동안 보지 못했던 새하얀 햇빛이 기다렸다는 것처럼 눈 안으로 쏟아져 내렸다. 탄성 섞인 목소리가 울린다.

"아, 드디어 깼네!"

그에게 손을 잡힌 채 이엘리는 환하게 웃었다. 자카리는 눈매를 접으며 마주 미소를 지었다.

"설마 계속 옆에 있었던 거야?"

"그럼, 너 하루 종일 잤다고."

이엘리는 살포시 미간을 좁혔다. 자카리의 안색을 살피던 그녀가 걱정스러운 어조로 물었다.

"몸은 좀 어때?"

"몸은······."

이엘리의 한쪽 손이 이마를 짚었다. 반대편 손으로 제 이마를 짚어 체온을 가늠하며 말한다.

"뭐, 다행히도 이제 열은 없는 것 같네."

그녀가 휴, 한숨을 내쉬었다. 동시에 아름다운 얼굴이 금방이라도 화를 낼 것처럼 일그러진다.

"그럼 이제 혼날 시간이지."

"······이엔?"

느닷없는 태도 변화에 자카리는 얼빠진 얼굴로 이엘리를 바라보았다. 이엘리는 팔짱을 꼈다.

"너, 누가 그렇게 함부로 아프라고 했어?"

"응?"

"듣자 하니, 장례식 직전까지 계속 잠도 제대로 안 잤다며."

이엘리는 뾰족한 목소리로 자카리를 질책했다. 이후로 손을 들어 자카리의 뺨을 콱 꼬집는다.

"그렇게 무리하니까 아프지, 정말."

"아야, 아파."

"당연히 아파야지, 아프라고 꼬집은 거니까."

그녀는 두 눈을 가늘게 떴다. 자카리는 얼얼한 뺨을 어루만졌다. 그녀는 의외로 손이 매웠다.

"미안해."

"이제 너한테 미안하다는 소리 듣는 것도 지겹네, 정말."

이엘리는 어깨를 으쓱였다. 자카리는 크게 숨을 들이쉬었다. 한참 앓고 일어나 보니 머릿속이 또렷했다. 가슴을 짓눌렀던 수많은 감정도 약간은 가벼워진 것 같았다. 그는 잠시 머뭇거렸다.

"이엔."

"응?"

"네게 할 얘기가 있어."

이엘리는 흘긋 자카리를 돌아보았다. 그녀를 바라보는 그의 눈빛이 진지했다. 그가 입을 연다.

"아버지께서 정확히 어떻게 돌아가셨는지…… 이젠 너도 알아야 한다고 생각해."

선대 공작의 죽음. 자카리가 내내 언급을 피하고자 했던 그 이야기다. 그녀가 어깨를 굳혔다.

"아버지께서는 자살하셨어."

그건 알고 있었다. 이엘리가 놀란 건, 다음 말 때문이었다.

"황가의 간섭 없이, 내게 안전하게 작위를 물려주기 위해서."

도무지 믿을 수 없는 이야기였다. 이엘리가 자카리를 빤히 바라보았다. 저도 모르게 되묻는다.

"지, 진짜야?"

"그래. 내 아버지답지?"

그렇게 말하는 자카리의 얼굴은 무표정했다. 마음속의 혼란을 애써 감추고 있는 얼굴이었다.

"너도 잘 알다시피 보통의 귀족들은 작위를 이으려면 황제의 인가를 받아야 하지."

이엘리는 작게 고개를 끄덕였다. 그것 때문에 헤센바이츠 공작가가 지금껏 황가 앞에서 몸을 낮추지 않았나. 자카리가 작위를 잇는 데 문제가 생길까 봐. 그는 낮은 목소리로 말을 이었다.

"하지만 단 하나, 황제의 인가를 받지 않고도 작위를 이을 수 있는 방법이 있어."

"그게 뭔데?"

"가주가 급작스럽게 사망했을 때, 그리고 그 가주에게 합법적인 후계자가 단 한 명일 때."

그 말을 듣는 순간, 그녀는 선대 공작이 어째서 스스로 죽음을 선택했는지 이유를 깨달았다.

"그때는 황제의 인가 없이 작위를 승계하는 것이 가능하지."

"……설마."

이엘리는 그 자리에 얼어붙었다. 싸늘한 고요가 흘렀다. 자카리는 그녀의 말을 긍정해 주었다.

"그 설마가 맞아."

"그, 그렇다면……."

"아버지께서는 내게 작위를 물려주시기 위해 일부러 목숨을 끊으신 거야."

자카리는 당시의 기억을 떠올렸다. 다시는 떠올리고 싶지 않은, 칼날처럼 서늘한 기억이었다.

*　　*　　*

공작이 죽음을 맞이했던 그날, 공작은 저녁 늦게 자카리를 제 방으로 불러들였다. 오랜만에 차 한 잔 함께 하자는 전언이었다.

하지만 그들은 함께 차담을 나눌 정도로 사이가 좋은 부자가 아니었다. 다소 의아한 얼굴이 된 채 자카리는 공작의 방에 들어섰다. 공작이 그를 맞았다.

"왔느냐."

"예, 아버지."

공작은 무슨 생각을 하는지 알 수 없는 눈으로 그를 맞아들였다. 차담을 나누자는 말은 사실이었는지, 공작은 직접 차를 타 주었다. 한때 이엘리가 공작을 위해 준비했던 리엘론 차였다.

'이엔.'

갑자기 가슴을 쿡 찔러 오는 그녀 생각에 자카리는 지그시 입술을 물었다. 넌 잘 지내고 있을까. 순식간에 밀려드는 그리움에 자카리는 약간 혼란해졌다. 그때 공작이 찻잔을 밀어 주었다.

"마시거라."

"……감사합니다."

자카리는 찻물로 입술을 축였다. 두 부자 사이로 냉랭한 침묵이 흐른다. 공작은 무슨 생각을 하는지, 골똘한 얼굴로 찻잔을 감싼 채다. 잠시 후, 공작이 슬쩍 시선을 들어 그를 바라본다.

"새로 즉위한 황제는 헤센바이츠를 경계하고 있다."

찻잔의 표면을 어루만지던 공작이 냉정한 목소리로 입을 열었다. 자카리는 고개를 끄덕였다.

"알고 있습니다."

"그들의 경계가 이렇게 심한 이유는 무엇인지 아느냐?"

"글쎄요. 제 생각으로는, 새로운 황제가 등극했음에도 불구하고······."

자카리가 미세하게 시선을 들어올렸다. 공작은 제 아들의 성마른 얼굴을 가만히 지켜보았다.

"······북부의 세력이 여전히 자신을 지지하지 않는다는 것을 알고 있기 때문이라 여깁니다."

"맞아. 그래도 아예 후계자 수업을 헛되이 들어 넘긴 것만은 아니로군."

공작이 느른한 목소리로 말했다. 그 이후, 아주 가벼운 목소리로 아들을 향해 질문을 던졌다.

"그렇다면 그들이 원하는 것은 무엇일까?"

"사이 나쁜 헤센바이츠의 두 사람을 어떻게든 갈라놓으려 들겠지요."

두 사람은 가볍게 대화를 나누었다. 하지만 목소리와 달리, 실제로 그 내용은 가볍지 않았다.

"특히 이엘리라는 완충재가 없어졌으니, 이간질을 하는 것도 이전보다 훨씬 쉬울 테니까요."

아들의 담담한 대답을 듣던 공작은 비스듬히 의자에 몸을 기댔다. 그가 그대로 턱을 괴며 묻는다.

"그렇다면 묻겠다."

"······."

"그들의 이간질에 휘둘리기 전, 황제의 경계를 풀 수 있는 방법이 단 하나 있다."

공작의 목소리는 느긋했다. 아버지의 속내가 무엇인지 알 수 없어서 자카리는 미간을 좁혔다.

"또한 완벽하게 공작 작위를 승계할 수 있으면서도……."

빙해처럼 푸른 시선이 자카리를 탐색하듯이 바라보았다. 공작은 여상한 태도로 말을 이었다.

"……북부의 동정심과 결집력을 한 번에 얻어 낼 수 있는 방법이기도 하지."

"그렇군요."

"그 효율적인 방법이 무엇인지 알 수 있겠나?"

자카리는 잠시 침묵했다. 공작은 명백히 그를 시험하고 있었다. 잠시 후 자카리가 입을 연다.

"……황가와 사이가 나쁜 북부의 구심점, 즉 공작가의 두 사람 중 중 하나가 사라져야겠지요."

그의 대답에 공작이 눈썹을 치켜 올렸다. 바늘 하나조차 들어가지 않을 것 같은 아들의 얼굴.

"지금은 공작가의 직계 혈통이 둘이나 살아 있으니까요."

패륜에 가까운 발언이었음에도 공작은 만족스러운 눈빛을 했다. 공작은 선선히 대답을 했다.

"똑똑하구나, 정답이다."

"……."

자카리는 묘한 얼굴을 했다. 공작이 자신을 이렇게 대놓고 칭찬하는 경우는 드물었던 것이다.

"조금만 생각해 보면 알 수 있는 일 아닙니까."

"하지만 네가 그 방법을 떠올릴 수 있을 거라고 생각하지는 않았으니까."

공작은 비스듬히 미소를 지었다. 이대로 자카리가 작위를 계승하는 것은 요원했다. 황가에서 이리저리 핑계를 대서라도 인가를 내주지 않을 것이다. 자카리는 이미 황제 앞에서 폭주한 전적도 있었고, 황가와 사이도 좋지 않았다. 트집을 잡으려면 그 이유가 무궁무진한 상황이었다.

"그런데 이런 질문은 왜 하시는 겁니까?"

"슬슬 네 작위 계승 문제에 대해서 진지하게 생각해 볼 때가 된 것 같거든."

애매모호한 대답이었다. 그는 미간을 좁혔고, 차의 향을 음미하던 공작은 한 모금 차를 마셨다.

"그래도…… 사랑하는 사람에 한해서만큼은 그리 현명하지 못하군."

이후 여유로운 목소리로 입을 열었다. 자카리는 어깨를 굳혔다. 공작은 저를 쏘아보는 형형한 시선을 마주했다.

헤센바이츠의 혈통에게서 물려져 내려오는 새파란 눈동자를 보며 공작은 미소했다.

"자카리."

"예."

"아직도 이엘리를 포기하지 못했나?"

느닷없는 질문에 그는 입술을 지그시 깨물었다. 이엘리. 그 이름만큼 파괴적인 이름도 없었다.

"……제가 그녀의 곁에 머무른다 하여, 이엔이 행복할 가능성은 무척 낮습니다."

"그 말은 즉, 아직도 포기하지 못했다는 뜻이군."

"……."

정곡을 찔렸다. 자카리는 숨을 삼켰다. 계속해서 뜻 모를 질문만 하는 아버지가 짜증스러웠다.

"제가……."

공작은 묘한 눈빛으로 자카리를 응시했다. 무어라 말을 고르려던 자카리는 긴 한숨을 쉬었다.

"……이엔을 포기할 수 있을 리 없지 않습니까."

자카리가 신음 같은 목소리로 말했다. 우아한 동작으로 차를 마시던 공작이 불쑥 입을 연다.

"나도 그랬다."

"예?"

"나도 평생 아델을 포기할 수 없었어."

"……."

한 모금 차를 마신 공작이 자카리를 바라보았다. 공작의 눈동자에는 옅은 회한이 서려 있다.

"그래서. 아델이 너 때문에 스스로 목숨을 저버렸을 때."

"……아버지."

"난 평생 널 용서하지 않기로 맹세했었지."

이미 잘 알고 있는 사실이다. 그는 새삼스레 어머니에 대하여 말하는 아비가 이해가 가지 않는다.

"압니다. 제가 어떻게 아버지의 용서를 바라겠습니까."

자카리는 희미하게 조소했다. 목이 타는지 공작은 다시 한 번 차를 마신 후 이후 말을 잇는다.

"하지만."

뭔가 할 말이 더 남았나. 자카리는 비딱한 시선으로 공작을 마주 보았다. 공작이 작게 웃었다.

"용서는 하지 못해도, 죽음의 끝에서…… 잊는 것 정도는 가능하겠지."

"예?"

"증오를 정리하고 놓아 버리는 것, 그 정도는 아델도 이해해 줄 거라 생각한다."

공작의 말에 자카리는 어리둥절한 얼굴이 되었다. 하지만 공작은 말끔한 낯으로 말을 이었다.

"많이 생각해 보았다."

"……아버지?"

"시간이 얼마 남지 않은 내가…… 너에게 해 줄 수 있는 게 무엇이 있는지."

공작은 무표정한 얼굴로 자카리를 마주보았다. 아버지가 내게 무언가를 해 준다고? 그는 그저 혼란스러웠다.

이제 와서? 그들은 서로를 배려하며 신경 써 줄 정도로 다정한 관계가 아니다.

"그래서 이 해묵은 증오를 이제야 놓아 버릴 마음이 섰다."

"그게 무슨 말씀이십니까?"

"널 미워한 것은 사실이지만, 그래도 언제나 생각하고 있었으니까."

공작은 엄지로 찻잔의 매끄러운 윗면을 쓸었다. 리엘론 차의 향기를 맡을 수 있는 시간도 얼마 남지 않았다. 그 사실이 아쉽진 않았다. 오히려 오래된 과업을 해치운 후련함이 느껴졌다.

"내가 죽는 순간은 내가 선택하겠다고."

"잠깐, 이해가 가지 않습니다. 지금 도대체……."

"네가 말했었지. 황가의 견제를 피하려면 공작가의 직계 혈통 중 하나가 사라져야 한다고."

비스듬하게 고개를 기울인 공작이 자카리에게 말했다. 공작의 푸른 시선이 우아하게 휘었다.

"둘 중 하나가 사라져야 한다면, 역시 살날이 얼마 남지 않은 내가 사라지는 게 맞지 않나."

"무슨 그런 말씀을!"

자카리가 저도 모르게 언성을 높였다. 마치 스스로가 죽을 것을 예견하는 것처럼, 공작은 그렇게 이야기하고 있었다. 하지만 아들의 화난 얼굴을 가만히 바라보던 공작이 작게 속삭였다.

"기억하거라, 자카리."

자카리는 흠칫 어깨를 굳혔다. 자신을 바라보는 공작의 눈동자가 진지했다. 그가 곧장 말을 잇는다.

"내가 선택한 것들이 모여 자신의 인생이 만들어지는 거야."

공작의 눈동자 깊은 곳에 묘한 열기가 담겨 있다. 공작은 나직한 목소리로 힘을 주어 말했다.

"내가 이쯤에서 사라지지 않는다면…… 넌 끝내 공작가의 작위를 이을 수 없게 될 거다."

"공작가의 작위 따위, 이제 필요 없습니다!"

자카리는 날카롭게 언성을 높였다. 사실이었다. 그가 한때나마 공작 작위를 얻으려 했던 이유는 오로지 이엘리 때문이었다. 이엘리를 지키기 위해서. 하지만 그녀는 이제 제 곁에 없다.

"아니, 필요하게 될 거다."

하지만 공작은 냉정하게 선언했다. 자카리의 눈이 잘게 떨렸다. 공작은 당연하다는 양 말했다.

"난 이제 곧 죽는다."

"아버지!"

"예정된 사실을 애써 외면해 봤자 나아지는 건 없어."

사실 공작이 지금까지 버틴 것 자체가 대단했다. 겨울의 마법은 제힘을 다룰 수 없는 주인을 차근차근 갉아먹었다. 어떻게든 죽지 않기 위해 발버둥 쳤지만, 그것도 이제 그에게는 한계였다.

"네가 헤센바이츠의 주인이 아니게 된다면, 넌 더 이상 이엘리를 지킬 수 없게 될 거다."

공작이 냉랭한 표정으로 선언했다. 이엘리. 그 단어에 자카리는 숨이 턱 막히는 것을 느꼈다.

"하지만 네가 헤센바이츠의 주인이 되는 것을 막고자 하는 사람들은 무수히 많지."

공작의 목소리는 덤덤했지만, 자카리는 그 말이 사실이라는 것을 알았다. 그는 입술을 짓씹었다.

"내가 몸이 좋지 않은 것도 언젠가는 황가에게 알려질 거야. 숨기는 것도 이제 한계다."

"……."

"내 병세를 알게 된다면, 황가는 그것을 빌미로 더 귀찮게 굴겠지. 글쎄, 예상으로는……."

공작은 눈동자를 굴렸다. 뻔히 예상이 간다. 공작은 자신이 예상하는 미래를 입 밖에 꺼냈다.

"황가에서 어떻게든 너를 밀어내고 새로운 후계자를 들이대려 할 것 같구나."

"새로운 후계자……."

"아마도 내가 죽기 전에. 후계를 교체할 수 있는 건 가주가 살아 있을 그때까지만이니까."

공작은 차분한 어조로 설명을 이어 나갔다. 자카리는 이를 악물며 아버지의 말에 귀 기울였다.

"비록 헤센바이츠는 손이 적은 집안이지만, 그럼에도 방계가 아예 없는 것은 아니지."

"……."

"황가는 어떻게든 다른 후계자를 찾아내려 할 거다, 너를 밀어내기 위해서."

반박할 수 없었다. 왜냐하면 공작의 말은 구구절절 맞았으니까. 공작은 희미하게 미소 지었다.

"게다가, 무려 황제 앞에서 폭주했던 공작가의 후계자를 황가에서 받아들일 것 같나?"

"하지만……."

"황가의 압박은 거셀 거다. 그 압박을 이겨 내고 대처하려면, 네가 공작이 되는 수밖에 없어."

유리알처럼 새파란 눈동자에 스치는 감정이 어떤 종류인지 자카리는 도무지 알 수 없었다. 지금의 아버지가 낯설어 견디기 어렵다. 평생을 서로를 물어뜯으며 살아온 아버지와 아들이었다.

"그리고 난 아델의 자식인 너 외의 다른 사람에게……."

손을 뻗은 공작은 자카리의 뺨을 가만히 쓸어내렸다. 아버지와의 친밀한 접촉은 이것이 거의 처음이었다. 자카리는 그 자리에 뻣뻣하게 굳어 버렸다. 아버지의 손은 까슬하게 말라 있었다.

"……헤센바이츠의 공작 작위를 잇게 할 생각은 없다."

"아버지?"

"콜록!"

그와 동시에 공작이 거세게 기침을 토해 냈다. 공작의 입술 사이로 핏줄기가 흘러내렸다. 그가 떨리는 손으로 찻잔을 내려놓는다. 어느새 차를 모두 마셨는지, 찻잔 안은 모조리 비워져 있었다.

"콜록, 콜록! 큭……."

"도대체 이게 무슨 일입니까!"

어쩔 줄 몰라 창백해진 얼굴로 자카리가 공작에게로 다가섰다. 하지만 공작이 손을 내저었다.

"놀랄 필요 없다. 아까 말했지 않느냐."

"아, 아버지?"

"난 이제 죽는다고."

단호한 선언에 자카리의 시선이 사정없이 흔들렸다. 공작은 회한에 잠긴 얼굴을 들어올렸다.

"난 사랑하는 사람에 한해, 단 한 번도 현명하게 행동했던 적이 없다."

"……아버지."

"내가 너와 이엘리를 억지로 갈라놓은 것은 사실이지. 하지만……."

피를 토해 엉망이 된 입술을 손등으로 대충 훔치며 공작은 의자에 몸을 기댔다.

"……넌 그 애가 없이는 살 수 없다는 것, 또한 알고 있다."

"이게 무슨……."

"이엘리는 내 딸 같은 아이야. 너와 마찬가지로 나도 그 아이를 무척 귀여워했다."

공작이 느른한 어조로 말을 이었다. 자카리는 온몸이 덜덜 떨리는 것을 느꼈다. 그의 시선이 공작이 내려놓은 찻잔에 가닿았다. 한 방울도 남지 않은 차. 그리고 피를 토하는 제 아버지.

"아버지, 설마 독을 드신 겁니까?"

모를 수가 없었다. 자카리는 희게 질린 얼굴로 공작을 마주 보았다. 공작은 부드럽게 미소했다.

"그래."

"어째서!"

"왜냐하면 네가…… 내 아들이니까."

아버지의 입에서 저런 말이 나올 거라고는 생각조차 하지 못했다. 자카리는 입술을 깨물었다.

"넌 내 단 하나뿐인 아들이야."

공작은 힘을 주어 또박또박 입을 열었다. 그 말에 자카리는 얼어 붙었다. 공작이 말을 이었다.

"그리고 난 네가 그 아이를 잃고 말라비틀어지는 모습을 지금까지 충분히 봐 왔다."

"아, 버지."

"억지로 떨어뜨려 놓으면 서로를 정리할 거라고 생각했지. 모두 내 오산이었다."

가끔은 절대로 정리할 수 없는 마음이 있다. 공작이 아델라이데에 대하여 가진 감정이 그러하듯, 자카리와 이엘리가 서로를 생각하는 마음이 그러했다. 또한 공작은 그 마음을 외면했었다.

"공작 성을 떠나던 그날, 그 애는……."

공작은 흐릿한 시야로 그때의 모습을 떠올렸다. 파리한 얼굴로도 이엘리는 공작에게 말했다.

"……널 포기하지 않겠다고 했어."

그는 숨을 삼켰다. 포기하지 않는다. 제가 방문을 닫고 움츠렸던 그때 그녀가 했던 말이었다.

"널 기다린다고 전해 달라, 그렇게 말했었지."

"그건……."

"그러니 네가 정말로 그 아이를 소중하게 생각한다면…… 되찾아 오거라."

자카리가 멍하니 공작을 바라보았다. 자카리의 눈이 천천히 젖어 들었다. 그가 낮게 속삭였다.

"아버지의 목숨을 제물로 이엘리를 찾아오라는 말씀이십니까?"

"……."

"제가 어떻게 감히 그럴 수 있겠습니까……?"

자카리의 눈에서 눈물이 툭툭 떨어졌다. 공작은 잠시 침묵했다. 아버지로서 제대로 된 애정을 단 한 번도 준 적이 없는데도, 자카리는 아직도 자신을 아버지로 생각해 준다. 가슴이 시렸다.

"그건 날 위해서이기도 하다."

그랬기에 공작은 부러 단호한 목소리를 냈다. 아들의 죄책감을 조금이나마 덜어 주기 위해서.

"……난 단 한 번도 내 사랑을 끝까지 지켜본 적이 없었으니까."

공작은 서서히 목이 아팠다. 온몸이 욱신거렸다. 자신이 삼킨 독이 혈관을 타고 뻗어 나가는 것이 느껴졌다.

"너만큼은 네 사랑을 끝까지 지키는 모습을 보고 싶다."

공작이 손을 뻗어 아들의 손등을 움켜쥐었다. 공작의 악력은 죽어 가는 사람답지 않게 억셌다.

"나 대신 행복해지도록 해라, 자카리."

"……."

"네가 사랑하는 사람은…… 너의 모든 것을 바쳐서 지키는 거야."

콜록! 다시 한 번 기침이 터졌다. 공작의 입에서 쏟아지는 핏방울이 카펫 위로 제멋대로 쏟아져 얼룩졌다. 선명한 붉은 빛깔을 보면서 자카리는 현실감이 아득하게 멀어지는 것을 느꼈다.

"네가 어디까지 갈 수 있는지 지켜보겠다. 그리고……."

"……."

"내가 죽는 이유는 자살이야. 알겠나."

새파란 눈동자가 자카리를 똑바로 바라보았다. 서로를 꼭 닮은 눈동자가 상대방을 마주 본다.

"네가 날 죽인 게 아니야. 난 스스로 죽음을 택한 거다."

"아, 버지."

"그러니 내 죽음에는 너의 책임이 없어."

공작은 자신의 죽음의 이유를 명백히 했다. 자카리가 느낄 죄책감을 없애기 위한 발언이었다.

"또한 외부에는 내 죽음을 자살로 알리도록 해라."

시간이 얼마 없었다. 공작은 빠른 말씨로 말을 이었다. 온몸이 부서질 듯 아팠으나, 말해야만 했다. 죽음이 공작의 목전에 와 있었다. 당장이라도 제 목을 잡아채 숨을 끊어 버릴 것 같았다.

"이 자리에 네가 함께 있었으니, 네가 날 해쳤다는 의심을 하는 사람도 분명히 있을 거다."

공작의 눈동자가 서늘하게 빛났다. 작위를 승계시킬 거라면, 모든 문제의 여지를 없애야 했다.

"그때는 내게 죄를 뒤집어씌워라."

"……예?"

"널 의심하는 사람들이 있다면, 그들에게 내가 널 죽이려 했다고 말해."

자카리는 그 자리에 얼어붙었다. 아버지가 날 죽이려 했다니? 하나 공작은 확고한 어조였다.

"내 병은 철저히 비밀로 해 왔다. 외부인들에게는 내가 죽음을 택할 이유가 없노라 여길 터."

"아버지, 그건······."

"겉으로 멀쩡해 보이는 공작이 느닷없이 자살을 택하는 건 역시 모양새가 이상하지."

공작이 쌕쌕 숨을 몰아쉬었다. 말 한 마디, 한 마디를 잇는 게 고통스러웠지만, 최대한 멀쩡한 척하고 싶었다. 자신 때문에 평생 죄책감을 이고 살아왔으며, 살아가야 할 아들이 눈앞에 있었다.

"내 죽음의 근거가 필요하다면, 내가 널 미워하여 널 먼저 암살하려 했다고 주장하거라."

그래, 자신의 아들이었다. 앙금처럼 가라앉은 오래된 미움을 걷어 내니 투명한 애정이 남았다.

"내가 널 암살하려 했다는 정황증거는 모두 만들어 놨어. 그러니 걱정 말고······."

"지금 그게 중요합니까!"

"중요하지. 너의 깨끗한 작위 승계를 위해서다."

공작은 주먹을 움켜쥐었다. 시야가 흐리다 했더니, 자카리의 모습이 두세 겹으로 겹쳐 보였다.

"지금껏 우리의 사이가 그리 좋지 못했으니, 아마 사람들도 대부분 납득할 것이다."

아버지는 도대체 어디까지 예상하고 계신 것일까. 그 의문이 자카리의 가슴속을 할퀴어 댔다.

"아델이 죽은 이후부터 난 항상 죽고 싶었다. 다만 내게는 가문을 지킬 의무가 있었고······."

"더 말씀하지 마세요!"

잠시 침묵하던 공작이 자카리의 옷깃을 움켜쥐었다. 새빨간 피가 묻어났다. 아버지는 웃었다.

"지금껏 네가 소공작으로서 살아왔던 그 모습은 아주 훌륭했다."

"아, 아버지."

"넌 앞으로…… 훌륭한 공작이 될 거다."

더 이상 공작은 균형을 잡지 못했다. 바람에 휘말린 나무처럼 휘청거린다.

"좀 더 온건한 방법을 떠올리지 못해 미안하구나."

"……."

"이엔에게도 전해 다오. 미안했다고, 그리고 고마웠다고……."

새파란 눈동자가 흐려진다. 자카리는 덜덜 떨리는 손으로 그를 부축해 쓰러지지 않게 도왔다.

"……널 내 딸처럼 생각했다고."

자카리는 차마 말을 잇지 못했다. 머릿속이 텅 비었다. 공작의 입술에 희미한 미소가 서렸다.

"아델."

숨을 헐떡이던 그가 작은 목소리로 중얼거렸다. 삶의 끝, 마지막으로 용서를 구하고 싶은 이.

"감히 널 아직도 사랑하는 나를, 용서해……."

그것이 마지막 말이었다. 전해야 할 모든 말들을 쥐어짜 낸 공작은 그대로 눈을 감았다. 공작의 입가에 걸린 미소는 지워지지 않는다. 자카리는 고요한 아버지의 얼굴을 멍하니 응시했다.

"차라리 절 미워하시려면…… 끝까지 미워하시지 그러셨습니까."

공작이 보인 딱 한 번의 애정. 그 애정에 평생 속박당하게 될 것이다. 자카리는 숨을 삼켰다.

"……아버지."

공작이 자카리를 증오한 건 사실이었다. 하지만 그 근간엔 채 지워내지 못한 애정이 있었다.

"도대체, 당신은……."

공작이 자카리를 대놓고 홀대했기에, 자카리가 성장하는 동안 황가는 그를 경계하지 않았다.

"저보고 어떻게 이 모든 것을 받아들이라고……."

사람들은 공작이 아들에게 영지의 모든 일을 맡김으로써 아들을 학대한다 여겼다. 하지만 그 과정을 통해 그는 공작령을 훨씬 자세히 알게 되었고, 수월히 영지를 다스릴 수 있게 되었다.

"아버지……."

비록 배려의 영역을 넘어서서 학대에 가깝게 변해 버렸지만, 아버지의 그 속내를 유추하지 못할 자카리가 아니었다. 미움을 걷어내고 보니 보였다. 아비가 안배해 두었던 수많은 배려들이.

"함께 죽어드리지 못해서 정말 죄송합니다."

이엘리를 만나기 전이라면 함께 죽었을지도 모른다. 하지만 이제 그에겐 그녀가 남아 있었다.

"……."

한참 침묵하던 자카리는 몸을 일으켰다. 이제 그가 아버지의 마지막 유언을 지킬 시간이었다.

쾅! 방문이 부서져라 열렸다. 자카리는 미친 듯이 밖으로 뛰쳐나왔다. 밤늦은 시간의 소란 때문인지, 공작가의 사람들이 헐레벌떡 집무실 앞으로 몰려들었다. 자카리가 시선을 들어올렸다.

"작은 주인님, 이게 무슨……!"

"아버지께서 돌아가셨다."

자카리가 낮게 속삭였다. 사람들의 얼굴에 경악이 서렸다. 그의 눈동자에 새파랗게 날이 섰다.

"이제 내가…… 헤셴바이츠의 새로운 가주야."

사람들은 얼어붙었다. 그렇게 선언하는 그의 낯에는 온기라고는 단 하나도 남아 있지 않았다.

공작의 죽음은 대외적으로는 자살로 처리되었다. 또한 아버지가 만들어 준 '암살의 정황 증거'는 요긴하게 사용되었다. 황가는 제게 손을 댈 생각을 하지 못했다. 자카리는 제 아버지의 치밀함이 서러웠다. 하지만 모든 일이 정리된 후에도, 죄책감에 시달린 그는 차마 그녀를 찾아가지 못했다.

* * *

모든 이야기를 들은 이엘리는 침묵했다. 도무지 무어라 말해야 할지 알 수 없었다. 다만 어째서 그가 그토록 힘겨워했는지, 스스로를 끝까지 몰아붙이며 한계를 시험했는지 그 이유는 알 것 같았다.

"아직 해야 할 일이 많다는 걸 알아."

"……자카리."

"그러니 이렇게 멍하니 넋을 놓고 있어서는 안 되지."

자카리는 힘을 주어 입을 열었다. 이엘리를 바라보는 자카리의 눈동자에 결연한 빛이 서렸다.

"너를 지켜야 하니까."

"그건……."

"아버지의 말씀이 맞아. 어떻게든 아버지의 유언은 받들 생각이야."

자카리는 손을 들어 하얀 뺨을 어루만졌다. 새파랗게 불타오르는 시선이 그녀를 똑바로 본다.

"내가 사랑하는 사람은 내 모든 것을 바쳐서 지켜야지."

"……."

"그 누구도 네게 손을 대지 못하게 하겠어. 황제도, 다른 사람들도……."

자카리는 크게 숨을 들이쉬었다. 죄책감과 부채감에 짓눌려 죽어 가던 그를 먼저 찾아와 준 그녀. 그리고 아버지의 유언. 언제까지나 도망칠 수는 없었다. 그도 해야 할 일을 해야만 했다.

"네게 내 세계를 줄 거야."

이슬 맞은 새싹처럼 젖어 든 연녹색 눈동자가 자카리를 마주 보았다. 자카리는 힘겹게 웃었다.

"그리고 이엔."

"응."

"너도 내 아버지를 용서해 줄래?"

순간 이엘리는 말문이 막혔다. 자카리는 고통스러웠던 기억을 다시 더듬으며 속삭였다.

"아버지께서 네게…… 미안하고, 그리고 고마웠다고 전해 달라고 하셨어."

그녀도 제 아버지의 유언을 들을 자격이 있었다. 자카리는 공작이 그녀를 얼마나 아꼈는지 잘 알고 있었다.

"널 딸처럼 생각했다고……."

"바보야."

그를 바라보던 이엘리는 눈물을 글썽이며 웃었다. 그녀는 떨리는 목소리로 그에게 대답했다.

"난 처음부터 그분께 화가 나지도 않았는걸."

"……."

"그러니까 난 괜찮아."

이엘리는 자카리의 목을 꼭 끌어안았다. 서로 맞닿는 따스한 체온만이 그들을 위로해 주었다.

"대신 약속해."

"무엇을?"

"공작님께서 바라신 만큼…… 우리, 행복하게 살자."

품 안의 이 조그만 아가씨만이 그를 구원하는 유일한 대상이었다. 자카리는 고개를 끄덕였다.

11
완벽한 결혼식을 위하여

자카리와 이엘리가 재결합한 이후로, 그가 가장 먼저 한 일은 바로 이엘리의 부모님을 불러들이는 거였다. 적어도 이엘리의 부모님을 북부로 모셔 오는 편이 황가에게서 좀 더 안전해질 거라고 판단했기 때문이었다.

이엘리는 그의 생각에 동의했고, 블랑쳇 부부 또한 이해해 주었다.

"당장 내려오시라고 하기 어려운 건 알지만, 그래도 영지를 따로 마련해 드릴 테니까."

"으응……."

자카리의 패기 넘치는 말에 이엘리는 애매한 얼굴을 했다. 영지를 따로 마련해 준다니, 역시 대단하지 않나. 역시 저것이 공작님이 보일 수 있는 패기겠지. 그녀는 눈동자를 데굴 굴렸다.

"이엔?"

"아, 아무것도 아니야."

자카리의 걱정스러운 물음에 이엘리는 웃으며 고개를 가로저었고, 나긋한 목소리로 대답한다.

"그냥 네가 대단하게 보여서."

"내가?"

이엘리는 고개를 끄덕였다. 새삼 자카리가 대단하게 보이는 것은 어쩔 수 없었다. 아무렇지도 않게 영지를 하사하는 모습이라니. 그러자 그는 희미하게 웃으며 그녀를 가볍게 끌어안았다.

"아니, 지금껏 내가 본 사람들 중 네가 제일 대단해."

"말도 안 돼."

"아니, 말이 돼."

자카리는 보드랍게 그녀의 뺨을 쓸어내렸다. 그녀의 이마에 짧게 키스를 남기며 소곤거린다.

"넌 나와 아버지를 이어 준 유일한 사람이니까."

"……."

다정한 목소리를 들으며 이엘리는 심장이 두근거리는 걸 느꼈다. 그저 어린 동생이라고만 생각했었는데, 요새는 자카리가 확실히 남자로 보인다. 자카리는 아무렇지도 않게 말을 이었다.

"장인어른과 장모님은 결혼식이 끝날 때까지 영지와 저택을 마련해 드릴 생각이야."

"하지만 자카리, 그럼 우리 영지는 어떡해?"

이엘리는 내심 걱정스러운 얼굴로 되물었다. 현실적으로 자카리가 그녀의 부모님을 북부로 데려오려 하는 이유는 알고 있지만, 그래도 블랑쳇 영지는 그녀가 어린 시절을 보낸 고향이었다.

'이대로 영지를 팔아 버리거나 하는 것도 좀 아쉬운데.'

이엘리는 아쉬운 표정을 했다. 하지만 자카리는 오히려 어리둥절한 얼굴로 그녀를 마주 본다.

"블랑쳇 영지가 왜?"

"그야 부모님을 모셔 오려면 영지를 정리해야 하잖아?"

"영지를 왜 정리하는데?"

자카리는 도무지 이해가 안 된다는 얼굴이다. 왜 이해를 못 하는 거지? 이엘리는 어물거렸다.

"그거야 영지를 비워 둘 순 없으니까……."

"영지를 비우다니? 관리인을 보내면 되잖아."

"관리인?"

뜻밖이라는 그녀의 말에, 자카리는 이제야 그녀가 무엇을 걱정하는지 이해한 것 같았다. 쿡쿡 웃음을 터뜨린 자카리가 그녀의 머리를 슥슥 쓰다듬었다. 자카리가 다정한 목소리로 말했다.

"블랑쳇 영지는 네 고향이잖아, 이엔."

"아……."

"내가 설마 네 고향을 다른 사람의 손에 넘기기라도 할 것 같았어?"

그녀의 마음을 들여다보기라도 한 것처럼 자카리가 말을 잇는다. 그녀는 살며시 뺨을 붉혔다.

"으응……."

"영지는 관리인에게 맡겨 두고, 가끔 내려가 보는 것도 나쁘지 않겠지."

자카리는 빙그레 미소 지었다. 그는 어디까지 날 배려해 주는 걸까. 그녀는 행복한 낯을 했다.

"고마워."

"아냐, 오히려 내가 고마워해야지."

자카리는 진지하게 그녀에게 답했다. 눈을 동그랗게 뜨는 그녀가 사랑스러워 견디기 어려웠다.

"네가 내게 왔으니까."

"……."

"그리고 두 분께서는 널 내게 보내 주셨잖아."

머쓱함 반, 기쁨 반으로 그녀는 자카리의 품에 고개를 기댔다. 제도에서 온 편지를 읽기 위해 그녀가 페이퍼 나이프로 편지 봉투를 잘라 내는 동안, 그는 내내 이엘리를 안고 있었다.

"누구에게 온 편지야?"

"어…… 론도 후작 영애인데."

어째서 그녀가 내게 편지를 보냈담? 이엘리는 의아한 얼굴을 했고, 자카리가 이마를 좁혔다.

"언제부터 두 사람이 편지를 나눌 정도로 친밀해졌어?"

"그냥 그럴 만한 사정이 있었지."

이엘리는 코끝을 찡그리며 웃었다. 만약 론도 후작 영애가 황녀 전하의 편지를 전해 주지 않았더라면, 이엘리는 공작이 죽었다는 사실을 한참 후에나 알게 되었을 것이다. 그렇다면······.

'이렇게 네가 다시 내게 돌아올 일은 없었을 테지.'

그녀는 흐뭇한 마음으로 자카리의 손등을 어루만졌다. 자카리는 뚱한 얼굴이 되어 투덜댄다.

"그야 나보다 더 가까운 사람이 없었으면 하는 마음이니까."

"뭐야, 정말. 어린애도 아니고."

밉지 않게 이죽거리니 자카리가 눈을 가늘게 치떴다. 그가 그녀의 귓가에 숨결을 불어넣는다.

"이엔, 너······ 언제까지 어린애 취급하려고 그래?"

"잠깐만, 간지러워!"

이상하게 자카리의 숨이 닿는 곳마다 달아오르는 느낌이 들었다. 그가 불퉁하게 입을 열었다.

"난 네 남편이라고."

그거야 사실이지만······ 이엘리는 힐끔 자카리를 곁눈질로 바라보았다. 그러고 보면 자카리도 남자였다. 언제 저렇게 잘생기게 자랐는지, 쓸데없는 파리들도 꼬여선. 그녀는 눈썹을 모았다.

"누가 그런 거 모른대?"

"그런데 왜 자꾸 아이 취급을 하는 거야?"

"동생 같아서 그런다, 왜?"

왠지 심술이 돋은 이엘리는 새침하게 대답했다. 그러자 자카리가 순식간에 그녀를 달랑 들어올렸다. 깜짝 놀란 그녀가 눈을 커다랗게 뜨자, 그가 그녀의 허리를 감싸고 시선을 맞추었다.

"이엔."

"……."

"아직도 내가 동생으로 보여?"

나지막한 저음에 쿵쿵 심장이 뛰었다. 세상에. 귓바퀴부터 뜨겁게 달아오른다. 자카리에게 자신의 심장 소리가 들릴까 봐 그녀는 초조해지고 말았다. 그녀는 저도 모르게 시선을 돌렸다.

"이 바보야."

"뭐라고?"

이엘리의 대답에 자카리는 대번 미간을 구겼다. 그녀는 애써 태연한 척 목소리를 가다듬었다.

"……도, 동생한테 키스하는 사람이 어디 있어?"

"그렇지?"

자카리는 그제야 만족스러움 반, 민망함 반이 되어 이엘리를 내려놓았다. 그러고서 버릇처럼 그녀의 이마에 쪽, 키스를 남긴다. 부끄러워진 이엘리는 큼큼 헛기침을 했다.

"이것 좀 놓아 봐. 편지 읽어야 한단 말이야."

하지만 자카리는 도통 이엘리를 놓아줄 생각을 하지 않았다. 오히려 그녀의 이마에 처음 떨어졌던 입술은, 점차 아래로 내려오고 있었다. 이마를 시작으로 눈꺼풀에 입술이 닿았다. 뺨을 스친 입술은, 콧등 위를 미끄러지듯이 내려와 코끝에 머무른다.

"자카……."

"쉿."

조그맣게 속삭인 자카리가 이엘리의 입술을 삼켰다. 아랫입술을 아프지 않도록 깨물면서, 입술을 자신에게 열어 주기를 종용한다.

그 동작이 어찌나 다디단지, 그녀는 저도 모르게 입술을 열고 말았다. 기회를 놓치지 않은 자카리가 그녀의 허리를 끌어당겼다.

"아!"

이엘리와 자카리의 몸이 바짝 밀착됐다. 자카리는 그녀의 허리를 바짝 끌어안으며, 다시 한 번 입술을 겹쳤다.

"흐읏……."

이엘리의 숨소리가 달아오르기 시작했다. 따스하고 말캉한 살덩이가 그녀의 입 안을 헤집기 시작했다. 고른 치열을 쓸어내리고, 잇몸과 입천장을 어루만진다. 호흡과 호흡이 교환되고, 혀와 혀가 제멋대로 얽혔다. 이엘리는 저도 모르게 그의 목을 끌어안았다.

"으응……."

어느새, 이엘리는 정신없이 자카리에게 매달리고 있었다. 그러던 중, 자카리의 손이 그녀의 목덜미를 부드럽게 쓸어내렸다. 단단한 손의 감촉이 느껴지자, 파드득 놀란 그녀가 그에게서 떨어졌다.

"안 돼, 옷이 다 흐트러진다고!"

앞으로도 단둘이 있을 거라면 모르지만, 지금은 공작 부부 모두 한창 바쁜 시간이었다. 공작 성 사람들에게 옷매무새가 흐트러진 모습을 보인다면, 그들은 분명 엄청난 상상력을 발휘할 터.

"옷 좀 흐트러지면 안 돼? 어차피 우리는 부부……."

"안 돼! 난 품위 있는 공작 부인으로 보이고 싶다고!"

불만스러운 질문에, 이엘리는 질겁하여 항변했다. 그녀의 외침을 들은 후에야, 자카리는 아쉬운 얼굴로 이엘리를 품 안에서 내려놓았다. 이엘리는 달아오른 뺨을 감추려 부러 소리를 내면서 편지를 꺼냈다. 바스락바스락 종이가 펴지는 소리가 귓가를 간지럽힌다.

'그러고 보면 자카리, 요새는 신체 접촉이 좀 늘었네.'

예전에는 손을 잡거나 팔짱을 끼는 쪽이 보통이었는데, 요새는 좀 다르다. 무엇보다도 키스가 자연스러워졌다. 입술과 입술이 닿는 건 아니지만, 그래도 뺨과 이마 정도는 자연스럽게 한다.

'그게 싫다는 건 아니지만…….'

이엘리는 흘끗 자카리를 곁눈질로 바라보았다. 그녀를 빤히 바라보던 그와 눈이 딱 마주친다.

"왜? 뭔가 할 말이라도?"

"아니, 그런 거 아니야!"

그렇게 대답한 이엘리가 황급히 편지에 코를 박았다. 자카리의 나지막한 웃음소리가 들렸다.

'으으, 정말…….'

그녀는 애써 편지의 글자를 읽어 나갔다. 하지만 글자가 제대로 머릿속에 들어올 리 없다. 자꾸 등 뒤로 그의 시선이 느껴지는 것 같았다. 세상에, 나 계속해서 자카리를 의식하고 있잖아?

'안 돼, 다른 생각! 다른 생각!'

이엘리는 입술을 잘근잘근 씹으며 편지에 집중했다. 바로 그때, 눈에 들어오는 글자가 있었다.

'어라?'

순간 이엘리의 표정이 진지해졌다. 그녀가 미간을 좁히며 편지를 펼쳤다. 편지의 내용은…….

'저, 결혼해요.'

편지의 서두가 지나치게 강렬하다. 아니, 마지막으로 만났을 때만 해도 결혼 이야기는 없었는데? 이엘리는 마른침을 삼켰다. 게다가 론도 후작 영애는 황제와 혼담이 오가는 사이 아닌가.

'도대체 누구랑 결혼한다는 거야?'

무려 황제와 얽혀 이야기가 나도는 영애와 결혼하는 그 간 큰 영식이 누군지 궁금했다. 호기심이 가득한 얼굴을 한 채, 이엘리는 편지의 뒷 문장을 읽어 내렸고, 경악하고 말았다.

'무려 황제 폐하께서 제 반려가 되어 주시기로 했답니다.'

"······뭐어?"

이엘리는 저도 모르게 놀란 목소리를 흘렸다. 분홍색 머리카락을 만지작거리던 그가 물었다.

"왜 그래, 이엔?"

"론도 후작 영애가 결혼을 한다는데······ 그 상대가 황제 폐하야."

"뭐라고?"

자카리도 깜짝 놀랐다. 물론 두 사람의 혼담에 대해, 귀족 사회에서 아예 추측이 나오지 않는 것은 아니었다. 하나 그래도 이렇게 갑작스럽게? 그녀는 미간을 좁히며 남은 부분을 읽었다.

'사실 갑자기 황명이 내려오는 바람에 거절할 수도 없었어요. 만민을 보살펴야 할 황후라니, 보잘것없는 제가 해낼 수 있을까요. 전 한 사람의 온전한 애정도 받기 어려울 텐데 말예요.'

분명히 내용은 정중함에도, 어쩐지 론도 후작 영애의 빈정거리는 목소리가 들리는 것 같았다.

'이거 분명히, 결혼이 내키지 않는다는 뜻이네.'

이엘리는 한숨을 삼켰다. 후작 영애는 황제가 이엘리에게 질척거리는 모습을 바로 곁에서 지켜봤다. 본디 결혼을 크게 원하던 여인도 아니었으니, 당연히 이 혼사가 마음에 들지 않을 터.

"하긴 론도 후작 영애 외에, 신분과 나이 면에서 폐하의 반려가 될 만한 여성도 없지만……."

이엘리가 중얼거렸다. 하지만 황제가 결혼식을 서두르는 모습은 마치, 그녀에게 보여 주기 위함 같았다. 그녀가 자카리에게 돌아가는 것을 보면서 자존심을 다치지 않으려고. 느낌 탓일까.

"하여튼 국혼을 축하한다는 편지는 보내야겠지."

"뭐, 그래야 하겠지만."

자카리는 두 눈을 가늘게 떴다. 이엘리는 뭔가 마음이 복잡해졌다. 황제와 론도 후작 영애라.

"솔직히 영애께서 황제 폐하와 결혼하는 게 후작 영애에게 행복한 일일지는 잘 모르겠네."

"사실 나도 그렇게 생각해."

자카리도 이엘리의 말에 동의했다. 수많은 여성들과 염문을 뿌린 데다, 심지어 헤센바이츠의 차기 안주인에게도 기이한 집착을 보이던 황제. 그런 황제의 정실이 된다는 것은, 명예는 있겠지만 애정은 없는 허울 좋은 자리일 것이다. 게다가 황후로서 짊어져야 할 의무는 어떤가.

"그런데 이엔."

자카리가 그녀의 목에 짧게 키스하며 입을 열었다. 간지러운 감촉에 그녀가 그를 돌아보았다.

"아까 전부터 너무…… 키스를 자주 하는 거 아냐?"

"네가 날 계속 어리게 보는 것 같아서."

자카리의 능글맞은 대답에 이엘리는 새초롬한 낯이 되었다. 자카리가 느른한 어조로 말했다.

"나도 남자라는 표현을 좀 해 보려고."

"……그런 노력 따위 안 해도 충분히 널 남자로 보고 있어."

그녀는 얼굴을 빨갛게 붉히며 시선을 돌렸다. 그가 나직한 웃음소리를 내며 고개를 끄덕였다.

"네가 그렇게 생각해 준다니 그나마 다행이네. 그런데……."

"그런데?"

"황제와 론도 후작 영애의 결혼보다도, 우리의 결혼부터 먼저 생각하는 게 낫지 않아?"

정곡을 찔렀다. 아니 뭐 맞는 말이긴 한데. 이엘리는 눈동자를 굴렸다.

"결혼식, 치르지 않을 거야?"

"하지만 결혼식이 굳이 필요해?"

이엘리가 되묻는 목소리에 자카리는 순간 말문이 막혔다. 그녀는 또랑또랑한 어조로 말했다.

"게다가 우리 혼인신고도 이미 했잖아."

"그래도 혼인신고만 하고 끝내기에는 뭔가 아쉽잖아."

"너, 그런 번거로운 행사는 별로 좋아하지 않는 거 아니었어?"

이엘리는 자카리의 성인식을 문득 떠올렸다. 자카리는 자신의 성인식 행사에 충실히 참석하긴 했지만 그건 의무에 가까운 행동이었다. 그 모습을 보면서 그녀는 내심 자카리를 귀찮게 하지 않겠노라 마음속으로 생각해 두고 있었는데. 어라, 그게 아니었나? 그녀는 고개를 갸웃거렸다.

"이엔, 난 네가 북부의 안주인으로서 확실히 인정받기를 바라."

솔직히 난 너만 있으면 별로 상관없는데. 그렇게 대답하려던 이엘리는 문득 멈칫했다. 자카리의 눈동자가 하도 진지했던 탓이다.

이엘리의 눈을 가만히 들여다보던 자카리가 말을 이었다.

"아무래도 우린 너무 어렸을 때 결혼해서…… 결혼식 같은 건 거의 생각도 하지 못했으니까."

그녀의 뺨을 커다란 손이 폭 덮는다. 자카리는 아쉽고 미안한 얼굴이 되어 그녀에게 말했다.

"네가 마땅히 누렸어야 할 모든 것을 빼앗은 것 같은 기분이 들어."

"……."

죄책감 섞인 나지막한 목소리를 들으며 이엘리는 눈동자를 굴렸다. 하지만 자카리는 진심이었다. 대부분의 귀족들은 결혼식만큼은 화려하게 치르곤 한다.

　내심 귀족들 사이에서도 결혼식의 규모로 집안의 자존심을 챙기
는데, 빚 대신 결혼한 그녀에게 그런 기회가 있을 리 없었다.

　'이엔은 모든 것을 쥐여 주고도 모자란 사람인데.'

　게다가 이엘리가 북부의 안주인임을 확고하게 밝히기 위해서라
도, 자카리는 이번 결혼식을 꼭 치를 생각이었다. 때마침 황제가 국
혼을 치른다니. 이상하게 경쟁심이 불타올랐다.

　"왜 그렇게 심각해, 자카리."

　그때 이엘리는 분위기를 밝게 바꾸려 코를 울리며 웃었다. 그녀
가 자카리의 손등을 토닥였다.

　"난 괜찮다니까?"

　"내가 괜찮지 않아."

　"괜찮지 않을 이유가 뭐가 있어. 아, 혹시."

　그녀가 장난스러운 얼굴로 자카리를 올려다보았다. 그러면서 입
가를 부드럽게 휜 채로 질문을 던진다.

　"예쁜 아내의 웨딩드레스 차림이라도 보고 싶은 거야?"

　"아, 물론 그것도 맞고."

　"……."

　자카리의 단호한 대답에 이엘리는 할 말을 잃어버렸다. 자카리
는 그녀의 머리를 토닥거렸다.

　"어쨌든 결혼식에 대해 진지하게 고민할 때가 된 것 같아, 이엔."

　"……어쩐지 너야말로 날 어린아이처럼 대하고 있는 것 같은
데?"

아까 전부터 계속 머리카락이며 뺨, 이마 따위를 지분거리고 있지 않나. 이엘리는 불퉁한 얼굴이 되었다. 하지만 자카리는 그런 그녀를 사랑스럽다는 눈으로 바라보고 있을 따름이었다.

'……그래 뭐, 네가 행복하다면.'

또다시 그의 품에 안긴 채, 그녀는 시큰둥하게 그렇게 생각했다. 솔직히 그 품이 좋기도 했고.

*　　*　　*

어쨌든 그가 결혼식에 대해 저 정도로 열의를 보이니, 그녀도 어느 정도 의지를 보이긴 해야 할 것 같았다. 그리하여 이엘리는 집사를 불러다가 결혼식 예산에 대해 대화를 나누기 시작했다.

"결혼식 예산은 크게 잡을 필요는 없을 것 같아요."

"예? 그게 무슨 말씀이신지……."

그렇게 되묻는 집사의 얼굴이 어쩐지 떨떠름해 보였다. 이엘리는 어리둥절해졌다. 내가 뭐 못 할 말이라도 한 건가?

"어차피 저와 자카리는 결혼 생활을 오래했는걸요."

"두 분의 혼인 생활과, 결혼식 예산에 무슨 관계가 있습니까?"

"이미 결혼한 사람들이 새롭게 식을 올리는 거나 마찬가지인데, 굳이 그렇게 유난을 떨 필요가 있나요?"

이엘리는 진심으로 이해가 안 돼서 그렇게 물었다. 그러나 집사는 여전히 뭔가 애매한 얼굴을 하고 있었다.

무언가를 진지하게 고민하는 것 같던 집사는 잠시 후, 조심스럽게 입을 열었다.

"아마 그건 공작 각하께서 원하지 않으실 것 같습니다만……."

"자카리가요? 왜요?"

어리둥절해진 그녀가 두 눈을 동그랗게 떴다. 그게……. 집사는 지그시 혀끝을 깨물었다. 공작 각하께서는 이번 결혼식에 엄청난 기대감을 걸고 계시고, 그 누구에게도 꿇리지 않는 화려한 결혼식을 치르고 싶어 한다고 어떻게 말할 수 있겠는가.

집사는 어색하게 웃어 보였다.

"……아닙니다. 우선 각하께 그렇게 전해 올리겠습니다."

"그래요, 그렇게 하도록 해요."

이엘리는 약간 어리둥절한 기색이었지만, 얌전히 고개를 끄덕였다.

'뭐, 집사가 알아서 자카리에게 잘 말해 주겠지.'

그렇지 않아도 갓 공작 작위를 이어받은 자카리는, 여러모로 챙길 일이 많았다. 고작 결혼식 때문에 자카리를 번거롭게 만들고 싶지는 않았기에, 이엘리는 결혼식은 간단히 치르기로 결심했다.

그나마 이엘리가 자신을 위해 따로 신경 써서 준비하기로 마음먹은 물건은, 바로 신부가 사용하는 '웨딩 베일'이었다.

'뭐, 웨딩 베일 정도는 결혼식에서도 필수니까.'

이엘리는 웨딩 베일은 공작 성내의 침모들을 불러들여 맡길 생각이었다. 공작 성 사람들과 함께 결혼식을 올린다는 의미도 있었고, 호화스러운 결혼식은 처음부터 생각도 하지 않았다.

이미 꼬꼬마 때부터 부부로 살아와 결혼 생활도 할 만큼 했으니,

군이 그럴 필요는 없다고 여겼던 것이다. 그렇게 이엘리는 속 편하게 생각하고 있었다.

'신관을 불러다가 축사나 듣고, 친지 몇몇을 초대하여 식사 정도를 함께하면 되지 않을까?'

하지만 이엘리의 생각과 자카리의 생각은 까마득히 달랐다.

"이엔이 그렇게 말했다고?"

집사가 이엘리의 뜻을 전해 올리자, 갓 작위를 이은 대가로 서류의 산에 파묻혀 있던 자카리는 대번 그렇게 물었다.

집사는 고개를 끄덕였고, 자카리는 숫제 서류들마저 밀어 치워 버렸다. 집사는 공작님의 관심에서 벗어난 서류들을 바라보며 애통한 표정을 짓고 말았다.

'안 되는데, 저 서류들 오늘 다 봐 주셔야 하는데.'

하지만 '이엘리'라는 주제에 한해서는 세계에서 가장 단호해지는 자카리는, 이제 서류에 집중할 여유조차 남지 않은 것 같았다.

"안 돼."

자카리가 두 눈을 가늘게 뜬 채 대답했다. 그렇지 않아도 그와 그녀는 이혼했다가 재결합한 지 얼마 되지 않았다.

그녀의 빈자리가 굉장히 컸었기에, 그는 그녀에게 뭐든지 최고만을 주고 싶었다.

'게다가 내가 이엘리에게 마음고생을 시켰던 것도 있잖아.'

그러므로 자카리는 이번 결혼식을 최대한 호화롭게 치름으로써 두 가지를 모두 보상해 줄 생각이었다. 그런데 결혼식을 간소하게 치르자니, 이건 절대로 안 될 말이었다.

"알았어, 내가 이엔을 직접 만나 보도록 하지."

그렇게 말한 자카리가 훌쩍 몸을 일으켰다. 그리고 집사는 속으로 눈물을 삼키며 저 멀리 사라지는 주인의 모습을 지켜보았다.

아무리 긍정적으로 생각해 보려 해도, 저 서류의 산은 공작 부부가 이번 결혼식에 대해 합의를 할 때까지 꿋꿋이 자리를 지킬 것 같다.

"이엔."

"응?"

"어째서 보석상을 부르지 않아?"

그리고 자카리는 이엘리를 찾아가자마자, 다짜고짜 그렇게 질문을 던졌다.

한창 예산안에 골몰하던 이엘리는, 전혀 예상치 못했던 질문에 의아한 표정을 지었다. 자카리는 진지한 얼굴로 입을 연다.

"그리고 결혼식에 필요한 물건들을 맞추려면 의상실에도 연락을 넣어야 할 텐데."

"저, 자카리?"

"요새 얼굴이 제대로 보이지 않기에 바쁜가 보다 했는데."

그의 심기가 좀 불편해 보인다. 그리고 이엘리는 그의 심기가 불편한 이유가 요새 자카리에게 얼굴을 자주 비치지 않아서인지, 보석상과 의상실에 연락을 넣지 않아서인지 좀 궁금해졌다.

"침모들에게 웨딩 베일을 짜 달라는 말 외로는 별말도 안 했다며?"

"응, 그렇긴 한데……."

"요새 얼굴도 제대로 못 봐서 서운한데, 결혼식 준비 때문이 아니었다니."

……아무래도 두 가지 이유 모두 맞나 보다. 아이고, 내 남편. 이엘리는 어색하게 웃어 보였다.

"예산 때문에 그래? 그러고 보니 예산을 적게 잡자고 했다고 하던데. 넌 헤센바이츠의 안주인이야. 그런 문제는 고민하지 말고……."

"아니, 그런 게 아니라!"

어쩐지 자카리의 상상력이 좋지 못한 방향으로 한껏 뻗어 나갈 것 같아, 그녀는 손을 저었다.

"그야 요새 자카리 네가 바빠 보였으니까."

"뭐?"

"공작 작위를 이은 지 얼마 되지 않아서 챙길 일이 많잖아."

그녀는 자카리의 어깨를 톡톡 두드려 주었다. 자카리는 뚱한 표정이 되어 그녀를 마주 보았다.

"그래서 번거롭게 하지 않으려고 했을 뿐이야."

"……이엔, 그럴 필요 없어."

자카리는 굉장히 서운한 얼굴로 그렇게 말했다. 그 얼굴이 어찌나 시무룩한지, 이엘리는 잘못한 것 따위 전혀 없으면서도 죄책감을 느껴야 했다. 자카리는 한숨을 섞어 이엘리에게 중얼거렸다.

"네 얼굴을 보는 게 나에게는 휴식인데."

"아, 그래……."

가끔 자카리는 낯부끄러운 말을 아무렇지도 않게 한다. 이엘리는 어색한 얼굴로 웃어 보였다.

"하긴 뭐, 나처럼 예쁜 아내를 두고 바쁜 것도 좀 힘들겠지."

이엘리는 분위기를 바꾸려 장난을 쳤다. 하지만 자카리는 진지
한 표정을 풀 생각조차 않는다.

"이엔, 넌 날 너무 잘 알아."

"……."

"요새 네 얼굴을 뜸하게 보는 바람에…… 정말로 힘들었거든."

자카리의 진지한 대답에 이엘리는 할 말을 잃어버렸다. 자카리
는 그녀의 머리를 어루만졌다.

"아무튼 난 너와의 결혼식을 진지하게 생각하고 있으니까."

응, 네 얼굴 표정 보니까 왠지 그런 것 같다…… 이엘리는 얌전하
게 고개를 끄덕이며 자카리와 손가락을 걸었다. 아무래도 그들의
결혼식에 신경은 좀 써야 할 것 같다는 생각이 들었다. 그리고 이튿
날.

'아무리 그래도 그렇지, 이건 좀 너무하잖아?!'

수없이 들어오는 보석이며 옷감을 보며 이엘리는 기겁했다. 지
금 이 상황은 이엘리가 예상한 범주에서 한참 벗어났다. 그녀가 생
각하던 결혼식의 규모와, 자카리가 생각하던 건 한참 달랐던 것이
다.

"자카리, 저것들 다 뭐야?"

깜짝 놀란 그녀가 자카리를 찾았다. 한창 서류를 살피던 그가 그
녀에게 눈매를 접어 웃었다.

"왜? 뭔가 모자란 거라도 있어?"

"아니, 오히려 너무 과해서 문제야."

이엘리는 두 눈을 가늘게 떴다. 아니, 예고조차 없이 보낸 저 엄청난 물건들은 도대체 무엇인지. 비단이며 보석이며 레이스 등, 온갖 사치품이 넘쳐 난다. 자카리는 고개를 갸웃 기울였다.

"뭐가 과한데?"

"……그렇게 물어보는 것 자체가 양심이 없다는 걸 모르겠어?"

슬쩍 미간을 좁힌 자카리는 탁 소리 나게 서류철을 접은 후, 비딱한 시선으로 그녀를 보았다.

"전혀 모르겠는데. 이게 뭐가 과해?"

"황가에서도 저 정도 혼수품을 주고받지는 않을걸?"

이엘리는 어깨를 으쓱였다. 물론 그녀도 그와 결혼하며 공작가가 가진 부유함을 피부로 느끼며 살았다. 하지만 그녀가 놀란 건 저 정도 재물을 아무렇지도 않게 마련하는 그의 배포였다.

"당연히 그 정도는 해야지."

그러나 자카리는 여전히 당연하다는 얼굴로 비스듬히 턱을 괸 채 이엘리를 올려다보았다.

"난 제국에서 가장 화려한 결혼식을 치를 생각이니까."

"뭐라고?"

깜짝 놀란 이엘리는 저도 모르게 언성을 높였다. 자카리는 눈 하나 깜짝하지 않고 대답했다.

"아마 돌아가신 아버지께서도 그걸 원하실 거야."

"그, 그래도."

"들어 봐, 이엔."

자리에서 일어난 자카리가 이엘리를 제 쪽으로 끌어당겼다. 어느새 그녀는 자카리의 품 안에 폭 파묻힌 모양새가 되어 버렸다. 순간 심장이 제멋대로 뛰어서 그녀는 입술을 당겨 물었다.

"우리의 결혼식은 혜센바이츠의 강대함을 증명하는 하나의 방법이 될 거야."

"강대함을 증명하는 방식?"

"그래. 이 결혼식은……."

자카리가 그녀의 머리카락을 손가락으로 돌돌 감아 말았다. 빙그레 웃는 눈이 지나치게 곱다.

"혜센바이츠의 새로운 가주와 안주인이 탄생한다는 것을 알리는 거니까."

그녀가 자카리를 탐색하듯 올려다본다. 연녹색 눈동자가 가늘어지는가 싶더니, 그녀가 말했다.

"무슨 말인지는 알 것 같아."

이엘리는 곰곰이 생각에 잠겼다. 조그만 입술이 움직이는 모습을 자카리는 가만 지켜보았다.

"그도 그럴 게 이 결혼식은 아마 다른 귀족들도 지켜보고 있을 테니까."

"그렇지."

"네 말이 맞아. 이 결혼식, 외부에 가장 먼저 내보이는 공작가의 공식적인 행사잖아."

이엘리는 진지한 얼굴로 고개를 끄덕였다. 자카리는 한숨을 삼켰다. 물론 그런 이유도 있지만.

'아마 내가 이런 합당한 이유를 대지 않았더라면 넌 내가 준 그 물건들을 극구 거절했겠지.'

세상 모든 것들을 쥐어 주어도 아깝지 않은 그녀다. 내심 그녀에게 온갖 물건들을 안겨 주고 싶어, 일부러 이런 핑계를 만들었다. 그때 그녀가 걱정스러운 얼굴이 되어 그를 올려다보았다.

"그러면 시간이 좀 모자랄 것 같은데."

"시간?"

"응. 이왕 공식적인 행사로 나아갈 거라면 완벽하게 준비를 마쳐야 하는데."

아, 좀 잘못 짚었나. 자카리는 슬쩍 눈썹을 찡그렸다. 그녀가 무리하게 할 생각은 아니었는데.

"당장 하객 목록을 만들고 청첩장을 발송하는 것만도 시간과 품이 한참 들어. 그리고……."

"이엔."

자카리가 길어지려는 이엘리의 말을 막았다. 두 눈을 깜빡이는 그녀를 향해 자카리가 웃었다.

"우리에게는 시간과 품이 없지만, 대신 예산이 있어."

"……."

"그리고 예산은 어떤 일의 웬만한 부족함은 얼추 채워 넣을 수 있지."

자카리는 나긋하게 말을 이었다. 아, 물론 그러시겠죠. 이엘리는 두 눈을 가늘게 떴다. 뭐, 그 말이 맞는 말이기는 했다. 자카리의 성인식을 준비하면서 이미 몸소 체험한 사실이기도 하고.

"예산은 쓰고 싶은 만큼 끌어다 써도 상관없어."

자카리는 산뜻한 목소리로 말했고, 그녀의 뺨을 가볍게 어루만졌다.

"그리고 내가 도울 일이 있다면 언제든지 말하고."

"하지만 이런 건 안주인이 해야 할 일이니까."

연녹색 시선이 결의에 차 빛났다. 이런 행사는 보통 가문의 안주인이 챙긴다. 안주인의 의무이자 권리로, 행사가 완벽하게 끝날수록 안주인의 명성도 높아진다. 그녀는 고개를 끄덕였다.

'예전에 성인식을 끝마쳤을 때도 그랬었어.'

확실히 북부의 귀족들이 자신을 바라보는 시선이 달라졌다는 것을 느꼈다. 아마 전대 공작도 그 점을 알아 일부러 그녀에게 성인식 준비를 맡겼을 것이다. 그녀는 애틋한 기분을 느꼈다.

"그런데, 이엔."

"응, 왜?"

그녀는 슬쩍 자카리를 돌아보았다. 잠시 머뭇대던 그는 약간 불편한 얼굴이 되어 입을 연다.

"혹시 말이야."

"응."

"황가의 축사가 필요하다면, 내가 어떻게든 요청을 해 볼 테니까……."

자카리는 주춤주춤 입을 열었다. 그녀의 미간이 형편없이 찌그러지며 톡 쏘아붙인다.

"자카리. 넌 내가 황제와 어떤 일이 있었는지 알면서도 그런 말을 해?"

이엘리는 진저리를 쳤다. 자카리는 입술을 잘근 깨물었다. 솔직히 그리고 좋을 리는 없었다.

하지만 대부분의 대귀족들이 황가의 축사를 받는 것을 명예이자 권리로 생각하는 건 사실이다.

"알아. 그래도……."

난 네가 나 때문에 모자란 결혼식을 치르는 게 싫어. 자카리는 슬며시 미간을 구겼다. 이엘리가 원한다면, 어떻게 황가에 압박을 넣든 협박을 하든 축사를 뜯어낼 생각이었다.

"절대 싫어."

이엘리는 단호하게 말했다. 두 눈을 가늘게 뜨고, 팔짱까지 낀 그녀가 새침하게 말을 잇는다.

"난 이제 헤센바이츠의 사람이라고."

"그건 당연하지."

자카리가 딱딱하게 굳은 얼굴로 답했다. 그녀는 자카리의 어깨를 손가락으로 톡톡 두드렸다.

"게다가 난 황제가 공작가의 일원에게 얼마나 무례하게 구는지 몸소 체험해 봤단 말이야."

"……."

순간 자카리는 말문이 막혔다. 그랬다. 이엘리는 황제의 손아귀에서 자신에게 돌아온 사람이다. 얼마나 힘들었을까. 자카리는 대답 대신 그녀를 가만히 끌어안았다.

"우리는 우리끼리 행복하면 돼."

"……그래."

"황제 따위 멋대로 살라고 해, 그 재수 없는 자식."

이엘리는 뾰족한 음성으로 투덜거렸다. 자카리는 희미하게 웃었다. 그녀는 언제나 그가 가야 할 길을 명쾌하게 밝혀 준다. 그런 자카리를 앞에 둔 채 이엘리는 자신만만한 어조로 말했다.

"두고 봐, 황제의 국혼에 꿀리지 않는 결혼식을 치를 테니까."

자카리는 애매하게 웃었다. 어째 이엘리의 의욕이 이상한 방향으로 발현되는 기분이 들어서였다. 처음에는 분명 결혼식에 별생각이 없었던 것 같은데, 이제는 황가의 콧대를 납작하게 눌러 주겠다는 그런 열정이 느껴진달까.

그리고 자카리는 그녀가 하고 싶은 대로 뭐든지 다 하게 해 주고 싶었다. 다만 그가 지금 당장 원하는 건…….

"자, 자카리!"

파드득 놀란 이엘리가 고개를 반짝 치켜들며 그를 노려보았다. 그가 그녀의 목덜미를 슬쩍 깨문 탓이다.

자카리는 뻔뻔한 얼굴로 어깨만을 으쓱거려 보였다. 이엘리는 얼굴을 붉히며 고개를 홱 돌렸다.

'나도 참…….'

자카리의 스킨십이 점차 농밀해질 때마다, 도무지 정신을 차리기 어렵다. 왠지 민망한 기분에 이엘리는 입술을 잘근잘근 깨물었다.

"자카리, 네가 이럴 때마다 나 깜짝깜짝 놀란다고."

그녀는 부러 불퉁하게 입을 열었다. 그렇지 않고서야 이렇게 심장이 쿵쿵 뛰지는 않을 거다.

"하지만 이엔, 너랑 너무 오랫동안 떨어져 있었잖아."

"뭐어?"

"네가 너무 모자랐어. 모자란 이엘리를 이렇게라도 보충해야지."

그의 나긋한 목소리가 이엘리의 귓전을 간지럽혔다. 간지러운 감촉에 그녀가 어깨를 굳혔다.

'아, 이건 좀.'

요새의 자카리는 자신이 얼마나 남성미를 가지고 있는지 잘 알고, 그 점을 그녀에게 표현하려는 것처럼 보였다. 그런데 문제는 이엘리가 그의 행동에 속절없이 휘둘리고 있다는 점이었다.

'정말로 이러다가 홀릴 것 같단 말이지.'

이엘리는 불만스럽게 자카리를 힐끗거렸다. 눈매를 접은 자카리가 이엘리를 향해 소곤거렸다.

"왜?"

"……아, 아무것도 아니야."

아, 누구 남편인지 잘생기긴 무지하게 잘생겼네. 양 뺨이 화끈거려 그녀는 홱 시선을 돌렸다.

그러고 보니, 아까 전부터 자카리에게 하려고 별렀던 말이 있었다. 그녀는 힐끔 자카리를 돌아보았다. 그녀가 조심스레 입을 열었다.

"저기, 자카리."

"응?"

"나 너에게 미리 해 둘 말이 있는데."

자카리가 고개를 갸웃거렸다. 그녀는 혀끝으로 마른 입술을 살짝 핥았고, 그대로 말을 잇는다.

"나, 황녀 전하께 우리 결혼식의 청첩장은 보내드리려고."

솔직히 다른 사람은 몰라도, 황녀는 청첩장을 받을 자격이 충분하다고 이엘리는 생각했다.

만약 황녀가 전대 공작이 이미 사망했음을 미리 알려 주지 않았더라면, 이엘리는 차마 자카리에게 돌아올 생각조차 하지 못했을 것이다. 그러니까 이런 식으로라도 고마움을 전하고 싶었다.

"뭐 그건 네가 하고 싶은 대로 해."

그는 가벼운 어조로 대답했다. 자카리의 눈치를 살피던 이엘리가 조심스럽게 질문을 던졌다.

"화내지 않아?"

"내가 왜 화내야 하는데?"

"하지만 넌 황녀 전하와 친분을 이어 가는 게 불편할 수도 있잖아."

황제는 이번 장례식 때도 황녀를 일부러 내려보냈다. 엄연히 헤센바이츠의 내정에 간섭하고자 하는 의도가 보이는 행동이었다. 자카리는 그녀의 뺨을 살짝 튕기더니 짓궂게 웃어 보였다.

"이런, 이엔."

"응?"

"난 네가 나 때문에 다른 사람과의 친분을 포기하는 것은 원하지 않아."

자카리가 가볍게 답했다. 이엘리는 가슴이 뭉클해졌다. 결혼했다는 이유만으로 여성의 행동반경을 제멋대로 조절하려 드는 사람은 무척 많다. 물론 자카리가 그런 사람이 아니라는 건 알지만.

"저번에 제도에서 황녀 전하와 론도 영애가 네게 잘해 주는 모습은 이미 지켜보고 있었어."

그래도 이엘리가 누구와 친밀하게 지내는지, 그런 것까지 꼼꼼하게 살펴보고 있을 줄 몰랐다.

"론도 후작 가문은 정계에서도 균형 잡힌 태도로 유명하지."

자카리는 그녀의 허리를 끌어안고는 곰곰이 생각을 더듬었다. 잠시 후 그가 고개를 끄덕였다.

"비록 론도 영애가 황후로 간택받긴 했지만…… 후작은 딸의 지위에 취할 사람이 아니야."

"그래?"

"후작은 딸을 지극히 사랑하는 사람이지. 게다가……."

자카리는 론도 후작과 만났던 때를 떠올렸다. 후작은 자카리가 제도로 올라갔을 때 처음으로 그에게 말을 걸었던 사람이었다. 황제가 서슬 퍼렇게 눈을 뜨고 있는데 그러기는 쉽지 않다.

"지금의 황후 자리는 허울만 좋을 뿐 실속이 없는 자리라는 것도 아니까."

자카리는 빙긋 웃었다. 조금만 들여다보면 알 수 있는 사실이다. 하지만 그런 명백한 단점에도 눈을 가리는 사람들은 많았다. 다행히도 후작은 균형 잡힌 정치 감각을 가진 쪽에 가깝다.

"솔직히 론도 후작도 제 딸을 황후로 보내고 싶지는 않았을걸."

"……그래?"

"그럼. 후작 영애도 황후 자리를 별로 원하지 않는 걸 보면 뻔하지."

자카리는 두 눈을 가늘게 떴다. 이엘리가 받은 편지로 미루어 봤을 때, 론도 후작 영애는 이미 황제와 결혼함으로써 제가 얻게 될 이득과 손해를 명쾌하게 계산해 놓은 상태였다.

'계산을 마친 그녀는, 황제와의 결혼이 그다지 내키지 않을 테지만.'

세상에는 어쩔 수 없는 일이라는 것도 있는 법이다. 그는 이엘리의 어깨를 다독거려 주었다.

"오히려 황녀 전하, 그리고 론도 후작 영애와 친분을 쌓는 게 나을 수도 있어."

"자카리."

"아마 그쪽들도 그러기를 바랄걸?"

자카리는 헤센바이츠의 공작으로서 냉철한 판단을 내놓았다. 그 말은 사실이었다. 황제에게 언제 버림받을지 모르는 황녀와, 지위가 불안한 황후. 그런 그들에게 있어 강대한 공작가의 안주인은 친분을 쌓아도 나쁘지 않은 대상이다.

자카리는 이엘리에게 다정하게 말을 덧붙였다.

"하지만 이건 내 개인적인 정치적 사견일 뿐이고."

"……."

이엘리는 약간 불편한 얼굴로 고개를 끄덕였다. 그는 새삼 이엘리에게 '친구'라고 부를 수 있는 사람이 얼마 없다는 사실을 깨달았다. 또한 그는 그녀가 원하는 건 뭐든 들어주고 싶었다.

"이엔."

"응?"

"네가 원하는 건 뭐든지 해도 돼."

이런 말을 할 줄은 몰랐는데? 이엘리는 슬그머니 자카리와 시선을 맞췄다. 자카리가 말했다.

"네가 좋아하는 사람들과 즐겁게 지냈으면 좋겠어."

자카리는 담백한 어조로 말을 잇는다. 지금 제가 하는 말은 사심 따위 없는 온전한 진심이다.

"정치적인 입장이나 그런 건 신경 쓰지 않아도 돼, 그런 건 내가 할 테니까. 물론⋯⋯."

그녀의 손등을 가볍게 들어 올린 자카리가 쪽 소리 나게 키스를 남겼다. 이후 빙그레 웃는다.

"⋯⋯네가 가장 좋아하는 사람은 나였으면 좋겠지만."

조그만 얼굴이 새빨갛게 달아올랐다. 말없이 고개만을 끄덕이던 이엘리가 황급히 입을 연다.

"그, 다, 당연히."

"당연히?"

"내가 가장 좋아하는 사람이 너라는 건⋯⋯ 당연하잖아."

수줍음을 타는 이엘리라. 역시 보기 힘든 모습이다. 그런 그녀가 너무 귀여웠던 자카리는 뺨과 이마에 무차별적으로 입술을 맞췄다. 이엘리는 뺨을 붉히며 자카리의 목을 꼭 끌어안았다.

그렇게, 제 남편의 사랑스러움을 만끽하고 있는데.

"이엔, 뭐가 그렇게 부끄러워?"

그런데 바로 그때, 나긋한 목소리가 들렸다. 이엘리는 두 눈을 동그랗게 떴다. 자카리가 느릿하게 그녀의 귓가에 입술을 댔다.

"한 번 더 말해 줘."

귓속에 쏟아지는 속삭임은, 달콤하면서도 진득한 울림을 가지고 있었다. 마치 굶주린 맹수가 먹이를 유혹하는 것처럼 매혹적인 음성. 등골을 스치는 기분 좋은 소름에, 그녀는 바짝 어깨를 굳혔다.

"……뭘?"

"방금 했던 말."

자카리가 대답했다. 이엘리는 홀린 듯이 자카리에게 말했다.

"내, 내가 가장 좋아하는 사람은."

이엘리의 팔에서, 스르륵 힘이 풀렸다. 살짝 거리를 벌린 자카리가 이엘리를 빤히 들여다보았다. 그녀는 마른침을 삼켰다. 투명하게 빛나는 푸른 눈동자는, 그 깊이를 알 수 없을 만치 깊어서.

"……너뿐이야."

그대로 저 안으로 떨어져 내려, 영영 헤어 나오지 못할 것 같아. 자카리가 씩 눈매를 휘었다. 그와 동시에, 고개를 비틀어 숙인다.

"가끔은 있지…… 이엔."

그의 목소리가 조금 낮아졌다. 자카리가 그녀의 뺨을 어루만졌다. 단단한 손가락이 입술을 스치고, 턱을 문지르며, 목을 쓸어내린다. 등골이 찌릿해지는 기분에 그녀가 그를 마주 보았다.

"너를 머리부터 발끝까지 집어삼키고 싶은 기분이 들어."

나른한 목소리에는 채 숨기지 못하는 갈망이 가득 서려 있었다. 그때, 이엘리가 발끝을 들었다. 쪽 소리 나게 입술을 겹친 후, 떼어 낸다. 초록색 눈동자에 도발적인 빛이 스며들었다.

"삼키면 되잖아."

"뭐?"

"삼키라고."

그 말에 자카리의 눈동자가 새카맣게 가라앉았다.

"……네가 먼저 허락한 거야."

누가 먼저 입술을 겹쳤는지는 명확히 기억나지 않는다. 다만 어느새 정신을 차려 보니, 이엘리는 그녀의 입 안을 훑으며 문지르는 자카리의 혀를 정신없이 따라가고 있었다. 헐떡거리는 호흡을 주체하지 못하며 이엘리는 생각했다.

'아무래도 나, 강아지인 척하는 맹수를 키워 버린 듯한데…….'

그 생각이 마지막이었다. 집요한 키스에 최소한의 이성마저 깡그리 날아갔다. 이엘리는 농밀한 감각 속에 꼼짝없이 갇혀 버렸다.

* * *

이엘리는 결혼식 준비에 박차를 가했다. 결혼식을 위해 엄청난 예산이 배정되었고, 집사 또한 이엘리를 물심양면으로 도와주었다.

제도에서부터 불러온 의상사와 보석상들 또한 공작 성을 들락거렸다. 연회 준비 또한 착실하게 진행되고 있었다. 그 와중 침모들은 약간 기가 죽은 상태였다.

"역시 이건 포기해야겠죠?"

이엘리의 웨딩 베일을 만들던 침모들은 아쉬운 표정으로 자신들이 만들던 베일을 쓸어내렸다.

"사실 그렇죠…… 아가씨께서는 이제 공작 성의 안주인이 되실 분이니까요."

"우리가 만든 웨딩 베일을 사용하시는 건, 아가씨의 지체에 누가 될지도 몰라요."

침모 하나가 말끝을 흐렸다. 온갖 정성을 다해 짠 새하얀 웨딩 베일이 물결처럼 흐트러진다.

"그래, 뭐 다른 분도 아니고…… 아가씨이시니까요."

"지금까지 많이 힘드셨기도 하고요."

"맞아요. 역시 헤센바이츠의 안주인에 어울리는 물건들을 갖추셔야죠."

침모들은 애써 아쉬운 마음을 감추었다. 새로 작위를 이은 자카리가 제 아내를 얼마나 아끼는지 침모들도 잘 알고 있었다.

제도에서도 굉장히 유명한 의상사를 직접 불러왔으니 아마 새로 웨딩드레스를 맞출 것이다. 그렇다면 분명 드레스에 어울리는 웨딩 베일도 따로 제작할 테지.

"그야 아가씨께서는 당연히 그런 대접을 받아 마땅하신 분이니까요."

"결혼식 당일에도, 분명 아가씨께서는 무척 아름다우실 거예요."

침모들은 아쉬운 마음을 애써 달래며 서로에게 웃어 보인다.

'어쩔 수 없지.'

이엘리는 다정하면서도 공정한 성품 덕분에 공작 성에서도 사랑받는 사람이었다. 이엘리가 돌아오자마자 공작 성의 분위기가 확연하게 부드러워졌다. 침모들 또한 그들의 아가씨를 아꼈다.

"그래도 좀 아쉽긴 하네요, 열심히 만들었는데."

그때, 어린 축에 드는 침모 하나가 서운한 마음을 솔직하게 꺼냈다.

"……."

"……."

짧은 침묵이 돌았다. 어린 침모의 말이 맞았다. 그들은 아가씨가 결혼식의 필수품인 웨딩 베일을 그들에게 맡겨 준 게 기뻤다.

게다가 아가씨는 그들을 믿는 모습을 보여 줬었다. 베일을 장식하기 위한 보석을 건넨 것만 해도 그랬다.

'이런 보석들을 저희에게 직접 맡기셔도 정말 괜찮으신가요?'
'당연하지. 실제로 베일을 만드는 건 침모들이잖아?'

고개를 끄덕이며 환하게 웃던 아가씨의 얼굴. 침모는 사실 하급 사용인에 가깝다. 그리고 대부분의 보석은 하급 사용인들에게 맡기는 일이 드물었다. 손버릇이 나빠진다는 이유에서였다.

"……베일을 장식할 때, 진주와 다이아몬드도 마음껏 사용해도 된다고 하셨죠."

"더 필요하면 언제든 편하게 말해 달라고……."

공작 성의 차기 안주인이 자신들을 믿고 존중한다. 사실 하급 사용인에게는 과분한 호의였다.

"다른 귀족 가문에서는 솔직히 이러지 않잖아요."

"아무래도 그렇죠."

"우리들의 손에 보석이 닿을 수 있는 것 자체가……."

침모들은 부드러운 낯이 되어 소곤소곤 대화를 나눴다. 그때 하녀 하나가 방 안에 쏙 들어왔다. 침모들은 눈을 동그랗게 뜬 채 하녀를 바라보았다. 그녀는 아가씨의 직속 하녀인 메리였다.

"메리?"

"아가씨께서 웨딩 베일이 완성되었는지 여쭤보라고 해서 왔어요."

"웨딩 베일? 그, 완성되긴 했는데."

침모들은 서로 슬며시 눈치를 살폈다. 어차피 제도에서 유명 의상 디자이너에게 드레스와 베일을 따로 맞출 텐데, 이 베일이 무슨 소용이 있담? 하지만 메리는 당당하게 고개를 저었다.

"그럼 얼른 주세요. 아가씨께서 보고 싶어 하셔서요."

"뭐? 우리가 만든 웨딩 베일을?"

"그럼요. 그럼 뭘 더 보겠어요?"

침모들은 얼떨떨한 낯이 되어 웨딩 베일을 조심스럽게 상자에 담았다. 메리가 뒤를 돌아본다.

"그리고 아가씨께서 침모분들도 다들 데려오라고 하셨거든요."

"……우리를?"

"네."

얌전히 고개를 끄덕인 메리가 빙그레 웃었다. 메리는 큰 비밀을 말해 주는 것처럼 소곤거렸다.

"아가씨께서는 이 웨딩 베일에 어울리는 웨딩드레스를 맞추고 싶다고 하셨어요."

느닷없는 발언에 침모들은 깜짝 놀라 서로의 얼굴을 돌아보았다. 메리가 즐겁게 말을 잇는다.

"그러니까 얼른 따라오세요."

"하, 하지만."

"아가씨께 웨딩 베일을 보여드리고, 설명도 해 드려야 하잖아요?"

그렇게 말한 메리가 성큼성큼 앞서 걸었다. 침모들은 어리둥절한 얼굴로 메리의 뒤를 따랐다.

*   *   *

이엘리는 방에서 침모들을 기다리고 있었다. 곁에는 제도에서 불러온 의상사 또한 함께였다.

"아, 다들 어서 와."

이엘리는 웃는 얼굴로 침모들을 반겼다. 어떻게 된 일인지 몰라 침모들이 이엘리를 바라본다.

"웨딩 베일은 다 완성된 거야?"

"예, 그게…… 완성되기는 했습니다만."

침모들은 어색한 낯으로 고개를 끄덕였다. 이엘리의 얼굴이 등불을 켠 것처럼 반짝 밝아진다.

"고마워, 다들 고생했겠네."

"아닙니다."

깜짝 놀란 침모들이 황급히 고개를 가로저었다. 이엘리가 작게 고개를 끄덕였고, 침모들은 조심스레 베일을 앞에 펼쳐 보였다. 하얀 안개처럼 쏟아지는 베일을 보며 그녀가 탄성을 올렸다.

"와."

새하얀 베일 위로는 섬세한 아샤 꽃무늬와 함께 진주와 다이아몬드가 박혀 있었다. 이엘리는 흘끗 뒤를 돌아보았다. 머리를 곱게 틀어 올린 의상사를 향해 그녀가 자랑스럽게 입을 연다.

"어때요, 트란셀 부인."

"그것이⋯⋯."

"이 웨딩 베일, 정말 예쁘지 않나요?"

제도에서도 콧대 높기로 유명한 의상사, 트란셀 부인은 약간 분한 얼굴로 웨딩 베일을 봤다.

"예쁘죠?"

"⋯⋯그렇군요."

부인이 끙, 앓는 소리를 냈다. 제국 유일의 공작 부인이 입게 될 웨딩드레스를 맡는 건 부인에게도 큰 명예이자 기회였다. 그래서 만사를 제치고 내려왔는데, 이엘리는 대뜸 이렇게 말했다.

'우리 침모들이 엄청나게 예쁜 웨딩 베일을 만들어 줬거든요.'

'예?'

'그래서 전 부인에게, 웨딩 베일과 어울리는 드레스를 의뢰하고 싶어요.'

드레스 하나만 맡는 건 사실 자존심이 상한다. 항변하는 부인에게 이엘리는 난처하게 웃었다.

> '미안하게 됐어요. 하지만 공작 성의 사람들이 저만을 위해 만들어 준 물건인걸요.'
> '그래도 결혼식 때의 완벽한 모습을 위해서라면……'
> '아뇨. 드레스의 아름다움도 중요하지만, 제게는 그들이 제게 준 마음이 훨씬 더 소중해요.'

그때의 이엘리는 무척 단호했다. 이엘리는 웨딩 베일을 버리느니 차라리 드레스를 맞추지 않겠다 고집을 부렸고, 공작 부인의 웨딩드레스를 포기할 수 없었던 부인은 제안을 받아들였다.

'……하지만 나쁘지 않아.'

트란셀 부인은 전문가의 눈으로 웨딩 베일을 관찰했다. 결혼하는 당사자에 대한 애정이 있어서일까, 침모들이 만들어 낸 웨딩 베일은 무척이나 아름다웠던 것이다. 부인이 입술을 열었다.

"그럼 이 웨딩 베일에 어울리는 웨딩드레스를 디자인하면 될까요?"

"그렇게 해 주면 고마울 것 같아요."

이엘리는 고개를 끄덕였다. 매의 눈초리가 된 트란셀 부인이 웨딩 베일을 하나하나 살펴본다.

"아샤 꽃무늬를 자수로 넣었고, 레이스 장식도 있네요. 보석은 진주와 다이아몬드라."

마치 품평이라도 하는 것처럼 트란셀 부인의 눈빛은 날카롭게 빛났다.

"솔직히 제도의 유행과는 조금 떨어져 있는 건 사실이지만, 그래도 이 정도는 괜찮아요."

요새의 웨딩 베일은, 등 뒤로 길게 떨어지는 쪽보다는 짧게 쳐서 얼굴만 가리는 쪽을 선호한다. 하지만 헤센바이츠는 제국 유일의 공작가니 유행을 따르기보다는 예법에 맞추는 게 나았다.

'그리고 헤센바이츠 공작가 정도라면…… 유행을 선도할 수 있는 가문이기도 하니까.'

트란셀 부인은 흘끗 이엘리를 돌아보았다. 아샤 꽃송이처럼 화사한 미모의 아가씨. 제국 최고의 두 남자, 황제와 공작의 마음을 동시에 가져간 유일한 레이디. 부인의 시선이 반짝 빛났다.

'저번 폐하의 즉위식 이후로, 제도에서도 짧게나마 북부의 드레스 양식이 유행했었지.'

그 유행이 어디서 왔는지, 이런 부분에 민감한 트란셀 부인이 모를 리가 없었다. 제 명예를 위해서라도 트란셀 부인은 그녀를 무조건 최고의 신부로 만들어 줄 생각이었다. 부인이 말했다.

"고위 귀족일수록 고전적인 쪽을 선호하니까요."

"그런가요?"

"네. 이제 어떤 드레스를 만들어 내느냐가 중요한데……."

예스러운 방식을 모두 갖추는 편이 좋지 않을까. 부인의 눈동자가 가늘어졌다. 전통적으로 제국은 푸르게 보일 정도로 새하얀 드레스를 선호한다. 마침 웨딩 베일도 눈처럼 흰 빛깔이다.

"아가씨, 아무리 그래도 웨딩 베일을 드레스에 맞추시는 편이……!"

놀란 침모들이 입을 모았다. 이엘리는 생글거리며 웃었다.

"아니, 난 이 웨딩 베일을 쓰고 결혼식을 올릴 거야."

"하지만……."

"침모들이 이 베일을 만들기 위해 얼마나 고생했는지 내가 더 잘 아는걸."

그 말에 침모들은 멍하니 이엘리를 바라보았다. 이엘리는 가볍게 손을 내저으며 말을 이었다.

"트란셀 부인과도 이미 합의한 사실이니까 다들 신경 쓸 필요 없어."

"맞아요. 공작 부인께서 이미 제게 신신당부를 하셨답니다."

트란셀 부인 또한 어깨를 으쓱이며 한 마디를 덧붙였다. 침모들의 눈이 촉촉하게 젖어 들었다.

"음…… 너무 고집부리는 것 같아서 미안하네요, 트란셀 부인."

이엘리는 머쓱한 얼굴로 한 마디 말을 덧붙였다. 묘한 눈빛으로 그녀를 보던 부인이 말했다.

"글쎄요, 제국 유일의 공작 부인께서는 이 정도 고집은 부리셔도 된답니다."

"그렇게 말씀해 주시니 감사해요."

수많은 귀부인과 귀족 영애들을 상대해 왔던 트란셀 부인이었다. 제도의 귀부인들에 비하자면 그녀가 보이는 저 정도 고집은 그저 애교처럼 느껴진다. 웃는 그녀를 보며 부인은 생각했다.

'어째서 레이디 헤셴바이츠가 공작 성에서 사랑받는지 알 것도 같네.'

모든 사람들을 차별 없이 공평하고 다정하게 대한다. 한 가문의 안주인으로서 꼭 가지고 있어야 할 덕목이자, 대부분의 안주인들이 갖고 있지 못한 미덕이었다. 부인이 싱긋 미소 지었다.

　헤센바이츠 공작 성에 머물게 된 트란셀 부인은, 공작가의 안주인에 대해 몇 가지 사실을 알게 되었다. 드레스의 디자인을 모은 책자를 들고 그녀를 찾아온 부인은 두 눈을 동그랗게 떴다.

　"아니요, 이건 꼭 이렇게 했으면 좋겠어요."

　이엘리가 집사와 말씨름을 하고 있었던 것이다. 트란셀 부인을 발견한 이엘리는 미안한 낯을 했고, 부인은 고개를 저어 괜찮다는 뜻을 밝혔다. 원래 결혼식은 챙겨야 할 것이 많은 법이다.

　'기다릴 수 있으니 걱정 마세요.'

　'고마워요.'

　작게 고개를 끄덕여 보인 그녀는 다시 집사를 돌아본다. 집사는 난처한 얼굴을 하고 있었다.

　"귀빈들을 적게 받는다니요, 그건 안 될 말입니다."

　"어째서인가요? 이건 저와 자카리의 결혼식이잖아요."

　이엘리는 팔짱을 끼면서 말했다. 두 눈을 가늘게 뜬 모습은 고집을 꺾을 기미가 없어 보인다.

　"게다가 자카리는 결혼식에 대한 모든 권리를 제게 위임했는걸요."

　"알고 있습니다. 하지만 무려 북부의 주인인 헤센바이츠 공작 부부의 결혼식 아닙니까."

　하지만 집사 또한 순순히 물러날 생각은 없어 보였다. 집사는 열정적인 어조로 말을 이었다.

"황제 폐하의 국혼을 넘어설 결혼식까지는 바라지 않아도, 그보다 못해서는 안 됩니다."

"……."

이엘리는 미간을 좁혔다. 하긴, 공작 성의 사람들은 황가에 대해 적대적이었다. 조용하게 경쟁심을 불태우고 있는 집사를 보고 있자니 조금 우습긴 하다. 이엘리는 조곤조곤 입을 열었다.

"저도 황가의 결혼식보다 공작가의 결혼식이 모자라기를 바라는 게 아니에요."

무슨 뜻이냐는 것처럼 집사가 이엘리를 흘끗 바라보았다. 이엘리는 어깨를 으쓱이며 답했다.

"하지만 현실적으로 우리가 황가보다 귀빈을 더 많이 끌어모으는 건 불가능하잖아요?"

"……."

정곡을 찔렸는지 집사가 입을 꾹 다물었다. 황제는 마치 모든 사람들에게 제 국혼을 과시하기라도 할 것처럼, 화려한 결혼식을 추진하고 있다 했다. 분명 귀족들은 모두 그쪽에 신경이 쏠릴 터였다.

"북부는 제도와 거리가 좀 멀죠. 물론 황제 폐하가 우리보다 국혼은 먼저 치르지만……."

이엘리는 두 눈을 가늘게 떴다. 자신의 결혼식까지 공작가와 경쟁하려 하는 황제라니. 어린아이도 아니고 그게 도대체 뭐람, 정무나 잘 처리할 것이지. 이엘리는 뚱한 얼굴로 말을 이었다.

"이미 국혼을 통해 눈이 높아진 귀족들이 방문하기엔, 북부는 번거로운 장소일 거예요."

그녀의 말에 집사는 마음이 무거워졌는지 시선을 내리깔았다. 그녀는 여상히 말을 덧붙였다.

"게다가 공작가의 결혼식에 참석하는 건, 황제 폐하에게 밉보일 수 있는 여지도 있으니까요."

"그렇다면……?"

"초대를 통해 불러 모으는 게 아니라, 다른 귀족들이 이 결혼식에 오고 싶도록 만들어야죠."

이엘리는 단순명쾌하게 말을 맺었다. 집사가 눈을 둥그렇게 떴다. 그녀는 빙그레 눈웃음 쳤다.

"전 소수의 친분이 있는 사람들만이 참석할 수 있는 결혼식을 만들고 싶어요."

"소수의 친분이 있는 사람들만이 참석한다고요……?"

"네. 이 결혼식에 초대받는 사람은, 공작가의 호의를 받고 있는 사람이라는 생각을 하도록요."

그녀는 비스듬히 고개를 숙여 집사를 마주 보았다. 어리둥절한 얼굴의 집사에게 말을 잇는다.

"그렇다면 사람들은 공작가의 결혼식에 먼저 참석하려고 하겠죠."

집사는 마치 뒤통수를 얻어맞은 것 같은 표정이 되었다. 이엘리는 사악한 소악마처럼 웃었다.

"제국 유일의 공작가와 특별한 친분을 가진 가문이라고 여겨지는 건……."

목소리가 느른하게 깔렸다. 이엘리는 턱을 괸 채로, 흘끗 집사를 곁눈질하며 작게 소곤거렸다.

"……귀족들에게도 꽤 구미가 당기는 일 아니겠어요?"

그 말에 곁에서 대기하고 있던 트란셀 부인까지 내심 깜짝 놀랐다. 저런 식으로 발상의 전환이 이루어질 줄 몰랐기 때문이었다. 저렇게 하면, 황가의 국혼에도 밀리지 않을 수 있게 된다.

"어쨌거나 공작가의 결혼식이 사람들의 뇌리에 각인될 정도로 특별하기만 하면 되잖아요?"

이엘리의 물음에 집사가 멍하니 고개를 끄덕였다. 이후 결연한 얼굴이 되어 그녀에게 답한다.

"그럼 그렇게 준비하도록 하겠습니다, 아가씨."

"그래요. 그 문제는 그렇게 해결하도록 하고…… 아 참, 그리고."

잠시 생각을 정리하던 이엘리는 살며시 제 고개를 기울였다. 그 이후, 한 마디 말을 덧붙인다.

"특히 손님을 대접할 때, 음식에 있어서는 소홀함이 없도록 해요."

"음식이요?"

"네. 결혼식 이후 이어지는 피로연에서, 손님들이 식사에 불만이 없었으면 좋겠어요."

이럴 때 내가 가진 한국인의 피를 느낄 필요는 없는데 말이지. 그렇게 생각하면서도 굳이 그렇게 말하고 마는 것은, 음식이 얼마나 중요한지 이엘리 자신이 가장 잘 알고 있기 때문이다.

'솔직히 결혼식장에는 밥 먹으러 가는 거잖아.'

그녀는 미간을 좁혔다. 전생을 떠올려 보면, 남의 결혼식에 참석하며 가장 중요한 건 역시 식사였다. 솔직히 신부가 어떤 드레스를 입었는지는 기억조차 남지 않지만, 음식 메뉴는 남는다.

'결혼식에 초대받은 사람을 어떻게 대접하는지가 가장 중요하다고.'

음식과 편안한 자리, 즐거운 분위기. 그게 행사의 인상을 결정한다. 물론 여기는 한국이 아니라 대귀족의 품위를 지켜야겠지만, 이엘리는 개인적으로 저런 문제가 가장 중요하다 여겼다.

"예, 말씀에 따르겠습니다."

"그리고 하객들에게 드릴 답례품은 어떻게 되어 가고 있나요?"

"작년에 만들어 뒀던 아샤 꽃 잼과 차를 모두 꺼내면 얼추 분량은 맞을 것 같습니다."

"다행이네요."

이엘리는 고개를 끄덕였고, 트란셀 부인은 호기심으로 귀를 쫑긋거렸다.

아샤 꽃으로 만든 잼과 차? 꽃으로 만든 잼과 차라니 듣도 보도 못했다. 이엘리는 고개를 끄덕이며 말을 이었다.

"좋아요. 뭔가 제게 더 할 말이 있나요?"

"아니요, 없습니다."

"그렇다면 앞으로도 잘 부탁할게요."

이엘리는 생긋 눈웃음을 쳤다. 집사가 방을 나서고, 이엘리는 트란셀 부인을 돌아보며 말했다.

"오래 기다리셨죠? 미안해요."

"아니에요. 아무래도 하셔야 할 이야기가 많으셨을 테니까요."

"뭐, 조금은 그렇죠. 이해해 주셔서 고마워요."

이엘리는 미안한 얼굴로 웃어 보였다. 부인은 호기심에 가득 찬 얼굴로 이엘리에게 질문했다.

"그런데 방금, 답례품으로 아샤 꽃 잼과 차를 준비한다고 말씀하셨는데……."

"아, 그거요? 사실 별건 아니고요."

이엘리는 눈을 접으면서 웃었다. 제도 사람에게 호기심을 이끌어 내다니 이만하면 성공이네.

"아샤 꽃을 이용해서 잼과 차를 만든 거예요."

"그게 가능한가요?"

"네. 하지만 좋은 꽃을 고르고, 설탕의 비율도 섬세하게 맞춰야 해요."

꽃차와 꽃 잼은 전생의 기억을 떠올린 이엘리가 만든 거였다. 한국에서는 봄이 되면 한창 벚꽃을 이용한 음식들이 쏟아져 나오곤 했는데, 그중에서도 그녀는 벚꽃 잼과 차를 좋아했다.

'모양도 예쁜데다가 맛도 좋으니까.'

이왕 헤센바이츠의 상징화를 이용해서 만들었으니, 황가를 견제할 겸 이번에 결혼식 답례품으로 내놓을 생각이다. 고개를 끄덕인 부인은 드레스를 디자인한 종이를 테이블에 늘어놓았다.

"그렇군요. 아 참, 웨딩드레스를 몇 가지 디자인해 봤어요. 한번 확인해 주시겠어요?"

미간에 주름을 잡으면서 이엘리는 그림이 그려진 종이들을 살펴보았다. 꼼꼼히 내려다보던 그녀가 몇 가지 스케치들을 추려 내려놓는다. 그 스케치들은 몸에 달라붙는 형식의 드레스였다.

"음, 전 치마가 풍성한 디자인이 더 좋을 것 같아요."

"알겠습니다."

공작 부인은 주관이 확실하며 세심한 성미였다. 이엘리가 골라 낸 스케치들을 치우면서, 트란셀 부인은 그 정보를 머릿속에 기록해 두었다. 귀한 손님에 대한 정보는 기억해 두는 편이 좋다.

"아무래도 이 결혼에 흠을 잡으려는 사람들도 좀 있을 테니까요…… 제 말씀, 이해하시죠?"

농담처럼 한 마디 덧붙인 이엘리는 씩 미소를 지었다. 그리고 부인은 눈치 빠르게 대답했다.

"그렇다면 드레스의 디자인은 격식을 차리는 쪽으로 가도록 하겠습니다."

"그렇게 해 주시는 편이 좋을 것 같아요."

"사실 그런 의상은, 다른 분들이 입는다면 다소 고루하다는 평을 받을지도 모르지만……."

부인이 이엘리와 시선을 맞추었다. 눈앞의 어린 공작 부인은 유행을 선도하는 모델이 될 거다.

"……그래도 옷은 입는 사람에 따라 여러 방향으로 표현되는 법이니까요."

"그 말, 저에 대한 칭찬으로 알아들어도 되나요?"

"물론이죠."

트란셀 부인도 이엘리를 마주보며 웃었다. 두 사람은 곧 드레스와 기타 장신구에 대해 논의하기 시작했다. 이엘리는 주관이 강한 고객이었다. 생글거리면서 제가 할 말은 모두 다 한다.

"웨딩드레스는 최대한 베일과 어우러지는 쪽으로 하고…… 피로연의 드레스는 어떻게 할까요?"

"그땐 손님들을 맞아야 하거든요. 그러니 너무 무겁지 않고 움직이는 것도 편했으면 해요."

"알겠습니다. 참고하도록 할게요."

부인은 그녀의 요청을 부지런히 받아 적었다. 그러던 중, 펜을 손에서 굴리며 부인이 물었다.

"그런데 레이디 헤센바이츠, 하나 궁금한 게 있습니다만."

"네?"

"성의 사람들이 다들 레이디를 아가씨라고 부르는 것 같아서요."

호칭 정리가 되지 않았느냐는 무언의 발언이다. 두 눈을 깜빡이던 이엘리가 고개를 끄덕였다.

"아, 제가 지금까지 아가씨라는 호칭으로 오래 불리다 보니."

그리고 보면 그 깐깐한 집사까지 그녀를 아가씨로 부른다. 이엘리는 빙그레 눈웃음을 지었다.

"결혼식 전까지는 호칭을 유지하기로 했어요. 저도 부인이라는 호칭은 좀 어색해서요."

사실 '아가씨'라는 호칭 자체는 격의 없는 호칭이긴 했다. 그녀가 어렸을 적 자카리와 처음 결혼했을 때, 전대 공작이 그녀를 그다지 좋아하지 않았을 시절 부르던 호칭이었던 것이었다.

'지금은 그 호칭에 얼마나 큰 애정이 담겨 있는지 아는걸.'

사람들이 애정을 담아 이엘리를 부르던 목소리를 기억한다. 그러니 공작 부인이라는 호칭으로 넘어가기 전 그 호칭이 주는 온기를 충분히 누리고 싶었다. 이엘리는 부드럽게 미소 지었다.

"이제 결혼식이 끝나면 아마 호칭이 변경될 거라고 봐요."

"그렇군요……."

트란셀 부인은 고개를 끄덕였다.

그런데 바로 그때. 똑똑, 노크 소리가 들렸다. 이엘리는 고개를 갸웃했다.

"들어오렴."

이엘리는 목소리를 높이며 입을 열었다. 조심스럽게 문을 열고 들어온 사람은 바로 메리였다.

"아가씨."

"무슨 일이니?"

메리가 종종걸음으로 이엘리의 곁에 다가왔다. 잠시 머뭇거리던 메리가 조그맣게 입을 연다.

"아가씨 앞으로 결혼 선물이 도착했어요."

"내게?"

이엘리는 의아한 낯을 했다. 이상하게 결혼 선물 이야기를 하는 메리의 표정이 불편해 보인다.

"선물에 무슨 문제라도 있니?"

"아니요, 그런 건 아니에요."

"그렇다면 선물을 보내온 사람에게 문제가 있나 보구나."

이엘리의 표정이 살짝 굳어졌다. 자갈이 가슴속을 굴러다니는 것처럼 불쾌한 기분이 들었다.

"누가 보냈기에 그러니?"

"그것이……."

이건 이엘리가 반가워할 만한 소식이 아니다. 눈치를 살피던 메리가 조심스럽게 입을 열었다.

"……황제 폐하께서 보내오신 거예요."

"뭐라고?"

그녀는 저도 모르게 미간을 확 구겨 버렸다. 아니, 결혼식까지 치른 황제가 여기서 왜 나와?

황제의 결혼 선물을 뜯어본 이엘리는, 아무래도 이 선물에 대해 자카리와 논의해야 할 것 같다는 생각을 했다. 그녀 혼자서 받거나 받지 않거나를 판단하기에는 너무 고가의 물건이었다.

'아, 자카리다.'

그리하여 이엘리는 자카리를 찾아 나섰다. 자카리는 기사들에게 무언가 보고를 받고 있었다.

'바쁜 일이라도 있나?'

보고를 받는 자카리의 표정은 그녀가 지금껏 알지 못하던 표정이다. 헤센바이츠의 공작이 가질 법한 냉철한 얼굴. 방해하면 안 될 것 같아서 이엘리는 그 자리에 멈칫 멈춰 섰다.

하지만 자카리는 이미 그녀가 왔다는 것을 눈치채고 있었다. 뒤를 돌아본 자카리가 빙그레 웃었다.

"이엔."

"자카리."

벌써 알고 있었네. 머쓱한 얼굴이 된 이엘리는 그의 곁에 다가섰다. 기사들이 인사를 건넸다.

"레이디 헤센바이츠를 뵙습니다."

"오랜만이에요, 경들. 다들 잘 지냈죠?"

"물론입니다. 아 뭐, 공작 각하께서 좀 괴롭히시기는 했지만요."

유들유들한 말투에 자카리는 미간을 구졌다. 저 자식들, 이엘리 돌아가기만 하면 봐라. 대번에 날이 서는 자카리의 눈을 보며 기사들은 애써 시선을 돌렸다. 이엘리는 눈을 동그랗게 떴다.

"그게 무슨 소리야?"

"아무것도 아니야."

자카리는 선량한 얼굴로 미소를 지어 보였다. 휘하 기사들을 하도 굴리는 바람에, 자신이 '귀신 공작'으로 통한다는 것까지 그녀가 알 필요는 없지 않나. 자카리는 부드럽게 말을 돌렸다.

"그보다 이엔, 네가 여기까지 오다니…… 뭐 할 말이라도 있어?"

"응, 그게."

이엘리는 눈동자를 굴렸다. 이걸 어떻게 이야기해야 할지 잘 모르겠다. 그녀는 한숨을 삼켰다.

"황제 폐하가 보낸 선물이 도착했거든."

"황제에게서 선물이라고?"

자카리의 얼굴이 험악해졌다. 보통 황제는 결혼을 하는 귀족에게 축사와 함께 선물을 내린다. 하지만 그들은 황제의 축복 자체를 원하지 않았으니, 굳이 선물을 보낼 이유가 없는 것이다.

"……뭐, 좋게 생각하면 영광이라고 여겨야 하나."

자카리의 표정이 하도 사나웠기에 이엘리는 그를 달래는 의미로 그렇게 말했다. 하지만 이엘리도 황제의 이번 행보가 마땅찮은 건 사실이었다. 자카리는 미간을 꾹꾹 누르며 입을 연다.

"그래서 뭐가 왔는데?"

"그게…… 페리도트로 장식한 팔찌야."

"팔찌라고?"

자카리는 또다시 정색하고 말았다. 보통은 이런 선물은 양쪽 부부에게 동시에 내린다. 하지만 황제는 오직 그녀에게만 선물을 내렸다. 그건 명백히 자카리를 견제하는 의도를 가지고 있었다.

"선물을 내린 것도 아니꼬운데, 하필이면 팔찌야?"

자카리의 입술이 제멋대로 비틀렸다. 황제가 고른 선물은 팔찌였다. 이엘리와 자카리가 나눠 착용했던 그 팔찌를 엄연히 의식한 것 아닌가.

한편 이엘리는 신년 무도회의 일을 떠올리고 있었다.

'레이디. 그 팔찌를 제게 주시겠습니까?'

황제의 느른한 목소리가 귓전에 쟁쟁했다. 기분이 싸해졌다. 등 골 위로 오소소 소름이 돋았다.

'대신 레이디의 격에 걸맞은 다이아몬드 팔찌를 드리도록 하죠.'
'……'

'그것만으로는 마음에 차지 않으신다면, 원하는 모든 보석을 말씀하셔도 괜찮습니다.'

마치 커다란 은혜를 베풀기라도 하는 것처럼 그렇게 말하던 황제의 말투. 번뜩이던 그 시선.

'다만 그 팔찌는 벗어 주셨으면 하는군요.'

재수 없는 자식. 그 당시를 회상하던 이엘리는 입술을 깨물었다. 자카리는 그녀를 바라보았다.

"이엔⋯⋯."

"아, 응?"

이엘리는 퍼뜩 고개를 들어올렸다. 어느새 이엘리의 얼굴은 창백하게 질려 있었다.

젠장. 그 자식, 이엘리에게 무슨 짓을 한 거야. 그는 입술을 짓씹었다. 그가 그녀의 어깨를 끌어안았다.

"⋯⋯그래, 한번 보고 결정하자."

한숨을 삼키며 자카리가 입을 열었다. 그녀는 자카리의 가슴에 고개를 기댔다.

"저기, 자카리. 화난 거 아니지?"

"내가 왜 너한테 화를 내."

찢어 죽일 자식은 감히 너에게 질척거리는 그 자식이지. 자카리는 사납게 미소를 지어 보였다.

'그 개자식이 이따위로 굴다니.'

자카리는 입 안으로 욕설을 내뱉었다. 자카리는 걸어오는 싸움
은 거절하지 않을 생각이었다.

＊　　　＊　　　＊

황제가 보내온 화려한 페리도트 팔찌는 가느다란 금 사슬로 엮
은 팔찌 위로 보석을 정교하게 박아 넣은 것이었다. 진귀한 보석에
더해, 세공비가 엄청났을 것 같았다.

"……."

자카리의 기분은 한없이 바닥으로 추락했다. 제 아내가 가진 눈
동자 색깔과 꼭 닮은 페리도트의 빛깔은, 마치 황제가 이엘리에게
얼마만큼의 감정을 느끼고 있는지를 반증하는 것 같았다.

"역시 이 팔찌, 돌려보내는 게 나을까?"

대답 없이, 팔찌만을 돌려 보던 자카리의 눈동자가 싸늘하게 가
라앉았다. 그가 내뱉듯 말했다.

"아니."

"하지만."

"우리가 이걸 돌려보내는 것 자체가 황제에게 다른 의미로 받아
들여질 수 있으니까."

자카리는 황제가 정신적으로나마 자신이 승리했다고 여길 여지
를 주고 싶지 않았다. 아마 이 팔찌를 돌려보내면, 황제는 '그녀가
자신을 의식했기에' 선물을 돌려보냈다고 생각할 것이다.

'그럴 수는 없지.'

자카리는 잘근 입술을 깨물었다. 그의 손가락 안에서 가느다란 사슬이 찰랑찰랑 소리를 냈다.

'그렇다고 이엘리에게 이 팔찌를 그대로 착용하게 할 수도 없고.'

그녀의 일에 한해선 이성적인 판단을 내리기 어렵다. 무엇보다도 보석은 보통 연인이나 남편에게 선물한다. 황제는 이 선물을 통해 자신이 그녀를 포기하지 않았음을 은연중에 드러냈다.

"이엔."

"응?"

"그 팔찌, 착용하도록 해."

자카리는 미간을 좁히며 입을 열었다. 이엘리는 두 눈을 동그랗게 뜨며 자카리를 마주보았다.

"뭐라고?"

"이왕 황제가 귀하신 선물을 내렸으니 그 명예로움을 온전히 누려야지. 대신……."

사실 황제가 선물을 내렸다는 것 자체는 가문의 명예였다. 만약 그 선물을 거절한다면 오히려 공작가가 치졸하게 보일 터.

자카리의 눈동자가 스산하게 빛났다. 그가 단호하게 말을 맺었다.

"……내가 어떻게든 그 팔찌를 초라하게 만들 수 있을 물건을 선물할 테니까."

"아니, 그게 무슨 소리야?"

당황한 이엘리가 자카리에게 물었다. 자카리는 묘한 호승심을 머금은 눈동자로 말을 잇는다.

"황제의 선물을 돌려보내는 치졸함을 보이지 않으면서도, 그 선물이 주목받지 않게 하려면."

"저기, 자카리?"

"그 팔찌를 압도하는 보석을 내가 선물한 이후, 넌 그걸 함께 착용하면 되는 거야."

"……."

자카리의 기백에 밀린 이엘리는 저도 모르게 입을 다물었다. 자카리는 그녀를 빤히 응시했다.

"내 생각에는 티아라가 좋을 것 같아."

"티, 티아라?"

"그래."

티아라를 포함한 왕관 형태를 가진 머리 장식은 고귀한 여성들에게만 허락되는 물건이다. 원칙적으로는 황족의 직계 여성과 공작가의 안주인, 그리고 공녀까지만 허락이 되었다.

'하지만 그건 원칙일 뿐, 타국의 왕녀들도 제국에 들어올 땐 그런 머리 장식은 자제하는걸.'

물론 공작가의 세력은 웬만한 왕가에 비견하지만, 그래도 어쨌든 공작가는 리펜베르크 제국의 작위를 가지고 있었다. 그런데도 팔찌에 대응하는 물건으로 자카리는 티아라를 선택했다. 그건…….

'아무래도 자카리, 황제의 속을 어떻게든 긁어 놓고 싶은 것 같은데.'

이엘리는 자카리를 흘끗 곁눈질했다. 하지만 말린다 해도 그가 제 말을 들을 것 같지도 않고.

"……뭐, 네 마음대로 해."

그녀는 반쯤 포기하는 심정으로 그렇게 말했다. 그러자 그는 호승심이 가득한 미소를 지었다.

"기대해도 좋아, 이엔."

"내가 아무리 기대한다 해도 넌 그 기대를 훌쩍 뛰어넘겠지."

이엘리는 불퉁하게 대답했다. 자카리는 두 눈을 곱게 휘었다. 그녀는 투덜거리며 말을 잇는다.

"이미 넌 이번 결혼식 준비에서도 날 몇 번이나 놀라게 했는걸."

"그렇다면 이번에도 실망시키지 않게 노력해야겠는걸."

그렇게 말한 자카리가 허리를 숙여 이엘리의 뺨에 짧게 키스를 남겼다.

"그럼 난 먼저 가 볼게."

"벌써?"

"응. 준비할 게 좀 있어서."

"그래, 뭐."

이엘리는 붉어진 뺨을 숨기면서 조그맣게 대답했다. 느닷없는 입맞춤에는 이미 익숙해졌지만, 제멋대로 가슴이 뛰는 건 어쩔 수 없다. 아 정말, 언제 저렇게 자라서. 그녀는 한숨을 삼켰다.

이엘리와 헤어진 자카리가 제일 먼저 불러낸 사람은 바로 집사였다. 느닷없는 공작의 소환에 집사는 어리둥절한 얼굴을 감추지 못했다. 그런 집사를 앞에 두고 자카리는 폭탄 발언을 했다.

"아샤의 눈물을 사용할 생각이야."

"……아샤의 눈물이요?"

기겁한 집사가 저도 모르게 자카리에게 되물었다. 자카리는 뚱한 표정으로 집사에게 말했다.

"왜, 문제 있나?"

당연히 문제가 있지요! 집사는 그렇게 항변하고자 하는 마음을 간신히 억눌렀다.

'아샤의 눈물'은 공작가에 대대손손 전해져 내려오는 가장 귀한 보석 중 하나다. 요정 아샤가 흘린 눈물을 은룡이 얼음으로 굳혀 만들었다는, 낭만적인 전설이 전해져 내려오는 분홍색 다이아몬드였다.

"아샤의 눈물을 어디에 사용하실 건지 여쭤봐도 되겠습니까?"

"이엘리가 쓸 티아라에 장식할 생각이야."

"……."

당당한 대답을 들으며 집사는 할 말을 잃어버렸다. 공작가의 가주가 아내를 지극히 사랑하는 것은 알지만, 이건 좀 심하지 않나.

자카리는 신경질적인 동작으로 의자의 팔걸이를 두드렸다.

"황제가 이엘리에게 팔찌를 선물했더군."

"……예, 들었습니다."

그 말을 들은 집사의 눈동자가 서늘하게 가라앉았다. 황제가 그들의 안주인에게 관심을 가지고 있다는 건 집사도 잘 알고 있다. 그들의 심정까지 뒤틀리는데, 공작의 심정은 어떨 것인가.

"집사도 잘 알다시피 그 팔찌를 되돌려 보낼 수는 없지."

"각하의 말씀이 맞습니다."

"그건 헤센바이즈의 자존심 문제니까. 그렇다면⋯⋯."

자카리는 슬쩍 시선을 기울였다. 싸늘하게 빛나는 그의 시선이 집사의 얼굴을 더듬어 내린다.

"황제가 선물한 보석을 압살할 정도의 다른 보석을 이엘리에게 선사하면 되는 게 아닌가."

"각하."

집사는 어떻게든 자카리를 말리려 들었다. 아무리 그래도 그렇지, 헤센바이즈에서도 전설적인 보석을 고작 자존심 싸움에 사용하는 건 좀 아니라는 생각이 들었다. 하지만 자카리는 여전히 단호했다.

"사람은 가끔씩, 자신이 이성적이지 못하다는 것을 알면서도 저지르게 되는 일이 있지."

공작은 이엘리에 대한 자신의 지극한 소유욕을 인정했다. 집사는 가만히 공작을 바라보았다.

"아샤의 눈물은⋯⋯ 가장 유명한 세공사를 불러와서 티아라로 세공하도록 해."

"⋯⋯티아라 말씀이십니까?"

"그래. 결혼식 당일 그녀의 머리에 씌울 수 있도록."

자카리는 문득 이엘리를 떠올렸다. 처음 만났던 그 순간부터 자신을 구원해 주었던 그녀.

하지만 그는 그녀에게 받은 수많은 것들 중 일부도 되갚지 못했다. 자카리는 곧장 말을 이었다.

"그날 하루만큼은…… 이엘리를 이 세상의 주인처럼 만들어 주고 싶어."

자카리가 티아라를 선택한 것에 집사는 마른침을 삼켰다. 제 아들의 작위 계승을 걱정하여 온건한 태도를 보였던 전대 공작과는 다르게, 자카리는 황가에게 호전적인 태도를 취하고 있었다.

'하지만 공작님께서는 절대 제 마음을 꺾지 않으시겠지.'

이엘리에 관련한 일이라면 절대 물러나지 않는 자카리 아닌가. 집사는 결국 고개를 끄덕였다.

"명 받들겠습니다."

"아 참."

그때 자카리가 문득 입을 열었다. 막 방을 빠져나가려던 집사가 슬며시 자카리를 돌아보았다.

"예?"

"티아라의 모양은…….'

자카리는 잠시 고민하는 낯을 했다. 턱을 괸 자카리가 집사를 향해 느긋한 어조로 입을 연다.

"화관이 좋겠군."

"화관이요?"

"그래. 아샤 꽃을 엮어 만든 화관 말일세."

아샤 꽃송이를 닮은 그의 사랑스러운 아내. 아샤 꽃만큼 이엘리에게 어울리는 장식도 없었다.

"말씀 전해 두겠습니다."

자카리는 고개를 끄덕였다. 허리를 꾸벅 숙여 보인 집사가 방을 빠져나갔다. 자카리는 의자에 몸을 깊숙이 묻었다. 자카리도 신년 무도회 때 이엘리가 어떤 일을 당했는지는 이미 들었다.

"……."

감히 나의 그녀에게. 자카리의 눈동자가 차갑게 가라앉았다. 그는 짜증스레 입술을 짓씹었다.

＊　　　＊　　　＊

이엘리는 시험적으로 황제가 선물해 준 팔찌를 차 보았다. 희고 가느다란 손목 위, 찰랑거리는 금제 사슬과 엮은 연녹색 페리도트는 꽤 잘 어울렸다. 자카리는 매우 심기가 불편해졌다.

"이엔."

"응?"

"……예쁘네."

그녀에게 치졸해 보이고 싶지는 않아, 차마 '당장 그거 벗어'라곤 말하지 못하는 자카리였다.

"하지만 난 네 선물이 더 기대되는걸."

그러나 눈치 빠른 이엘리는 냉큼 팔찌를 벗어 버렸다. 자카리를 향해 웃는 미소가 어여쁘다.

"그렇지 않아도 너에게 줄 티아라는 이미 준비하고 있으니까."

"으응……."

이엘리는 머쓱한 얼굴을 했다. 황제의 팔찌는 신경 쓰지 않는다는 뜻이었는데 어쩐지 조금 뜻이 곡해된 것 같다. 자카리는 이엘리의 뺨을 어루만지고는 몸을 일으켰다. 그가 달콤하게 속삭인다.

"빨리 네가 그 티아라를 쓴 모습을 보고 싶어."

그녀는 가만히 고개를 끄덕였다. 공작가의 전설적인 보석을 사용한다는 건 좀 부담스럽지만.

'그래도…… 자카리가 날 얼마나 생각해 주는지 알 것 같아.'

이엘리는 그 점이 행복했다. 살포시 뺨을 붉히는 그 모습이 귀여워 자카리는 웃었다.

그리고 며칠 후, 결혼식이 얼마 남지 않은 때. 그녀는 자카리에게 티아라 하나를 선물 받았다.

"……정말로 이거 받아도 돼?"

그녀는 기절할 것 같은 얼굴로 남편을 바라보았다. 아니, 이건 너무 화려하잖아. 제국의 황녀인 안네로제도 이런 티아라를 가지고 있지 않다. 자카리는 아무렇지도 않게 고개를 끄덕였다.

"물론이지. 널 위해 만든 거니까."

"하지만……."

이엘리는 마른침을 삼켰다. 그녀의 손에 들린 티아라는 아샤 꽃을 형상화한 화관 모양이었다.

"이걸 머리에 쓰면…… 적어도 성 한 채는 머리에 이고 있는 기분이겠는데?"

백금을 이용하여 정교하게 세공한 티아라였다. 꽃잎은 분홍색 수정으로 표현했으며, 티아라의 중앙엔 '아샤의 눈물'이라 불리는 다이아몬드가 빛을 발했다. 잎사귀는 에메랄드로 만들었다.

"그게 뭐가 어때서?"

"……으응……."

이엘리는 미간을 좁혔다. 어차피 자카리가 이런 식으로 나올 땐, 웬만해선 말도 듣지 않는다.

"마음에 안 들어?"

그때 자카리가 조심스러운 목소리로 입을 열었다. 자카리는 진지한 표정이 되어 말을 잇는다.

"정 마음에 들지 않으면 새로 맞추도록 할 테니까, 걱정 말고……."

"아니, 아니! 그런 거 아니야!"

깜짝 놀란 그녀가 마구 고개를 저었다. 티아라 때문에 손이 무거워, 차마 손은 흔들지 못했다.

"그런 거 아니고, 그냥 너무 예뻐서……!"

"그렇다면 다행이고."

자카리는 그제야 활짝 웃었다. 저렇게 잘생긴 건 반칙이야. 이엘리는 새침하게 시선을 돌렸다.

"정말 고마워. 이렇게 예쁜 물건을 받을 줄은 몰랐어."

그녀는 진심을 담아 감사 인사를 했다. 그녀의 말은 사실이었다. 아마 이엘리가 가진 모든 물건을 통틀어 봐도 이 티아라보다 아름다운 물건은 없을 터다.

자카리는 당연한 얼굴을 했다.

"네가 사용할 물건이니까."

"음……."

"네 물건은 뭐든지 최고여야만 해."

마치 세상의 진리를 말하는 것처럼 자카리는 단호하게 말했다.

어색하게 웃던 그녀가 물었다.

"그러고 보니 넌 아샤 꽃을 별로 좋아하지 않았던 거 아니야?"

"예전 일이지. 네가 좋아하는 거라면 난 뭐든 좋아."

자카리는 어깨를 으쓱거렸다. 이엘리를 닮은 분홍색 꽃. 게다가 아샤 꽃은 여러모로 상징성이 있는 꽃이기도 했다.

황가와 공작가가 동시에 가문의 문장으로 삼아 신경전을 벌이는 꽃.

"하긴, 황제 폐하의 신경을 긁기에는 딱 알맞은 모양새이긴 하지만……."

이엘리는 한숨을 삼키며 중얼거렸다. 그런 이엘리를 바라보던 자카리가 빙긋 눈웃음을 쳤다.

"그보다 이엔, 웨딩드레스는 언제 가봉해? 장모님이 오신다고 들었는데."

"아, 응. 어머니는 내일쯤 도착하신다고 했으니까…… 그때 함께 가봉하기로 했어."

결혼 준비는 대부분 신부의 어머니가 도와주곤 한다. 하지만 이엘리는 지금까지 결혼식 준비를 혼자 맡아서 진행했다. 자카리가 부모님을 일찍 모셔 오라고 말했지만 그녀가 거절했었다.

'그렇지 않아도 내 부모님께서 북부의 영지를 새로 받는 건…… 어찌 보면 특혜잖아.'

'넌 헤센바이츠의 공작 부인이야. 내 장인과 장모께서 이런 대우를 받는 건 당연한 일이지.'

'하지만 자카리, 가족일수록 이런 문제는 더 엄격해야 하는 거야.'

이엘리는 고개를 커다랗게 가로저었다. 자카리는 이엘리의 단호한 얼굴을 가만히 마주보았다.

'내 부모님의 안전을 위해 북부로 모셔 오는 건 맞지만, 그 이상의 특혜는 받고 싶지 않아.'

게다가 헤센바이츠 공작가의 새로운 공작 부부가 외척에게 휘둘린다는 말 또한 사양이었다.

'그리고 이미 우리는 로렌 백작 부인이라는 불편한 예시를 이미 겪어 봤잖아?'

'이엔.'

'영지를 내려 준 것만으로도 충분해. 그러니까 이번 결혼식은 내 힘으로 진행할 수 있어.'

그리하여 이엘리의 부모님은 딸의 결혼식에 귀빈으로서 참석만하게 된 것이었다. 그때의 일을 떠올리던 자카리는 문득 이엘리의 얼굴을 내려다보았다. 그녀는 자신만만하게 웃어 보였다.

"걱정하지 마, 결혼식은 아무런 문제없이 진행될 테니까."

"그래, 널 믿어."

다정한 대답에 가슴 한구석이 깃털로 문지르는 것처럼 간지러워진다. 자카리가 질문을 했다.

"그래서 내일 장인어른과 장모님이 오신다고?"

"응. 아침 일찍 도착하신다고 했어."

드레스만 가봉하게 되면 결혼식 준비는 모조리 끝난다. 손님을 맞을 피로연 준비도 모두 완벽하다.

이엘리는 흘끗 창밖을 내다보았다. 터지기 직전의 꽃망울을 양 팔에 가득 얹은 아샤 나무가 봄바람을 머금고 살랑거리고 있었다. 그 광경을 바라보던 이엘리는 행복하게 미소했다.

'봄의 신부가 될 줄은 몰랐네.'

며칠이 지나면 아샤 꽃이 활짝 무리 지어 피어날 것이다. 이엘리는 옅은 감회에 젖어 물었다.

"자카리, 기억나?"

"뭐가?"

"우리 함께 아샤 축제에 나갔던 때."

자카리는 고개를 끄덕였다. 그들이 만난 지 얼마 되지 않았을 때. 자카리는 축제에서 이엘리를 앞에 둔 채 폭주를 경험했다. 그럼 에도 그녀의 목소리 하나에 순식간에 가라앉던 분노란.

"그때도 이렇게 아샤 꽃이 활짝 피었었는데."

턱을 괸 채 창밖을 올려다보는 이엘리의 뒷모습이 가늘었다. 문 득 어린 시절이 떠올랐다. 세상 모든 것을 믿지 못하고 날카롭게 날 을 세우던 자신, 그리고 순식간에 거리를 좁히던 그녀.

'하지만 난 널 만나면서 변할 수 있었어.'

자카리는 행복하게 웃었다. 이엘리는 자카리를 흘끗 돌아보았다. 그녀가 부드럽게 소곤거린다.

"그때 우리, 성인이 되면 함께 아샤 축제에서 춤을 추기로 했었는데."

"그랬었지."

자카리도 기억하고 있었다. 당시의 그들은 아직 성년이 아니었다. 그랬기에 성년이 되면 꼭 함께 춤을 추자고 약속했는데. 곰곰이 고민하던 이엘리는 살포시 눈매를 접으며 입을 열었다.

"올해 아샤 축제는 결혼식과 겹치니까 좀 그렇고. 내년쯤?"

"그래, 그땐 꼭 같이 춤을 추는 거야."

두 사람은 어린아이처럼 손가락을 걸며 키득거렸다. 가슴 깊은 곳부터 따스함이 번져 나갔다.

그리고 이튿날. 블랑쳇 자작 부부가 헤센바이츠 공작 성에 도착했다. 이엘리는 잔뜩 신이 났다.

"엄마!"

"이엔!"

날듯이 달려간 그녀는 마치 어린아이처럼 자작 부인의 품 안에 파고들었다. 자작이 삐죽댄다.

"넌 이 아빠는 보이지도 않니?"

"아빠도 보고 싶었어요!"

까르르 웃던 그녀가 말했다. 그러던 중, 자작 부인이 이엘리의 뺨을 꼬집으면서 잔소리를 했다.

"넌 집에는 들르지도 않고 바로 공작 성에 내려오니?"

"미, 미안해요. 그게, 자카리의 일이 너무 급했던 바람에……."

"딸랑 편지 한 통 보내고 홀랑 내려오다니, 딸자식 키워 봤자 소용도 없어!"

서로 반가움을 나누는 가족에게 자카리가 머뭇대며 다가왔다. 자카리는 마른 입술을 핥았다.

"죄송합니다, 이엘리를 마음고생 시켜서……."

자카리는 정중하게 고개를 숙였다. 자작 부부는 이엘리를 감싸 안은 채 사나운 눈으로 자카리를 흘겨보았다. 자카리는 등 뒤로 식은땀이 흐르는 것을 느꼈다. 자작 부인이 날카롭게 말했다.

"앞으로 이런 일이 또 있다면."

블랑쳇 자작 부부는 호의라고는 전혀 남아 있지 않은 시선으로, 자카리를 뚫어져라 노려본다.

"이번에는 저희가 이엘리를 공작 각하와 이혼시킬 거예요."

"……예, 반성하고 있습니다."

입이 열 개라도 할 말이 없었다. 자카리는 입술을 잘근잘근 씹었다. 그때 자작이 한숨을 쉰다.

"하지만, 뭐."

"예?"

"전대 공작님께서 돌아가시다니…… 공작 각하께서도 고생 많으셨습니다."

걱정스러운 음성에 울컥 마음이 흔들렸다. 이 가족들은 어째서 이렇게 다정하고 따스한지. 이상하게 눈가가 젖어 들 것 같아 자카리는 입술을 물었다. 자작 부인이 한 마디 말을 덧붙인다.

"많이 힘드셨죠?"

"아니…… 아닙니다."

"아버지를 잃었는데 힘들지 않을 리가 없죠."

두 부부는 나란히 고개를 끄덕였다. 살짝 눈썹을 찡그린 채, 자작 부인이 다정하게 입을 연다.

"우리 이엔이 공작님을 대뜸 찾아간 것도 이해는 할 수 있어요."

자카리는 침묵했다. 무어라 말해야 할지 알 수 없어서였다. 자작 부인은 엄하게 말을 잇는다.

"하지만 앞으로 우리 이엔을 또 울리면 안 돼요."

"엄마."

"애가 말이에요, 얼마나 슬퍼하던지 살이 쪽 빠졌었다고요. 알아요?"

"엄마!"

아, 창피해 죽을 것 같아! 얼굴을 새빨갛게 붉힌 그녀가 자작 부인의 옷깃을 마구 잡아당겼다.

"우리 화해했어요! 화해한 지 오래라니까요!?"

"아니, 왜! 그래도 할 말은 해야지!"

"아아아, 엄마아! 제발!"

"네가 그때 계속 방에 틀어박혀 있는 바람에, 엄마가 얼마나 속상했는지 알아!?"

아옹다옹 말다툼을 하는 모녀와 한심한 얼굴을 하고 있는 아버지. 자카리가 언제나 바라 왔던 이상적인 가족이었다. 어쩜 저렇게 사랑스러울 수 있는지. 자카리는 저도 모르게 웃어 버렸다.

　　　　*　　　*　　　*

　웨딩드레스를 가봉하고 마지막으로 몸의 치수를 맞추었다. 자카리는 내심 이엘리의 웨딩드레스 차림이 궁금했지만, 보통 남편은 아내의 드레스 차림은 결혼식 당일에 보는 게 예의였다.

　"이제 절대로 몸의 치수가 바뀌어서는 안 돼요. 알았죠?"

　트란셀 부인은 엄격하게 입을 열었다. 그 표정이 어찌나 단호한지, 이엘리는 살짝 얼어 버렸다.

　"네, 그렇게 할게요."

　"약속하셔야 해요. 더이상 밤에 간식을 챙겨 드시는 건 안 돼요."

　"네에."

　이엘리는 조금 시무룩해졌다. 밤에 먹는 쿠키가 꿀맛인데. 내 삶의 낙이 이렇게 사라지는구나.

　"좋아요."

　줄자와 시침핀 따위를 챙겨 든 트란셀 부인이 곧 고개를 끄덕였다. 그녀가 부드럽게 말을 덧붙인다.

　"아마 공작 부인께서는 결혼식 날, 제국에서 가장 아름다운 신부가 되실 거예요."

　"고마워요."

　이엘리는 생긋 웃었다. 마지막으로 미소를 남긴 트란셀 부인이 방을 빠져나갔다. 옷을 갈아입은 이엘리는 어머니의 무릎에 매달렸다. 이엘리의 연녹색 눈동자는 반짝반짝 빛나고 있었다.

　"엄마, 저 아까 웨딩드레스 입었을 때…… 어땠어요? 예뻤어요?"

"뭐, 그 정도면 봐 줄 만하긴 했지."

자작 부인은 부러 장난스럽게 대답했다. 그러자 이엘리는 진지한 얼굴이 되어 재차 캐물었다.

"그럼 자카리도 절 예쁘다고 생각해 줄까요?"

"글쎄……."

자작 부인이 눈동자를 굴렸다. 그 이후 딸아이의 보드라운 뺨을 꼬집으며 농담처럼 대답했다.

"솔직히 말하자면, 공작님께서는 네가 거적만 걸치고 있어도 예쁘다고 하실 것 같은데."

"아, 정말. 그건 아니죠."

그렇게 말하면서도 딸의 뺨에는 홍조가 드리워져 있었다. 물끄러미 딸을 보던 부인이 물었다.

"이엔. 공작 각하가 그렇게 좋니?"

"……"

아픈 뺨을 문지르던 이엘리는 그 물음에 차마 대답하지 못했다. 다만 자작 부인은 이엘리가 자카리에게 얼마나 진심인지 바로 알아보았다. 그도 그럴 게, 귀 뒤까지 새빨갛게 물든 것이다.

"……얼굴이 무슨, 잘 익은 토마토 같구나."

자작 부인이 한숨을 섞어 말했다. 이엘리는 애써 시선을 피했다. 자작 부인은 딸을 끌어안았다.

"그래, 네가 좋다면."

"엄마?"

"엄마는 네가 행복한 게 가장 기쁘단다."

다정한 목소리를 귀담아듣던 이엘리는 작게 고개를 끄덕였다. 그녀가 조그맣게 소곤거렸다.

"……고마워요."

이엘리를 끌어안은 팔에 힘이 들어갔다. 모녀는 서로의 체온을 느끼면서 깊은 포옹을 나눴다.

*   *   *

그리고 결혼식 전날. 이엘리는 침대에 누운 채 작게 뒤척거렸다. 이상하게 잠이 오지 않았다.

'왜 이렇게 마음이 심란한지 모르겠네.'

이엘리는 한숨을 삼켰다. 결혼식이라. 자카리와의 결혼 생활 자체는 오래 지속해 왔는데도 묘하게 가슴이 두근거렸다. 아가씨란 호칭을 버리고 공작 부인이라는 호칭을 갖는 것도 그렇다.

'……지금 자카리는 어떤 기분일까?'

어둠 속에서 그녀는 눈을 깜빡거렸다. 피부 미용을 위해서라도 일찍 자라고 그렇게 신신당부를 들었는데, 가슴이 뛰어 도무지 잠을 이룰 수가 없다. 이엘리는 억지로 눈을 꼭 내리감았다.

'쓸데없는 생각은 그만해, 이엔. 자자. 이제는 진짜 자야 해.'

그런데 그때. 똑똑. 노크 소리가 들렸다. 깜짝 놀란 이엘리는 이불을 걷고 자리에서 일어났다.

"엄마?"

"잠이 오지 않니?"

방문 너머 서 있는 사람은 바로 자작 부인이었다. 자작 부인은 어깨를 으쓱거리며 입을 열었다.

"하긴, 그럴 만도 하지."

"그럴 만하다고요?"

"결혼식 전날이잖니. 심란한 건 당연한 일 아니겠어?"

그렇게 말한 자작 부인이 한숨처럼 미소했다. 딸아이의 머리를 살살 쓰다듬으며 말을 잇는다.

"그러고 보니, 우리 딸이 언제 이렇게 커서 결혼식까지 치르게 된 건지……."

가만히 자작 부인을 바라보던 이엘리가 아차 하는 얼굴을 했다. 그녀가 황급히 방문을 열었다.

"아, 엄마. 우선 안으로 들어오세요."

"그래."

두 모녀는 침대 위에 나란히 앉았다. 마치 어린 시절로 돌아간 것처럼 어머니는 이엘리의 어깨를 끌어안고 토닥거렸다. 그녀는 폭신한 어머니의 품에 고개를 기대며 짧은 숨을 내쉬었다.

"이번 결혼식을 준비하면서 힘든 건 없었고?"

"응, 괜찮았어요. 예산도 넉넉했고, 공작 성 사람들도 많이 도와줬거든요."

"그래도 엄마가 도와줄 수 있었다면 좋았을 텐데. 공작님은 도와주시기 어려웠을 것 아니니."

자작 부인이 안쓰러운 얼굴로 이엘리를 바라보았다. 이엘리는 시선을 들어 올리며 생글거린다.

"괜찮아요. 자카리도 자카리 나름대로 바빴는걸요."

"뭐, 그거야…… 공작께서도 작위를 이으신 지 얼마 되지 않으셨긴 하지만."

자작 부인은 느릿하게 고개를 끄덕였다. 조그마한 귀족가도 새로 가주 직위를 승계하면 챙겨야 할 일이 많다. 게다가 그는 안정적인 승계가 아니라 선대 공작의 죽음 때문에 작위를 이었다.

"이런 행사는 안주인이 준비해야 할 행사잖아요? 그러니까 번거롭게 하긴 싫었어요."

이엘리는 또랑또랑한 목소리로 말했다. 자작 부인은 새삼스러운 눈빛으로 딸아이를 응시했다.

"게다가 이미 자카리에게 영지까지 받았는걸요. 이 정도 도움이면 충분해요."

"그래도 힘들었을 것 같은데."

"뭐 아예 힘들지 않았다고 말하면 그건 거짓말이겠지요. 하지만."

이엘리는 고개를 가로저었다. 자카리의 성인식, 그리고 이번 결혼식을 진행하며 이엘리는 긴장감을 느꼈다. 하지만 기분 좋은 긴장감이었다. 누군가가 자신을 온전히 믿고 있다는 충만감.

"제가 공작 부인이 됐다는 이유로 이미 특별 취급을 받고 있는 거나 마찬가지잖아요."

"뭐, 어떻게 생각하면 그렇기는 하다만……."

"그리고 실은 전, 자카리가 외척에 휘둘린다는 소리는 듣고 싶지 않거든요."

이엘리는 자그마한 목소리로 속삭였다. 어머니의 품에 고개를 기댄 채 그녀가 미간을 좁혔다.

"그러면 공작가와 가신 가문 사이의 관계도 나빠질 거고, 우리 집안도 불편해질 테니까요."

"이엔."

물끄러미 딸을 바라보던 자작 부인은 딸을 보듬은 팔에 힘을 주었다. 그녀가 다정한 목소리로 말한다.

"우리 딸이 언제 이렇게 컸는지 모르겠네."

"아이참, 저도 이제 성인이라고요."

이엘리가 코끝을 찡그리며 웃었다. 자작 부인은 그런 딸아이를 새삼스러운 얼굴로 바라보았다.

"정말이야. 네가 이렇게 어른스러운 말을 하게 될 줄은 꿈에도 상상하지 못했는데."

"도대체 절 어떻게 보신 거예요?"

"떼쟁이에 고집쟁이?"

"엄마, 정말."

이엘리는 밉지 않게 어머니를 흘겨보았다. 웃음을 터뜨린 자작 부인이 나긋하게 말을 이었다.

"하지만 이엔."

다정한 눈동자가 이엘리를 자신 안에 소중하게 담고 있었다. 그 눈동자가 보드랍게 휘어진다.

"넌 언제나 나와 네 아빠의 가장 사랑스러운 딸이란다."

"엄마."

"그러니까 언제든 힘들면 말해도 돼. 알았지?"

어머니의 시선은 그녀를 흔들림 없이 바라보았다. 잠시 머뭇거리던 그녀는 고개를 끄덕였다.

"……네."

폭신하며 달콤한 무언가를 입 안에 가득 물고 있는 것 같은 기분이었다. 자작 부인이 웃었다.

"그럼 이엔, 우리 오랜만에 같이 잘까?"

"좋아요."

이엘리는 크게 고개를 끄덕였다. 이불 속에 먼저 자리를 잡은 자작 부인이 톡톡 옆자리를 두드렸다.

그녀는 마치 다람쥐처럼 어머니의 품을 파고들었다. 모녀는 나란히 손을 잡고 잠들었다.

12
북부의 안주인 1

    황제의 호화로운 국혼이 끝났다. 귀족 사회의 관심은 자연스럽게 제국 유일의 공작가로 쏠리기 시작했다.

    새로운 공작 부부는 황제 부부와는 다소 다른 방향의 결혼식 노선을 잡았다. 모든 사람들에게 자신들의 결혼을 드러내는 것이 아니라, 소수만을 결혼식에 받아들인 것이다.

    "공작가의 청첩장을 받으신 귀족가는 몇 되지 않으신다면서요?"

    "그렇다면 이번 청첩장을 받은 가문은 공작가가 특별하게 생각한다고 봐도 괜찮을까요?"

    귀족들은 천성적으로 권력 관계에 예민하다. 게다가 이번에 결혼한 사람들이 헤센바이츠의 새로운 공작 부부라면 더욱 예민해질 수밖에 없다. 그는 황가와 비견할 수 있는 제국 유일의 공작가였다.

"공작 부부께서는 어떤 결혼식을 치르실까요?"

"글쎄요…… 공작가의 결혼식에 참석할 수 있는 사람 자체가 드무니까요."

사람들은 공작 부부의 결혼식에 촉각을 세웠다. 황가의 국혼은 온 제국에 드러나도록 화려하게 치러졌지만, 공작가의 결혼식은 비밀스러웠다. 다만 약간의 소문만이 감질나게 퍼졌다.

"황제 폐하께서 공작가에 축하 선물을 내리셨다고 해요."

"어마어마한 예산을 들여 결혼식과 피로연을 치른다고 하던데요."

"게다가 트란셀 부인이 계속 공작 성에 머물렀다고 들었어요."

제도에서 유명하다 싶은 레이디들은 모두 트란셀 부인에게 드레스를 맞출 정도로 그녀는 유명한 디자이너였다. 그런 디자이너를 결혼식 기간 내내 독점할 정도라니.

"게다가…… 공작가의 그 유명한 보석 있잖아요? 아샤의 눈물."

하나 가장 놀라운 소식은 바로 전설 속의 보석, '아샤의 눈물'이다. 사람들은 잔뜩 흥분했다.

"공작께서는 그 보석을 공작 부인께 결혼 예물로 드렸다고 해요."

"그 보석은 공작가의 상징이나 다름없는 귀물 아닌가요?"

"그러니까 더욱 놀랍죠! 공작 각하께서 공작 부인을 얼마나 소중하게 생각하시면……."

공작 부인이 받은 엄청난 결혼 예물. 공작가와의 친분을 인정받는 소수의 귀족들. 청첩장을 받은 사람들. 사람들의 호기심에 불이 붙는 건 당연한 수순이었다.

와중에 청첩장을 받은 사람들이 일부 드러났다. 그리고 사람들은 공작가와의 친분을 가진 의외의 사람들을 보며 당황했다.

"황녀 전하와 론도 후작님이라니……."

"그러게요. 황녀 전하는 한때 공작 각하와 혼담이 오갔잖아요?"

"게다가 론도 후작님은 황후 폐하의 아버님이실 텐데요."

의외의 초대에 사람들의 호기심은 더욱 증폭되었다. 사람들의 기대를 한껏 부풀려 놓은 채 공작 부부는 침묵했다. 그렇게 시간이 흘러서 결혼식 당일 아침. 사람들의 이목이 모두 모였다.

예고했던 대로 공작 부부의 결혼식은 극소수의 사람들만 참석했다. 비록 황제와 새 황후는 참석하지 않았지만, 대신 공작가에서 공식적으로 청첩장을 받은 황녀가 황가를 대리하여 결혼식에 참석하게 됐다.

"어서 오십시오, 황녀 전하."

"반갑네. 다시 한 번 이렇게 헤센바이츠 공작 성에 방문하게 될 줄이야."

결혼식 때문에 자리를 비운 공작 부부 대신 공작 성의 집사가 직접 귀빈들을 접대했다. 정중한 인사에 황녀는 빙긋 웃었다. 그러면서 공작 부부의 적절한 처신에 내심 감탄을 금치 못했다.

'일부러 블랑쳇 자작 부부는 귀빈의 위치로 물러나 있군.'

손님맞이로 집사를 내세운다는 건, 헤센바이츠 공작가가 외척에 의해 휘둘리지 않는다는 무언의 표시다. 예전 로렌 백작가가 공작가를 등에 업고 날뛰던 것을 생각하면 훌륭한 선택이었다.

"론도 후작님, 자리로 모시겠습니다."

"고맙군."

황후의 아버지인 론도 후작 또한 공작가의 결혼식에 참석했다. 사람들은 조금 놀라워했다. 그도 그럴 것이, 론도 후작은 일찍 아내를 잃고서 딸아이 하나만을 애지중지 길러 왔던 것이었다.

"후작님께서도 대단하시지요."

"그러게요, 황제 폐하께서 공작 부인께 보이는 호의를 모르시지는 않으실 텐데."

"하지만 그렇다 해도 공작가와의 끈을 놓는 건 어리석은 짓이긴 하니까요."

소중한 딸이 황제에게 홀대당하는 모습이 과히 보기 좋지 않았을 텐데, 론도 후작은 보란 듯이 이번 결혼식에 참석했다. 공작가와의 친분을 유지하는 귀족. 그 가치를 잘 알기 때문이었다.

"이번 참석 때문에 황제 폐하께서 불쾌해하시지는 않을까요?"

"그러지는 못하시겠죠. 황제 폐하께서 먼저 황후 폐하를 홀대하신 것이나 마찬가지니까요."

사람들이 낮게 소곤거리는 소리를 들으며 론도 후작은 두 눈을 가늘게 떴다. 이번 결혼식 참석은 황후가 된 딸아이가 직접 가라며 떠민 일이기도 했으며, 황제에 대한 항의이기도 했다.

'이번 결혼식에 꼭 참석하세요, 아버지.'

'황후 폐하, 어찌 그런 말씀을 하십니까. 황제 폐하께서 황후께 어떻게 행동하셨는데……!'

황후 폐하라는 호칭을 듣는 순간 깊게 가라앉던 딸아이의 눈빛.
황후는 차분하게 입을 연다.

'그렇기에 가라는 말씀입니다.'

'……'

'사랑받지 못하는 황후는 제 자리를 지키는 것조차 어려운 법이지
요.'

론도 후작은 말문이 막히는 것을 느꼈다. 황후의 고요한 얼굴이
제 아버지를 가만 응시한다.

'그러니 아버님, 공작가와의 친분을 돈독히 하세요.'

'폐하!'

'먼저 잘못하신 쪽은 폐하이십니다, 그러니 우리 가문을 질책하시
기는 어려울 테죠.'

그렇게 말하는 황후의 눈빛에는 약간의 체념이 서려 있었다. 언
제나 현명했던 딸. 하지만 이런 식으로 성장하는 모습을 보고 싶지
는 않았는데. 론도 후작은 씁쓸한 감회에 젖어야 했다.

"론도 후작."

"아, 황녀 전하."

그때 자신을 부르는 목소리에 론도 후작이 슬쩍 곁을 돌아보았
다. 황녀가 빙그레 웃어 보였다.

"곁에 앉아도 될까요?"

"물론입니다."

론도 후작은 제 옆자리를 권했다. 황녀는 자리에 앉았다. 잠시 침묵하던 황녀가 입을 열었다.

"죄송합니다."

"황녀께서 무엇이 죄송하십니까."

"그냥…… 황가의 일원으로서 대신 사과드리고 싶어서요."

그 말에 론도 후작은 가만히 입을 다물었다. 황녀는 눈이 부신 것처럼 살짝 눈매를 찡그렸다.

"오늘 결혼식."

"……."

"……무척 아름다운 결혼식이 될 것 같습니다."

론도 후작의 말에 황녀는 작게 고개를 끄덕였다. 두 사람은 같은 사람을 떠올리고 있었다. 제국에서 가장 화려한 결혼식을 치렀음에도 전혀 행복해질 수 없었던 아리따운 아가씨 한 명을.

*　　*　　*

활짝 핀 아샤 꽃잎이 화사하게 나부꼈다. 소수의 하객만을 모은 결혼식은 야외에서 진행되었다. 결혼식을 위해 공작 부부는 공작성의 정원을 개방했다.

정원 곳곳을 장식한 장식은 화려하진 않지만 고급스러웠다. 친밀한 사람들만이 모였기에 결혼식의 분위기는 화기애애했다.

"세상이 온통 분홍색이네요."

황녀가 웃음 섞인 목소리로 중얼거렸다. 황제의 것과 온도가 다른 회색 눈동자가 곱게 휜다.

"마치 공작 부인을 위한 날 같은걸요."

온통 분홍색으로 물든 세상은 이엘리의 분홍색 머리카락과 꼭 닮아 있다. 론도 후작은 고개를 끄덕여 황녀의 말에 긍정을 표했다. 두 사람은 나란히 자리에 앉은 채 작게 대화를 나누었다.

"그러고 보니 올해도 공작령의 아샤 축제는 어김없이 진행되나요?"

"그렇다고 하더군요. 새로운 공작 부부의 탄생을 축하하기 위해, 그 규모가 무척 크다던데요."

"아, 그런가요? 제도의 아샤 축제는 올해는 생략한 걸로 알아서요."

도란도란 대화를 나누던 두 사람은 흥미진진한 얼굴이 되었다. 그들은 그대로 결혼식의 정경을 본다.

"드디어 오늘의 주인공이 한 명 등장했군요."

론도 후작이 두 눈을 빛내며 말했다. 저 멀리 공작이 나타난 것이다. 새하얀 은발을 깔끔하게 빗어 넘기고, 말끔한 예복을 차려입은 공작은 동화 속의 기사 같았다. 우아한 맹수가 저럴까.

"……."

공작은 느른한 눈동자로 하객들을 돌아보았다. 살짝 고개를 숙여 손님들에게 감사 인사를 표한 공작이 천천히 걸음을 옮겼다. 길게 깔린 주단을 밟으며 공작은 사제의 앞으로 나아갔다.

"그럼 이제 공작 부인이 오실 차례인가……."

론도 후작의 말이 씨라도 된 것처럼, 저 멀리서 약간의 소란이 들려왔다. 황녀와 후작을 포함한 하객들은 두 눈을 커다랗게 치켜떴다. 저절로 터져 나오는 감탄사가 군데군데에서 들렸다.

"공작 부인이신가요?"

"세상에, 너무 아름다우세요."

그 찬사는 입바른 말이 아니었다. 새하얀 베일이 안개처럼 흔들린다. 레이스 자수가 섬세하게 들어간 드레스는 푸르게 보일 정도로 희었다. 끝자락은 흰 장미처럼 우아하게 부풀려져 있었다.

"그런데 저건……?"

"티아라네요."

사람들은 놀란 눈빛을 했다. 공작 부인의 머리 위로는 새하얀 티아라가 반짝이고 있었던 것이다. 티아라를 선택한 것 자체가 황가에 대한 도전이었다.

"설마, 티아라에 박힌 저 보석이……?"

백금으로 아샤 화관을 형상화한 새하얀 티아라의 중앙에는, 엄지만 한 분홍색 다이아몬드가 박혀 있었다. 잎사귀는 최상급의 에메랄드로 만들었다. 반짝거리는 그 빛이 눈 안을 간지럽힌다.

"결혼 예물로 공작 부인께서 '아샤의 눈물'을 받으셨다는 소문은…… 사실이었군요."

한숨처럼 목소리가 흘러나왔다. 아샤의 눈물. 은룡과 아샤 요정의 전설이 담긴 공작가의 가보.

'……하지만 티아라라니, 황녀께서 불쾌해하실지도 모르겠는데.'

사람들은 저도 몰래 황녀를 흘끗 곁눈질했다. 하지만 황녀는 오히려 즐거운 눈빛으로 말했다.

"이런. 아무래도 공작 부부께서 단단히 마음을 다잡으신 것 같네요."

"그렇죠?"

"게다가 저 티아라, 공작 부인에게 무척 잘 어울리는걸요."

황녀가 만면에 미소를 지은 채 중얼거렸다. 론도 후작 또한 유한 얼굴이었다. 황녀가 불쾌해하지 않으면 마음 졸일 이유도 없다. 하객들은 안도한 표정을 했다.

'이엔.'

자카리는 홀린 듯이 시선을 들어 올렸다. 온 세상의 색깔은 사라지고 오로지 이엘리만이 빛났다. 세상에, 이엘리가 저렇게 예뻤던가? 아니 원래도 예쁘긴 했지만 저건 너무, 너무나도…….

'……요정 같아.'

다소 진부한 찬사였으나 자카리는 진심으로 그렇게 생각했다. 전설 속 은룡이 어째서 아샤 요정을 사랑했는지 알 것 같았다. 사랑하지 않을 수 없었을 것이다. 자카리가 지금 그런 것처럼.

"자카리."

그런 그를 바라보며 이엘리는 희미하게 미소 지었다. 그 순간 자카리는 다시 한 번 진부한 경험을 했다. 축포가 터지고 세상이 아름답게 보이는 환상. 세상에, 당장 죽어도 좋을 것 같아.

"이엔."

최대한 여유롭게 그녀를 맞이하리라 결심했는데, 실제로 내뱉는 건 그녀의 이름뿐이다. 꽉 잠긴 목소리로 자카리는 그녀를 불렀다.

그녀가 우아한 동작으로 손을 내밀고는 눈웃음을 친다.

"왜 그렇게 굳은 얼굴이야?"

"······그게."

"내가 너무 예뻐서?"

언제나처럼 농담을 던지며 웃는 그녀가 너무나도 사랑스러웠다. 자카리는 말없이 고개만을 끄덕였다. 여기서 무어라 말을 하면, 그대로 말실수를 할 것 같았다. 두 사람은 손을 맞잡았다.

"자카리, 걷는 동작이 너무 어색해."

이엘리는 웃음을 삼키며 속삭였다. 평소 사람들을 대할 때의 칼같은 기세는 모두 사라진 채 그녀만이 알고 있던 수줍은 청년만이 남았다. 자카리는 뻣뻣한 동작으로 이엘리를 이끌었다.

"이건 모두 너 때문이야."

"나 때문이라고?"

"그래. 누가 이렇게 예쁘라고 했어? 사람 설레게."

자카리의 목소리에는 진심이 담뿍 들어가 있었기에, 이엘리는 어색한 얼굴이 되어 버렸다. 음, 난 농담이었는데. 그런데 자카리가 저런 식으로 날 바라보니까. 그 속에 담긴 달콤한 애정이 너무 강렬하다.

'······이젠 나도 이제 가슴이 두근거리잖아.'

처음엔 분명 괜찮았는데 자꾸만 심장이 쿵쿵 뛰었다. 어찌나 심장이 뛰는지 마주 잡은 손 안쪽으로 가슴 뛰는 소리가 울릴 것 같았다. 두 사람은 주단의 끝, 사제가 서 있는 곳으로 향했다.

"공작 각하와 공작 부인의 결혼 맹세를 들을 수 있어 영광입니다."

온갖 꽃을 엮어 아치로 만들어 놓은 그 아래, 단상 앞에 선 사제는 주름진 얼굴로 미소를 지어 보였다. 그들의 결혼을 증명해 줄 사제였다. 두 사람을 향해 사제가 단정하게 입을 열었다.

"두 분께서는 서로를 영원히 아끼고 존중하며 상대에게 충실할 것을 맹세하십니까?"

"맹세합니다."

"맹세합니다."

이엘리는 제 목소리가 약간 떨리는 것을 느꼈다. 자카리를 힐끔 곁눈질하자, 자카리 또한 긴장한 얼굴이었다. 고운 레이스 장갑 너머로 자카리의 온기가 느껴진다. 어쩌지, 가슴이 뛰어.

"서로 외의 다른 이를 마음에 품지 않을 것을 맹세하십니까?"

"맹세합니다."

"맹세합니다."

톤이 다른 목소리가 음악처럼 엮였다. 가볍게 고개를 끄덕여 보인 사제가 곧장 말을 잇는다.

"그렇다면 두 분, 서로를 마주보십시오."

이엘리와 자카리는 마주 잡은 손을 놓고 상대를 응시했다. 두 사람의 뺨은 발갛게 물든 채였다.

"……."

"……."

새싹 같은 눈동자와 짙푸른 눈동자가 서로를 제 안에 담았다. 묘한 기분이 들었다. 온 세상에 상대만이 남아 있는 것 같은 압도적인 감각. 넘치는 애정. 두 사람은 저도 몰래 숨을 삼켰다.

"그렇다면 이제, 결혼 맹세를 반려에게 바치십시오."

사제가 담담하게 말을 이었다. 이엘리는 몸을 조여 오는 긴장감을 느꼈다. 북부의 결혼 맹세는 다른 지역과 다르게 간단하다. 자카리는 그녀의 손을 가볍게 들어 올려 그대로 속삭인다.

"나의 심장과 영혼을 그대에게 바칩니다."

다만 그 무게감 또한 다른 지역과는 다르다. 심장과 영혼. 한 사람을 구성하는 단둘의 요소.

"그대는 나의 영원한 주인이며, 오직 단 한 사람의 레이디입니다."

무릎을 꿇은 자카리가 손등에 키스했다. 북부는 기사의 지역답게, 결혼 맹세 또한 레이디에게 기사가 맹세를 바치는 구조였다. 자카리의 짙푸른 눈동자가 이엘리를 가만히 응시하고 있었다.

"그대의 맹세를 받아들입니다."

이엘리는 최대한 또렷한 목소리로 대답했다. 자카리의 입술이 닿은 부분이 이상하게 뜨겁다.

"우리의 운명은 함께할 것이며, 영원히 서로의 곁에 있을 것입니다."

이엘리의 말에 자카리가 작게 미소 짓는 모습이 보였다. 온 세상을 얻기라도 한 것처럼, 행복하게 보이는 미소였다. 이엘리는 그의 손을 잡고 자카리를 일으켰다. 사제가 그들에게 말했다.

"두 분, 서로에게 맹세의 키스를."

자카리는 이엘리를 기웃이 내려다보았다. 새하얀 베일 아래의 말간 얼굴, 곱게 내리깐 긴 속눈썹, 붉은 입술. 아샤 요정의 현신인 양 아름다운 그의 아가씨. 자카리는 조그맣게 속삭였다.

"이엔."

그 목소리를 들은 이엘리는 살짝 고개를 치켜 올렸다. 연녹색 눈동자 안쪽으로 도발적인 빛이 스며들어 있었다. 자카리는 이엘리의 허리에 손을 얹었고, 그대로 끌어당기며 고개를 숙였다.

"……"

훗. 그녀는 신음이 터져 나오려는 것을 간신히 삼켰다. 반쯤 핀 꽃잎처럼 열려 있는 입술 사이를, 자카리는 망설임 없이 파고들었다. 고른 치열을 훑고 두드리는 뜨겁고 말캉한 혀.

입 안을 탐하는 농밀한 동작. 그저 가벼운 키스가 아니라, 그녀에 대한 소유욕을 온전히 드러내는 행동이었다.

"……자카리."

입술이 떨어졌다. 그녀는 어느새 가빠진 숨을 간신히 고르며 남편을 밉지 않게 노려보았다.

"미안, 참을 수가 없었어."

그토록 격렬한 키스를 한 주제에 자카리는 수줍은 소년처럼 속삭였다. 그녀의 얼굴이 빨개졌다. 공작 부부의 다소 과한 키스에, 하객들은 민망함과 흐뭇함이 뒤섞인 얼굴을 하고 있었다.

"이로써 두 분이 영혼으로 묶인 반려가 되었음을 선언합니다."

큼큼 헛기침을 한 사제가 그렇게 선언했다. 이엘리와 자카리는 다시 손을 맞잡고 결혼식에 참석해 준 사람들에게 깊이 허리를 숙여 보였다. 아샤 꽃잎이 비처럼 쏟아져 내리는 오후였다.

이후 피로연이 이어졌다. 피로연을 위한 의상으로 갈아입은 공작 부부는 손님들을 접대했다.

'내가 만들었지만 저 의상들, 참 잘 만들었다니까.'

트란셀 부인은 흐뭇한 얼굴을 했다. 그녀의 모든 재능을 쏟아부어 공작 부부의 의상을 만들었는데, 옷걸이 또한 훌륭하다. 아마 이것으로 트란셀 의상실의 이름은 한껏 높아질 것이었다.

'역시 티아라를 결혼 예물로 준 건 잘한 일인 것 같군.'

한편 자카리는 은밀한 기쁨을 느꼈다. 이엘리의 손목에는 황제가 보내온 페리도트 팔찌가 걸려 있었음에도, 귀빈들 중 누구도 황제의 팔찌 따위는 인지조차 하지 못하고 있었던 것이다.

"결혼 축하해요."

"축하드립니다, 공작 각하. 그리고 공작 부인."

황녀와 론도 후작이 이엘리와 자카리에게 인사를 건넸다. 황녀가 눈을 동그랗게 뜨며 말한다.

"그러고 보니 로렌 백작 가문의 사람들은 초대하지 않았네요?"

"네. 저희의 결혼식만큼은 소중한 사람들과 함께 보내고 싶었거든요."

이엘리는 빙그레 웃으며 대답했다. 그 말에 황녀는 이해한다는 것처럼 고개를 끄덕여 보였다.

"그래요, 그 심정 알 것 같네요."

"황녀 전하와 론도 후작님 모두, 즐거운 시간 보내셨으면 좋겠습니다."

매끄러운 말에 두 사람이 빙그레 웃었다. 화목하면서도 잔잔한 시간이 이어졌다. 기본적으로 친분이 있는 사람들만이 함께 모였기에 분위기는 편안했다. 자작 부인이 딸아이에게 미소했다.

"우리 이엔, 표정이 좋은걸?"

"그, 그거야……."

좋아하는 사람과 결혼식을 올렸는데, 그게 싫은 사람이 어디 있나요. 하지만 차마 그 말은 꺼내지 못한 이엘리는 화르륵 얼굴만을 붉힐 따름이다. 그때 블랑쳇 자작이 자카리를 붙들었다.

"공작 각하."

"예, 장인어른."

자카리는 얌전히 대답했다. 그리고 자카리의 '장인어른'이란 호칭에 사람들은 헛숨을 삼켰다.

'각하께서 장인어른이라는 호칭을 입에 담으시다니…….'

'성인식 때의 소문은 과장된 이야기인 것으로 생각했는데, 모두 사실인가 보군.'

사람들은 조심스럽게 시선을 교환했다. 블랑쳇 자작은 거의 울 먹거리는 얼굴이 되어 말했다.

"비록 모자란 딸이지만, 그래도 저희 딸을 꼭 행복하게 해 주셔야 합니다. 아셨습니까?"

"당연한 말씀입니다. 제 목숨을 바쳐서라도 그럴 것입니다."

사람들은 목숨까지 운운하는 공작의 태도에 한 번 놀라고, 공작이 진지한 얼굴로 고개까지 끄덕이는 것을 보며 두 번 놀랐다. 그걸 본 블랑쳇 자작 부인이 미간을 좁히며 제 남편을 말렸다.

"아, 여보. 딸아이가 결혼식을 올리는 자리에서까지 푼수처럼 굴 거예요?"

"이건 당연히 해야 하는 말이잖소! 우리 이엔이, 이엔이 결혼식을 올렸는데……!"

이제 자작은 거의 울먹거리는 얼굴이 되어 버렸다. 아, 창피해. 이엘리는 입술을 잘근거렸다.

"저기, 저 자카리랑 결혼 자체는 이미 한참 전부터 했는데요."

보다 못한 이엘리가 한심한 표정을 지은 채 입을 열었다. 자작은 지극히 서운한 얼굴이 되어 제 딸아이를 바라보았다. 하지만 이엘리는 팔짱까지 끼면서 고개를 모로 기울일 따름이었다.

"전 이미 유부녀라고요."

매정한 딸아이의 말에 자작은 크나큰 상처를 입은 얼굴이 되었다. 자작이 아내에게 매달렸다.

"들었습니까? 이엔이 하는 말……!"

"하지만 맞는 말이잖아요?"

"여보!"

모녀는 쌍으로 블랑쳇 자작을 한심한 얼굴로 바라보았다. 자카리는 부드럽게 미소를 지었다.

'저렇게 화목한 모습이라니.'

저 가족들이 아웅다웅하는 모습을 볼 때마다 마음 한쪽이 따스해진다. 그때 자작이 말했다.

"뭐, 그래도 이엘리는 꽤 행복할 것 같아 다행입니다."

"예? 그게 무슨 말씀이신지……."

자카리는 어리둥절한 얼굴로 자작에게 되물었다. 자작은 두 눈을 가늘게 뜨면서 말을 잇는다.

"모르셨습니까? 저 아이가 공작 각하를 얼마나 좋아하는데……."

"자, 잠깐만 아빠! 무, 무슨 말을 하시려고 그래요?!"

이엘리는 새빨갛게 달아오른 얼굴이 된 채로 양손을 휘휘 저어 댔다. 당장이라도 제 아버지의 입을 틀어막고 싶은 심정이었다. 하지만 이미 자카리는 자작의 말을 모조리 듣고 말았다.

'아.'

자카리를 힐끔 곁눈질하던 이엘리는 한숨을 삼켰다. 어쩌지, 너무 창피해서 죽을 것만 같다고.

"……그랬어?"

자카리가 지극히 행복한 얼굴로 이엘리에게 물었다. 이엘리는 두 눈을 질끈 감았다. 못 살아!

"어, 그게……."

"진짜로 그랬던 거야?"

자카리는 이엘리를 향해 달콤한 목소리로 말했다. 아, 어떡하면 좋아. 심장이 두근두근 뛴다.

"이엔, 나 좀 봐 봐."

"시, 싫어."

"얼른."

그가 보채듯 입을 열었다. 자카리가 저렇게 즐거워하던 때가 또 있었나. 그녀는 살그머니 눈꺼풀을 들어올렸다. 새파란 눈동자가 그녀를 똑바로 바라보고 있었다. 그녀의 뺨이 붉어졌다.

"왜 그렇게 빤히 쳐다봐?"

"그냥, 기분 좋아서."

아, 정말. 부끄러움 한 점 없이 그렇게 말하지 말란 말이야. 이엘리는 입 안으로 투덜거렸다.

"정말로 기뻐."

"……."

하지만 지금 이 순간, 지극히 솔직해진 자카리는 그저 환하게 웃을 뿐이다. 사람들은 잉꼬부부처럼 다정한 공작 부부의 모습을 따사로운 눈으로 지켜봐 주었다. 그녀는 눈동자를 굴렸다.

'아니, 나만 부끄러워!?'

아무래도 이엘리만 부끄러운 게 맞는 것 같다. 다음 순간 자카리가 제 아내를 와락 끌어안은 것이다. 깜짝 놀란 이엘리는 파드득 자신의 어깨를 굳혔다.

"어, 저기……?"

쪽. 뺨에 닿는 자카리의 입술에 이엘리는 얼어붙었다. 황녀와 론도 후작은 흥미진진한 얼굴을 했다. 자카리가 그대로 고개를 숙였다. 따스한 숨과 함께 귓가에 닿는, 그의 나지막한 목소리.

"이엔. 난…… 진심으로 너를."

자카리의 얼굴 또한 붉어졌다. 얼굴에 철판을 깐 자카리였지만 차마 끝까지 말하지는 못했다.

"……."

좋아해, 사랑해. 수많은 말이 있었지만 자신의 감정을 모두 표현하기엔 부족한 것 같았다. 그때 이엘리가 자카리의 팔을 가볍게 토닥거렸다. 연녹색 눈동자가 자카리를 빤히 올려다본다.

"……좋아해."

"응?"

"나야말로, 진심으로 널 좋아한다고."

이엘리는 빠른 말씨로 속삭였다. 그의 얼굴이 새빨갛게 달아오른다. 이엘리는 그의 품에 몸을 기댔다. 뭐…… 솔직히 좀 부끄럽긴 하지만. 이렇게 좋아하는 얼굴을 볼 수 있다니 남는 장사다.

"고마워."

귀 뒤까지 붉게 물들인 채 자카리가 소곤거렸다. 화창한 하늘 아래, 자카리의 얼굴만이 붉었다.

*　　*　　*

피로연은 가든파티의 형식을 취하고 있었다. 무리 지어 핀 아샤 꽃 아래로 우아한 음악이 울려 퍼졌다. 피로연 내내 자카리는 이엘리를 독점하려 들었다. 되레 보는 사람이 부끄러울 정도였다.

"레이디, 제게 레이디의 첫 번째 춤을 허락해 주시겠습니까?"

자카리는 첫 곡이 연주되자마자 이엘리에게 그렇게 말했다. 그녀는 코끝을 찡그리며 웃었다.

"공작 각하, 전 피로연의 주최자잖아요. 다른 사람들도 두루두루 살펴야 한답니다."

"그래도 춤 한 곡 정도는 어렵지 않다는 것을 압니다만."

장난스러운 말에 진지한 대답이 돌아왔다. 살포시 눈웃음을 친 이엘리는 남편의 손을 잡았다.

　"그렇다면 이번 한 곡만이에요."

　"좋습니다."

　부러 존대를 하며 두 사람은 나란히 시선을 맞추었다. 때마침 경쾌한 왈츠로 음악이 바뀌었다.

　"자카리, 오늘 너 왜 그래?"

　"그게 무슨 소리야?"

　"내가 다른 사람과 있을 때마다 자꾸 불러내잖아."

　이엘리는 미간을 좁히며 소곤거렸다. 아까 전부터 그녀가 다른 사람과 대화라도 몇 마디 나누고 있으면, 그가 귀신같이 들러붙는다. 이엘리는 질책하는 의미로 마주 쥔 손에 힘을 주었다.

　"이래 봬도 내가 주최자인데, 너하고만 어울리고 있으면 사람들이 어떻게 생각하겠어?"

　"글쎄, 사이좋은 부부구나…… 그 정도로 생각하지 않을까?"

　"뭐어?"

　능글맞은 자카리의 대답에 이엘리는 저도 모르게 되물어 버렸다. 자카리는 어깨를 으쓱였다.

　"그리고 난 네가 다른 사람과 대화하는 게 싫단 말이야."

　"어린애도 아니고 그게 뭐야."

　"언제는 날 어린애 취급 안 하고 있다더니, 지금도 하고 있네."

　자카리가 설핏 웃었다. 그녀는 말문이 막혔다. 자카리는 그녀의 허리를 끌어당기며 속삭였다.

"이래서 내가 너에게 남자로 보이려고 노력하는 거야."

"……."

언제 저렇게 말솜씨가 늘었담. 그녀는 자카리를 흘끗 곁눈질로 흘겨보았다. 이렇게 대화를 나누면서도 자카리가 제대로 춤의 박자를 맞추고 있다는 게 놀라울 따름이었다.

"네가 날 남자로 바라보고 있다고 말해 준 건 고맙지만."

"자카리?"

"그것보다도 훨씬 더."

옆으로 세 걸음, 뒤로 다시 한 걸음. 자카리의 품으로 이엘리가 되돌아온다. 빙그르르 돈 이엘리의 치맛자락이 꽃잎처럼 활짝 펼쳐 졌다. 자카리는 그대로 제 아내를 품 안에 가둬 넣었다.

"네게 나 외의 다른 사람은, 무엇보다도 다른 남자들은 보이지 않았으면 좋겠다고……."

"……그……."

"그렇게 생각해."

춤의 스텝을 밟으며, 자카리의 품에 안겨 있는 찰나의 시간. 심장 이 쿵쿵 뛰는 소리가 들렸다.

"이렇게 말하면 역시 좀 그러려나?"

멋쩍은 얼굴이 되어 자카리가 속삭였다. 이엘리는 잠시 눈동자 를 굴리는가 싶더니 대답했다.

"아니."

"……."

"오히려 좋아. 왜냐하면……."

이엘리는 숨을 삼켰다. 이런 말을 입 밖으로 스스로 꺼내게 될 줄은 몰랐다. 보드라운 깃털로 심장 한구석을 문지르고 있는 기분이다. 간지러우면서도 보드라운 감각. 그녀는 뺨을 붉혔다.

"……나도 그러니까."

그 말을 듣자마자 자카리는 멍한 얼굴로 그녀를 마주 본다. 이엘리는 좀 부끄러워지고 말았다.

"아까 좋아한다고까지 말했는데, 이런 말을 꼭 내 입으로 들어야겠어?"

이엘리는 새침한 얼굴로 입을 열었다. 그와 동시에 음악이 끝난다. 빙글빙글 춤을 추던 사람들이 하나둘씩 손을 놓았다. 춤도 끝났으니 그녀는 자카리의 손을 놓으려 했다. 그런데 그때.

"나는, 말주변이 없어서."

이엘리는 어깨를 가벼이 어루만지는 손길을 느꼈다. 살짝 뒤를 돌아보자 자카리가 서 있었다.

"자카리?"

시야를 온통 분홍색으로 물들이는 수백 수천의 아샤 꽃잎들. 이엘리는 살짝 눈살을 찡그렸다.

"왜 그러고 서 있어?"

춤은 끝났잖아. 그런 의미를 담아 이엘리는 그를 올려다보았다. 자카리는 고개를 살짝 숙였다.

"그래서."

눈처럼 흰 은발이 뺨에 스친다. 이엘리는 두 눈을 동그랗게 떴다. 쪽빛 하늘을 한 조각 떼어 내어 박아 넣은 것 같은 새파란 시선.

빙하처럼 차가웠던 눈동자는 이제 온기를 머금고 있었다.

"이런 방법밖에 몰라서 미안해."

자카리는 짓궂게 미소 지었다. 그와 동시에. 쪽, 이엘리의 뺨에 자카리의 입술이 스쳐 지났다.

"사, 사람들이 보는데……."

"봐도 괜찮아."

아니, 너만 괜찮지 난 안 괜찮은데요. 이엘리는 붉어진 얼굴로 그렇게 반박하려다 말고, 입술을 잘근잘근 깨물었다. 사람들의 흐뭇한 시선마저 낯부끄럽다. 그녀가 미간을 좁히며 물었다.

"너 솔직히 다른 사람들에게 보여 주려고 일부러 지금 그런 거지?"

"맞아."

그렇게 담백하게 긍정하지 말란 말야. 이엘리는 포르르 한숨을 내쉬었다. 자카리가 어떻게 저런 소유욕을 지금까지 숨기고 있었는지 도무지 알 수 없다. 그녀는 어깨를 으쓱이며 웃었다.

'하지만 뭐, 그래도 귀엽긴 하니까.'

고작 소유욕을 표출하는 방법이 뺨이며 이마에 키스하거나, 이엘리의 곁에 바싹 붙어 있거나, 가든파티의 첫 춤을 권하는 것뿐이라니. 황제의 무례한 행동들과는 전혀 다른 방향이지 않나.

"정말, 내가 못 살아."

이엘리는 두 눈을 가늘게 떴다. 하지만 그녀의 입술에는 채 감추지 못한 미소가 서려 있었다.

레이디들의 담소에는 웃음과 나긋한 목소리, 그리고 차와 다과가 필수품이었다. 그리하여 이엘리는 손님들의 답례품으로 선물해 줄 아샤 잼과 차를 귀부인들에게 미리 보여 주기로 했다.

'아무래도 차와 잼이니까, 이런 자리에서 첫선을 보이는 편이 좋 겠지.'

북부의 귀부인들은 웬만하면 모두 초대받았고, 게다가 황녀도 있는 자리다. 이엘리는 아샤 꽃차를 따끈한 물 안에 넣었다. 조그마 한 봉오리 같던 꽃잎이 뜨거운 물 안에서 활짝 피어난다.

"어머나……."

귀부인들은 물론이고 황녀까지도 두 눈을 동그랗게 떴다. 짙은 아샤 꽃향기가 물씬 풍겼다.

"너무 예뻐요."

"그러게요. 이런 차가 지금까지 있었던가요?"

귀부인들이 탄성을 올렸다. 이엘리는 생긋 눈웃음을 지었다. 이 런 정도의 호응이라니. 직접 사교 행사에 내놓아도 괜찮은 반응을 얻을 것 같다. 이엘리는 차를 따라 주면서 설명을 이었다.

"이번에 새로 개발한 차인데, 품이 많이 들어 소량만 제작할 수 있었어요."

그녀는 제 위치를 잘 알고 있었다. 그녀는 제국 유일의 공작 부 인이었고, 헤센바이츠의 안주인이며, 북부의 여주인이다. 자카리가 본격적으로 작위에 오른 이상 그녀도 해야 할 일이 있었다.

"그래서 황녀 전하가 계신 자리에서 직접 보여드리고 싶었답니 다."

그건 바로 북부 귀부인들의 사교 행사를 주도하는 것. 지금까지는 로렌 백작 부인이 황가를 등에 업고 천둥벌거숭이처럼 날뛰었지만, 이제 로렌 백작의 오만방자함도 끝날 때가 되었다.

'귀부인들이 주도하는 사교 행사는 여러 가지가 있지.'

대표적으로 귀부인들이 모이는 살롱이 있었다. 지금까지 북부에서 가장 이름 높은 살롱은 백작 부인의 것이었으나, 이엘리는 그 자리를 빼앗아 올 생각이었다. 그녀는 슬쩍 입매를 올렸다.

'사교 행사에서 제공되는 이런 독특한 차와 다식들은 그 행사의 가치를 높여 주니까.'

아샤 꽃을 이용하여 만든 차는 보는 것만으로도 눈이 즐겁다. 옅은 수색, 그리고 살랑거리는 꽃잎. 게다가 아샤 꽃을 설탕으로 적절히 처리하여 만든 분홍색 잼 또한 그 색깔이 화사하다.

"다들 한번 드셔 보시겠어요?"

이엘리의 말에 귀부인들은 호기심에 가득한 얼굴로 앞다투어 맛을 보았다. 그들의 표정이 밝아졌다.

"맛있네요."

"정말이에요. 향이 무척 좋아요."

"이런 차는 처음 마셔 봐요."

당연히 처음이겠지. 이 차는 그녀가 가진 전생의 기억에 힘입어 만들어진 거나 마찬가지니까.

"다행이네요, 입맛에 맞으셔서."

이엘리는 생글생글 웃으며 말을 이었다. 황녀가 예리한 눈으로 찻잔을 내려다보았다. 하얀 도자기 안쪽으로 옅은 분홍색으로 물든 찻물이 찰랑거린다. 분홍 꽃잎들이 하늘하늘 흔들렸다.

"잘 하면 이 꽃차, 사교계에서도 유행할 수 있겠는걸요."

"과찬이십니다, 황녀 전하."

"아뇨, 진심이에요. 이렇게 예쁜 차는 처음 보거든요."

그렇게 말하는 황녀의 눈동자에 이채가 돌았다. 굳이 이 귀한 차를 지금 보여 주는 것은…….

"이제 공작 부인께서도 본격적으로 사교 활동을 하실 텐데, 그때 선보이실 건가요?"

달칵 찻잔을 내려놓은 황녀가 여상하게 물었다. 이엘리는 미소 지었다. 역시 황녀는 예리하다.

"네, 맞아요. 그래서 소중한 분들을 먼저 모시고 맛을 보여 드리고 싶었답니다."

자신의 의도, 귀부인들의 반응을 미리 살펴보기 위함이라는 걸 황녀는 이미 눈치챈 것 같았다.

"잼이 너무 달지는 않으신가요?"

"아니요, 그렇지 않아요. 오히려 쌉쌀하면서도 달콤한 게……."

하얀 크래커 위에 잼을 올려 한입 먹은 귀부인은 즐거운 얼굴을 했다. 아샤 꽃잎 특유의 쌉싸래한 맛과 달콤한 설탕의 맛이 적당히 어우러진다. 귀부인들은 앞다투어 찬사를 내놓았다.

"다른 차들과도 잘 어울리겠는걸요."

"맞아요. 게다가 달콤하지만 과하지 않아서 계속 먹을 수 있겠어요."

이런 피드백을 원했다. 이엘리는 만족스럽게 웃었다. 그런 그녀를 황녀가 웃으며 지켜보았다.

피로연을 겸한 가든파티는 그날 밤늦게야 모두 종료되었다. 활짝 무리 지어 피어난 아샤 꽃 아래로 군데군데 켜 놓은 가스등이 환상적인 주홍색을 흩뿌리고 있었다.

이엘리는 피로연에 참석한 답례로 귀빈들에게 아샤 꽃으로 만든 차와 잼을 선물해 줬다. 황녀가 의아하게 물었다.

"이건 뭔가요, 공작 부인?"

"이번에 참석해 주신 것에 대한 답례랍니다."

이엘리는 빙긋 웃었다. 잠시 어리둥절해하던 황녀는 잠시 후 눈을 반짝였다.

"설마 아까 마셨던 그 차인가요?"

"맞아요. 결혼식에 참석해 주신 귀빈들을 위해 답례품으로 준비해 뒀었어요."

황녀는 즐거운 얼굴로 답례품을 받았다. 그녀가 코끝을 찡그리며 장난스러운 목소리로 입을 연다.

"이거, 공작 부인 때문에 제가 황제 폐하께 한 소리 듣겠는걸요."

"황녀께서요? 어째서요?"

"공작 부인께서는 해야 할 일을 차근차근하고 계시잖아요."

투명한 회색 눈동자가 이엘리를 가만히 지켜보았다. 어리둥절한 이엘리를 앞에 두고 말한다.

"이제 본격적으로 사교 활동도 하실 테고, 이번에 이렇게 훌륭한 방식으로……."

황녀는 보란 듯이 이엘리가 선사한 답례품을 톡톡 두드려 보였다. 황녀의 목소리는 차분했다.

"……황가의 상징이기도 한 아샤 꽃을 선점하신 것도 그렇고요."

"아."

이엘리는 눈을 깜빡였다. 그러고 보면 황녀는 황제에게 여러모로 압박을 받고 있었다. 귀부인들과 잘 어울리지 않는 황녀를 보며 황제가 불쾌해하는 것도 언뜻 소문으로 들어서 알았다.

"물론 전, 아샤 꽃 따위 누가 선점하든 별로 신경 쓰지 않지만."

"황녀 전하."

"제 오라버니께서는 아마 자존심이 꽤나 상하시겠죠."

황녀는 질색하는 표정을 지었다. 황녀가 황제에게 받아 온 대우를 생각하면 저럴 만도 했다.

"이따위 상징에 집착하기보다는 성실하게 제국을 다스리는 편이 훨씬 더 나으실 테지만요."

신랄하게 말한 황녀가 어깨를 으쓱였다. 아름다운 얼굴 위로 개구쟁이 같은 미소가 스쳐 간다.

"하지만 전 별로 신경 안 써요. 오히려 공작 부인을 응원할 테니까요."

"음, 감사합니다……?"

이엘리는 어색하게 황녀에게 대답했다. 황녀는 이엘리를 흘끗 바라보는가 싶더니 입을 연다.

"감사는 됐고, 로렌 백작 부인의 코를 납작하게 해 줘요. 알았죠?"

그렇게 말한 황녀는 곧바로 마차에 올라탔다. 그와 동시에 자카리가 그녀의 곁으로 다가온다.

"오늘 고생했어, 이엔."

"아, 자카리 너도."

이엘리는 어설프게 미소 지었다. 왠지 먼길을 돌아와 이제야 자카리의 곁에 온전히 남을 수 있게 된 것 같았다. 자카리는 더 말하지 않았다. 대신 그녀의 어깨를 가볍게 도닥일 따름이었다.

*　　*　　*

결혼식이 종료된 이후 북부의 새로운 공작 부부에 대한 소문들이 퍼져 나갔다. 한때 이혼했다는 사실이 무색하게도, 공작 부부는 한 쌍의 잉꼬부부처럼 서로를 아끼고 사랑한다는 소문이었다.

13

북부의 안주인 2

결혼식이 끝났다. 이엘리와 자카리는 두 사람이 해결해야 할 가장 큰일을 맞닥뜨렸다. 그건 바로 그들의 합방이었다. 이엘리는 꼴깍 마른침을 삼켰다. 방 안의 전경은 그야말로 엄청났다.

'뭐, 이런 걸 아예 예상하지 못한 건 아닌데……'

아무래도 공작 성의 사람들이 너무 큰 정성을 발휘한 것 같다. 조도를 낮춘 방 안의 풍경은 아늑해 보였고, 그 이상으로 선정적으로 보였다.

붉은 천으로 만들어진 커튼과 침상 위에 흩뿌려진 수많은 장미 꽃잎들, 테이블 위에는 기분을 돋워 줄 술과 약간의 안주가 차려져 있었다.

"……."

"……."

두 사람은 누가 먼저랄 것도 없이 침묵했다. 이거 지금 그러니까 그거지. 분위기 띄워 주기?

'그, 그러니까.'

오늘 나…… 자카리랑 정말로 밤을 보내야 하는 거야? 이엘리는 흘끗 자카리의 눈치를 살폈다.

'어쩌면 좋아, 너무 긴장돼……!'

장담할 수 있었다. 자카리와 함께했던 지난 시간 동안, 지금 이상으로 긴장되었던 적이 없었다.

그때 이엘리와 자카리의 눈이 딱 마주쳤다. 두 사람은 파드득 놀라서 상대방을 외면했다.

'아마도 합방의 정석대로라면…….'

자카리가 이엘리의 드레스를 벗겨 줘야 한다. 하지만 지금까지 너무 오랫동안 친구 같은 부부 사이를 유지했던 두 사람은 도무지 그런 분위기를 만들기가 어려웠다. 두 사람은 다시 침묵했다.

"……."

"……."

서로를 힐끔거리던 두 사람은 암묵적으로 합의했다. 아무래도 분위기를 바꿔야 할 것 같았다.

"먼저 씻을래?"

잠시 후 자카리는 태연한 척 이엘리에게 물었다. 하지만 이엘리는 자카리의 뺨이 붉게 달아올라 있다는 것을 눈치챘다. 그녀가 눈을 깜빡였다. 안 돼, 최대한 긴장하지 않은 척해야…….

"으, 응."

아니 지금 목소리가 떨리면 어떡해! 이엘리가 입술을 잘근거리자, 자카리는 싱긋 미소 지었다.

"그래, 그럼 난 기다릴 테니까."

작게 고개를 끄덕인 이엘리가 욕실로 쏙 들어갔다. 달칵 문이 닫힌다. 그제야 자카리는 양손으로 얼굴을 가린 채 기나긴 한숨을 내쉬었다. 이엘리. 너무 가슴이 뛰어서 죽을 것만 같았다.

'아, 어쩌면 좋지.'

닫힌 문 너머로 물 떨어지는 소리가 아스라이 들려왔다. 태연한 척을 하는 것도 이제 한계다.

"……."

얼굴이 화끈거린다. 커다랗게 심호흡을 한 자카리가 목을 조이는 크라바트를 대충 끌러 냈다.

이엘리는 꼼꼼히 화장을 지우고 따뜻한 물을 틀었다. 그 와중, 몸을 씻는 세정제가 농염한 장미 향기로 준비된 것을 보며 그녀는 헛웃음을 지었다. 공작 성 사람들의 배려가 너무 과하다.

"이 사람들 정말……."

아니, 지금껏 남매처럼 자라 온 부부를 당장 이런 방으로 밀어넣으면 어떡해. 깨끗하게 몸을 씻은 이엘리는 장미수로 피부를 정돈하며 거울을 바라보았다. 거울 속 자신의 얼굴이 붉었다.

"……."

이상하다. 자카리에게 화장기가 없는 얼굴 정도는 이미 수없이 많이 보여 준 것 같은데도…….

'……지금은 이대로 나가는 게 왠지 좀 부담스러워.'

오늘만큼은 그에게 최대한 예쁘게 보일 수 있는 상태로 나가고
싶다. 그녀는 한숨을 삼켰다.

'하지만 언제까지나 자카리가 기다리도록 할 수는 없으니까.'

몸의 물기를 꼼꼼히 닦아 낸 그녀가 거울을 보았다. 잠시 망설이
던 그녀가 입술을 다시 칠했다.

'이 정도는 괜찮겠지.'

그녀는 몸을 돌려 가운을 걸쳐 입었다. 은은한 장미 향기가 코끝
을 스친다. 아니, 누가 첫날밤 아니랄까 봐. 쓴웃음을 지은 이엘리
는 가운을 잘 여며 매듭을 짓곤 수건으로 머리를 감쌌다.

"나 다 씻었어. 얼른 들어가 봐."

문을 열고 빠져나온 이엘리는 애써 태연한 척 입을 열었다. 자카
리가 곧장 고개를 끄덕였다.

"아, 알았어."

"……."

그리고 이엘리는 화르륵 뺨이 달아오르는 것을 느꼈다. 자카리
는 정장 상의를 아무렇게나 벗어 던져 놓고, 크라바트를 풀어 놓은
상태였다. 셔츠 단추를 두어 개 끌러 놓았는데, 그게…….

'……세상에, 이엔. 너 정말.'

쇄골의 우아한 곡선이 자꾸만 시야에 들어온다. 이엘리는 자신
이 굉장히 한심하게 느껴졌다.

'변태도 아니고 이게 뭐야!'

이엘리는 자신이 자카리의 가슴께를 흘끔거리고 있다는 사실을

인지했다. 입술을 잘근잘근 물어뜯고 있자니, 욕실로 들어가려던 자카리가 제 앞에 섰다. 응? 그녀가 고개를 들어 올릴 때였다.

"깨물지 마."

"응?"

"입술 그렇게 물어뜯으면 피 나잖아."

손을 들어 그녀의 입술을 어루만진 자카리가 씩 눈웃음을 쳤다. 그녀는 멍하니 자카리의 얼굴을 바라보았다. 고개를 숙인 자카리가 그녀의 뺨에 짧게 키스했고, 다정하게 속삭인다.

"조금만 기다려, 금방 씻고 올 테니까. 알았지?"

"아? 어, 으, 으응……."

바보 같은 대답을 하고 말았다. 그런데도 그 순간만큼은 머릿속이 새하얗게 물들어서, 아무런 생각을 할 수가 없었다. 씩 눈웃음을 친 자카리는 그대로 이엘리의 곁을 스쳐 지났다. 세상에.

"……바보, 이 멍청이."

달칵 소리와 함께 욕실 문이 닫힌 이후에야 이엘리는 정신을 차릴 수 있었다. 한심해 죽겠어!

그녀가 젖은 머리를 얼추 다 말릴 때쯤 자카리가 욕실 밖으로 빠져나왔다. 느슨하게 묶은 가운 사이로 탄탄한 가슴이 드러났다. 이엘리는 그 모습을 홀린 듯 바라보다가 정신을 차렸다.

"세상에, 머리를 하나도 안 말리고 나왔네?"

이엘리는 미간을 잔뜩 구겼다. 자카리의 새하얀 은발 아래로 톡톡 물방울이 떨어지고 있었다.

"이리 와."

"괜찮아, 대충 물기를 털어 내기만 해도……."

"아직 봄이잖아. 그러면 감기 걸려."

그리고 이엘리의 말만큼은 잘 듣는 자카리는 이번에도 그녀의 부름에 순순히 따랐다. 그녀가 자카리의 머리에 수건을 덮어씌우고 문지르기 시작했다. 그녀가 조그맣게 속삭였다.

"예전에도 이랬었지."

"예전에?"

"그래. 네가 영지를 시찰하느라 눈을 맞고 돌아왔을 때 말이야."

이엘리는 살며시 웃었다. 그때가 문득 떠올랐다. 자카리에게서 묻어나던 서늘한 눈 냄새. 사락사락 수건과 은빛 머리카락이 마찰하던 소리. 그때보다 그들은 한참 자랐고, 관계도 달라졌다.

'이제 자카리는 내게 있어 남동생 같은 아이가 아니니까.'

이엘리는 진지한 얼굴로 그렇게 생각했다. 처음 만났을 때의 위태롭던 소년은 사라지고, 그녀의 마음을 마음대로 쥐고 흔드는 아름다운 청년만이 남았다. 잠시 후 그녀는 수건을 떼어 냈다.

"다 말랐다."

"고마워."

싱긋 웃는 자카리의 얼굴에 이엘리의 심장이 쿵쿵 뛰었다. 자리에서 일어난 자카리가 다정하게 말한다.

"그럼 잘까?"

"응."

두 사람은 나란히 이불 속으로 기어들어 갔다. 손을 꼭 맞잡은 두 사람이 상대에게 씩 웃었다.

"잘 자."

"그래, 너도 잘 자."

조그마한 밤 인사가 울렸다. 불을 끈 두 사람은 그대로 눈을 감았다. 고요함이 어색한 밤이었다.

*   *   *

하지만 처음으로 함께 침대를 쓰는 날인데, 그리 쉬이 잠이 올 리가 없었다. 반짝 눈을 뜬 이엘리가 눈동자를 데굴데굴 굴렸다. 자카리도 마찬가지인지, 마주잡은 손 너머로 목소리가 들렸다.

"이엔."

"으, 응?"

놀란 이엘리가 어깨를 움찔하자, 나지막한 웃음소리가 들렸다. 자카리가 작게 질문했다.

"혹시 잠이 안 와?"

"글쎄……."

당연하지. 너와 함께 있기 때문에, 긴장이 되어 잠이 오지 않는단 말이야. 결혼식 이후 함께 보내는 첫날밤이잖아? 하지만 그리 말할 수는 없는 노릇이라, 이엘리는 짧은 농담을 던졌다.

"이대로는 못 자겠는걸."

"왜?"

"결혼 직후인데, 신혼여행도 한번 못 가 본 게 억울해서."

이엘리의 농담에 부스럭거리는 소리가 들려왔다. 모로 누운 자카리가 이엘리를 빤히 바라보았다. 어둠 속에서도 새파랗게 빛나는 시선은 오로지 그녀만을 응시한다. 어쩌지. 심장이 뛰어.

"그렇다면 바다라도 보러 갈까?"

"바다?"

이엘리는 두 눈을 동그랗게 떴다. 자카리가 그녀 쪽으로 고개를 숙였다. 그가 질문을 던진다.

"공작가가 소유한 개인 해변이 있는 것은 알지?"

"응, 그건 아는데……."

하지만 자카리와 결혼한 이래로, 개인 해변 쪽으로는 한 번도 가본 적이 없었다. 두 사람이 유유자적하게 휴식을 취할 정도로 편안한 삶을 산 것은 아니었기 때문이다. 자카리가 웃었다.

"거기에 작은 섬이 있거든."

"아, 플로랑테 섬 말하는 거야?"

그녀의 대답에 자카리가 두 눈을 동그랗게 떴다. 부드러운 목소리가 그녀의 귀를 간지럽힌다.

"알고 있네?"

"응. 집사가 알려 줬어."

선대 공작이 죽고 이엘리가 헤센바이츠의 완전한 안주인이 된 이후, 그녀가 가장 먼저 한 일은 바로 공작가의 재산을 모두 파악하는 것이었다. 안살림을 맡기 위해서는 당연한 일이었다.

"그리고 그 섬에 작은 별장이 있다고……."

그녀는 말끝을 흐렸다. 플로랑테 섬에 딸린 자그마한 별장은 선대 공작 부인이 좋아하던 장소였다. 그랬기에 그녀의 시아버지는,

아내가 죽은 후 플로랑테 섬 자체를 반쯤 폐쇄해 버렸다.

"혹시 괜찮다면 거기라도 갈래?"

자카리의 물음에 이엘리는 눈동자를 굴렸다. 오랜만에 바다 구경이라. 나쁠 것은 없어 보였다.

"난 좋아, 언제로 생각하고 있으면 될까?"

"지금."

"지금?"

깜짝 놀란 이엘리가 두 눈을 동그랗게 떴다. 하지만 자카리의 얼굴은 홀로 태연할 따름이다.

"지금은 밤인데?"

"그게 뭐가 어때서?"

"아니, 그러니까……."

막상 그렇게 되물어 오자 대답할 말은 없긴 하다. 미간을 구기던 이엘리는 다른 질문을 했다.

"너 안 바빠?"

"응, 안 바빠."

"어째서?"

"그렇지 않아도 결혼 이후에는 너랑 좀 쉬려고 했었거든."

자카리는 여상한 목소리로 대답했다. 이엘리는 자카리를 마주보았다. 자카리는 씩 웃어 보였다.

"그래서 일부러 일을 모두 몰아서 처리해 놨지."

"세상에, 그게 정말이야?"

"물론."

그래서 자카리가 요 근래 그렇게 바빠 보였던 거구나. 그 와중에 내게 줄 티아라까지 마련하고…… 이엘리는 약간 감동에 젖었다. 살짝 고개를 기울인 자카리가 그녀의 뺨을 쓸어내렸다.

"그리고 사실 너와 함께 플로랑테 섬에는 한 번쯤 가 보고 싶었어."

"나랑? 어째서?"

"그냥…… 그러니까."

지금껏 거침없이 대답하던 자카리는 이번만큼은 약간 머뭇거렸다. 그가 조심스럽게 대답했다.

"아무도 없는 곳에서 둘만의 시간을 갖고 싶었거든."

"어……."

"아무래도 공작 성은 보는 사람들이 좀 있으니까."

물론 공작 부부의 사생활까지 간섭하려 드는 사람은 없지만, 그래도 느낌 자체가 좀 달랐다.

"사실 집사한테도 미리 언질은 해 놨어."

"그래?"

"응. 며칠 정도 보이지 않아도 놀라지 말고, 급한 일이 있으면 섬으로 연락하라고."

그렇게 말한 그는 약간 뜸을 들였다. 이엘리는 이상하게 입 안이 바짝 마르는 느낌을 받았다.

"그래서…… 너만 괜찮다면."

"……."

"지금 당장이라도 단둘이서 시간을 보낼 수 있는 곳에 가고 싶어."

자카리의 목소리엔 약간의 열기가 서려 있었다. 어둠 속 자카리의 뺨이 붉다. 또한 자카리가 이렇게까지 말하는데, 이엘리가 거절할 수 있을 리 없었다. 이엘리는 수줍게 고개를 끄덕였다.

두 사람은 공작 성 밖으로 빠져나왔다. 첫날밤을 위해 일부러 꾸며 놓은 방을 사용하지 않은 것이 조금 미안하지만, 어쩔 수 없었다.

손을 잡고 자박자박 걸음을 옮기던 이엘리가 문득 물었다.

"그런데 자카리."

"응?"

"집사한테 미리 말해 놓았다고는 하지만, 그래도 다들 걱정하면 어떡하지?"

"걱정이라니?"

자카리는 고개를 갸웃거리며 이엘리를 내려다보았다. 그녀가 미간을 살짝 좁히며 입을 연다.

"그래도 공작 각하이신데, 호위 하나 없이 이렇게 밖에 빠져나오면 안 되잖아."

"그러니까 내가 험한 일을 당할까 봐 그게 걱정이라고?"

"꼭 그런 것만은 아니지만……."

이엘리가 말끄러미 자카리를 올려다본다. 그런 그녀가 귀여워, 자카리는 부드럽게 웃어 보였다.

"이엔."

"응?"

"이 제국에서 날 위험하게 만들 수 있는 사람은 아무도 없어."

그 목소리는 확신에 가까웠다. 그리고 자카리는 그렇게 말할 수 있는 힘이 있는 사람이었다.

"그리고 넌 그런 내가 목숨을 바쳐서라도 지킬 사람이야."

"어……."

아니, 내가 위험해질 거라고 생각해서 물어본 건 아니었는데. 그때 자카리가 차분하게 말했다.

"넌 내 영혼과 심장의 주인이니까."

이렇게 사람을 설레게 만드는 건 반칙이야! 그녀는 얼굴을 붉게 물들이며 홱 시선을 돌렸다.

"이리 와."

마구간에서 말을 끌어온 자카리가 그녀에게 손을 뻗었다. 이엘리는 살래살래 고개를 저었다.

"이제 승마 정도는 혼자 할 수 있어."

"정말? 우리 이엔, 성장했네."

마치 아이를 어르는 것 같은 그 목소리에 이엘리는 저도 모르게 불퉁한 표정을 짓고 말았다.

"하지만 이번에는 나랑 같이 말을 탔으면 좋겠는데."

"왜?"

"왜냐하면……."

자카리는 물 흐르듯 자연스러운 동작으로 그녀의 허리를 안아 올렸다. 어, 하는 새 이엘리는 까만 말 위에 올라타 있었다. 자카리가 말 아래에서 그녀를 올려다보며 씩 눈웃음을 친다.

"내가 너와 함께 타고 싶으니까."

그렇게 속삭인 자카리가 말 위로 뛰어올랐다. 턱, 자카리의 무게가 얹혀 말의 몸이 출렁거린다. 자카리는 그대로 등 뒤에서 부드럽게 그녀를 끌어안았고, 반대편 손으로 말고삐를 쥐었다.

'아.'

이엘리는 눈을 깜빡였다. 자카리의 고개가 그녀의 어깨에 닿았다. 다정한 목소리가 들려온다.

"이렇게라도 하지 않으면 널 끌어안을 핑계가 없잖아."

"어, 언제는 핑계가 없으면 끌어안지 않았던 것처럼 이야기하네."

"그랬나?"

부러 새침하게 대답하자, 소년처럼 맑은 웃음소리가 등 뒤로부터 울려 퍼졌다. 그녀가 넘어지지 않도록 몸을 단단하게 받치고, 자카리는 그대로 고삐를 잡아당겼다. 말발굽이 땅을 박찼다.

두 사람은 한참 동안을 달려 영지의 외곽으로 빠져나갔다. 다소 먼 거리이긴 하나, 그렇다 하여 가지 못할 만한 거리도 아니었다. 영지 바깥으로 나서자 옅은 바다 내음이 나기 시작했다.

"……공작령에 북해가 잇닿아 있다는 건 알고 있었지만."

"있었지만?"

"그래도 바다가 이렇게 가까운 줄은 몰랐어."

이엘리는 눈을 동그랗게 떴다. 말고삐를 잡아당겨 말의 속도를 줄인 자카리가 냉큼 대답했다.

"그럴 수밖에 없지. 넌 내내 공작 성에만 있었잖아."

"하긴 그것도 그런가."

이엘리는 작게 고개를 끄덕였다. 솔직히 결혼 직후엔 전대 공작의 눈치를 보느라, 그 이후에는 실제로 공작 성 살림을 맡아 하느라 외부로 돌아다닐 일이 없었다. 자카리가 입을 열었다.

"다 왔다."

말에서 뛰어내린 자카리가 당연하다는 듯이 이엘리의 허리를 안아 내렸다. 이엘리는 무심결에 손을 내밀다 말고 헛웃음을 터뜨렸다. 어떻게든 그녀를 품에서 놓지 않으려 하는 게 보인다.

"내가 그렇게 좋아?"

"그럼."

이엘리의 장난스러운 질문에 자카리는 진지한 얼굴로 고개를 끄덕였다. 그녀는 작게 웃었다.

"이리 와, 이엔."

"고마워."

은거울처럼 빛나는 동그란 달이 밤하늘 위로 동그마니 떠 있었다. 어둠을 삼켜 군청색으로 빛나는 바다 표면으로, 달빛이 은빛 물고기의 비늘처럼 일렁인다. 철썩거리는 파도 소리가 들렸다.

"바다도 정말 오랜만에 와 본다."

"예전에 가 본 적 있어?"

"그게……."

이엘리는 애매한 얼굴로 미소 지었다. 전생에서야 물론 가 봤지만, 이번 생에서는 가 본 적이 없다는 것이 문득 떠오른 탓이다. 이엘리는 신발을 벗어 들고 맨발로 백사장을 걷기 시작했다.

"간지러워."

"아직 내 말에 대답 안 했어, 이엔."

나지막이 키득거리는 이엘리를 보며 자카리는 미간을 좁혔다. 이엘리는 두 눈을 가늘게 떴다.

"그냥, 좀 옛날에."

"옛날?"

대충 뭉뚱그려 그렇게 말하자, 자카리는 애매모호한 얼굴을 했다. 흰 모래가 발을 간지럽힌다.

"응. 대충 어렸을 적이라고 생각해 줘."

정확히 말하자면 환생 전이라고 해야 하지만. 그녀는 살짝 고개를 들어 올렸다. 분홍색 머리카락이 바닷바람을 머금어 흩날린다. 자카리는 숨을 삼켰다.

"이엔?"

그녀가 흘끗 뒤를 돌아보았다. 자카리는 그녀를 와락 끌어안고 싶은 충동을 간신히 억눌렀다.

"왜 그런 표정을 하고 있어, 자카리?"

"그게."

네가 너무 멀게 느껴져서. 차마 그렇게 말할 수는 없어서 자카리는 입술을 짓씹었다. 이상해.

"뭐야, 너도 참."

어색한 분위기를 날리기 위함인지 이엘리는 생글생글 웃었다. 그러고는 슬쩍 시선을 돌린다.

"저기가 플로랑테 섬이야?"

"응, 맞아."

그녀가 섬을 손으로 가리켰다. 그들은 나란히 서서 섬을 바라보았다. 플로랑테 섬은, 사실 섬이라고 말하기 어색할 정도로 육지와 가까운 거리에 있었다. 손을 뻗으면 닿을 것 같았다.

"그런데 남부에도 바다가 있던가?"

"음, 뭐…….."

이엘리는 어색한 표정을 지었다. 짭짜름한 공기가 폐부를 가득 메웠다. 그녀가 말문을 돌린다.

"그런데 섬에는 어떻게 가?"

"그야 배를 타고 가지."

"……설마 노를 저어서 가겠다는 소리는 아니지?"

대번 기겁하는 얼굴이 된 이엘리가 남편을 돌아보았다. 그는 장난스럽게 어깨를 으쓱거렸다.

"설마 내가 그러려고."

"그럼?"

"우선 이리 와."

자카리가 그녀를 한쪽으로 이끌었다. 자카리, 준비가 엄청 철저한데? 이엘리는 두 눈을 동그랗게 뜨며 그렇게 생각했다. 하얀 모래톱에 얌전히 놓여 있는 건, 조그마한 조각배였던 것이다.

"설마 이 배까지 미리 마련해 둔 거야?"

"물론이지."

"……결혼식 준비로도 바빴을 텐데, 여러모로 너도 신경 썼네."

이엘리는 어깨를 으쓱였다. 하지만 하나 문제가 있었다. 눈앞에 있는 배는 두 사람이 간신히 탈 수 있을 만한 작은 조각배였다. 보통 섬으로 건너갈 때 이런 조그만 배를 타지는 않는다.

"근데 저 배를 타고 섬으로 건너갈 수가 있어?"

이엘리는 미심쩍은 얼굴을 했다. 물론 플로랑테 섬은 섬이라는 이름을 붙이는 것이 면구할 정도로 가까운 거리에 있었다. 하지만 그래도 이런 조각배를 타고 건너갈 정도의 거리는 아닌데.

"나만 믿어."

하지만 그는 홀로 자신만만한 얼굴을 하고 있었다. 그녀는 얼떨결에 배에 올라탔다.

잠시 후.

"이거 좀 재능 낭비 아냐?"

이엘리는 저도 모르게 그렇게 중얼거렸다. 아니, 무슨 배를 움직이는 데 겨울의 마법까지 써?

"뭐 어때, 내 힘인걸."

"아니 뭐 그건 맞지만."

이엘리는 멍하니 배 밖을 바라보았다. 자카리는 지금 바람을 불러일으켜 배를 밀어내고 있었다.

지금의 자카리는 능숙하게 자신의 힘을 다루었다. 감정이 흔들리지만 않으면 괜찮을 텐데…… 가 아니라.

"노를 젓는다든지 하는 방법도 있잖아?"

이엘리는 최대한 온건한 방법을 꺼내 놓았다. 하지만 자카리는 미간을 좁히며 대답할 뿐이다.

"언제 저기까지 노를 저어서 가?"

"어, 그것도 맞는 말이긴 한데……."

자카리가 가진 겨울의 마법은 마수들과 야만족까지 홀로 상대할 수 있는 강대한 힘이었다. 그런 힘을 고작 배를 움직이는 데 쓰다니, 너무 과한 것 아냐? 자카리는 진지하게 말을 이었다.

"바다를 얼려서 걸어가는 방법도 생각해 봤는데, 아무래도 그건 좀 그렇잖아?"

"당연하지, 자카리! 그럴 필요는 없거든!"

바다가 얼어붙는 모습을 상상하던 이엘리는 기겁하여 외쳤다. 자카리는 빙그레 미소 지었다.

"그렇다면 이런 식으로 활용하는 게 최선이잖아?"

"너무 자기 합리화 아냐?"

이엘리는 미간을 좁혔다. 그러거나 말거나 배는 착실히 움직여 플로랑테 섬의 기슭에 닿았다.

"제가 레이디를 에스코트할 수 있는 영광을 주시겠습니까?"

"……."

자카리는 장난스럽게 입을 열었다. 입술을 꼭 다물긴 했지만, 어쨌든 이엘리는 자카리의 손을 잡은 채 걸음을 내디뎠다.

사박사박 발아래로 풀잎들이 밟힌다. 저멀리 저택이 하나 보였다.

"저기야?"

"응."

자카리는 고개를 끄덕였다. 자그마한 저택이었다. 크림색 벽돌을 쌓아 만든 벽과 붉은 지붕은 동화 속에 나오는 저택처럼 아기자기해 보였다. 이엘리는 환한 얼굴이 되어 저택을 응시했다.

"이 저택, 엄청 귀엽네."

"그래?"

"응. 동화 속 요정님이 살 것 같은 건물이야."

이엘리는 드물게 들떠 보였다. 그러면서도 흘끗거리며 등 뒤를 돌아보는 모습이, 오래 보지 못한 바다에 미련이 남은 것 같다.

자카리는 쿡쿡 웃었다. 그녀의 머리를 쓸어내리며 말한다.

"저택에 들어가기 전에 잠깐 바다나 보고 갈까?"

"아, 그럴까?"

이엘리의 얼굴이 금세 환해졌다. 두 사람은 바다 쪽으로 걸어갔다. 하얀 모래톱이 넓게 펼쳐져 있었다. 검푸른 바다가 찰랑거린다. 자카리는 모래톱 위로 손수건을 펼치고 그녀를 앉혔다.

"이런 곳은 어떻게 알았어?"

"글쎄, 오랫동안 외부를 돌아다니다 보면 어쩔 수 없이 알게 되지."

그는 빙그레 웃었다. 그녀는 의심스러운 눈초리로 그를 올려다본다. 공작령은 광활했고, 자카리가 주로 활동하는 곳은 야만족들의 땅, 마수가 주로 출몰하는 최북단 산맥과 설원 아닌가.

"사실 근교에 바다가 있다는 것도, 플로랑테 섬이 있다는 것도 알고는 있었는데."

이엘리의 의심스러운 눈초리를 알아챘는지 자카리는 머쓱한 얼굴을 했다. 이엘리가 되물었다.

"그런데?"

"내 어머니가 좋아하던 장소여서 일부러 머릿속에서 지우고 있었어."

자카리는 그저 담담하게 말했을 뿐인데, 듣고 있던 이엘리가 더 숙연해져 버렸다. 하지만 자카리는 아무렇지도 않은 얼굴이었다. 손을 뻗어 그녀의 머리를 톡톡 두드리던 그가 미소했다.

"하지만 비록 내게는 불편한 장소라고 해도."

"……."

"너와의 추억이 쌓이면 그 장소도 분명 좋아질 테니까."

자카리의 목소리에는 확신이 차 있었다. 그녀를 향한 순수한 믿음과 애정. 그녀는 머쓱해졌다.

"그렇다면 좋을 텐데."

"분명히 그럴 거야."

두 사람은 잠시 침묵하며 바다를 바라보았다. 철썩거리는 파도 소리가 귓속을 간지럽힌다. 달빛을 반사해 유리처럼 반들거리는 바다가 아름다웠다. 봄이라지만 바닷바람은 아직 쌀쌀했다.

"춥지?"

겉옷을 벗은 자카리가 그녀의 몸에 그것을 둘러 주었다. 이엘리는 옷깃을 여미며 그를 보았다.

"추우면 내게 안겨도 되는데."

"음흉해."

"앗, 그건 좀 너무하잖아."

그렇게 말하며 자카리가 소리를 내어 웃는다. 이엘리는 자카리의 품에 제 몸을 기댔다. 자카리는 이엘리를 품에 당겨 안았다. 평화로운 풍경 속 바다를 보던 이엘리는 약간 감회에 젖었다.

'나의 전생.'

지금은 기억이 많이 희미해졌지만, 한때 그녀는 한국에서 살았었다. 취직 스트레스에 고민하는 평범한 여대생. 전생에서나 봤던 바다를 다시 보게 되니 자꾸만 과거의 생각이 떠오른다.

'난 어째서 이 세계에서 태어나게 된 걸까?'

보통 죽은 이후에 환생한다고 하면 살던 세계에서 다시 태어나는 게 아닌가? 물론 내가 이쪽 세상에 환생한 게 무슨 의미가 있는 건 아니겠지만, 그래도 왜 하필이면 이쪽의 세계였을까?

"이엔, 무슨 생각을 그렇게 해?"

그때 자카리가 고개를 쏙 내밀며 이엘리를 바라보았다. 이엘리는 어설픈 얼굴로 미소 지었다.

"그냥, 별생각은 아니고."

어둠 속에서도 자카리의 새파란 눈동자는 선명하게 빛난다. 문득 그런 생각이 들었다. 난 널 만나기 위해 이곳에 온 것이 아닐까. 그게 진짜라면 정말 좋을 텐데. 그녀는 자카리의 뺨을 쓸어내렸다.

"너 눈동자 색…… 바다와 닮았어."

"이엔, 그거 알아?"

"뭘?"

"내게 그런 말을 해 주는 사람은 오직 너뿐이야."

그는 그녀와 시선을 맞추며 웃었다. 괴물, 그리고 얼음. 그 외의 단어로 비유되는 자신이라니.

"농담 아니야."

"알아, 네가 진지하게 말하고 있다는 건."

자카리는 차분한 목소리로 대답했다. 그렇게 말하는 자카리의 낯에 희미한 웃음이 서려 있다.

"그냥 역시 너밖에 없다 싶어서."

"그런 사람한테 이혼이나 하자고 하고, 참 잘했다. 그치?"

이엘리가 눈을 가늘게 뜨며 그를 흘겨보았다. 아무래도 그때의 앙금은 쉬이 없어지지 않는다.

"정말 미안해."

진지한 어조로 말한 자카리가 그녀를 끌어안은 팔에 힘을 주었다. 그녀는 툭 머리를 기댔다.

"그래, 평생 동안 내게 미안해하면서 갚아. 알았지?"

"알았어."

자카리는 가만히 고개를 끄덕였다. 이엘리는 만족스럽게 웃었다. 그녀가 하늘을 올려다보았다.

"와, 별 엄청 많아."

"그러게."

저 수많은 별들 속, 아마 내가 살던 세계가 있지 않을까. 하지만 다시 전생의 그 세계로 돌아가고 싶지는 않았다. 그쪽이 훨씬 더 발전되어 있음에도 지금 세상이 더 좋다고 느껴지는 건.

'자카리, 네가 내 곁에 있어서 그런 거겠지.'

그녀는 맞잡은 손에 힘을 주었다. 간간이 귀를 간지럽히는 파도 소리만이 울릴 뿐 사방은 고요하기만 하다. 머리 위 아득하게 펼쳐진 밤하늘 안에 흰 별들이 반짝거린다.

이 세상에서 오로지 두 사람뿐인 것 같은 압도적인 기분. 깊은 충만감이 가슴을 가득 채웠다. 그녀는 웃었다.

"그건 그거고, 무려 바다까지 와 봤는데."

"이엔?"

"물 안에 한 번도 들어가 보지 않는 건 실례라고 생각해."

발딱 자리에서 일어난 이엘리가 성큼성큼 걸음을 옮겼다. 가벼운 슈미즈 드레스 자락을 제멋대로 말아 올리자 새하얀 다리가 적나라하게 드러난다. 자카리의 얼굴이 빨갛게 달아올랐다.

"이엔, 다리! 그렇게 드레스를 걷으면 다리가 다 보이잖아!"

"뭐 어때, 여긴 너랑 나 두 사람밖에 없는걸."

이엘리는 시큰둥한 얼굴로 남편을 돌아보았다. 오히려 수영복이 없는 게 아쉬울 정도다. 뭐, 아직 물에 본격적으로 들어갈 날씨는 아니지. 그녀는 속 편한 생각을 하며 해변을 거닐었다.

"아, 차가워!"

그러던 중 이엘리가 짧게 진저리를 쳤다. 밀려드는 바닷물이 그녀의 발목까지 차오른 것이다.

"너 그러다 감기 걸려."

"무슨 그런 말씀을. 겨우 바닷물에 발목을 담그는 것 정도인걸."

이엘리는 자신만만하게 웃어 보였다. 하지만 그 순간 다시 차가운 물이 그녀의 종아리까지 튀어 올랐다. 바닷물이 밀려든 탓이었다. 깜짝 놀란 이엘리가 짧은 비명을 지르면서 비틀거렸다.

"꺄!"

"이엔?!"

이엘리는 균형을 잃었고, 그대로 바닥에 넘어지고 말았다. 놀란 자카리가 황급히 달려왔다.

"아야······."

"괘, 괜찮아?!"

"응, 다친 곳은 없지만······."

이엘리는 울상이 된 채 자카리를 올려다보았다. 그와 동시에 자카리의 표정이 미묘하게 변했다. 제 아내가 입은 슈미즈 드레스는 하늘하늘하고 편한 소재로 만든 드레스였다. 그것이······.

"······자카리?"

이엘리는 미심쩍은 얼굴이 되었다. 하지만 자카리는 그 자리에 빳빳하게 굳어 버린 지 오래였다. 물에 흠뻑 젖은 드레스 안쪽으로 비쳐 보이는 하얀 살갗이 지나치게 적나라했던 것이다.

"아, 이런."

"뭐야. 설마 내가 넘어져서 화난 거야?"

"그, 그게 아니라······."

고개를 가로저은 자카리는 약간 말을 더듬고 말았다. 입술을 지그시 깨문 자카리가 이엘리가 벗어 두었던 제 겉옷을 들고 왔다. 그녀의 몸에 겉옷을 걸친 이후, 그녀를 덥석 들어 안는다.

"저기, 나 혼자서 걸을 수 있어······ 이렇게 안으면 너도 젖을 텐데?"

"괜찮아."

그녀의 걱정스러운 물음에 자카리는 단호하게 대답했다. 그가 성큼성큼 걸음을 옮겼다.

'아. 설마······.'

그의 품에서 자카리를 올려다보던 이엘리는 그의 귀 뒤가 새빨갛게 물들어 있는 것을 보았다.

"······."

그녀는 제 몸을 내려다보았고, 연분홍색 살갗이 젖은 슈미즈 드레스 안쪽으로 비쳐 보이는 것을 그제야 인지했다. 세상에. 그녀의 얼굴도 잘 익은 토마토처럼 붉어지는 것도 한순간이었다.

'······자카리, 심장이 엄청 빠르게 뛰네.'

쿵쿵대는 심장 소리를 듣던 그녀는 약간 안도감을 느꼈다. 그래도 나 혼자서만 설레는 건 아니라서 다행이야.

이엘리가 고개를 폭 파묻는다. 어떡하지, 너무 두근거려. 그녀는 숨을 삼켰다.

저택에 도착한 자카리가 가장 먼저 한 일은 단 하나였다. 그건 바로 이엘리를 뜨거운 물이 가득 욕조 안에 집어넣는 것. 욕조 안에 온수를 틀며 온도를 맞추던 자카리가 그녀에게 물었다.

"어떤 향이 좋아?"

"어, 음, 베르가못 향······?"

이엘리는 어색한 얼굴로 대답했다. 자카리는 능숙한 동작으로 입욕제를 집어 들며 되물었다.

"이거?"

"응, 그거. 내가 할게."

"아, 응."

자카리가 머쓱한 얼굴로 이엘리에게 입욕제를 건네주었다. 그러고 보면 조금 부끄러운 상황이었다. 그녀가 감기에 걸려서는 안 된다는 생각 하나만으로 대뜸 욕실부터 들어온 건 좋은데.

"……."

"……."

두 사람은 아직 첫날밤도 제대로 치르지 않은 사이였다. 이엘리는 애써 미소를 지어 보였다.

"그만 나가도 돼."

"그, 그래."

자카리는 민망한 표정이 되어 뒤로 물러났다. 달칵 소리와 함께 문이 닫힌다.

이엘리는 기나긴 한숨을 내쉬었다. 아까 전에도 목욕 때문에 어색한 상황이 됐었는데, 이번에도 또 그러네.

'하지만 언제까지나 이렇게 내외하면서 지낼 수는 없잖아.'

뜨거운 물에 반쯤 몸을 담그며 이엘리는 그렇게 생각했다. 비록 지금까지는 그들이 성인이 아니었기에 직접적인 관계를 생각한 적이 없었지만, 이제는 그게 아니었다. 그들은 성인이었다.

'그리고 자카리는 제국 유일의 공작이야.'

헤센바이츠 공작가는 손이 적었다. 자카리만 해도 꽤 고생한 끝에 태어났다 들었다. 또한 공작가에 정당한 가주와 안주인이 들어온 이상, 적법한 후계자를 생산하는 것도 그들의 의무다.

"……아이."

이엘리는 저도 몰래 작게 중얼거렸다. 자카리와 나의 아이라니. 도무지 상상도 안 간다. 솔직히 전생의 경험이 있어서인지, 이엘리는 아직 자카리와 자신이 한참 어리게 느껴졌다. 그런데.

"공작가의 후계자를 낳아야 할 의무, 라……."

생각해 보면 이엘리와 비슷한 연배의 레이디들은 대부분 결혼을 마쳤다. 조금 일찍 결혼한 사람들은 지금쯤 갓난아이 한둘쯤은 낳아 키우고 있을 정도다. 이엘리는 코끝까지 물에 담갔다.

'하지만 자카리를 이대로 두면 아이는 무슨, 계속 손만 잡고 자게 될 텐데.'

그녀는 살짝 붉어진 얼굴이 되어 굳게 닫힌 욕실 문을 곁눈질로 바라보았다. 분명히 그도 건장한 성인 남성이니 그런 쪽에 욕구가 없진 않을 텐데, 그는 항상 담백한 척을 하고 있었다.

'내게 부담을 주지 않으려는 건 잘 알고 있지만…… 그래도 이건 좀 과하잖아.'

솔직히 성년이 된 이후의 본격적인 키스도 그녀가 먼저 한 상태였다. 어렸을 때의 아샤 축제에서 있었던 일은 그냥 사고였으니까. 함께 밤을 보내는 것까지 그녀가 먼저 언질을 줘야 하나.

"……내가 못 살아."

그렇게 중얼거린 이엘리가 결연한 얼굴로 일어섰다.

그래, 까짓것 질러 보는 거야. 어차피 해야 할 일이라면 이렇게 판이 깔렸을 때 저지르는 것도 나쁘지 않잖아. 이엘리의 눈이 빛났다.

"자카리?"

수건으로 대충 몸을 가린 그녀가 살짝 욕실 밖으로 고개를 내밀며 입을 열었다. 침대에 주저앉아 있던 자카리가 깜짝 놀라 이엘리를 마주 본다. 이엘리는 단단히 결심한 목소리로 말했다.

"나 갈아입을 옷이 없는데."

"……어."

그것만큼은 자카리도 예상하지 못했던 것 같다. 새파란 눈동자
가 잘게 떨렸다. 그녀가 웃었다.

"그리고 몸도 온통 젖어서."

"이엔?"

"이대로라면 감기 걸릴 것 같거든."

이엘리는 자카리의 눈치를 살폈다. 자카리는 마치 홀리기라도
한 양 이엘리를 바라보고 있었다.

"그래서, 네가 안아 주면 덜 추울 것 같은데……."

그렇게 속삭인 이엘리가 부끄러움을 참으며 살며시 미소 지었
다. 발그레한 입술이 살짝 벌어지며 유혹적으로 자카리를 부른다.

짙게 물든 녹색 눈동자가 자카리를 나른하게 올려다보았다.

으으, 이런 노골적인 대사를 내가 말하게 되다니. 설마 여기까지
말했는데도 내 말뜻을 알아듣지 못하는 건 아니겠지? 다행히도 자
카리는 일반 성인 남성만큼의 눈치는 보유하고 있었다.

"……아."

자카리의 눈동자가 깜빡 감겼다 떠졌다. 뻣뻣하게 굳은 채로 자
리에서 일어난다. 그가 말했다.

"이엔……?"

이엘리는 조그맣게 고개를 끄덕여 보였다. 자카리가 갈라진 목
소리로 그녀를 향해 되물었다.

"그, 내가 이해한 게…… 맞아?"

"맞아."

"너, 하지만, 그, 네 마음의 준비가…….."

"이미 다 했어."

이엘리는 침착했다. 순간 자카리의 표정이 순식간에 뒤바뀌었다. 그가 마른 입술을 훑었다.

"정말이지?"

"……응?"

이엘리는 문득 어깨를 굳혔다. 지금 그녀를 바라보는 자카리의 얼굴은, 그녀가 생전 처음 보는 표정을 짓고 있었기 때문이었다. 소유욕과 집착이 가득 들어찬 눈동자가 그녀를 응시한다.

"이엔."

나지막하게 그녀의 이름을 부르는 자카리의 목소리. 나른한 그 목소리가 이엘리의 고막을 긁었다. 이엘리는 조심스럽게 자카리를 올려다보았다. 새파란 눈동자가 새카맣게 가라앉아 있다.

"어, 자카리?"

자카리의 저런 시선은 정말로 처음 본 것 같은데. 이엘리의 긴 속눈썹이 파르르 떨렸다. 자카리. 다시 한 번 입술만을 달싹이자, 자카리의 눈빛이 짙어졌다.

털썩. 이엘리의 몸이 침대 위에 그대로 흐트러졌다. 분홍색 머리카락을 한 움큼 쥐어 입을 맞추던 그가 작게 소곤거렸다.

"너는……."

나직한 목소리 안쪽에는 채 해갈되지 못한 갈증과 갈망이 가득

차 있다. 그는 설핏 미소했다.

"지금의 내 기분 모르겠지."

깜빡. 자카리의 눈이 꼭 한번 감겼다 뜨였다. 들뜬 맹수를 보는 것처럼 선정적인 눈동자.

"……그게 무슨 소리야?"

이엘리가 질문을 던지는 바로 그 순간, 자카리는 깊숙이 그녀에게 키스했다. 짙고 농밀한 키스였다.

잠시 후. 하아, 이엘리는 숨을 뱉었다. 달아오른 그녀의 낯을 바라보며 그가 말했다.

"그건 말이지."

조도가 낮은 불빛 아래로 새파란 시선만이 선명하게 빛났다. 낮은 목소리가 귀를 간지럽힌다.

"내가 지금 너에게 미쳐 있다는 뜻."

자카리의 입술에 맺혀 있는 미소가 어찌나 선명한지, 이엘리는 숨조차 제대로 쉬지 못하고 그를 응시했다. 새파란 시선 속에 갇혀 버린 것처럼, 옴짝달싹도 할 수 없었다.

"자카, 리."

이엘리가 조그맣게 그를 부르는 그 순간. 그는 다시 한 번 고개를 떨어뜨렸다. 뜨거운 입술이 도장처럼 그녀의 이마를 내리눌렀다. 이엘리는 마치 작살에 꿰인 물고기처럼 파드득 어깨를 떨었다.

자카리의 입술이 그녀의 이마 위를 맴돌았다. 이마를 지분거리던 입술이 천천히 아래로 내려온다. 늘씬한 콧대를 스친 후, 뺨 위로 촉 소리를 내며 내려앉는다. 이엘리는 어느새 바짝 긴장한 스스로를 발견했다. 분홍색 속눈썹 그늘이 파르르 떨렸다.

'이상해.'

이마며 뺨에 하는 키스는, 평소에도 일상적으로 하던 신체 접촉이었다. 그런데 이상하게, 지금은 발끝까지 오므라드는 것처럼 긴장된다. 심장 깊은 곳이 간질거리기도 하고, 묘하게 초조한 것 같기도 하다. 이 의미 모를 감각을 어떻게든 해소하고 싶었다.

"훗!"

그러던 중, 이엘리의 입술에서 새된 신음 소리가 터져 나왔다. 어느새 자카리가 이를 세워 그녀의 목덜미를 지그시 깨문 것이다. 조심해서 깨물었기에 크게 아프지는 않았다. 오히려…….

"흐으…….."

입술 사이로 흘러나오는 신음 소리가 조금 더 야릇해졌다. 하지만 이엘리는 자신이 그런 소리를 내고 있다는 사실조차 거의 인지하지 못하고 있었다. 그녀의 온 신경은 자카리의 입술과, 그의 입술이 그녀에게 선사하는 농밀한 감촉에 집중되어 있었으니까.

"아, 하아…….."

머리부터 발끝까지 관통해 떨어지는 간질간질함에, 이엘리는 저도 모르게 발끝을 오므렸다. 자카리는 자신이 깨물었던 그 목덜미만을 집요하게 이로 긁어 내고, 핥고, 삼키고 있었다. 이엘리는 온몸이 뜨겁게 달아오르는 감각을 느꼈다.

"자, 잠시만…….."

진득한 감각이 좋으면서도 조금 버거워서, 이엘리는 반사적으로 자카리를 조금 밀쳐 내려 했다. 하지만 자카리는 그녀에게서 떨어지기는커녕, 오히려 좀 더 매달렸다. 목덜미를 스치던 입술이 쇄골 쪽으로 떨어져 내렸다. 움푹 파인 안쪽을 혀끝으로 쓸어내리자, 이엘리는 헐떡거리며 자카리의 이름을 불렀다.

"……아, 자카리."

그 목소리에 자카리가 멈칫했다. 더듬더듬 손을 뻗은 그녀가 그의 뺨을 양손으로 붙들었다. 시선과 시선이 마주쳐 헝클어진다. 발갛게 달아오른 뺨과 달뜬 눈동자로, 그녀는 도발적으로 속삭였다.

"내게도…… 너를 가질 수 있는 기회를 줘야지."

그 말끝은 농밀한 키스 속에 먹혀 사라져 버렸다. 그를 끌어당긴 그녀가 그대로 입술을 겹친 것이다. 두 눈을 잠시 커다랗게 뜨던 자카리는, 이내 이엘리를 받아들였다.

"……이엔, 훗."

그가 입을 여는 짧은 공백조차 아쉽다는 것처럼, 반쯤 열린 입술 사이로 이엘리의 혀끝이 밀려 들어왔다. 단정한 치열을 쓸어내리고, 입천장의 굴곡을 음미하듯 어루만진다. 단단한 잇몸을 샅샅이 훑자, 자카리의 숨이 점차 거칠어졌다. 마침내 혀가 얽혔다.

"하아, 아……."

그저 키스일 뿐인데 어느새 머릿속이 새하얗게 달아오르는 기분이었다. 이성은 이미 반쯤 휘발됐다. 이엘리는 그의 목을 끌어안으며 집요하게 입술을 삼켰다. 혀와 혀가 겹쳐지며 질척거리는 소리가 났다.

키스의 시작은 이엘리였는데, 어느새 좀 더 적극적으로 주도권을 쥐게 된 쪽은 자카리였다. 그는 혼몽한 머리로 생각했다.

'이런 키스는…… 이번이 처음인가.'

두 사람은 단 하나뿐인 삶의 동반자였지만, 명백히 성적인 의미로 상대방을 마주본 적은 없었다. 이엘리가 제 키스 하나에 이렇게 흔들리는 모습을 보는 것 자체가 행복했다. 그녀의 달아오른 낯에, 그는 이성이 뿌리째 뽑혀 나가는 기분을 느낀다.

"하아, 하아, 자, 자카리. 나……."

거칠고 격렬한 키스 끝에 이엘리는 못 견디겠다는 것처럼 가쁜 숨을 몰아쉬었다. 꽃분홍색으로 물든 양 뺨. 발그레한 입술. 나, 이런 감각을 어떻게 지금까지 모른 채 살아올 수 있었나.

"……네가 너무 좋아, 이엔."

"으응……."

고작 키스뿐이었는데도 이엘리는 반쯤 혼몽한 시선을 하고 있다. 자카리는 힘을 주어 말했다.

"네가, 너무…… 사랑스러워서."

긴 검지가 이엘리의 입술을 어루만진다. 입술의 모양을 덧그리며 내려온 그 손가락이 천천히 이엘리의 뺨을 간지럽힌다.

잠시 후, 자카리는 허리를 숙였다. 그가 쪽, 입술을 맞추면서 속삭인다.

"당장이라도 죽을 것 같아."

자카리는 이엘리를 빤히 바라보았다. 도무지 그녀에게 시선을 뗄 수가 없었다. 당장이라도 심장이 터질 것만 같은 이 기분.

손을 뻗어 그녀의 뺨을 가볍게 쓸어내린다. 파드득 온몸을 떨면서, 젖은 속눈썹을 깜빡이며 자신을 바라보는 이엘리. 어떻게 이렇게 사랑스러울 수가 있지.

자카리는 자신이 이렇게 소유욕이 강한 인간인지를 처음 알았다. 그녀의 모든 것을 갖고 싶었다. 머리카락 한 올도 주고 싶지 않다, 그 누구에게도.

'이엔이 정말로 내 아내라니.'

지금껏 그녀를 단 하나의 가족이자 삶의 의미로 생각해 왔던 자카리였지만, 방금 전의 키스와 애무는 그에게 무척 특별했다. 거의 남매와도 같았던 두 사람이, 명백하게 서로를 이성으로서 받아들이고 있다는 증거였기 때문이었다.

"저, 저기⋯⋯?"

아무래도 무언가 잘못되었다 여겼는지, 자카리의 품에 파묻혀 있던 이엘리가 작게 몸을 바르작거렸다. 그것마저 사랑스러워 자카리는 숨을 삼켰다. 그는 비스듬히 그녀 위로 몸을 굽혔다.

"이엔, 네가 말했지."

이엘리를 침대 위에 눕혀 놓은 채 자카리는 작게 소곤거렸다. 그녀의 몸 위로 자신의 그림자가 드리워진다.

자카리는 마른침을 삼켰다. 언제나 이엘리에게 소유욕을 느끼고 있긴 했지만, 이렇게나 짙은 감정은 처음이었다. 두 사람의 시선이 마주친다. 그녀는 약간 울상이 되어 있었다.

'아, 그 말⋯⋯ 이렇게까지 효과가 엄청날 거라고는 생각하지는 못했는걸⋯⋯.'

그녀는 꼴깍 마른침을 삼켰다. 새파란 눈동자가 이엘리를 똑바로 내려다보고 있었다. 가끔씩 그를 보며 맹수 같다고 생각했던 적은 있었지만, 지금의 그녀를 향하는 시선은 무시무시했다.

"자, 자카리?"

그녀는 우선 조그맣게 자카리의 이름을 불러 보았다. 자카리는 약간 쉰 목소리로 대답을 했다.

"마음의 준비가 됐다고 한 쪽은 바로 너야."

"어, 그, 그건, 그러니까……."

"마음의 준비, 된 거 맞지?"

자카리는 그르렁거리는 목소리로 질문을 던졌다. 이엘리는 간신히 그가 이성을 유지하고 있음을 알았다. 지금 이 순간마저도 그녀의 의사를 한 번 더 물어보는 자카리가 너무나 그다웠다.

"응, 됐어."

이엘리는 침대에 누운 채 손을 뻗어 자카리의 뺨을 쓸어내렸다. 보드라운 손끝이 뺨에 닿자, 자카리의 눈썹이 파르르 떨렸다. 이상하다. 그저 손가락이 뺨 위를 스치는 것뿐인데도, 이건.

'……심장이 터질 것 같아.'

자카리는 진심으로 그렇게 생각했다. 물기에 젖은 이엘리의 속눈썹 아래로, 그가 드리운 그늘을 삼켜 어둡게 빛나는 연녹색 눈동자가 자리하고 있었다. 자카리는 느릿하게 고개를 숙였다.

"……."

제 위로 떨어지는 그림자가 좀 더 짙어진다. 그녀는 반사적으로 눈을 감았고, 금방 후회했다.

'괘, 괜히 감았어.'

눈을 감으니 숨소리며 체온, 맞닿는 살갗의 감촉 따위가 너무나도 적나라했다. 자카리의 손가락이 이렇게 따뜻하고 길었던가? 쇄골부터 훑어 내리는 그 손가락의 감촉이 어찌나 강렬한지.

"흐읏……."

이엘리는 저도 모르게 짧은 신음을 내뱉고 말았다. 꼭 감은 속눈썹이 바르르 떨렸다. 검을 오래 쥔 단단한 손가락이 그녀의 목을 어루만진다. 잠시 후, 그가 나지막한 웃음소리를 흘렸다.

"이엔."

"……으응……."

"눈 좀 떠 봐."

그녀는 눈을 감은 채 고개를 마구 휘저었다. 젖은 머리카락이 시트 위로 엉망으로 흩어졌다.

"시, 싫어, 부끄럽……."

그때 자카리가 이를 세워 새하얀 목을 살짝 깨물었다. 이엘리는 저도 모르게 헛숨을 삼켰다. 이쯤이면 그의 애무에도 익숙해질 만한데, 오히려 몸은 이전보다 더 예민해진 것 같다. 짧은 고통과 쾌감이 동시에 번져 나갔다.

"읏."

그녀는 다시 한 번 짧게 신음을 뱉었다. 자카리는 그대로 고개를 숙였다. 부드러운 머리카락이 목에 스치는 기분이 적나라하다. 그녀의 목 위로 키스가 쏟아졌다. 비처럼 촉촉한 키스였다.

"……하앗, 그, 자카리……."

"이래도 눈, 안 뜰 거야?"

네가 그렇게 날 괴롭히는데 어떻게 눈을 떠? 이엘리는 그렇게 항변하고 싶었다. 하지만 따스한 혀가 그녀의 목을 핥는 순간, 이엘리는 어깨를 작게 움츠리고 말았다. 애무가 너무 집요해.

"아으, 하……."

아까 전부터 의미 불명의 신음 소리가 입술 새로 새어 나오는 건 절대 이엘리의 탓이 아니었다. 그도 그럴 것이…….

'자카리, 너무 능숙하잖아.'

자카리는 분명 동정이라고 알고 있는데, 어째서 이렇게 손쉽게 그녀를 쾌락의 끝으로 떠밀 수 있는 건지 모를 일이다. 쇄골을 핥고 깨무는 감촉이 너무 강렬해서, 당장이라도 숨이 멎을 것 같다.

그러던 중, 자카리의 입술이 천천히 아래로 내려왔다. 쇄골을 거친 그의 입술이 봉긋하게 솟은 가슴의 중심에 가 닿았다. 혀끝을 세워 유두를 짓누르듯 핥아 올리자, 강렬한 쾌락이 순식간에 밀어닥친다. 이엘리는 반사적으로 허리를 꺾으며 헐떡거렸다.

"자카리, 하, 아웃, 좀……."

하지만 자카리에게서는 이엘리를 놓아 줄 기색 따위, 전혀 보이지 않았다.

오히려 입으로 이엘리의 가슴을 애무하며, 손으로는 그녀의 가슴을 감아올렸다. 그의 손이 보드라운 가슴을 살짝 어루만지기 시작했다. 가슴의 동그란 굴곡을 어루만진 후, 둥글게 원을 그리며 애무한다. 엄지와 검지로 분홍빛 유두를 비빈다. 자카리의 손가락이 유두를 계속 지분거리자, 그 끝이 딱딱해졌다. 지나치게 농밀한 느낌에, 그녀의 등골에 기분 좋은 소름이 돋았다.

이건 거짓말이야. 고작 애무뿐인데 내가 이렇게 느끼고 있어? 쾌락에 계속 떠밀리는 와중에도 이엘리는 조금 황망해졌다.

"으응, 읏……."

그 와중에도 솔직한 입술은 계속 신음을 뱉고 있었다. 자카리는 그제야 약간 만족스러운 얼굴을 했다. 다시 한 번 그녀의 입술을 삼키며 가슴을 애무하던 그가, 하얀 살갗을 입에 물었다.

"……흐읍……."

경험 한번 없으면서도 이렇게 능숙한 건 사기잖아. 이엘리는 거의 울 것 같은 얼굴로 쾌락에 떠밀려 흔들렸다. 가슴에 고개를 파묻은 채 자카리는 혀로 유두를 굴렸다.

집요한 그 동작에 그녀의 몸이 뜨겁게 달아올랐다. 이렇게 기분 좋을 필요는 없잖아. 아, 머릿속이 하얘져…….

"자, 자카리."

그녀는 젖은 목소리로 자카리를 불렀다. 어린아이가 칭얼대는 것처럼 조그마한 목소리는 신음과 뒤섞여 그 발음이 불분명했다. 자카리는 길게 한숨을 내쉬며 시선을 들었다.

"……그러게."

자카리의 목소리는 깊이 잠겨 있었다. 여름날의 습기 찬 바람처럼 눅눅하고 뜨거운 목소리였다.

"눈 좀 떠 보라니까."

"아, 잠깐만……."

"얼른."

그 말에 이엘리는 살짝 눈꺼풀을 들어올렸다. 자카리가 그녀를 보며 야살스럽게 웃고 있었다.

"네가 예쁘다는 건 예전부터 잘 알고 있었지만."

"……."

"지금만큼……."

조도를 낮춘 빛 속에서도 자카리의 휘어진 입술만큼은 또렷하게 보였다. 붉은 입술이 말한다.

"……예쁘게 보였던 적은 없어."

"자카, 리."

그녀는 약간 헐떡거렸다. 자카리는 쌕 눈웃음을 치곤 다시 고개를 숙였다. 한참 가슴을 집요하게 애무하던 그의 입술이 아래로, 아래로 향한다. 날씬한 배를 거쳐 배꼽 위에 짧게 입을 맞춘다. 그러던 중, 이엘리는 흠칫 어깨를 굳혔다.

"아!"

자카리가 그녀의 허벅지 안쪽, 보드라운 살에 깊숙하게 입을 맞춘 것이다. 이엘리는 입술을 깨물며 터져 나오려는 신음을 삼켰다. 그러자 자카리가 슬쩍 고개를 들어올렸다. 어둠 속에 묻힌 새파란 눈동자는 마치, 맹수의 그것처럼 요요하게 빛나고 있었다.

"신음, 삼키지 마."

"아…… 하지만."

"네 소리가 듣고 싶어."

그렇게 말한 자카리는 망설임 없이 그녀의 아래, 가장 깊은 곳으로 파고들었다. 수풀을 헤친 후 가장 은밀한 곳에 혀를 밀어 넣자, 이엘리가 헉 소리를 내며 온몸을 움츠렸다.

"이엔, 괜찮으니까……."

자카리는 아이를 달래듯 제 아내를 향해 말을 붙였다. 습기 찬 목소리가 나직하게 울렸다. 하지만 그 말투와는 별개로, 그의 입술은 여전히 그녀의 아래를 집요하게 애무하고 있었다.

혀끝이 가장 은밀한 안을 핥고 스칠 때마다, 폭죽이 터지는 것 같은 쾌감이 머릿속을 점령했다. 이성은 말끔히 날아간 지 오래였다. 지금 이 순간, 그녀의 뇌리를 채우는 생각은 오직 하나였다.

'뭐든지 네 마음대로 해도 좋아, 제발 날 엉망으로 만들어 줘.'

그때 자카리가 그녀에게 물었다. 낮게 가라앉은 그의 목소리에도 어느새, 열기가 잔뜩 서려 있었다.

"……해도 돼?"

응. 해도 돼. 아니, 오히려 빨리해 줬으면 싶다. 이엘리는 미친 듯이 고개를 끄덕였다. 새파란 눈동자가 순간 까맣게 보일 정도로 가라앉았다. 자카리는 그대로 그녀의 몸을 끌어안았다.

"흐으읏……."

이엘리는 긴 신음을 흘렸다. 묵직하면서도 달콤한 둔통이 그녀의 온몸을 뒤흔들었다. 자카리는 서두르지 않았다. 서둘지 않고 느릿하게 들어오는 그의 것이 그녀를 꽉 채우기 시작했다.

하지만 서둘지 않는다 하여, 맹수가 맹수가 아니게 되는 것은 아니다. 이엘리 안으로 짓쳐 드는 페니스는 좁은 질벽을 긁으며 안으로, 안으로 밀려들었다. 이엘리의 눈앞이 새하얗게 점멸했다.

"아, 흐으……,"

전류 같은 감각이 밀려들어, 그녀의 온몸이 빳빳하게 굳어졌다.

천천히 허릿짓을 하던 자카리가 덜컥 멈췄다. 쾌감에 젖은 푸른 눈동자가, 이엘리를 물끄러미 제 안에 담았다.

"……미안, 아파?"

그 끝이 깊숙하게 가라앉은 목소리였다. 이엘리는 신음을 섞어서 대답했다.

"윽, 당연히……."

당연히 아프지! 그렇게 대답하려던 이엘리는 황급히 말을 삼켰다. 만약 그렇다면 자카리는 미련 없이 제 것을 빼 버릴 것이다. 물론 처음 하는 거니 당연히 아프긴 아프지만, 그보다는 쾌락이 훨씬더 컸다. 이엘리는 팔을 뻗었다. 자카리의 목을 단단히 감아 끌어안는다.

"……괜찮아."

짙은 쾌감에 잠긴 목소리였다. 그녀의 눈동자에는 미소가 서려 있었다. 자카리는 그녀의 몸을 제 품 안에 한껏 가둬 넣었다. 흐릿한 시야 너머로 자카리의 얼굴이 보였다.

밀려드는 쾌락에 살짝 미간을 좁힌 고운 미간과 굳게 다문 입술. 쾌감에 떨던 자카리가 그녀의 이름을 불렀다.

"이, 엔."

"……으응……."

최대한 제대로 된 대답을 들려주고 싶었지만 이젠 한계였다. 자카리의 허릿짓이 점차 격렬해지기 시작했다.

"아, 하아, 아, 아……!"

온통 성이 난 페니스가 이엘리의 가장 깊은 곳으로 파고들었다.

예민한 질벽을 긁고, 그 안쪽의 예민한 곳을 쿡 찔러 댄다. 어느새 그녀의 안쪽은 흠뻑 젖은 상태였다. 살과 살이 세차게 맞닿으면서 찌걱거리는 소리가 울렸다. 그의 입술에서도 달뜬 숨이 쏟아졌다.

"홋, 하아……."

아무런 생각도 할 수 없었다. 그녀를 이루는 모든 감정과 이성은 모조리 불타 사라지고, 그녀의 모든 감각은 그녀를 관통할 것처럼 찔러 들어오는 자카리에게 향했다.

이엘리의 안쪽은 어떻게든 자카리를 받아들이기 위해 아우성이었다. 더, 좀 더 내 안에 머물러 줘. 그녀의 가장 깊은 곳으로 뜨겁고 단단한 페니스가 쉴 새 없이 밀려들었다.

"아, 앙, 아아……!"

목 안쪽부터 자꾸만 격렬한 신음이 기어오른다. 자카리의 페니스가 이엘리의 매끄러운 질벽을 샅샅이 훑어 내렸다. 그녀의 세계에는 오로지 자카리밖에 남지 않은 것 같다. 쾌락만이 지나치게 선명하고, 그 외의 모든 감각은 빛이 바래 사라지는 듯한 감각.

"흐, 하으……!"

자카리는 마치 먹이를 노리는 맹수처럼 그녀의 깊은 안쪽을 탐했다. 가쁜 숨소리가 공기를 달구고, 질척거리는 소리가 고막을 가득 메웠다. 이엘리는 어느새 자카리의 목을 끌어안는 자신을 발견했다. 그렇게 하지 않으면 그대로 정신을 잃어버릴 것 같아서였다.

그리고 마침내, 이엘리가 파도 같은 쾌락을 이기지 못하고 소스라쳐 쓰러지던 그때. 그들은 나란히 끝으로 치달았다.

　　　　*　　　*　　　*

　　이엘리는 숨을 헐떡였다. 생리적으로 고인 눈물이 연녹색 눈동
자를 촉촉이 적시고 있었다. 그녀의 젖은 눈동자를 달아오른 눈으
로 내려다보던 자카리가 그녀의 눈꺼풀 위로 입을 맞췄다.

　　"……하아, 하아, 하, 너, 너무해……."

　　이엘리는 울상이 되어 자카리를 올려다보았다. 첫날밤인데 이건
너무하잖아. 온몸이 노곤하다 못해, 곤죽이 된 것 같았다. 그런 그
녀를 내려다보던 자카리는, 배부른 맹수처럼 미소 지었다.

　　"미안, 하지만 이건 네가 너무 예쁜 탓이야."

　　미안하다는 사과와는 다르게 그들의 접촉은 여전히 농밀하기만
했다. 이번은 입술이었다. 촉, 입술이 닿는 소리가 적나라했다.

　　이엘리는 등을 움츠렸다. 그녀의 눈물을 핥으며, 자카리는 손을
뻗었다. 담요 안쪽을 헤치고 부드러운 살갗을 어루만졌다. 목부터
자잘한 키스를 남기며 올라온다. 시야가 혼미하다. 방금 전의 격렬
한 정사는 아직도 짙은 쾌감을 남겨 두었다. 그래서일까, 이엘리는
가벼운 키스에도 예민하게 반응했다.

　　"아……."

　　그와 동시에 자카리의 입술이 그녀의 입술을 가만 덮었다. 지금
의 키스는 그저 짧은 입맞춤일 뿐이다. 몇 번이고 했던 키스. 이엘
리의 온몸을 천천히 달아오르게 했던 비처럼 자잘한 키스는 이제,
다정함으로 바뀌어 그녀를 다독였다.

　　"이제 그만 자."

상냥한 그 말이 마지막이었다. 이엘리는 기절하듯 눈을 감았다.

*　　　*　　　*

아마 깜빡 잠이 든 것 같다. 이엘리는 멍하니 눈꺼풀을 들어올렸다. 따스한 체온이 느껴졌다.

'아, 그랬지. 우리 어젯밤에.'

이엘리는 순간 얼굴이 화끈 달아오르는 것을 느꼈다. 어제의 기억은 토막토막 끊긴 채 머릿속을 맴돌았다. 기억은 희미했지만 단하나만큼은 확실했다. 어젯밤은 완벽하게 행복했다는 것.

"……."

이엘리는 느리게 눈을 깜빡였다. 어제 몇 번이나 쾌락 끝까지 치달아 오른 탓이었는지, 지금의 그녀는 손가락 하나 까닥하기 어려운 상태였다. 기분 좋은 피로감이 전신을 짓누른 채다.

"……몸은 좀 어때?"

아마 그녀가 움직이는 것을 느꼈나 보다. 기민하게 잠에서 깨어난 자카리가 소곤거리는 목소리로 물었다. 반쯤 졸음에 취해 있는 이엘리와는 다르게 자카리의 목소리는 단정하기만 하다.

"괜찮…… 아."

나른한 목소리로 대답한 그녀가 자카리의 품을 파고들었다. 그녀를 얽어매듯 끌어안은 단단한 팔. 조각 같은 근육이 빈틈없이 짜인 가슴에 고개를 기댄다. 온기가 몸 구석구석으로 번진다.

"조금 더 자."

자카리가 그녀의 어깨를 토닥였다. 작게 고개를 끄덕인 그녀는 다시 잠의 계곡으로 떨어졌다.

그 이후, 이엘리가 잠에서 깨어난 때는 거의 해가 중천에 뜬 시간이었다. 부스스 자리에서 일어난 그녀가 주변을 둘러보았다. 자카리는 자리에 없었지만, 대신에 맛있는 냄새가 공기 중에 떠돌고 있었다.

"……어라."

이엘리는 잠긴 목소리로 중얼거렸다. 달칵 소리와 함께 방문이 열렸고, 다정한 인사가 들렸다.

"잘 잤어?"

"자카리."

이엘리는 졸린 눈을 비비며 자카리를 바라보았다. 그의 손에는 쟁반이 하나 들려 있었다.

"이게 뭐야?"

"네 아침 식사야."

"뭐?"

그녀가 눈을 깜빡였다. 자카리는 웃으며 테이블에 쟁반을 내려놓았다. 고소한 냄새가 풍겼다.

"닭고기 수프네?"

"응. 아무래도 어제 좀 힘들었을 것 같아서."

"……."

그래, 힘들긴 했지. 이엘리는 애정을 담아 자카리를 살짝 흘겨보다가, 이후 놀라서 입을 연다.

"그런데 이 닭고기 수프는 네가 직접 만든 거야?"

"물론이지."

이엘리는 새삼스럽게 쟁반 위의 음식들을 내려다보았다. 두툼한 닭고기가 풍족하게 들어간 수프는 사실, 수프라기보다는 스튜의 형태에 더 가까웠다. 이엘리의 배에서 꼬르륵 소리가 들렸다.

"……."

아, 창피해. 자카리는 신사답게 모르는 척해 주는 센스를 발휘해 가만히 있었고, 그녀는 애써 말을 돌렸다.

"그러고 보니 너, 요리도 할 줄 알아?"

"야영 생활을 몇 년간 하다 보면 자연스럽게 익히게 돼."

"……그렇구나."

이엘리는 숙연해지고 말았다. 하긴 자카리가 살아온 인생이 힘들긴 했지. 이건 전대 공작님이 잘못했어. 그녀의 손에 숟가락을 쥐여 주며, 그는 빙그레 웃었다. 그리고 아무렇지도 않게 말한다.

"계속 전투 식량을 먹다 보면 역시 물리는 법이니까."

"그래, 내가 미안……"

"뭘 미안해, 사실을 말한 것뿐인데."

자카리는 아무렇지도 않게 대답했다. 머리를 쓰다듬는 그 손짓이 어린 동생 다루듯 다정하다.

'내가 자기를 어린아이 다루듯 하는 게 불만이라면서.'

오히려 날 어린아이처럼 대하는 건 자카리 아니야? 이엘리는 미간을 좁히며 그를 바라보았다.

"왜 그렇게 봐?"

"아니, 아무것도 아니야."

어차피 말해 봤자 전혀 아니라고 하겠지. 그리고 뭐…… 어린 동생과 관계까지 맺지는 않을 테니까…… 그렇게 생각하던 이엘리의 얼굴이 순식간에 붉어졌다. 그녀는 황급히 입을 열었다.

"그보다 아침 일찍 일어나서 요리까지 하다니. 힘들지는 않았어?"

"전혀. 네가 먹을 거잖아."

가슴이 찡해진다. 아, 내 남편은 말 한 마디도 너무 예쁘게 하네. 이엘리는 흐뭇하게 웃었다.

"그래도 침대까지 가져다줄 필요는 없었는데."

"아니야, 이건 내가 너에게 꼭 한 번쯤은 해 주고 싶었던 일이거든."

응? 그녀는 고개를 갸웃했다. 그녀의 무릎에 쟁반을 놓아주던 그의 귀가 붉게 물들어 있었다.

"네 아침 식사를 침대에서 챙겨 주고 싶었어. 그래서 그런 거니까."

"……."

내 남편은 어쩜 이렇게 귀엽지. 그녀의 시선이 감동에 젖어 든다. 자카리가 이엘리를 재촉했다.

"얼른 먹어 봐, 간은 내가 대충 보긴 했는데……."

자카리의 열렬한 시선에 못 이겨 이엘리는 수프를 한술 떴다. 자카리의 시선이 자신을 따라붙는 것이 이상하게 가슴이 두근거린다. 그리하여 이엘리는 한 가지 실책을 저지르고 말았다.

"앗, 뜨거!"

급하게 수프를 먹다 보니 입 안을 데었다. 눈물이 찔끔 난다. 자카리가 미간을 좁히며 말했다.

"이런, 괜찮아?"

"응, 괜찮긴 한데……."

아, 너무 창피해…… 어린애도 아니고 뜨거워서 숟가락을 놓칠 줄이야! 그때 자카리가 쟁반 위를 나뒹구는 숟가락을 주워 들었다. 수프를 커다랗게 한 숟갈 뜬 자카리가 호호 입김을 분다.

"……."

이거 설마 그거니? 먹여 주는 그거? 그녀가 자카리를 곁눈질했다. 그녀의 예상이 맞았다.

"자, 아 해."

"……."

정석적인 연인의 대화이긴 한데, 내가 자카리에게 이런 대사를 듣게 될 줄은 몰랐지. 지금까지 어린 동생 같았던 내 남편이 언제 이렇게 자라선. 뺨을 붉히면서도 이엘리는 입을 벌렸다.

"맛있어."

오물거리던 그녀가 저도 모르게 흐뭇하게 웃었다. 간은 딱 맞았고, 건더기는 부드럽게 익었다.

"그래?"

자카리는 안도한 얼굴로 대답했다. 이엘리는 한참 열심히 수프를 먹었고, 자카리는 그 모습을 뿌듯한 눈으로 바라보았다. 약간 허기가 가신 이엘리는 그제야 정신을 차리고 자카리를 보았다.

"그러고 보니 넌 안 먹어?"

머쓱하게 숟가락을 내려놓은 이엘리가 자카리에게 물었다. 그는 웃으면서 고개를 가로저었다.

"난 괜찮아."

"그래도 나 혼자 먹는 건 좀……."

이엘리가 난처한 얼굴로 중얼거렸다. 하지만 자카리는 이엘리가 수프 그릇을 말끔히 비울 때까지 곁에서 지켜볼 따름이었다. 이후 쟁반 위에 그릇을 차곡차곡 쌓아 올리며 그가 말했다.

"사실 난 식사보다는 다른 게 훨씬 더 하고 싶어서."

"다른 거?"

"그러니까……."

쟁반을 테이블 위에 올려 둔 자카리가 이엘리의 허리를 부드럽게 끌어당겼다. 이엘리는 저도 모르게 두 눈을 동그랗게 떴다. 입술과 입술이 겹치고, 호흡이 뒤섞인다. 어, 잠깐만. 이건……?

"훗……."

목 안쪽부터 달콤한 신음이 치솟아 오른 건 그녀 탓이 아니었다. 키스가 너무 농밀한 탓이다.

"……웃, 자, 잠깐……."

하지만 이엘리의 가냘픈 목소리마저 그는 남김없이 집어삼켰다. 그의 키스는 치열을 두드리고 집요하게 입술 안을 탐한다. 머릿속을 새하얗게 물들이는 키스에 온몸이 뜨겁게 달아오른다.

"……하아."

잠시 후 자카리의 입술이 떨어졌다. 이엘리는 저도 모르게 큰 숨을 내쉬었다. 자카리는 가라앉은 눈으로 그녀를 바라보았다. 햇살이 밝은 한낮임에도 쾌락에 젖어 까맣게 빛나는 눈동자가 눈앞에 있었다.

"이런 거."

"……어……."

"물론 나도 배가 고프지. 하지만 신체적인 허기라기보다는, 오히려……."

자카리의 손이 그녀의 뺨을 가만히 쓸어내렸다. 자카리의 시선은 온전히 그녀만을 담고 있다.

"……네가 모자라서 그런 거라고 말해 두면 될까?"

"자, 자카리."

이엘리는 어린 새처럼 파드득 어깨를 떨었다. 자카리의 손바닥이 뺨을 어루만지며 천천히 아래로 내려간다. 약간 체온이 낮은 손바닥이 달아오른 몸에 닿는다. 시시각각 쾌감이 달아올랐다.

"지금까지 너무 오래 참았어."

"……."

"너를."

단호한 어조였다. 잠긴 목소리 안쪽으로 오래 묵은 욕망이 가라앉아 있다. 자카리가 속삭였다.

"어젯밤에 네가 마음의 준비가 다 됐다고 했을 때, 내가 얼마나 행복했는지 넌 모를 거야."

이엘리는 말문이 막혔다. 자카리는 그녀의 목 언저리에 손을 얹은 채 나직하게 입을 열었다.

"……그러니까, 안 돼?"

마치 비 오는 날 길가에 버려진 강아지 같은 눈빛으로 자카리는 그렇게 말한다. 목에 닿은 자카리의 손바닥이 주는 감촉이 지나치게 강렬하다. 세상에, 넌 어쩌면. 그녀는 한숨을 삼켰다.

"그렇게 말하는데 내가 어떻게 거절할 수 있겠어?"

작게 소곤거린 그녀가 자카리의 목에 팔을 감았다. 그것 자체가 허락이라는 것을 자카리는 알았다. 그는 다소 성급한 동작으로 그녀에게 키스했다. 그녀를 통째로 잡아먹을 것 같은 키스였다.

"살살해……."

"……그래."

낮게 가라앉아 그르렁거리는 목소리로 자카리가 대답했다. 마치 쾌락에 몸을 떠는 맹수 같은 목소리였다. 등에 닿는 침대의 보드라운 감촉도 이젠 익숙하다. 이엘리는 두 눈을 내리감았다.

*　　*　　*

그리고 약 한 시간 후. 이엘리는 침대에 길게 누워서 천장을 올려다보았다. 자카리는 사실 이걸 노렸던 게 아닐까? 체력 회복 후의 2차전 같은 거. 그래서 굳이 식사까지 해다 바친 거야.

"자카리, 이건 아니잖아……."

끙, 소리와 함께 몸을 일으키며 이엘리가 말했다. 자카리는 말짱한 얼굴로 이엘리를 돌아보았다.

"뭐가?"

"그, 그러니까."

막상 대답하려니 말이 좀 궁색하다. 이런 한낮에 열심히 서로의 몸을 탐했던 거? 하지만 이렇게 노골적으로 말하는 건 또 부끄럽고. 이엘리는 힐끔 자카리의 눈치를 살폈다. 그가 웃었다.

"많이 피곤해?"

"당연하지! 너 일부러 나한테 밥 먹인 거 아냐?"

"물론 그건 아니지만……."

그녀에게 팔베개를 해 준 채 모로 누웠던 자카리의 표정이 짓궂어졌다. 그가 작게 속삭인다.

"지금 네 표정을 보니 먼저 밥을 먹은 건 역시 현명한 판단이었다, 싶네."

"……."

내 귀여운 남편 돌려내, 지금 자카리는 너무 능글거리잖아. 그녀는 울상이 되었다. 그런 그녀가 사랑스러워 죽겠다는 것처럼 자카리는 그녀의 이마에 쪽 입을 맞춘다.

"그리고 보니 씻고 싶지 않아, 이엔?"

"음, 그건 그런데."

그녀는 얼떨결에 고개를 끄덕였다. 어젯밤부터 오늘까지 뜨거운 시간을 보냈으니, 슬슬 목욕물에 몸을 담그고 싶긴 했다. 자카리는 제 아내를 물끄러미 바라보다 말고 진지하게 물었다.

"내가 씻겨 주면 안 될까?"

"……."

이 변태! 그런 의미를 담아 이엘리는 자카리를 노려보았다. 하지만 자카리는 뻔뻔한 얼굴이었다.

"뭐 어때, 우린 이미 결혼한 사이인걸."

"아니 아무리 그렇다고 해도 그렇지, 너무 당당한 거 아냐?"

이엘리는 기가 찬 낯이 됐다. 함께 밤을 보낸 지 얼마나 되었다고 벌써 이러는 거야? 하지만 이제 자카리는 애써 꾹꾹 눌러두었던 욕망을 숨길 생각이 전혀 없어 보였다. 그가 당당하게 말했다.

"아까도 말했잖아. 계속 기다렸었다고."

"하지만."

"하지만이 아니야, 이엔."

자카리가 그녀를 빤히 바라본다. 그녀는 말을 잃었다. 이렇게까지 확고할 필요는 없지 않니?

"난 너와 모든 것을 해 보고 싶어. 그러니까……."

새파란 눈동자가 아내를 흘끔 곁눈질로 바라본다. 자카리는 간절한 어조로 그녀에게 말했다.

"……너랑 같이 목욕을 해 보는 것도 내 꿈 중 하나였어. 안 될까?"

"안 돼!"

이엘리가 반사적으로 외쳤다. 하지만 그녀를 바라보는 자카리의 눈동자가 너무 촉촉하다.

하지만 안 돼. 이대로 자카리에게 넘어가면 분명 그런 분위기로 넘어갈 텐데, 내 몸이 못 버텨!

"그, 그렇게 쳐다봐도 안 되는 건 안 되는 거야!"

새빨갛게 달아오른 얼굴이 되어 이엘리는 고개를 내저었다. 자카리는 대번 실망한 낯이 됐다.

"진짜로?"

"응!"

"정말로?"

"으응……."

저기 자카리, 너 일부러 그런 표정 하는 거지? 나 미안해지라고? 거기다 그 집요한 질문들은 또 뭐야. 그녀는 한숨을 삼켰다. 자카리는 이제 시무룩한 얼굴로 시선을 살짝 내리깔고 있었다.

"……저기, 자카리."

결국 패배한 건 그녀 쪽이었다. 아니, 저렇게 촉촉한 눈빛으로 날 바라보면 이길 수가 없잖아!

"목욕만 같이하는 거야."

"정말?"

"네 아내가 까무러치는 꼴 보기 싫으면 얌전히 목욕만 하기로 약속해."

이엘리는 험상궂은 얼굴이 되어 새끼손가락을 내밀었다. 협박처럼 말을 덧붙인다.

"그럼 같이 욕실에 들어갈 테니까."

얼굴이 활짝 펴진 자카리가 이엘리의 손가락에 제 손가락을 걸었다. 엄지로 도장까지 꾹 찍은 이후, 자카리는 대번 그녀를 답삭 안아 들었다. 그녀는 그의 목에 팔을 감으며 한숨을 쉬었다.

'뭐, 이제 자카리에게 안기는 것 정도는 익숙하니까.'

좋은 건지 나쁜 건지 원. 자카리와 함께 관계할 때마다 느끼는 쾌락은 정말 좋은데, 이대로라면 체력이 먼저 깎여 일찍 죽을지도 모른다는 위기감이 든다. 그녀는 절레절레 고갤 저었다.

＊　　　＊　　　＊

뜨거운 물을 받고 찬물로 온도를 맞춘 후, 입욕제를 넣는다. 향기로운 치자 향이 퍼졌다. 자카리는 조심스럽게 그녀를 욕조에 앉혔다. 이엘리는 물을 참방거리며 생각했다. 참 이상하다.

'어젯밤만 해도 자카리와 이렇게 삽시간에 진도가 나갈 거라고는 생각도 하지 못했는데.'

이엘리는 미간을 좁혔다. 자카리가 그녀의 팔을 들어올렸다. 구석구석 꼼꼼하게 비누칠을 하고, 부드러운 해면으로 문지른다. 그런 자카리를 바라보던 그녀는 복잡한 기분이 되어 버렸다.

'과연 후계자를 만들 수나 있을까, 손만 잡고 자는 건 아닐까 걱정했었지만…….'

그건 모두 쓸데없는 걱정이었다. 이렇게 자카리가 열정적일 줄 알았다면 그냥 모른 척하고 있을걸. 이엘리는 한숨을 삼켰다. 그때 자카리가 이엘리를 흘끗 바라보더니, 곧장 질문을 던진다.

"이엔. 머리 감겨 줘도 돼?"

"이미 몸은 다 씻겨 줘 놓고 새삼스럽게 허락을 받는 거야?"

이엘리가 코끝을 찡그리며 웃었다. 그녀의 대답을 들은 자카리는 수줍은 얼굴을 했다. 아니, 끝까지 갈 땐 뻔뻔하게 굴어 놓곤 왜 이제 와서 수줍은 척이람? 그녀는 조금 어이가 없었다.

"그럼 잠깐만 일어나 줄래?"

"아, 응."

이엘리는 몸을 일으켰다. 자카리는 그녀의 머리카락을 등 뒤로 쓸어내렸다. 분홍색 머리카락이 손가락 사이로 사락사락 스쳐 내린다. 자카리는 보드라운 감촉에 저도 모르게 빠져들었다.

"자카리?"

"……그, 아무 생각도 안 했어!"

"으응……."

자카리는 반사적으로 화들짝 놀라며 대답했다. 이엘리는 대번 한심한 얼굴이 되었지만, 더 핀잔을 주지는 않았다. 머리를 감기고 수건으로 꼼꼼하게 싸맸다. 이엘리가 흘끗 뒤를 돌아본다.

"다 됐어?"

"응."

자카리는 고개를 끄덕였다. 새하얀 어깨와 가슴 위로 자신이 남긴 키스마크가 꽃잎처럼 남아 있었다. 자카리의 노골적인 시선에 잠시 어리둥절하던 이엘리는 화들짝 놀라 몸을 가렸다.

"오늘은 쉬는 거야. 알지?"

이대로 몇 번 더 하다간 정말로 뼈가 삭을지도 모른다. 자카리는 못내 아쉬운 표정을 지었다.

"알고 있어."

"그래, 그러니까……."

"하지만 키스 정도는 해도 되지?"

그렇게 말한 그가 그녀의 입술을 집어삼켰다. 이러다 입술 붓겠어, 현실적인 고민을 하던 그녀는 금세 키스에 빠져들었다.

"이건 허락이 아니라 통보잖아……."

이엘리는 그렇게 항변하려 했지만, 자카리는 그 말까지 몽땅 삼켜 버렸다. 말캉한 살덩이가 입 안을 핥고 휘저었다. 이엘리는 정신없이 그 입술을 받아들였다. 지금의 그는 마치, 그녀를 머리에서부터 발끝까지 몽땅 삼켜 버리고 싶은 것 같았다.

"하……."

잠시 후, 장난스럽게 그녀의 아랫입술을 물며 입술을 떼어 냈다. 쾌락에 젖은 푸른 눈동자가 깊이 가라앉아 있었다.

'아, 저 눈동자는 좀 위험한데.'

이엘리는 등골이 오싹해지는 것을 느꼈다. 저런 눈빛을 할 때마다 자카리는 그녀를 제대로 잠조차 자지 못하게 몰아치곤 했으니까. 하지만 자카리는 이번엔 최대한의 자제력을 발휘했다.

"이엔."

이엘리의 이마에 쪽, 소리가 나도록 입술을 맞춘 그가 시선을 내렸다. 고개를 숙여 자신이 남긴 키스마크들 위로 자잘한 키스를 남겼다.

잠시 후 자카리가 나지막한 목소리로 소곤거렸다.

"좀 더 남길 걸 그랬어."

"안 돼, 지금도 옷 밖으로 이 흔적들이 드러날까 봐 걱정스럽다고."

이엘리는 저도 모르게 단호한 표정을 지었다. 하지만 자카리는 오히려 어리둥절한 낯을 한다.

"그게 뭐가 어때서?"

"……뭐어?"

"남에게 보이는 편이 네가 내 아내라는 것을 훨씬 더 티낼 수 있잖아."

"자카리!"

쟤가 미쳤나! 그녀가 바락 고함을 질렀다. 다행스럽게도 농담이었는지 자카리가 쿡쿡 웃는다.

"알았어, 알았어."

"……사람 놀리는 건 그만둬, 알았지?"

"아, 놀리는 거 티 났어?"

커다란 수건을 가져온 자카리가 그녀의 온몸을 빈틈없이 감쌌다. 보들보들한 수건의 감촉에 이엘리는 나른한 기분을 느꼈다. 그때 그녀의 뺨에 쪽 소리 나게 입을 맞춘 그가 소곤거렸다.

"근데, 이엔."

"응?"

"반은 놀리는 거였지만, 반은 솔직히 진심이야."

그와 동시에 자카리가 그녀를 반짝 안아 들었다. 귓가에 닿는 목소리가 낮게 가라앉아 있었다.

"난 항상 네가 내 사람이라고 만인에게 알리고 싶거든."

"……."

날것의 소유욕을 마주 본 것만 같은 기분이 들었다. 기분 좋은 서늘함이 등골을 타고 흘렀다.

"그럼 이만 나가자."

담백하게 말한 자카리가 이엘리를 추슬러 안고 밖으로 나섰다. 그 품에 안긴 채, 그녀는 눈동자만을 데굴데굴 굴렸다.

음, 앞으로의 결혼 생활이 어떤 식으로 진행될지 어쩐지 느낌이 온다.

'아무래도 몸이 그리 편하지만은 않을 것 같네.'

적어도 당분간은 밤마다 무척 고될 것 같다. 이엘리는 터져 나오려는 한숨을 짓눌러 삼켰다.

* * *

그녀를 침대에 앉혀 둔 자카리는 이엘리가 갈아입을 옷을 찾는다며 옷장을 열었다. 이엘리는 베개에 기댄 채 뒷모습을 응시했다. 잠시 후, 자카리의 입술에서 난처한 목소리가 흘러나왔다.

"아."

옷장의 문을 활짝 열어 둔 그는 곤혹스러운 기색을 감추지 못했다. 보다 못한 그녀가 물었다.

"왜 그래?"

"그게……."

자카리는 어쩔 줄 몰라 하며 그녀를 마주 보았다. 미간을 좁힌 자카리가 한숨을 섞어 말했다.

"미안해, 네가 갈아입을 옷을 미처 생각하지 못했네."

"내 옷이 없다니?"

아니, 요리를 해 먹을 식재료까지 모두 구비해 둔 주제에 내 옷은 왜 없는 거야? 이엘리는 조금 황망해졌다. 자카리는 진심으로 난감한 얼굴이었다. 그가 조심스러운 어조로 설명을 했다.

"그게, 이곳에 너와 이렇게 빨리 올 거라고는 생각하지 못했거든."

"……."

"조금 더 준비를 한 다음에 데려오고 싶었는데, 어제 충동적으로 움직이는 바람에."

민망한 얼굴이 된 그가 뺨을 붉적였다. 타월로 몸을 가린 이엘리가 아무렇지도 않게 답했다.

"괜찮아."

"하지만 계속 이러고 있을 수도 없는데……."

"무슨 소리야?"

그렇게 말한 이엘리는 턱짓으로 옷장을 가리켰다. 그가 왜 저렇게 당황하는지 모를 일이었다.

"옷 자체는 많잖아?"

"그게, 내 셔츠랑 바지밖에 없는데?"

"그것들을 입으면 되지?"

이엘리는 어깨를 으쓱했다. 그의 동공이 심하게 흔들렸으나, 이엘리는 오히려 말짱한 낯이다.

"이리 줘 봐. 그리고 잠시 넌 나가 있고."

자카리의 손에서 옷들을 빼앗은 이엘리가 자카리의 등을 밀어냈다. 어차피 이미 서로의 몸은 모두 본 사이인데 어째서 나가야 하는 건지는 모르겠지만, 자카리는 순순히 방 밖에 나갔다.

"이제 들어와도 돼."

잠시 후, 경쾌한 목소리가 들렸다. 자카리는 살짝 문을 열고 방 안을 들여다보았다. 그 순간.

"……."

자카리는 말문이 막히는 것을 느꼈다. 옷을 차려입은 그녀가 자신만만하게 미소 짓고 있었다.

"별로 안 이상하지?"

자카리는 약간 혼란해졌다. 아니, 어떻게 고작 셔츠를 접어서 차려입었을 뿐인데 저렇게 예쁠 수가 있지? 물론 이엔이 예쁜 건 알지만…… 이엘리는 소매를 팔랑팔랑 흔들며 눈웃음쳤다.

"옷이 좀 크긴 하지만 이 정도면 괜찮지."

이엘리의 바지는 너무 품과 통이 컸는지 던져둔 상태였다. 소매는 한껏 접어 올렸고, 맵시 있게 허리를 동여맸다. 품이 큰 셔츠 자락이 무릎 언저리까지 닿아 마치 원피스를 차려입은 듯한 모습이었다.

"다만 하나 아쉬운 건, 밖에 나가기에는 어렵다는 점이려나."

그녀는 미간을 좁히며 웃었다. 자카리는 그런 그녀를 보며 심장이 미친 듯이 뛰는 걸 느꼈다.

"……이상해?"

자카리의 표정이 영 이상했는지 이엘리는 고개를 갸웃 기울였다. 그가 고개를 내저었다.

"아니, 이상한 게 아니라……."

너무 예뻐서. 차마 그 말은 꺼내지 못하고 자카리는 말을 되삼켰다. 솔직히 말하면 지금 당장 그녀를 다시 쓰러뜨리고 싶었지만, 아까 전에 '오늘은 이걸로 끝'이라는 약속은 지켜야 한다.

"그건 그렇고 자카리."

"응?"

"이제 슬슬 공작 성으로 돌아가 봐야 하지 않을까?"

자신의 속내는 전혀 모르는 이엘리는 순진무구한 얼굴로 그의 곁을 알짱거릴 뿐이었다. 자카리는 최대한의 인내심을 발휘하여 욕망을 억눌렀다. 그녀가 걱정스러운 어조로 말을 잇는다.

"단둘이 보내는 시간도 좋지만 이젠 그만 가 보는 편이 나을 것 같은데."

아니, 난 평생 단둘이서 여기에 있었으면 좋겠는데. 자카리는 간신히 그 대답을 억눌러 냈다.

"아냐, 내일까지만 있자."

"그렇게 오래 공작 성을 비워도 돼?"

"그 정도는 집사도 혼자 처리할 수 있을 테니까 괜찮아."

그렇게 말하는 자카리의 얼굴이 지나치게 단호해서 이엘리는 어리둥절해지고 말았다. 그가 흘끗 이엘리를 돌아보았다. 그러고는 그녀의 어깨를 제 품 안에 끌어안고 다정한 목소리로 어른다.

"그리고 너도, 그 차림으로는 어차피 공작 성에 돌아갈 수 없을 거 아냐?"

"아, 그건 그렇지."

그녀는 살짝 뺨을 붉혔다. 몸에 셔츠 한 장만 걸치고 있다니. 자카리 외에는 절대 보여 줄 수 없는 차림이었다. 자카리는 당연하다는 양 이엘리의 이마와 뺨에 키스를 쏟아부으며 말했다.

"내가 따로 공작 성에 연락을 넣어서 갈아입을 옷도 보내 달라고
할 테니까."

"연락은 어떻게 보내는데?"

"전서구가 있어."

아니, 전서구까지 마련해 뒀으면서 내가 갈아입을 옷은 까맣게
잊어버리고 말았단 말이야? 이엘리는 좀 억울해지고 말았다. 그때
자카리의 손이 살금살금 그녀의 목 언저리를 어루만졌다.

"자카리, 안 돼. 알지?"

"……알지."

그녀가 인상을 쓰자, 아쉬운 얼굴이 된 자카리가 손을 떼어 냈다.
그가 마치 기죽은 강아지 같은 표정을 짓고 있었기에 순간 이엘리
는 미안해졌다. 하지만 어쩔 수 없지 뭐. 그녀는 그렇게 생각했다.

*　　　*　　　*

자카리는 이엘리와의 약속을 철저히 지켰다. 그러니까 그 하루
동안은 더이상 손을 대지 않았다는 소리다.

자정이 지나자마자 자카리는 이엘리를 덮쳤고, 결국 이엘리는
공작 성에 돌아가기 직전까지 그에게 실컷 시달려야만 했다. 나중
에 그녀를 맞이한 집사가 진심으로 이렇게 말했다.

"……피곤해 보이십니다, 안주인 마님."

"응, 조금……."

이엘리의 눈 밑에 퀭하게 그림자가 져 있었다. 곁에 서 있는 자카리가 반들반들한 얼굴을 하고 있는 것과 상반되는 모습이었다.

집사는 부부의 금슬에 기뻐하면서도 안주인 마님을 애도했다. 아무래도 마님께서는 당분간 밤마다 즐거우면서도 피로한 밤을 보내셔야 할 것 같다.

그리고 집사의 예상은 그대로 들어맞았다. 그들은 기본적으로 사이좋은 부부인 데다, 실제로 부부다운 신혼 생활을 보내는 건 처음이었기에 자카리는 이엘리를 절대 놓아주려 하지 않았다.

공작 부부의 신혼 생활은 평온하고 달콤하기보다는, 격렬하고 격정적인 쪽에 가까웠다.

"……이엔."

"으응, 자카리……."

이엘리의 입술에서 달콤한 신음 소리가 흘러나왔다. 자카리는 오늘도 당연하다는 양 그녀의 목 언저리로 입술로 지분거리고 있었다. 고작 부부는 며칠간의 시간을 통해 상대방을 좀 더 잘 알 수 있게 되었다. 공작 부부가 함께 보낸 시간은 짙고 농밀했으며, 행복으로 가득차 있었다.

"자카리, 하, 잠시만……."

이엘리는 진저리를 쳤다. 자카리가 유난히도 그쪽을 건드리는 이유는, 아마도 그녀가 그 부분을 유난히 잘 느낀다는 사실을 알아서일 것이다. 그녀는 눈가를 발갛게 물들이며 칭얼거렸다.

"아, 오늘은 완전히 녹초야. 나 힘들어……."

"……정말로 힘들어?"

자카리는 아쉬운 얼굴로 물어 왔다. 하긴 그럴 만도 했다. 아무래도 합방이 늦어진 만큼, 그들의 합방은 다른 사람들보다 더 진하고 격렬했으니까. 또한 그는 아내의 몸이 가장 소중했다.

'정말로 힘들다면 그만둬야지.'

그렇게 생각하며, 자카리는 마치 비 맞은 강아지처럼 처연한 눈으로 그녀를 내려다보았다. 그와 시선을 맞추던 그녀는 터져 나오려는 웃음을 간신히 삼켰다. 이번에도 또 저런 눈빛이네.

'몇 번이나 저 시선에 넘어갔었지.'

오늘은 피곤해서 그만해야겠다, 생각하다가도 저 표정을 볼 때마다 도무지 거절할 수가 없었다. 그녀는 데구루루 눈동자를 굴렸다. 새파란 눈동자가 집요하게 그녀의 시선을 따라붙는다.

"으음……."

이엘리는 손을 들어서 자카리의 뺨을 천천히 쓸어내렸다. 매끄러운 뺨 위로 하얀 손가락이 스쳐 지난다. 그 감촉 하나가 이상하리만치 유혹적이었다. 그녀는 나긋한 목소리로 입을 열었다.

"끝나면."

"응?"

자카리의 목소리는 어느새 깊게 가라앉아 있었다. 눈매를 접으며 그녀는 매혹적으로 웃는다.

"내가 해 달라는 대로 다 해 줄 거야?"

"……물론이지."

천천히 움직이던 그녀의 손가락은 이제 자카리의 입술을 어루만지고 있었다. 그리고 작게 속삭인다.

"다정하게 안아 줄 거야?"

"언제나 했던 그대로."

조금 쉰 듯한 목소리가 이엘리의 물음에 대답했다. 그녀의 긴 속 눈썹이 나비처럼 팔랑거렸다.

"나, 끝나면…… 너무너무 지쳐서."

그녀는 보란 듯이 속눈썹을 내리깔았다. 잠시 후, 도발적인 연녹 색 시선이 그를 똑바로 본다.

"손가락 하나 까닥하고 싶지 않을 것 같은데."

자카리는 살짝 눈썹을 치켜 올렸다. 그는 언제나 관계가 끝난 후, 이엘리가 손가락 하나도 움직이지 못하게 했다. 그런데도 일부 러 저렇게 소곤거리는 것까지도 자카리의 애를 끓게 했다.

"이엔."

자카리의 목소리가 한없이 밑으로 가라앉았다. 그리고 이엘리는 자카리가 어떤 감정을 느낄 때, 저런 목소리를 내는지 이미 잘 알고 있다. 그녀는 성공적으로 자카리를 미치게 만들었다.

"그리고 달콤한 간식이 먹고 싶을 거야. 분명해."

"그렇다면 당연히……."

"먹여 줄 거지?"

그의 말을 중간에 톡 끊어 버린 이엘리가 나른하게 질문을 던졌 다. 아직 말은 끝나지 않았다.

"……입으로?"

"물론이지. 네 말이면 뭐든지 할 거야."

자카리는 담백하게 패배를 선언했다. 그 말에 이엘리는 쌕 눈웃음을 쳤다. 승리자의 미소였다.

"그렇다면 좋아."

오만한 여신처럼 이엘리는 선언했다. 자카리는 제 여신의 품에 기꺼이 고개를 숙였다. 까르르 웃음을 터뜨린 이엘리는 손을 들어 자카리의 목을 휘감아 끌어안았다. 그렇게 밤이 깊어 갔다.

*   *   *

이엘리는 달콤한 밀월에만 집중하지는 않았다. 공작 부인의 일에도 소홀해지고 싶지 않았다.

명백한 안주인이 된 그녀는 열정적으로 일에 매달렸다. 공작 성의 사람들도 그녀의 행보를 즐겁게 받아들였다. 마님이 계실 때와 계시지 않을 때의 분위기가 무척 달랐던 것이다.

"요새 성내의 분위기가 무척 밝지 않아?"

"맞아, 안주인 마님이 계시지 않았을 때를 이제 상상하기가 어려울 정도야."

하녀들은 즐거운 얼굴로 대화를 나누었다. 안주인이 된 이엘리는 여러 가지 일을 해냈다. 내정을 돌보는 한편, 영지민들의 생활이 좀 더 편안해질 수 있는 방법을 골몰했다.

이엘리가 떠올린 것은 영지민들이 직접 민원을 넣고 서비스를 제공받을 수 있는 장소를 만드는 것이었다.

'그러니까 동사무소 같은?'

그녀는 곰곰이 생각에 빠졌다. 만약 영지를 구역별로 나누고 각

구역마다 동사무소 비슷한 것을 설치한다면, 영지민의 생활이 훨씬 더 편해지지 않을까. 이엘리는 골똘히 생각을 거듭했다.

'영지민 출신 행정관들을 뽑아 일을 맡기면, 영지민들의 불편함도 더 빨리 이해할 수 있겠지.'

이엘리가 영지민들의 이야기를 직접 듣는 것도 한계가 있었기 때문에 떠올리게 된 것이었다. 물론 그녀에게 직접적으로 호소할 수 있는 창구는 남겨 둘 생각이었다.

생각을 정리한 그녀가 자카리를 돌아보았다.

"그래서 말인데."

"응?"

자카리가 두 눈을 동그랗게 뜨며 이엘리를 마주보았다. 이엘리는 눈매를 쌩긋 접으며 웃었다.

"새로운 기관을 설치하고 싶은데, 안 될까?"

연녹색 눈동자가 자카리를 빤히 바라보았다. 뭐든지 해. 자카리는 무심코 그렇게 말할 뻔했다.

"네가 원하는 건 뭐든 해도 되지만, 무슨 기관인데?"

"음…… 그러니까 말이지. 이런 기관 괜찮을 것 같지 않아?"

그녀가 빙글 돌아앉아 자카리를 마주본다. 그리고 잠시 생각을 정리하는 것 같더니 거침없이 말했다.

"영지민들의 민원을 처리해 주는 기관을 만드는 거야."

"영지민들의 민원을?"

"응. 세금 문제도 그렇고, 영지민들의 복지 문제도 전반적으로 살필 수 있게……."

이엘리는 열정적으로 설명을 이어 나갔다. 그저 그녀를 사랑스럽게만 바라보던 자카리의 눈빛이 문득 진지해졌다. 이엘리의 설명이 일부 타당하다고 느껴졌기 때문이었다. 그야말로 좋은 생각이 아닌가.

"솔직히 대부분의 귀족들이 영지민들의 생활에는 별 관심 없는 거 알긴 하는데."

이엘리는 검지를 곧게 세워 두어 번 흔들어 댔다. 그녀가 날카로운 눈빛으로 자카리를 보았다.

"난 그건 절대 아니라고 생각하거든. 영지민들을 행복하게 만드는 건 우리의 의무니까."

"네 말이 맞아."

"그렇지? 너도 그렇게 생각하지?"

연녹색 눈동자가 반짝반짝 빛났다. 자카리는 고개를 끄덕였다. 훌륭한 방법이었다. 행정관들을 파견하여 영지민들의 생활을 살피는 건 한계가 있다. 민원을 직접 듣는 게 가장 효율적일 터.

"좋은 생각이네."

"진짜?"

"그럼."

그녀가 환한 얼굴로 웃었다. 자카리는 그녀의 뺨을 가만히 어루만지며, 다정하게 소곤거린다.

"다만 무리는 하지 마, 알았지?"

"무리라고 할 것도 없는걸, 내가 해야 할 일을 하는 것뿐인데."

"넌 뭐든지 너무 열심히 하는 경향이 있으니까."

자카리는 진지한 얼굴로 입을 열었다. 음, 넌 날 너무 걱정하는 경향이 있는 것 같은데. 이엘리는 그 말을 꿀꺽 삼켰다. 대신 손을 뻗어 자카리의 손을 꼭 움켜쥐고는 생글거리며 웃었다.

"그것보다 자카리, 나 있잖아. 공작령을 한번 돌아보려고."

"공작령을? 왜?"

"아까 내가 말한 기관을 만들려면, 행정관들부터 가장 먼저 만나는 게 제일 나을 것 같아서."

역시 제 아내의 행동력만큼은 알아줘야 한다. 쓰게 웃은 자카리가 절레절레 고개를 내저었다.

"아니, 무리하지 말라니까?"

"절대 무리 아니야. 난 이제 헤센바이츠의 공작 부인이잖아?"

그녀가 열정적인 눈으로 입을 열었다. 숫제 자카리의 손까지 꼭 맞잡은 그녀가 말을 잇는다.

"한 번쯤 영지를 시찰할 때도 되었잖아? 그러니까……."

"좋아."

"역시 자카리야! 나 잘하고 올게!"

신이 난 이엘리가 즐거운 표정이 되어 미소했다. 하지만 자카리의 말은 아직 끝나지 않았다.

"대신 나랑 같이 가."

"……으응?"

웃는 얼굴 그대로 이엘리는 자카리를 돌아보았다. 이게 무슨 소리야? 그녀는 어리둥절해졌다.

"왜 너랑 같이 가?"

"영지 시찰을 한다며?"

"응, 그럴 거긴 한데……."

"그러니까 같이 가."

아니 대화가 지금 빙글빙글 돌고 있잖아. 이엘리는 그를 빤히 보았다. 그는 어깨를 으쓱했다.

"너 혼자 보내는 건 싫거든. 걱정스러워."

"아니, 걱정할 게 뭐가 있어? 공작령 이상으로 치안이 좋은 도시가 어디 있다고."

기가 막힌 그녀가 자카리에게 되물었다. 자카리는 세상 근심을 모두 끌어안은 얼굴로 답했다.

"하지만 예전에 깡패들에게 끌려갔던 적도 있잖아?"

"뭐어?"

"그때의 일도 있으니까, 난 널 내 눈 밖에서 떼어 놓고 싶지 않아."

……도대체 언제 적 이야기를 하고 있는 거야? 이엘리는 황망해졌다. 그때는 아샤 축제 기간이어서 뜨내기도 많았고, 호위 기사도 없었다. 무엇보다도 그들이 한참 어렸을 때의 일이 아닌가.

"저기 자카리, 그때와 지금을 비교하는 건 역시 좀……."

"그래도 안 돼. 영지 시찰을 하려면 나와 같이 가."

하지만 눈앞의 자카리가 너무 완고했다. 터져 나오는 한숨을 삼킨 이엘리는 고개를 끄덕였다.

"그래, 같이 가. 어려운 일도 아니니까."

같이 간다고 한들 뭐, 큰 문제는 없을 테지. 그 말을 들은 자카리의 얼굴이 환하게 밝아진다.

"그럼 우리 이거 데이트하는 거야?"

"……일하러 가는 거라니까?"

"겸사겸사 생각하면 되지."

솔직히 저걸 노린 게 아닐까. 의심스러운 눈초리로 이엘리는 자카리를 곁눈질했으나, 자카리는 여전히 생글생글 미소 짓고 있을 따름이었다. 결국, 그 소년 같은 미소에 이엘리도 함께 웃어 버렸다.

*　　*　　*

그리고 이튿날. 두 사람은 마차를 탄 채 공작령을 한번 돌아보았다. 봄은 한껏 무르익어 이제 늦봄에 가까웠다. 활짝 피어 있었던 아샤 꽃잎은 이제 모조리 졌고, 대신 짙은 초록빛으로 옷을 갈아입은 나무들이 살랑살랑 제 가지를 흔들었다.

이엘리는 웃는 낯으로 창밖을 보았다.

"날씨가 많이 따스해졌네."

"그러게."

창에 팔을 기댄 채 자카리가 희미하게 웃었다. 이엘리는 그런 자카리를 흘끔 곁눈질로 본다.

'역시 내 남편이지만 잘생겼어.'

그녀는 흐뭇하게 웃었다. 문득 그들이 처음 만났던 시절, 단둘이 놀러 갔던 아샤 축제가 떠오른다. 그때 단둘이서 카페에 갔었고, 자카리는 그녀가 좋아하는 음식을 잔뜩 시켜 늘어놨었다.

'그리고 그때 뭔가 재밌는 대화를 했던 것 같은데.'

이엘리는 턱을 괸 채 살짝 자카리를 곁눈질로 바라보았다. 그래, 결혼에 대해서 이야기했던가.

'으음…… 내 취향을 완벽히 저격하는 미모는 기본에, 몸매 좋고, 성격 좋고, 엄청 부자인 거?'

신이 난 그녀가 늘어놓았던 남편의 조건, 그때 그의 충격 받은 얼굴은 엄청나게 귀여웠다.

'저거, 너잖아.'

'……뭐?'

'너 잘생겼고, 다정하고, 엄청 부자잖아.'

그렇게 말해 주자 사르륵 풀어지던 그 표정까지. 그녀는 쿡쿡 소리 내어 웃었다. 자카리가 그녀를 힐끗 응시했다. 어째서 느닷없이 웃음을 터뜨리는 거지, 수상한데. 두 눈을 가늘게 뜬 자카리가 질문을 던졌다.

"왜 그렇게 웃어?"

"응? 아니, 그냥 옛날 생각이 나서."

"옛날 생각?"

"응."

그녀는 고개를 끄덕였다. 자카리가 미간을 좁혔으나 이엘리는 그저 어깨를 으쓱여 보일 따름이었다.

"듣지 않는 편이 좋을걸?"

"……뭐, 네 표정을 보고 있으니까 그런 것 같다."

자카리는 뚱한 얼굴로 그렇게 대답했다. 어렸을 때의 자카리 모습을 다시 떠올리던 그녀는 다시 아련한 눈빛이 되어 버렸다. 그와 동시에 마차가 멈췄다. 자카리가 마차 밖으로 내려갔다.

"자, 내리시죠. 레이디."

"감사합니다, 신사분."

자카리가 정중하게 손을 뻗었다. 예법 교본에서나 볼 법한 단정한 에스코트 자세를 바라보며, 이엘리가 눈매를 곱게 접었다. 장난스러운 말에 똑같은 말투로 응수하며 그와 손을 맞잡는다.

"여기가 행정청이야?"

"응. 대부분의 행정관들은 여기서 일하거든."

그녀는 새삼스러운 얼굴로 행정청을 올려다보았다. 단정하게 단장한 건물이 그녀를 마주본다.

"굉장히 넓네."

"여기서 근무하는 행정관만 백 명이 넘으니까."

"그렇게나 많아?"

"응. 그리고 네가 원하는 그 기관들을 설치하려면 새로 행정관을 더 뽑아야 하겠지."

자카리는 아무렇지도 않게 대답했다. 그의 말을 듣던 이엘리는 대번 걱정스러운 얼굴을 한다.

"저기, 예산은 괜찮아?"

"예산?"

햇살을 머금어 새파란 색유리처럼 빛나는 눈동자가 이엘리를 돌아본다. 그가 자신만만하게 웃었다.

"안심해, 이엔."

커다란 손이 그녀의 뺨을 살짝 어루만졌다. 그녀를 바라보는 시선에는 애정이 가득차 있었다.

"행정관을 몇백 명쯤 더 뽑는다고 해도, 공작가의 예산에는 아무런 문제도 없을 테니까."

자신감 넘치는 목소리에 이엘리는 그제야 약간 안도했다. 뭐, 자카리가 저렇게 말할 정도면 별문제 없는 거겠지.

자카리의 에스코트를 받으며 걸음을 옮기던 그녀가 문득 말했다.

"그러고 보니 여기까지 오는 것도 꽤 멀었지, 아마?"

"뭐, 마차가 없으면 움직이기 좀 불편한 거리이긴 하지."

자카리가 고개를 끄덕이자 이엘리는 그 자리에 멈칫했다. 그녀가 의아한 얼굴로 그에게 묻는다.

"그렇다면 자카리, 영지민들이 영지를 오갈 땐 어떻게 해?"

"글쎄, 그건……."

자카리는 말문이 막혔다. 그 또한 여상하게 지나갔을 뿐, 한 번도 고민해 보지 않은 문제였다.

"영지민들이 개인 마차나 말을 가지고 있을 리는 없는데……."

그녀가 살포시 미간을 좁혔다. 그러고 보면 전생에 그녀가 살던 대한민국은 교통편이 훌륭한 나라였다. 지하철은 물론이고 버스 노선도 제대로 정비되어 있었다. 하지만 지금 이곳은……

"그럼 이 넓은 공작령을 걸어서 이동하는 거야?"

"……아마 그렇겠지?"

이건 좀 불합리한 것 같은데. 이엘리는 다시 고민에 빠졌고, 자카리는 허를 찔린 기분이 들었다. 영지민들이 공작령 내를 이동하는 수단이라니. 한 번도 생각해 본 적이 없던 문제 아닌가.

'온전히 영지민들의 입장에서 생각하지 않으면 떠올릴 수 없는 고민인데.'

자카리는 흘끗 이엘리를 바라보았다. 무엇을 그리 골똘하게 생각하고 있는지, 새하얀 이마 위로 옅은 주름이 잡혀 있었다.

그는 지금 당장 급한 일을 떠올렸다.

"이엔, 고민하는 것도 좋지만."

"응?"

"우선은 행정관들부터 만나야지. 그렇지?"

"아, 맞아. 그렇지."

그녀가 파드득 정신을 차렸다. 어느새 행정관들이 모여 있는 중앙 회의실이 눈앞에 있었다.

그녀는 중앙 회의실로 걸어 들어갔고, 그가 그녀의 곁을 따랐다. 이엘리는 약간 긴장한 낯이었다.

'사실 이런 자리는 처음인데. 나 잘할 수 있을까?'

이엘리는 마른침을 삼켰다. 하지만 이미 엎질러진 물이다. 아예 아무것도 안 하는 것보단 우선 먼저 도전이라도 하는 게 낫겠지. 자리에 대기하던 행정관들이 분분히 자리에서 일어났다.

"안녕하세요, 이엘리 헤센바이츠입니다."

행정관들은 공작령의 정식 관리였으므로 그녀는 공대를 사용했다. 행정관들도 고개를 숙였다.

"공작 각하, 그리고 공작 부인을 뵙습니다."

"반가워요. 다들 앉으시겠어요?"

이엘리는 가볍게 손짓을 하며 먼저 자리에 앉았다. 자카리는 입을 여는 대신 묵묵히 제 아내의 곁을 지킴으로써, 오늘의 회의를 주관하는 건 그녀임을 알렸다. 행정관들도 자리에 앉는다.

"오늘 제가 여러분들을 찾아뵌 이유는, 새로운 기관을 하나 개설하고 싶어서예요."

목을 가다듬은 이엘리는 담담한 목소리로 입을 열었다. 행정관들의 낯이 호기심에 가득찼다.

"목표는 영지민들을 위한 기관을 만드는 거랍니다."

"영지민들을 위한 기관이라니……."

"글쎄요, 그런 기관이 꼭 필요할까요?"

행정관들의 분위기는 딱히 그리 호의적이지는 않았다. 사실 이엘리가 꽤 인기 높은 안주인이었기에 그나마 이 정도의 유한 반응이 돌아온 것이다. 개중 젊은 행정관이 손을 들며 물었다.

"저, 설명을 부탁드려도 됩니까?"

"물론이에요."

어차피 이엘리도 이 정도 반응은 이미 예상하고 있었다. 그녀가 허리를 곧게 펴고 입을 연다.

"주택과 노인, 그리고 어린아이 등 복지에 관한 분야를 신설하고 싶어요."

그리고 그녀의 설명을 듣고 있던 행정관들은 저도 모르게 어깨를 움찔 굴렀다. 이엘리의 곁에 앉아 있던 자카리가 무시무시한 눈빛으로 그들을 쏘아보았기 때문이다. 그야말로 눈빛으로 윽박지른다.

'지금 당장 이엘리의 말에 집중하지 않으면, 그 뒷감당은 알아서 해야 할 것이다.'

명백한 뜻이 담겨 있는 눈빛에 행정관들은 꼴깍 마른침을 삼켰다. 행정관들의 눈빛에 총기가 서리기 시작했다. 이엘리는 머릿속으로 정리해 왔던 내용을 제대로 전달하기 위해 애를 썼다.

"영지민들의 민원을 직접 듣고 전달할 수 있도록 행정원들을 따로 배치할 생각이고요."

그렇게 말하던 이엘리는 과거 그녀가 보았던 동사무소의 직원들을 떠올렸다. 내내 피곤한 얼굴로 민원인들을 상대하면서도 미소를 잃지 않았던 그들. 공무원의 비애가 저런 건가 했는데.

"물론 지금도 여러분들의 업무가 과중하다는 건 잘 알고 있어요."

그러므로 이엘리는 말을 덧붙였다. 장기적으로 공작령에 이 기관이 필요하다는 건 잘 알고 있다. 하지만 그렇다 해서 기존 사람들이 과한 업무를 감내해서는 안 된다.

"그러니, 이 기관을 운영하는 행정관분들은 따로 채용할 생각이에요."

처음에는 이엘리의 말을 흘려듣던 행정관들이었지만, 점점 들어 볼수록 그녀의 의견이 현실성이 있다는 사실을 눈치챘다. 오랫동안 현장에서 굴러 왔던 행정관들이기에 더더욱 그러했다.

"업무를 분담할 사람들이 더 뽑힌다면……."

"인원이 더 늘어난다면 업무를 진행하는 것 자체는 괜찮을 테니 까요."

행정관들은 서로 눈치를 살폈다. 그러던 중 나이가 지긋해 보이는 행정관 한 명이 질문했다.

"그렇다면 행정청의 업무와 새로운 기관의 업무는 분리되는 겁니까?"

"일부는 업무를 공유하고, 필요 없는 부분은 분리될 거예요."

그녀는 친절한 목소리로 답했다. 설명을 이어 나가는 그녀의 눈빛이 반짝반짝 빛나고 있었다.

"행정청은 새로운 기관의 상위 기관이 될 테니까요."

"그렇다는 말씀은……."

"또한 행정청이 맡고 있던 과도한 업무의 일부 또한 새 기관이 맡아 가져갈 거랍니다."

이엘리의 말에 행정관들의 낯에 화색이 돌았다. 업무를 새로이 분장하여 줄여 준다는데 환영하지 않을 리 없다. 행정관들의 표정을 가만히 관찰하던 그녀는 낭랑한 어조로 칭찬을 건넸다.

"지금껏 여러분은 굉장히 훌륭하게 일을 처리해 오셨어요."

그런 그녀를 바라보던 자카리는 약간 놀란 얼굴이 되었다. 저 능구렁이 같은 행정관들을 능숙하게 대할 줄이야. 그녀는 기본적으로 사람과 대화하고 설득하는 방법을 알고 있는 것 같다.

"전 그저 여러분들의 일을 약간 나누고, 영지민들과 조금 더 소통할 수 있기를 바란답니다."

자신에게 호의적이지 않은 사람들을 대하며, 잘못된 점을 질책하기보다는 그들의 노고에 공감부터 해 주지 않나. 이후 당근을 내밀면서 새로운 기관에 대한 필요성을 차근차근 설명한다.

"아차, 그리고."

이엘리는 행정관들의 분위기가 호의적으로 변한 걸 틈타, 다른 문제에 대해서도 입을 열었다.

"제가 오늘 행정청으로 오다 보니, 공작령이 상당히 넓다는 생각을 좀 했거든요."

"예, 그 말씀은 맞습니다만……."

북부 전체를 지배하는 혜센바이츠 공작령은 제국에서도 가장 넓은 영지 중 하나였다. 그 넓이만을 따지자면 제도 리펜이 있는 리펜베르크보다도 훨씬 크다. 행정관들은 고개를 주억였다.

"그래서 생각해 봤는데, 공작령을 편하게 이동할 수 있는 교통 체계를 만드는 건 어떨까요?"

"교통 체계라고요?"

"네. 시간에 맞춰서 주기적으로 공작령을 횡단하는 마차를 마련한다든지, 하는 식으로요."

이엘리가 생각하고 있는 건 바로 버스 시스템이었다. 그녀는 조심스러운 어조로 말을 이었다.

"말을 규칙적으로 교체하면서 운행하면 그리 무리가 가지 않을 것 같은데요."

이번 제안은 새로운 기관을 만들자는 것보다 훨씬 더 호응이 좋았다. 행정관들은 진지한 얼굴로 이엘리의 말을 경청하고는, 잠시 후 고개를 끄덕였다. 확실히 생활의 질이 높아질 것이다.

"……훌륭한 생각이십니다, 공작 부인."

"과찬이세요. 그렇게 말씀해 주시다니 제가 훨씬 더 기쁘네요."

이엘리는 어깨를 움츠리며 웃었다. 꽤나 오랜 시간 동안 입씨름을 해야 할까 봐 걱정했는데, 지금 반응을 보니 그럴 필요는 없을 것 같아 다행이다. 회의실 안 사람들은 훈훈하게 웃었다.

*   *   *

회의가 모두 끝났다. 이엘리와 자카리는 문밖으로 빠져나왔고, 그가 웃으며 입을 열었다.

"이엔, 네가 그렇게 유능할 줄은 몰랐어."

"세상에. 나와 함께 산 시간이 얼만데, 내 유능함을 지금까지 몰랐단 말이야?"

장난스럽게 대답한 이엘리가 씩 눈웃음을 쳤다. 그런 그녀를 바라보던 자카리가 질문을 했다.

"그렇다면 밖에서 점심이라도 먹고 갈래?"

"바로 공작 성으로 돌아가는 게 아니야?"

"그럼, 내가 여기까지 왜 따라왔겠어."

자카리가 그녀의 어깨를 가볍게 끌어안았다. 그리고 그녀의 귓전에 입술을 붙인 채 작게 소곤거린다.

"너랑 데이트하려고 왔지."

"……예상을 벗어나지 않는 발언이시네요, 신사님."

"그런가요, 레이디?"

두 사람은 나란히 키득거리며 걸음을 옮겼다. 이엘리를 마차에 먼저 태워 주며 그가 물었다.

"그래서 점심은 뭐가 좋을까?"

"여기 굴 요리를 잘하는 곳이 있는데, 가 볼래?"

"갈래!"

생각해 보면 북해가 가까운데 해산물 요리는 그리 자주 먹지 않았던 것 같다. 신선한 해산물을 떠올리며, 이엘리는 입에 군침에 도는 걸 느꼈다. 뺨을 간지럽히는 바람을 느끼며 묻는다.

"레스토랑도 이미 알아 둔 거야?"

"물론이지."

"옛날 생각나네, 우리 아샤 축제 갔을 때도 네가 카페를 미리 알아 왔잖아."

두 눈을 동그랗게 뜬 이엘리가 말했다. 그녀가 호기심 어린 낯이 되어 자카리를 바라보았다.

"그때는 만난 지 얼마 되지도 않았을 때인데, 내가 단 음식을 좋아하는 건 어떻게 알았어?"

"그거야 당연히 주변 사람들에게 물어봤지."

"뭐라고?"

아무렇지도 않게 튀어나오는 대답에, 이엘리는 까르르 웃었다.

그녀가 웃음 섞인 목소리로 질문한다.

"나랑 놀러 가려고 미리 정보를 모아 본 거야?"

"이엔."

"응?"

자신을 부르는 진지한 목소리에 이엘리가 고개를 갸웃했다. 자카리는 어깨를 으쓱여 보였다.

"좋아하는 여자와 처음으로 놀러 나가는데, 최선을 다하지 않는 남자는 없어."

"……아, 그런 거야?"

"그런 거지."

두 사람은 도란도란 대화를 나누었다. 이엘리는 작게 웃었다. 지금 자카리가 자신을 배려해 주고 있다는 것을 그녀는 잘 알고 있었다.

공작 부부가 함께 영지를 시찰한다는 것은, 이엘리가 북부의 안주인임을 확고히 하는 행동이기 때문이었다. 자카리를 빤히 보던 그녀가 말했다.

"자카리."

"응?"

"고마워."

진심을 담아 그녀는 그렇게 말했다. 무엇이 고맙냐고 묻는 대신, 자카리는 그녀를 제 품 안에 가득 끌어안았다. 이엘리는 자카리의 품에 안긴 채 창밖을 잠시 응시했다. 그러던 바로 그때.

"……어라?"

이엘리의 입술 사이로 얼빠진 목소리가 흘러나왔다. 기겁한 그녀가 그의 품에서 빠져나왔다.

"저, 저거 도대체 뭐야!"

"뭐가?"

자카리가 흘끗 창밖을 내다본다. 그의 눈이 커졌다. 둘은 나란히 경악한 표정이 되어 버렸다.

"……."

"……."

그들이 보고 있는 건 카페 로랑이었다. 하지만 그들이 기억하고 있는 카페 로랑은 아니었다.

"내 눈…… 지금 이상한 거 아니지?"

"아니야…… 내 눈에도 지금 똑똑히 보이니까……."

자카리는 허탈한 목소리로 중얼거렸다. 카페 로랑 바로 옆에 심어져 있는 키가 큰 가로수 위쪽으로 천으로 만든 현수막이 휘날리고 있었다. 현수막에는 커다란 글자로 이런 문장이 쓰어 있었다.

'공작 각하와 공작 부인께서 직접 방문하셔서 차를 마신 유일한 카페, 카페 로랑.'

'공작 성의 티타임에 디저트를 공급한 유일한 카페입니다, 한번 방문해 보세요!'

이엘리와 자카리는 얼굴이 화끈거리는 것을 느꼈다. 그녀는 현수막을 손가락질하며 질문했다.

"자카리 너, 저거 알고 있었어?"

"당연히 몰랐지! 알고 있었으면 당장에……!"

언성을 높이던 자카리가 입술을 잘근 깨물었다. 하긴, 저런 홍보용 현수막에 공작가가 일일이 간섭하는 것도 우습다. 이엘리도 남편의 심정을 십분 이해하고 있었다. 그녀가 한숨을 삼켰다.

"아, 저게 도대체 언제 적 일인데 현수막까지 만들어서 걸어 두고 있담……."

창피해서 죽을 것 같다. 차라리 모르고 지냈다면 좋았을 텐데. 그가 이엘리를 애써 다독였다.

"그, 긍정적으로 생각하면…… 이엔 네가 사랑받는 공작 부인이라는 뜻이니까……?"

"으응, 고마워……."

하지만 얼굴이 화끈거리는 건 어쩔 수 없는 노릇이었다. 이엘리는 흘끔 창문 밖을 곁눈질로 바라봤다.

어느새 마차는 한참 동안 달려, 카페 로랑의 모습은 이제 시야에서 멀어진 상태가 되었다.

'그렇지만…… 조금 기쁘기는 하네.'

크게 숨을 들이쉬며 이엘리는 그렇게 생각했다. 어쨌거나 자신과 자카리가 북부에서 신뢰받는 영주 부부가 아니었더라면, 일반인들이 그들을 그렇게 친근하게 여기지도 못했을 것 아닌가.

'하지만…….'

역시 좀 부끄럽단 말이지. 이엘리는 다시 고개를 폭 숙였다. 자카리가 고개를 숙여 그녀와 시선을 맞춘다. 두 사람은 잠시 서로의 얼굴을 바라보다, 풋 소리 내어 웃음을 터뜨리고 말았다.

공작령에서 오랜 기간 살아왔고, 결혼 생활도 오래 지속했던 이엘리 자신도 제대로 인지하지 못했던 사실이 하나 있었다. 헤센바이츠 공작령은 북해(北海)라고 불리는 바닷가가 잇닿아 있는 지역이었다.

다만 온전히 그녀 탓만은 아니다. 북부는 광활했고, 보통 공작가는 야만족들과 마수가 침입하는 북쪽 설원과 산맥을 주로 경계했던 것이다. 상대적으로 북해는 평화로웠다.

"그래서 제대로 인지하지 못했던 것뿐이야. 내 탓이 아니라고."

이엘리는 고급 생굴 요리를 앞에 둔 채, 뻔뻔한 얼굴로 그렇게 말했다. 자카리가 웃었다.

"그래, 이엔. 네가 그렇게 말한다면야."

"그렇게 말한다면야, 가 아니야. 사실이라고."

그녀는 포크를 까닥이며 당당히 턱을 치켜 올렸다. 그리고 생굴 위로 레몬즙을 듬뿍 뿌리며 말한다.

"그러고 보니 자카리, 나 하나 제안하고 싶은 게 있는데."

"우리 아가씨, 또 무슨 재미있는 생각을 하신 건가요?"

자카리의 장난스러운 대답에 이엘리는 미간을 좁혔다. 그녀가 진지한 목소리로 질문을 했다.

"있잖아. 굴은 고급 음식이지?"

"그렇지."

자카리는 알쏭달쏭한 낯이었지만 그녀의 대답에 성실하게 답해 주었다. 그녀가 말을 이었다.

"고급 굴을 대량 생산하여 저렴한 가격에 판매할 수 있다면 어떨까?"

"굴을 대량 생산한다고?"

"응. 그렇게만 할 수 있다면, 어민들의 살림에 좀 도움이 되지 않을까?"

이엘리는 실은 굴 요리를 먹는 내내 전생에서 보았던 프로그램을 떠올리고 있었다. 예전 텔레비전으로 방영했던 '일곱 시 내 고향'이라는 프로그램이었다. 이엘리는 두 눈을 가늘게 치떴다.

'사실 난 전혀 관심 없는 프로그램이긴 했지만.'

자취방에서 저녁밥을 먹다가 우연히 틀어 놨던 프로그램에서 굴양식을 하는 어민들이 나왔었다. 그때는 별생각 없었는데 이런 식으로 도움을 받게 될 줄이야.

자카리는 어리둥절해했다.

"굴을 어떻게 대량 생산을 하는데?"

"그러니까…… 양식을 하는 거지."

"양식이라고?"

"응."

그녀는 고개를 끄덕였다. 그녀가 전생에 살던 한국에서는 양식덕분에 굴이 고급 음식이 아니었다. 외국인들이 한국에 들어올 때마다 굴을 잔뜩 먹고 가던 기억이 난다.

"굴을 양식할 수가 있어?"

"아."

이엘리는 두 눈을 깜빡였다. 그렇구나. 아직 이쪽 세계에서는 바다 생물을 키운다는 개념 자체가 생소한 것 같았다. 그녀는 최대한 기억을 더듬었다. 그러니까…… 일곱 시 내 고향에서는 분명.

"내가 알기로 철사에 가리비나 굴 따위의 껍데기를 꿰어서 바다 바닥에 내리면 되는데."

고마워요, 일곱 시 내 고향! 그녀는 대충 흘리듯 봤던 프로그램에게 속으로 찬사를 퍼부었다.

"그렇게 해서 종자를 채집한 후에 키우는 거야."

이엘리는 당당하게 입을 열었다. 평소 좋아하던 프로그램은 아니었지만, 어민들이 굴 양식을 하는 모습은 흥미로웠기에 계속 지켜보았었던 기억이 났다. 리포터가 호들갑스럽게 하나하나 설명해주는 것을 보며 굳이 저렇게 해야 하나, 생각했었는데. 지금 생각해보면 여러모로 감사한 일이었다.

"아마 어민들과 상의해서 진행하면 더 괜찮을 거라고 봐. 한번 찾아가야겠어."

"좋은 생각이네."

그녀의 조심스러운 말을 들은 자카리는 진지한 얼굴로 고개를 끄덕였다. 그가 차분히 말한다.

"정말로 굴 양식이 가능하다면 크게 도움이 될 테니까."

"그래? 정말로 그렇게 생각해?"

이엘리가 눈을 반짝이며 물었다. 자카리는 기웃이 시선을 기울였다. 그의 나직한 목소리가 들린다.

"그런데."

"응?"

"넌 그런 건 어떻게 알아?"

그의 목소리는 약간 가라앉아 있었다. 이엘리는 어리둥절한 얼굴로 자카리를 마주 보았다. 그는 지그시 입술을 깨물었다. 아까 전부터 자신의 목덜미를 간질이는 희미한 위화감이 있었다.

"대부분의 사람들은 그런 생각은 잘 떠올리지 못하잖아."

"자카리?"

"가끔 보면 넌 다른 세상에서 온 사람 같아."

순간 그녀는 말문이 막혔다. 그는 가만히 그녀를 보았다. 플로랑테 섬에 방문했을 때가 문득 떠오른다. 밤하늘을 가만히 올려다보던 그녀의 가녀린 등. 금방이라도 사라져 버릴 것만 같던.

"그도 그럴 게, 누구도 생각해 내지 못하는 것들을 거침없이 생각해 내니까."

자카리는 무릎에 올려 두었던 왼손 주먹을 꾹 말아 쥐었다. 그의 호흡이 약간 불안정해진다.

"이엔, 네가 말하고 싶지 않은 건 말하지 않아도 괜찮아. 하지만……."

자카리는 가만히 포크를 내려놓았다. 달칵. 포크와 그릇이 부딪치는 소리가 유난히 또렷하다.

"……내가 너에 대해 모르는 것이 생길 때마다, 너와 멀어지는 것 같아서."

"……."

"난 그게 좀 두려워."

이엘리는 침묵했다. 자카리의 눈동자가 그녀를 간절히 본다. 그녀는 호흡을 가다듬었다. 물론 그녀가 그에게 말하지 않은 것은 있었다. 환생했다는 것을 어떻게 고백할 수 있겠는가. 하지만…….

"자카리, 이것 하나만큼은 약속할 수 있어."

"뭔데?"

"난 절대로 널 떠나지 않아."

이엘리는 확고한 목소리로 말한다. 자카리는 허를 찔린 것 같은 얼굴을 했다. 그녀가 웃었다.

"난 이 공작령이 번영했으면 좋겠고, 우리가 함께 행복하게 살았으면 좋겠어."

"이엔."

"난 네 아내고, 북부의 안주인이자 헤센바이츠의 공작 부인이니까."

무릎 위로 단정하게 손을 올린 채 그녀는 그렇게 말했다. 그 목소리에는 흔들림 하나 없었다.

"이왕 북부의 안주인이 되었으니, 난 최선을 다해 모든 일을 하고 싶었던 것뿐이야."

그는 숨을 삼켰다. 그녀는 언제나 자신이 듣고 싶은 말을 해 준다. 푸른 시선이 잘게 떨렸다.

"네가 무엇을 걱정하는지 난 정확히는 몰라."

그렇게 말하며 이엘리는 약한 죄책감을 느꼈다. 이엘리의 행동을 보면서 분명, 자카리도 무언가 위화감을 느꼈을 터다. 그녀는 일부러 자카리의 위화감을 외면하고 있는 거나 마찬가지였다.

"난 언제나 네 곁에 있을 거야."

"……고마워."

자카리는 그제야 약간 안도한 얼굴을 했다. 이엘리는 그런 그를 보며 어색하게 미소 지었다.

'그리고 시간이 좀 더 지나면…… 그렇다면.'

내게는 비밀이 있어. 이제는 오래된 꿈처럼 느껴지는 전생의 기억이야. 그 누구도 믿어 주지 않을 이야기이지만, 그럼에도. 언젠가는 그 이야기도 너에게 말할 수 있는 날이 오지 않을까?

'정말 나도 참.'

이엘리는 씁쓸한 얼굴이 되었다. 멀게만 느껴지는 전생의 그리움을 어떻게 설명할 것이며, 자카리에게 어떻게 납득시킬 것인가. 그저 주어진 현재를 살아가야 할 뿐이었다. 이엘리는 숨을 삼켰다.

'답답해.'

가장 사랑하는 사람에게도 밝힐 수 없는 오래된 비밀. 이엘리는 아랫입술을 잘근 깨물었다.

*　　*　　*

이엘리가 이번 일을 진행하며 깨달은 것이 있다면, 양식이란 개념은 사실 제국에서는 그리 흔한 개념이 아니었다.

어업 자체는 성행했지만 실제로 그들은 물고기나 어패류를 키운다는 생각 자체를 하지 않았던 것이다. 직접 어민들을 만나 대화를 나누기로 결정하며, 그녀는 눈을 가늘게 떴다.

'사실 그도 그럴 법하지.'

무언가를 키우는 것은 동물과 식물에 한정되었다. 아무래도 그 방법이 농업이나 축산업에 비해 까다로운 까닭이리라. 번성한 다른 산업들에 비해, 상대적으로 어업이 덜 발달한 이유였다.

"공작 부인께서 직접 어민들을 만나 보실 필요가 있습니까?"

다른 사람들마저 그렇게 말릴 정도였다. 하지만 이엘리는 현장에 있는 사람들의 의견을 가장 귀기울여 들어야 한다는 자신의 생각을 밀고 나갔다. 또한 아내의 의견에 공작도 동의했다.

"다들 처음 뵈어요. 이엘리 헤센바이츠예요."

그리하여 이엘리는 어민들을 직접 찾아갔다. 무려 광대한 북부를 통치하는 공작 부부가 자신들을 만나러 온 것에 어민들은 첫 번째로 놀랐고, 공작 부부의 소탈한 태도에 두 번 놀랐다.

"아마 오늘 저희가 찾아온 이유는 다른 행정원들을 통해서 미리 들으셨을 것 같아요."

이엘리는 인재가 있다면 적극 활용해야 한다는, 지극히 실용적인 시각을 가진 사람이었다. 그리하여 현실적인 행정 문제는 행정원들을 파견하여 미리 설명해 뒀다. 이엘리가 말했다.

"오늘은 어민분들에게 양식 사업에 대해 전반적인 의견을 듣고 싶어서 찾아왔어요."

공작 부인이 한낱 어민들을 향해 존대를 하는 것 자체가 무척 놀라운 일이었지만, 그녀는 개의치 않았다. 이들은 그녀가 직접 부리는 사람들이 아닌, 북부를 떠받드는 시민들이 아닌가.

'시민들이 없다면 귀족들 자체가 존재할 수 없는걸.'

그녀는 기본적으로 최대한 북부의 사람들은 존중받아야 마땅하다는 생각을 가지고 있었다. 어렵게 생각하지 않아도 된다. 귀족들은 시민에게 권리를 위임받아 책임과 권위를 가지지 않았나.

'게다가 직접적으로 고용한 관계, 혹은 가신 관계가 아니잖아.'

하지만 이엘리의 행동은 귀족 전체의 행동을 봤을 때, 다소 특이한 행동임은 맞았고, 그 때문에 어민들이 긴장하게 되는 것도 어쩔 수 없는 일이었다. 이엘리는 부러 웃었다.

"다들 좀 긴장하신 것 같지만, 그러실 필요 없어요."

"아니, 그것이……."

"전 여러분들이 어떤 이야기든지 자유롭게 제게 해 주시기를 바라거든요."

이엘리는 살갑게 말했다. 공작 부인은 기획 단계에서부터 어민들과 소통하는 것을 주저하지 않았고, 공작은 공작 부인이 하는 일에 참견하지 않으려는 것처럼 한발 물러나 있었다.

"자카리, 뭔가 할 말은?"

"없어. 네가 원하는 대로 하면 돼."

공작은 그저 아내에게 무한한 신뢰를 보여 줄 따름이었다. 그리고 공작의 그런 신뢰는, 자연히 다른 사람들도 공작 부인에게 믿음을 갖게 하는 요소가 되었다. 이엘리는 고개를 끄덕였다.

"뭐든지 기탄없이 말씀해 주시면 귀기울여 들을게요."

상냥한 목소리로 말하면서도, 어민들을 바라보는 그녀의 눈동자는 진지했다. 저렇게 귀한 분께 함부로 말해도 되는 건가. 그녀를 보던 어민 하나가 조심스럽게 입을 열었다.

"저, 공작 부인."

"네, 말씀하세요."

"양식 사업에 지원해 주시는 것부터 정말 감사합니다. 큰 은혜를 입었습니다."

꽤나 젊은 어민은 우물쭈물 입을 열었다. 자카리는 은근슬쩍 눈썹을 찡그렸다. 그냥 다른 남자가 이엘리에게 말을 거는 것 자체가 싫었기 때문이었다. 그녀는 그런 자카리를 흘겨보았다.

'자카리, 끼어들지 말고 가만히 있어.'

그녀의 날카로운 눈빛을 보면서 그는 불퉁한 얼굴로 입을 다물었다. 어민은 조심스레 말했다.

"사업은 공작 부인께서 미리 기획해 주신 게 있어서, 무사히 진행되고 있습니다."

"그런가요? 다행이네요."

이에리는 안도의 한숨을 내쉬었다. 사실 이엘리가 제공한 아이디어는 간단했다. 가리비나 굴 껍데기들을 철사에 꿰어 바다에 내려보내는 것. 그렇게 굴의 유생을 채집하여 양식을 시작하는 것이다.

북부의 유능한 행정원들은 어민들과 협조하여 차근차근 사업을 진행하고 있었다.

"그런데 하나 부탁을 드려도 될지⋯⋯."

"부탁이요? 네, 뭐든지 말씀해 보세요."

그녀의 태도는 여전히 살가웠다. 어민은 잠시 우물쭈물하는 것 같더니, 결심한 것처럼 말했다.

"양식 사업은 저희 힘으로 진행할 수 있지만, 판매처를 뚫는 게 난관입니다."

"흠, 판매처라 하면……."

"상품이 있기만 해서는 아무 소용도 없지 않습니까."

다소 도전적인 발언이었다. 그 말에 이엘리는 물론이고 자리에 모인 이들도 모두 술렁거렸다.

"판매를 해야 하는데, 북부는 모피 같은 물건은 유명하지만 어업은 규모가 작아서 말입니다."

그 말을 듣던 이엘리의 눈동자에 이채가 돌았다. 이엘리가 흥미로운 얼굴로 고개를 끄덕였다.

"네, 그래서요?"

"저희의 상품이 얼마나 가치가 있는지 사람들에게 알려야 한다고 생각합니다."

이엘리의 눈빛이 반짝 빛났다. 저 사람, 본능적으로 판매의 기본을 알고 있는 사람이네. 이엘리가 제 의견에 흥미를 가지고 있다는 것을 깨달았는지, 어민의 목소리에 점차 힘이 실렸다.

"어떤 방식이든지 좋습니다. 전 북부의 어업이 좀 더 발전하기를 바랍니다."

어민의 눈동자가 반짝거렸다. 이엘리는 어느새 어민의 이야기에 집중하는 자신을 발견했다.

"공작 부인께서는 공작령을 자유롭게 오갈 수 있는 교통수단을 계획하고 계신다 들었습니다."

"맞아요. 그런 생각은 하고 있어요."

"그 교통수단이 실제로 실용화가 된다면, 판매는 더욱 쉬워질 겁니다."

오랫동안 생각하고 있던 문제였는지, 어민의 목소리는 열정적이었다.

"왜냐하면 상품의 판매 중 중요한 요소는 운송이니까요."

"운송 체계에 대해서도 고민하고 계셨던 건가요?"

이엘리의 눈동자에 이채가 서렸다. 저렇게 다양한 시각을 보여 줄 수 있다는 것은, 저 사람이 북부의 어업에 대해 오랫동안 고민하고 있었단 뜻이다. 이엘리에게는 저런 사람이 필요했다.

"양식 사업이 성공하고 운송 문제도 해결된다면, 남는 건 상품의 홍보이겠군요."

이엘리는 명쾌하게 결론을 정리해 냈다. 상품의 홍보. 그 단어에 사람들의 입이 꾹 다물렸다. 어떤 일을 해야 하는지는 알지만, 어떤 식으로 해야 하는지는 제대로 나오지 않은 탓이었다.

"……그렇다면 기존에 있던 축제를 이용하는 건 어떨까요?"

뺨을 톡톡 두드리며 생각에 잠겼던 이엘리가 입을 열었다. 사람들의 이목이 확 쏠린다.

"이미 북부에는 '아샤 축제'라는 대규모 축제를 성공적으로 자리 잡게 한 경험이 있잖아요."

이엘리는 전생의 기억을 곰곰이 곱씹으며 입을 열었다. 도청이나 시청에서 각 지역을 발전시키기 위해, 지역색을 가진 축제를 만들어 냈던 것이다. 물론 온갖 축제들이 난립하여 눈먼 예산을 낭비할 수도 있다는 문제는 있었지만, 그런 문제는 이엘리가 살피면 해결할 수 있다.

"게다가 이 지역에는 어민의 안전함과 많은 수확을 기원하기 위한 축제도 있고요."

일종의 풍어제(豊漁祭)였다. 하지만 규모가 작은 데다가, 불규칙적으로 이루어지는지라 대부분의 사람들은 풍어제가 있는지도 몰랐다.

공작 부인이 그런 것까지 모두 살피고 있을 줄은 몰랐던지라, 사람들은 놀란 얼굴이 되어 서로 눈치를 살폈다. 하나 들려오는 공작 부인의 목소리는 가벼웠다.

"그리고 축제는 여러 사람들을 한 번에 끌어모으고, 상품을 소개할 수 있는 자리니까요."

이엘리는 여상한 목소리로 말을 이었다. 파격적인 제안에 사람들은 두 눈을 휘둥그렇게 떴다.

"만약 그 축제를 정기적인 행사로 고정시킬 수만 있다면, 이보다 더한 홍보 효과는 없겠죠."

"그, 그렇기는 합니다만……."

"예산 문제가……."

멀리서 듣고만 있던 행정관들이 더듬더듬 입을 열자, 이엘리는 오만한 얼굴이 되었다.

"여러분, 여기가 어디라고 생각하세요?"

그녀의 물음에 사람들은 꿀 먹은 벙어리가 되었다. 자카리는 등 뒤에서 그녀의 모습을 만족스러운 얼굴로 지켜보았다. 그녀가 자유롭게 행동할 수 있도록 도울 수 있다는 그 자체가 기뻤다.

"황가와도 비견할 수 있는, 제국에서 가장 부유한 영지."

이엘리는 나비 같은 속눈썹을 팔랑거렸다. 그녀가 태연한 어조로, 주변 사람들을 휘둘러보며 말한다.

"헤센바이츠 공작령이에요."

"고, 공작 부인."

"그리고 여러분들을 지원할 사람은 바로 저, 헤센바이츠 공작 부인이죠."

홀로 여유로운 이엘리를 앞에 둔 채 사람들은 모두 얼어붙었다. 헤센바이츠 공작 부인. 그 이름이 주는 강력함을 새삼스럽게 다시 한 번 인지한 탓이다. 이엘리는 태연하게 입을 열었다.

"적어도 예산 문제 때문에, 축제 준비의 발목을 잡을 일은 없을 거라 약속드리겠어요."

이엘리는 가볍게 시선을 기울였다. 비록 상냥하게 웃고 있지만, 그 목소리는 오연하기만 하다.

"그리고 예산 문제를 제외한다면 이 방법이 가장 효율적이라고 믿어 의심치 않는데."

자리에 모인 사람들은 모두 침묵했다. 그녀는 생긋 웃어 보인 후, 차분하게 다시 묻는다.

"여러분의 생각은 어떠신지?"

"난 찬성."

상황을 지켜보고 있던 헤센바이츠 공작이 아무렇지도 않게 입을 열었다. 상당한 예산을 소모하는 계획임에도, 마치 '오늘 산책이라도 나가자'라고 말하는 것처럼 가벼운 어조였다.

"공작 각하께서는 제 의견에 찬성해 주신다고 하는군요."

그렇게 말한 이엘리는 흘끗 뒤를 돌아보았다. 자카리는 가볍게 고개를 끄덕였다. 뭐든지 네 마음대로 하라는 뜻이다. 자카리와 눈 빛을 교환한 이엘리는, 어깨를 으쓱이며 미소 지었다.

"이왕 이렇게 됐으니, 이제는 여러분들의 뜻이 궁금한데."

"……그, 그러니까."

"어떤가요?"

당연히 거절의 뜻이 나올 리 없었다. 이런 축제만큼 효과적으로 무언가를 홍보할 수 있는 방법도 없었으니까.

다만 아무렇지도 않게, 상당한 양의 예산을 편성하고 사용하는 공작 부부의 배포에 사람들은 내심 혀를 내두를 뿐이었다. 그러한 공작 부인을 지지하는 공작의 태도 또한.

"그렇다면 일주일 후에 다시 모이도록 하죠."

이엘리는 몸을 일으켰다. 생긋 눈웃음을 친 그녀가 행정관들을 손짓해 부르더니 말을 덧붙인다.

"그때까지 예산안 등, 필요한 서류를 작성해 올리도록 해요. 미리 검토해 볼 테니까요."

아무래도 북부의 새로운 공작 부인은 조금은 일중독 증상이 있 는 것 같다. 행정관들과 행정원들은 앞으로 갈갈 갈려 나갈 자신들 의 미래를 예상했다. 그럼에도 불만이 없는 이유는, 역시.

'휘하의 사람들보다 앞장서서 모범을 보이시는 분이니까.'

다른 사람들보다 몇 배는 많은 일을 처리하고, 열정적으로 행동 한다. 모든 일은 공정하게 처리되며, 상벌 또한 확실하다. 그러니 불만을 가질 틈이 없었다. 사람들은 감탄에 찬 얼굴을 했다.

　　　　*　　　*　　　*

　　회의가 끝났다. 자카리는 능숙하게 이엘리를 에스코트하여 밖으로 빠져나왔다. 점심 식사를 끝내자마자 모였는데도, 어느새 태양은 뉘엿뉘엿하게 지고 있었다. 자카리가 그녀에게 물었다.

　　"어때, 이엔. 오늘 회의 결과는 만족스러웠어?"

　　"응, 뭐 나쁘지는 않았어."

　　이엘리는 곰곰이 생각에 빠진 얼굴이 되어 대답했다. 잠시 후, 그녀가 장난스럽게 웃어 보였다.

　　"다들 예산을 너무 함부로 사용하는 건 아니냐고 생각하는 것 같긴 했지만……."

　　자카리는 그런 그녀를 힐끗 내려다보았다. 입술을 모은 채, 이엘리는 가볍게 어깨를 으쓱했다.

　　"……뭐, 난 필요한 예산을 써야 하는 곳에 사용하는 건 당연하다고 생각하거든."

　　"그래?"

　　"응. 예산이 든다는 이유로, 해야 할 일 자체를 하지 않는 건 바보짓이야."

　　이엘리는 두 눈을 가늘게 떴다. 돈은 써야 할 곳에 효율적으로 써야 한다. 그게 이엘리의 신조였다.

　　"오히려 예산이 집행되는 과정을 꼼꼼하게 살펴서 낭비되지 않는지를 살펴봐야지."

　　"……."

이엘리의 일중독 증세를 익히 알고 있는 자카리였기에, 그는 살짝 뚱한 얼굴을 했다.

"이엔, 어쩐지 그녀가 네가 네 일을 늘리는 것 같은 기분이 드는데."

"북부의 공작 부인이라면 이 정도는 해야지."

"……그렇구나."

묘하게 감동받은 자카리였다. 그녀가 자기 스스로의 입으로 '북부의 공작 부인'이라고 말할 줄은 몰랐으니까.

한편 이엘리는 아내 한정 감수성 넘치는 남편이 받는 감동보다는, 좀 더 현실적인 문제에 집중했다. 아까 전에 봤던 어민을 발견한 것이다. 인재는 언제나 소중하다.

"저기요!"

이엘리는 목소리를 높였다. 인재 영입을 위해 발 벗고 나선 이엘리가 눈을 반짝이며 물었다.

"당신. 이름이 뭔가요?"

그는 흠칫 놀랐다. 공작 부부와 마주친 것으로도 모자라, 공작 부인과 이렇게 가까이서 대화하게 될 줄이야.

"페, 페터입니다만……."

"아하, 페터. 좋은 이름이네요."

이엘리는 빙그레 웃었다. 자카리는 다시 한 번 불퉁한 표정을 지었다. 그녀가 전혀 사심 없이 일 때문에 대화하는 것은 알지만, 그래도 다른 남자와 말을 섞는 게 싫은 걸 어떡하나.

"당신 혹시 이번 축제의 기획자가 되실 생각은 없나요?"

마치 내 동료가 되지 않겠느냐? 그렇게 묻는 것 같은 어조였다.

그녀가 나긋하게 말을 이었다.

"당신이 이번 축제를 맡아서 움직여 주시면 좋을 것 같아서요."

"제, 제가요?"

"그럼요. 여기에 페터, 당신 말고 다른 사람이 더 있나요?"

그렇게 말한 그녀가 생긋 눈웃음을 쳤다. 페터는 저도 모르게 얼굴을 확 붉히고 말았다. 그때⋯⋯.

"좋은 생각이군."

자카리가 이엘리의 어깨를 끌어안으며 불쑥 끼어들었다. 느닷없는 공작의 등장에 페터는 움찔했고, 이엘리는 도끼눈을 떴다. 그럼에도 자카리는 뻔뻔했다. 그가 시선을 맞받으며 씨익 웃어 보였다.

'이 정도는 괜찮지?'

'내가 못 살아, 정말.'

그 정도의 뜻을 담아서, 이엘리는 살래살래 고개를 저어 보였다. 그러고는 다시 대화로 돌아왔다. 공작의 난입 덕분인지 페터는 좀 정신을 차릴 수 있었다. 화들짝 놀란 페터가 허둥지둥 답했다.

"제, 제가요? 말도 안 됩니다, 저는 아무것도 모르는 무지렁이고⋯⋯!"

"아무것도 모르는 무지렁이는 운송과 홍보의 중요성 자체를 알지 못한답니다."

이엘리는 단호하나 부드러운 목소리로 그렇게 말했다. 그녀가 가볍게 고개를 끄덕이며 말을 잇는다.

"사실 북부에서 나는 해산물들은 여러모로 훌륭하죠. 신선하고 맛도 좋아요."

"공작 부인⋯⋯."

"저도 이렇게 질 좋은 해산물이 북부에서만 소비되고 끝나는 건 조금 아쉽다고 생각해요."

이엘리의 목소리에 페터는 두 눈을 깜빡였다. 이엘리는 확고한 표정이었다.

"그러니 당신에게 축제의 기획을 맡기고 싶어요."

"하지만 저는 축제 같은 것에 대해 아무것도 모르고, 그리고⋯⋯."

"그런 건 도움을 받으면 되죠. 행정관들을 붙여 줄 테니 너무 걱정하지 마세요."

이엘리는 인재의 소중함을 잘 아는 사람이었다. 자고로 인재란 적절한 곳에 활용해야만 한다.

"여러모로 북부에 큰 애정을 갖고 있는 것 같은데."

따스한 목소리로 말하는 그녀를 지켜보면서 자카리는 제 아내가 저 어민을 낚은 이후 얼마나 갈갈 갈아 댈지를 생각했다. 저 어민이 좀 가엾게 느껴진다.

"전 북부에 당신 같은 사람들이 많이 있어 줘야 한다고 생각한답니다."

한편 아무것도 모르는 페터는 코끝이 찡해 오는 것을 느꼈다. 어쨌든 자신의 가치를 알아주는 사람에게 마음이 동하는 건 당연한 일이다. 제 생각을 입이 아프도록 떠들어 봐야 아무도 들어 주지 않았는데. 그런데 지금, 북부에서 가장 고귀한 여인이 자신의 의견에 귀를 기울여 주었다.

'매번 쓸데없는 생각을 한다면서 욕을 들어먹기나 일쑤였는

데······.'

고작 어민에게 기획자의 위치를 맡기는 것 자체가 파격적인 인사 조치였다.

페터는 지금 기회를 붙들어야 함을 본능적으로 알았다. 꾸벅 허리를 숙여 보인 페터가 열정적으로 말했다.

"가, 감사합니다! 최선을 다하겠습니다, 공작 부인!"

"이번 축제로 북부의 훌륭한 해산물들도 널리 홍보가 됐으면 좋겠군요."

이엘리는 만족스러운 얼굴로 대답했다. 그 얼굴은 쓸모 있는 인재를 자신의 그물에 집어넣은 자 특유의 표정이었다. 참고로 이엘리가 골라낸 인재들은 '인재'라고 쓰고 '노예'라고 읽는다.

"그럼 수고하세요. 다음 회의에서 또 보죠."

"살펴 가십시오!"

활기찬 인사가 뒤따랐다. 자카리는 당연하다는 것처럼 이엘리의 손을 꼭 붙들었다. 마치 어린아이가 부모의 손을 잡듯, 자신의 손을 맞잡은 자카리를 보며 이엘리는 두 눈을 가늘게 떴다.

"자카리, 넌 너무 질투가 심해."

고작 어민들과 몇 마디 대화를 나누는 것도 이렇게 경계하면 어째.

"질투가 아니라 애정 표현이라고."

이엘리를 등 뒤에서 꼭 끌어안은 그는 씩 웃었다. 그녀의 뺨에 쪽 소리 나게 키스하면서 그는 속으로 생각했다. 이렇게 유능하고 사랑스러운 아내가 제 곁에 있어 주어서 정말 다행이라고.

꿈꿈꿈

축제는 차근차근 준비되어 갔다. 그녀는 손수 사람들을 지휘했고, 당연히 그녀 휘하의 사람들은 갈갈 갈려 나갔다. 그들은 모두 눈 밑에 검은 그림자를 달고 유령처럼 배회하기 시작했다.

"이엔, 피곤하지는 않아?"

"피곤해도 해야지."

"내가 도와줄 건 없어? 간식이라도 갖다 줄까?"

그리고 축제를 준비하는 와중, 공작이 공작 부인에게 보여 주는 엄청난 애정 표현도 그들에게 소소한 흥밋거리였다.

공작은 제 아내의 집무실을 알짱거리며 간식 따위를 갖다 나르고, 심부름을 하는 것까지 마다하지 않았던 것이다. 그런 시간을 내기 위해 공작은 매번 새벽에 기상하곤 했다.

"자카리, 간식이나 심부름 같은 건 필요 없어."

공작 부인의 단호한 대답에 공작은 금세 풀이 죽었다. 공작 부인은 한숨을 내쉬며 말을 이었다.

"그보다 아침잠을 좀 더 자는 게 어때? 요새 매번 잠을 설치지?"

"괜찮아."

"내가 안 괜찮아. 네 일이 얼마나 바쁜지 알고 있는데, 매번 이러니까 미안하단 말이야."

보다 못한 공작 부인이 그렇게 말할 정도로 그의 업무량은 심각했다.

"네 얼굴을 보는 시간을 줄이느니, 차라리 아침잠을 줄이는 편이 나아."

"……."

이런 종류의, 공작 기준으로는 사소한 애정 표현들 말이다. 결국
포기한 쪽은 공작 부인이었다.

"그래, 네가 그게 정 편하다면."

이엘리는 뚱하니 고개를 끄덕였다.

어차피 그는 제국 최고의 기사다. 그가 가진 겨울의 마법은 그렇
다 치더라도, 신체 능력으로도 최상위였다. 그러니까 뭐, 자기 피곤
함은 알아서 잘 관리하겠지. 그녀는 편하게 생각했다.

"그래서 지금 무엇을 고민하고 있는데?"

"음, 축제에서 어떤 상품을 내놓을지에 대해서?"

이엘리는 어깨를 으쓱거려 보였다. 자카리는 눈동자를 굴렸다.
그가 의아한 어조로 되물었다.

"상품?"

"응. 손님들을 끌어모으려면, 사람들을 유혹할 수 있는 무언가를
만들어야 하니까."

그녀는 펜을 손안에서 굴리며 고개를 끄덕였다. 이엘리가 생각
에 골몰한 얼굴로 중얼거렸다.

"어쨌거나 이번 축제의 목적은 해산물을 홍보하는 거라, 그에 맞
는 일을 해야 할 텐데……."

자카리는 말없이 이엘리를 바라보았다. 그는 생각에 곰곰이 빠
져 있는 그녀의 얼굴을 좋아했다. 긴 속눈썹을 나비처럼 내리깔고
여러 상념에 집중하는 얼굴. 그는 무심결에 손을 뻗었다.

"……?"

이엘리는 의아한 얼굴로 그를 올려다보았다. 그의 손가락이 그녀의 뺨을 어루만지고 있었다.

"이엔, 다 괜찮지만."

"응?"

그의 손가락이 그녀의 뺨을 스치고 입술 언저리를 어루만졌다. 요새 그녀가 잠까지 줄이며 일에 골몰하는 것은 자카리도 잘 알고 있었다. 감실거리는 입술을 톡 두드리며, 그가 속삭였다.

"너무 무리하지는 마."

자카리의 목소리는 진지했다. 그런 그를 가만히 바라보던 이엘리는, 웃으며 고개를 끄덕였다.

"하지만 매번 밤에 잠도 재우지 않으려 들면서, 그런 말을 하는 건 좀 아닌 것 같은데."

그 말을 들은 자카리는 말문이 막힌 얼굴이 되어 버렸다. 이엘리는 까르르 웃음을 터뜨렸다.

"농담이야, 농담."

"……정말로 농담이야?"

"뼈가 있는 농담이긴 하지만."

그녀는 책상 위에 탁 소리 내어 펜을 내려놓았고, 그의 크라바트를 손으로 매만지며 말했다.

"나도 즐거우니까 괜찮아."

"……."

이엘리의 말을 들은 자카리의 얼굴이 새빨갛게 달아올랐다. 침대에선 그렇게 격정적인 주제에, 이렇게 놀릴 때마다 수줍어하는 모습이 귀여웠다. 그의 목을 끌어당긴 그녀가 깊게 키스했다.

"축제에서 가장 중요한 건 그거야. 먹거리."

이엘리의 확고한 목소리를 들은 자카리가 고개를 갸웃거렸다.

거의 일주일 동안 고민한 끝에 이엘리가 내리게 된 결론이었다. 음식을 중요하게 여기는 한국인의 피가 여기서 다시 들끓는다.

"먹거리?"

"응. 그래서 이번 회의에서도 그런 쪽을 주로 다뤘어."

이엘리는 진지한 얼굴로 대답했다. 그녀의 전생은 차치하더라도 사실 음식은 중요하다. 축제에서 가벼운 간식거리를 먹는 재미가 얼마나 쏠쏠한데. 제 아내를 보며 그는 웃음을 참았다.

"맞아, 그렇지."

"그런데 어떤 먹거리들을 제공할지에 대해서는 아직 좀 고민 중이야."

그녀가 불만스러운 표정을 하자, 자카리는 미간을 좁힌 그녀를 바라보다 불쑥 물었다.

"그런 문제까지 네가 고민해야 하는 거야?"

"물론이지. 이런 문제는 솔선수범해야 한다고."

그녀는 검지를 곧게 세우고 살랑살랑 흔들어 댔다. 그리고 자카리는 또 한 번 이엘리의 일중독적인 면모에 감탄했다.

이엘리는 양손으로 턱을 괸 채, 두 눈을 가늘게 뜨면서 중얼거렸다.

"한 손에 들고 먹을 수 있는 음식들을 주로 해서, 다른 음식도 곁들이면 좋을 것 같은데."

"……."

"그리고 해산물이 주가 되어야겠지."

황가로 따지자면 황후가 제도에서 열리는 축제에 대해 고민하는 형국이었지만, 자카리는 따지지 않기로 했다. 이엘리가 하고 싶으면 하는 거다. 대신 자카리는 그녀와의 대화에 집중했다.

"해산물이라……."

"지금 생각나는 건 고작 꼬치 정도인데, 그건 이미 흔하잖아. 뭔가 독특한 게……."

독특한 것. 제국에서 먹지 않는 것. 이엘리는 멍하니 고민하다 말고, 저도 모르게 중얼거렸다.

"……오징어튀김? 아, 그러고 보니 오징어튀김이 먹고 싶네."

파를 쫑쫑 썰어 넣은 간장에 찍어 먹으면 맛있는데. 그녀는 입맛을 다셨다. 자카리가 질색했다.

"오징어나 문어를 먹을 수도 있어?"

"그럼, 얼마나 맛있다고."

그녀는 크게 고개를 끄덕였다. 사실 오징어나 문어는, 모양 때문인지 제국에서는 별로 소비되지 않는 식재료였다. 북부 야만족들은 먹는다고 하지만 오히려 그래서 더욱 꺼려 하는 식재료.

"그럼 오징어나 문어를 기름에 곧바로 튀기는 거야?"

자카리의 물음에 이엘리는 순간 말문이 막혔다. 아닌데. 오징어튀김은 그런 음식이 아니라고.

"그러니까 튀김옷을 입혀서……."

어떻게든 설명해 보려던 이엘리는 입술을 꾹 다물었다. 이곳에 없는 요리를 설명하려니 역시 어렵다. 이엘리도 어떻게든 제국식 식사에 적응해서 살고 있었지만, 지나온 전생의 요리들이 그리웠다.

'아, 튀김이랑 떡볶이 먹고 싶다.'

이엘리는 뚱하니 생각했다. 솔직히 쌀과 고추장을 구할 수가 없으니 떡볶이는 불가능했다.

'식재료를 기름에 볶거나, 혹은 기름에 통으로 넣어서 튀기는 음식들은 있지만……'

이엘리는 미간을 좁혔다. 현재 제국에서는 이엘리 기준을 충족하는 '튀김'은 없는 걸로 안다. 그러니까, 튀김옷을 두툼하게 입혀 튀겨 내는 음식 말이다. 그녀는 저도 몰래 놀란 낯을 했다.

'가만. 튀김?'

그녀가 멈칫하더니, 그대로 눈가를 좁힌다. 나 뭔가 재밌는 것을 생각해 낸 것 같은데. 튀김이라?

'튀김 정도는 재연하는 것도 가능하지 않을까?'

비록 이엘리는 요리에 재능은 없었지만, 튀김을 어떻게 만드는지는 알고 있었다.

곱게 체를 친 밀가루에 소금을 섞어 튀김옷을 만들고, 기름에 넣어 익혀 만드는 것. 그녀는 조금 진지해졌다.

'그게, 나에게는 너무 당연한 음식이라서……'

다른 사람들이 튀김옷을 입혀 튀기는 튀김의 존재를 모른다는 건 생각하지 못했다. 자카리는 여전히 어리둥절한 얼굴로 그녀를 바라보고 있다. 그가 두 눈을 가늘게 뜨며 그녀를 불렀다.

"이엔?"

"아, 미안."

그녀는 파드득 생각에서 벗어났다. 갓 튀겨 바삭바삭한 튀김옷을 생각하니 절로 군침이 돈다.

"그건 그렇고 자카리, 튀김이야."

"……튀김이라니?"

"이번 축제에서는 튀김을 판매할 거야."

이엘리는 잔뜩 신이 나서 그렇게 말했고, 자카리는 의아한 표정이 되었다. 한입 크기로 잘라서 튀기면 축제를 구경하며 돌아다니면서 먹기에도 용이하다. 게다가 장점은 하나 더 있었다.

'해산물은 변질이 잘되잖아.'

그러나 고온에 튀겨 만드는 튀김은 변질 위험도 적다. 이엘리는 자카리에게 인사를 남기는 것조차 잊고 밖으로 달려 나갔다. 뒤에 남겨진 그는 황망한 얼굴로 아내의 뒷모습을 응시했다.

*　　　*　　　*

그날 이후, 공작 부인은 내내 공작 성의 주방에서 살았다. 공작 부인의 지휘 아래 주방장은 몇 가지 요리들을 개발해 냈다. 공작 성의 사람들은 물론이고 행정관들과 어민들까지 모두 공작 부인이 새로 개발한 요리들을 시식했고, 모두 호평을 했다.

시간이 지나, 축제의 날이 다가왔다.

풍어제를 겸한 축제는 규모가 크지 않았다. 오히려 지역 축제에 가까웠다. 처음부터 큰 규모로 치르면 위험부담이 있다는 공작 부인의 판단 때문이었다. 그럼에도 방문자는 무척 많았다.

"공작 부인께서 직접 기획하셨다면서요?"

"무엇인지는 모르겠지만, 그래도 재미있을 것 같지 않나요?"

그 이유는 바로 공작 부인이 축제를 기획했다는 것, 그 하나 때문이었다. 결혼식 이후 여러모로 북부에서 인기를 끌게 된 공작 부인이다. 그런 공작 부인이 공식적으로 행사를 기획하다니.

"음, 솔직히 그런 식으로 입소문이 나게 된 건 몰랐지만…… 뭐, 사람들이 많이 몰리면 좋지."

그녀는 떨떠름한 얼굴로 그렇게 말했다.

공작 부부는 현재 축제가 개최되는 장소에 방문한 상태였다. 그들이 선정한 장소는 북해에 인접한 소도시로써, 간신히 도시 딱지만을 붙인 곳이었다.

"……이 도시가 생긴 이래로, 이렇게 사람이 많이 방문한 건 처음 봅니다."

축제의 기획자로서, 공작 부부를 수행하기 위해 곁에 서 있던 페터는 멍한 얼굴로 그렇게 말했다. 자그마한 도시 안에는 관광객들이 바글바글하게 모여 있었다.

지금껏 몇 번이나 풍어제를 치렀음에도 한 번도 경험해 본 적 없던 일이었다. 이엘리는 가볍게 어깨를 으쓱거려 보였다.

"뭐, 전 이미 있었던 축제를 활용했을 뿐이에요."

"공작 부인."

"이렇게 좋은 축제를 이미 갖고 있으면서도, 지금까지 활용하지 못한 게 오히려 아쉽죠."

이엘리는 하늘거리는 재질의 하얀 드레스를 입고, 손목엔 파란 리본을 매고 있었다. 파란 리본은 어민들이 기원을 올리는 바다 신께 보이는 예의를 상징하는 거라 했다. 이엘리는 웃었다.

"그것보다 축제는 이만하면 성공적으로 치러질 것 같네요."

"예. 아마 매출도 상당할 것 같습니다."

"그런가요? 다행스러운 일이에요."

이엘리는 만족스럽게 고개를 끄덕였다. 축제의 모습은 무척 활기차 보였다. 바다 신을 기리는 푸른 깃발이 흰 구름에 닿을 양 나부끼고 있었다. 내부는 관광객들로 가득 차, 그야말로 인산인해였다.

"아 참, 공작가에서 자체적으로 개발해 주신 음식들도 불티나게 팔리고 있디군요."

페터가 기쁜 얼굴로 말을 이었다. 사실 페터가 말하지 않아도, 음식을 주로 판매하는 가판대는 이미 사람들이 길게 줄을 서 북적거리고 있었다. 그 모습을 지켜보던 그녀가 몸을 돌렸다.

"우리도 그렇다면 축제를 좀 즐겨 볼까?"

이엘리는 약간 흥분한 목소리로 그렇게 말했다. 자카리는 이엘리를 흘끗 내려다보며 웃었다.

"그래, 그러자."

아무래도 제 아내는 축제 구경에 몸이 달아 있는 것 같다. 자카리도 구경은 찬성이었다.

"다만 들어가기 전에."

자카리는 부드럽게 이엘리의 어깨를 끌어당겼다. 그녀를 제 품 안에 끌어안으며 그가 말했다.

"서로 엇갈려 헤어지지 않도록, 내가 널 에스코트할 수 있게 허락해 주겠어?"

"……물론이죠, 공작 각하."

이엘리는 애정 섞인 목소리로 그렇게 대답했다. 두 부부는 서로를 향해서 씩 미소를 지었다.

*　　*　　*

왁자지껄한 사람들의 목소리를 귓등으로 흘리며 공작 부부는 주변을 돌아보았다. 축제의 규모가 작았기에 마차의 출입은 제한되었다. 걸음조차 제 맘대로 떼기 힘들었지만 사람들의 표정은 좋았다.

"다들 즐거워 보여."

"이엔, 네가 노력한 덕분이지."

"그렇게 띄워 줘도 나오는 건 없어."

"난 진심인데?"

자카리는 눈매를 접으며 그녀를 바라보았다. 이엘리는 그와 시선을 맞춘 채 코끝을 찡그렸다.

"우리 남편님은 날 너무 좋아하는 것 같아."

"당연하지. 그래서 싫어?"

"아니. 엄청나게 좋다는 뜻이야."

다정한 대답에 자카리는 살짝 뺨을 붉혔다. 하지만 어느새 이엘리는 축제 구경에 정신이 팔려 있었다. 수없이 많은 사람들에게 휩쓸린 채 그녀는 종종걸음으로 걸었다.

"이리 와, 이엔. 잘못하면 멀어져."

"아, 응."

두 사람은 손을 맞잡았다. 대부분의 레이디들은 하얀 드레스를 입고 푸른 리본을 달았다. 공작 부인이 가장 먼저 이 지역의 축제와 풍습을 존중한다는 뜻으로 그 옷을 입었기에, 다 같은 의미로 입은 것이었다.

"레이디들이 다 하얀 꽃 같아, 다들 정말 예뻐."

"그래?"

자카리는 부러 미간을 좁혀 보였다. 잠시 후, 그녀의 얼굴을 빤히 응시하며 장난스레 답한다.

"난 너밖에 안 보여서 잘 모르겠는데."

"……정말, 못 살아."

이엘리는 뺨을 붉히면서 미소를 지었다. 자카리는 눈썹 하나 까닥하지 않은 채 말을 잇는다.

"난 진심인데?"

"으음, 믿지 못하겠다는 소리는 아니었어."

이엘리는 능청스럽게 대답했다. 바닷가의 맑은 공기가 파도처럼 밀려들었다. 물고기가 된 것 같은 기분으로 그녀는 짠 내음이 섞인 바닷바람을 가슴 깊이 들이마셨다. 가슴을 가득 채우는 상쾌한 공기가 기껍기만 하다.

내키는 대로 축제를 구경하며 쏘다니던 그녀가 자리에 멈췄다.

"자카리, 이리 와 봐. 인형극이야!"

그녀가 멈춰 선 장소에서는 인형극이 한창이었다.

"저 인형, 아샤 요정 같은데."

인형을 관찰하던 이엘리는 눈동자를 크게 떴다. 분홍색 머리칼, 녹안을 가진 아리따운 아가씨 인형은 확실히 봄의 요정인 아샤였다. 은빛 머리칼과 푸른 눈동자를 가진 청년 인형은 아마 은룡일 터였다.

"아무래도 아샤 요정과 은룡의 이야기인 것 같은데?"

"그러게. 이런 인형극은 나도 처음 보는데."

자카리는 슬쩍 시선을 기울였다. 공작 부부는 흥미로운 얼굴이 되어 인형극을 관람했다. 인형극의 내용은 어디에서나 볼 수 있는 달콤한 사랑 이야기였다. 하지만 두 주인공이 아샤 요정과 은룡이라는 점에서 특별한 이야기가 된다. 왜냐하면 건국 전설의 내용과 달랐기 때문이다.

"건국 전설에서는 아샤 요정이 황가의 회색 기사를 선택한 것처럼 말하곤 하잖아."

"그런데 이 연극에서는 아샤 요정이 은룡을 선택했네?"

"솔직히 건국 전설이 편파적인 거지. 아샤 요정이 누구와 함께하기로 했는지, 어떻게 알아?"

이엘리는 어깨를 으쓱였다. 아무래도 제국에서 가장 유명한 전설이다 보니, 여러 가지 변용된 이야기도 남아 있는 것 같았다. 또한 흔한 사랑 이야기는 그만큼 인기가 높기에 흔한 것이다.

"그러고 보니 저 인형들, 꽤 귀여운 것 같아."

"갖고 싶어?"

"아니요, 구해다 달라는 소리는 아니었습니다만."

당연하게 묻는 말에 이엘리는 눈을 가늘게 떴다. 분홍색 머리카락을 찰랑이며 은룡의 품에 안기는 아샤는 인형이었음에도 굉장히 사랑스러웠다.

공작 부부를 시작으로, 사람들은 점차 모여들었다. 어느새 인형극이 끝날 때쯤이 되자 꽤 많은 군중들이 인형극을 관람하고 있었다.

"관객 여러분, 관람해 주셔서 정말 감사합니다!"

공작 부부는 인형극이 끝날 때까지 극 앞에서 떠나지 않았다. 극이 끝난 이후 그들은 돌리는 모자 안에 기쁘게 은화를 던져 넣었다. 인형극을 한 남자는 관중들에게 허리를 깊숙하게 숙여 보였다.

"아, 배고파."

인형극을 다 보자 이젠 배에서 꼬르륵 소리가 났다. 자카리는 눈치 빠르게 그녀에게 물었다.

"한번 가판대 쪽으로 가 볼까? 네가 개발한 음식들이 잘 판매되고 있나 볼 겸."

자카리의 제안에 이엘리는 고개를 끄덕였다. 사실 아까 페터가 말해 주긴 했지만, 실제로 판매되는 광경을 보고 싶었다. 두 사람은 출출한 뱃속을 붙잡고 가판대 쪽으로 걸어갔다.

"해산물 튀김 한 컵이 단돈 2셀!"

"얼큰한 스튜도 있습니다!"

활기찬 음성들이 들려왔다. 사람들은 하나같이 튀김이 가득 든 종이컵을 손에 든 채 돌아다니고 있었다. 작게 마련한 노점상에서 팔팔 끓인 스튜를 먹고 있는 사람도 흔하게 볼 수 있었다.

'솔직히 저건 스튜가 아니라 매운탕에 가까운 음식이지만……'

이엘리는 어색한 얼굴로 웃었다. 그러고 보면, 매운탕에 소주 한 잔을 털어 넣으면 최고인데. 나중에 자카리와 술이라도 한잔해 볼 까. 그렇게 생각하던 그녀는 우선 오징어튀김을 샀다.

"먹을 거지?"

"물론."

자카리는 이엘리가 건네는 바삭거리는 새우튀김을 받아들었다. 아마 이것이 튀김옷이라 했나. 고소한 기름 맛과 튀김옷, 그리고 탱 글탱글한 해산물의 조화는 훌륭했고, 씹는 식감도 좋았다.

"이거 진짜 맛있어."

"그렇지? 역시 튀김에는 튀김옷을 입혀야 한다니까."

이엘리는 양어깨에 힘을 주면서 우쭐거렸다. 고소한 냄새가 코 끝을 간지럽힌다. 저멀리에서 껍질을 벗긴 새우를 층층이 꽂아 버 터를 발라 구운 꼬치 요리를 팔고 있었다.

공작 부부는 당연하다는 양 새우 꼬치를 두 개 구입해 각자 입에 물었고, 이번엔 가판대를 둘러보기 시작했다.

"앗, 저거 예쁘다."

"그럼 사."

"저기, 예쁘다는 이유 하나만으로 구매하는 건 합리적인 소비가 아니라고."

장신구들을 구경하던 이엘리는 두 눈을 가늘게 떴다. 자카리는 그녀의 어깨를 톡톡 두드렸다.

"혜센바이츠의 공작 부인은 합리적인 소비 같은 건 생각하지 않아도 돼."

"그런 거야?"

"당연히 그런 거야."

당연히, 라는 말에 힘을 주던 자카리는 문득 시선을 돌렸다. 그의 눈길을 잡아끄는 게 있었다.

"자카리?"

자카리는 좌판에 성큼성큼 다가갔다. 고만고만한 장신구가 가득 올라온 나무 가판대 위로, 분홍색 장식 수정을 이용해 만든 아샤 꽃 모양 장신구가 있었다. 크라바트를 장식하는 핀이었다.

'자카리가 자기 물건에 관심을 보이는 건 거의 처음 보네.'

이엘리는 고개를 쏙 내밀어 자카리가 바라보는 것을 함께 바라보고는, 고개를 갸우뚱거렸다.

"이게 마음에 들어?"

이엘리가 물었다. 곧게 내밀어진 손가락 끝에 놓인 장식 핀. 축제에서 판매되는 물건답게 다소 조잡해 보인다.

저급한 재질의 분홍 수정을 박아 세공한 꽃잎들의 모양은 제각각이었다. 세공한 사람이 그리 솜씨가 있지는 않은 것 같았지만, 투박한 모양이 정감이 갔다.

"아니, 그냥."

자카리는 애써 시선을 떼어 냈다. 두 눈을 가늘게 치뜬 이엘리는 냉큼 장식 핀을 집어 들었다.

"헤센바이츠의 공작 각하께서는 합리적인 소비 같은 건 생각하지 않아도 돼."

장식 핀을 구매한 그녀가 자카리에게 핀을 건네주었다.

"고마워."

핀을 받아든 자카리가 씩 미소했다. 분홍색 수정 꽃잎이 순간 햇살을 반사하여 반짝 빛났다.

"그런데 네가 이런 물건에 관심을 가지다니, 웬일이야?"

"그냥."

나와 닮아서. 자카리는 문득 튀어나오려는 대답을 삼켰다. 괜찮은 척, 아무렇지도 않은 척하고 있지만…… 실은 이렇게 모자라고 하찮으니까. 꽃잎 표면에 미끄러지는 햇살이 눈이 부시다.

"자카리."

그런 자카리를 빤히 바라보던 그녀가 문득 입을 열었다.

"내가 만약 네 곁에 없다고 해도."

"무슨 말을 그렇게 해?"

자카리는 대번 정색했다. 어휴, 만약이라는 가정도 못 하니. 이엘리는 샐쭉한 얼굴이 되었다.

"만약이라고 했잖아, 만약."

이엘리는 장난스럽게 대답했다. 자카리의 손을 오므려 장식 핀을 쥐어 주면서, 생긋 미소한다.

"나 대신 그게 널 지켜 줄 거야."

"……이엔."

"그러니까 소중히 간직해, 알았지?"

이엘리는 웃는 얼굴 그대로 자카리를 올려다보았다. 잠시 그것을 들여다보던 자카리는 장식 핀을 손수건에 감싸 소중하게 챙겨 넣었다. 그의 시선이 그녀에게로 향한다. 그는 숨을 삼켰다.

'나의 이엘리.'

무채색이었던 그의 세상에서 홀로 빛나는 아름다운 사람. 그에게 빛과 색을 돌려준 사람. 너의 곧은 눈동자가 날 그 안에 담을 때마다, 내가 얼마나 심장이 뛰는지 너는 아마 모를 거야.

"……네가 내 곁에 있어 줘서 정말 기뻐."

"다행이네, 나도 네 옆에 있을 수 있어서 행복하거든."

그녀는 다정하게 답했다. 공작 부부는 축제의 풍경 안에 스며들어, 축제 풍경의 일부가 되었다.

*   *   *

축제의 마지막은 풍어를 기원하는 제사로 장식되었다. 긴 뿔고등 나팔 소리와 함께 제사는 시작되었고, 황금색 술로 장식된 커다란 깃발이 펄럭이며 노을 진 하늘에 제멋대로 궤적을 그렸다.

"이 제사가 축제의 끝이야."

"그래?"

"응. 그 이후에는 음악을 연주하고, 그 안에 기원하는 마음을 실어 보낸대."

이엘리는 호기심이 가득 찬 눈초리로 제사를 치르는 과정을 지켜보았다. 손에 황금색 술이 달린 장식대를 든 사제는 화려하게 장식된 제단 위로 올라섰다.

축문을 외고, 장식대를 흔들며 사제의 춤을 춘다. 차랑차랑 머리에 꽂은 장식이 흔들린다. 그 광경은 굉장히 엄숙해 보였다.

"……멋있네."

이엘리는 조그마한 목소리로 자카리에게 소곤거렸다. 자카리는 그런 그녀의 옆얼굴을 보았다.

'이엔. 네가 이렇게나 가까운데…… 숨이 막히도록 멀게 느껴져.'

자카리는 찰나, 깊은 막막함을 느꼈다. 너를 내 곁에 둔 것 자체가 내게 걸맞지 않는 과분함을 누리는 것 같아. 넌 이 세계에 속한 존재가 아닌 좀 더 고귀하고, 먼 세계의 존재 같아서.

'언젠가 네가 날 떠나겠노라 말한다면…… 난 어떡하지.'

자카리는 입술을 사리물었다. 비이성적인 두려움이라는 것은 그 자신도 잘 안다. 하지만 가끔씩, 그녀를 볼 때마다 그녀가 이상하게 멀게 느껴지는 이런 기이한 기분. 그는 숨을 삼켰다.

'단순히 내가 너를 너무 좋아해서일까.'

그와 동시에 사제의 춤이 끝났다. 이엘리가 흘끗 자카리를 돌아보며 그를 불렀다.

"자카리?"

"……."

"뭐야, 왜 그렇게 쳐다봐."

시선이 마주치자마자 이엘리는 환하게 웃었다. 자카리는 제 아내의 부름에 차마 대답하지 못했다. 웃는 그녀의 얼굴이 심장을 쿡 찌르는 것 같아서. 그녀는 당연하게 그의 손을 감아쥔다.

"저기 봐, 바다가 엄청 예뻐."

결 고운 저녁놀이 만물을 발그스름하게 물들였다. 연한 다홍빛 에서부터 불타오르는 주홍빛, 끝내는 붉은 금빛으로 물들어 아련한 선을 그리는 수평선.

이엘리는 버릇처럼 손목에 감긴 리본을 만지작거렸다. 푸른 리 본은 붉은빛에 담뿍 젖어 보드랍게 그녀의 손가락에 감겨든다.

"네가 더 예뻐."

자카리는 약간 잠긴 목소리로 그렇게 말했다. 눈 안에 모습을 새 기듯, 자카리는 자신의 아가씨를 구석구석 뜯어보았다. 나비처럼 팔랑대는 하얀 드레스 자락. 가느다란 손목에 맨 파란 리본.

"이엔."

"응."

그녀는 순순히 그의 부름에 대답한다. 파란 장식 리본을 얽어 일 부만을 땋아 내린 분홍색 머리카락. 연녹색 눈동자. 처음 만났을 때 부터 지금까지 그의 세계였고, 목숨이었던. 소중한 이.

"사랑해."

느닷없이 툭 튀어나온 진심에, 이엘리의 입술이 그림 같은 호선 을 그렸다. 이엘리는 마주잡은 손에 힘을 주었다. 연녹색 시선이 천 천히 흐른다. 흡사 흐르는 물처럼, 거스를 수조차 없었다.

"나도."

그 달콤한 속삭임에 자카리는 넋을 놓았다. 어느새 음악이 울려 퍼지기 시작했다. 축제의 종료를 알리는 흥겨운 음악이었다. 사람들이 드문드문 흩어지기 시작했다. 그녀가 문득 물었다.

"음악도, 함께 춤을 춰 줄 사랑하는 사람도 있잖아."

"……응?"

"그러니까, 신사님의 첫 번째 춤을 제게 허락해 주시겠어요?"

연녹색 눈동자가 미소를 머금고 반짝인다. 그 시선을 마주하며, 그는 잠긴 목소리로 대답했다.

"기꺼이."

이엘리의 웃음소리가 붉은 하늘 위로 청량하게 흩어졌다. 공작 부부는 누가 먼저랄 것도 없이 손을 잡고 하얀 모래톱 위로 나섰다.

흰 모래 위로 그들이 남긴 발자국이 길게 늘어섰다. 바다는 푸른 혀를 내밀어 그들의 발자국을 천천히 핥아 내렸다. 두 사람은 서로를 마주 보았다.

"꿈같은 하루를 끝내기에도 좋은 곡이네."

"맞아."

그렇게 대답한 자카리가 그녀에게 손을 내밀었다. 그의 손 위에 제 손을 얹은 그녀가 한 걸음 앞으로 내디뎠다. 파도 소리와 멀리서 아련하게 들려오는 음악에 박자를 맞추는 둘만의 춤이었으나, 그것으로도 족했다.

두 사람은 결 고운 흰 모래를 카펫 삼아 빙글빙글 돌기 시작했다.

"이대로 우리 둘만이 함께하는 세계로 떠났으면 좋겠어."

"말도 안 돼, 자카리."

그녀가 미간을 좁히며 웃었다. 하지만 자카리는 진심이었다. 인파가 모두 빠진 축제의 끝, 귓가를 쌉싸래하게 쓰다듬는 파도 소리와 끼룩대는 갈매기 소리만이 두 사람을 휩싸고 돌았다.

"하지만."

춤의 끝. 자카리의 품에 나붓이 안긴 그녀는 자카리의 얼굴을 올려다보았다. 그녀가 속삭였다.

"너만 있다면 어디로든 떠나도 상관없을 것 같아."

자카리는 있는 힘껏 그녀를 끌어안았다. 세상에 단둘이 남겨진 듯한 느낌은, 정말 괜찮았다.

그렇게 축제는 성공적으로 종료되었다. 홍보 효과는 톡톡히 있었던 것 같다. 이엘리는 축제의 결과에 대해 보고를 받았다. 축제 이후 수많은 곳들이 거래를 요청했기에, 어렵지 않게 판매처를 뚫었다는 후문이었다.

풍어제는 아샤 축제와 더불어 북부의 새로운 명물로 자리잡았다.

*　　*　　*

이엘리의 추진력에 힘입어 그녀가 주창했던 계획들은 모두 빠르게 진행되었다. 영지민을 직접 대면할 행정원들과 그들을 관리할 행정관들이 새로 뽑혔다.

그리고 이엘리는 굴 양식에 대해서 한 가지 대원칙을 정했다. 산처럼 쌓여 있는 서류 더미 너머로 그녀가 고개를 쏙 내밀었다.

"있지, 자카리."

"응?"

"이건 명백히 어민들을 지원하기 위해, 헤센바이츠의 예산까지 사용하여 준비하는 거잖아."

이엘리의 미간 위로 자잘한 주름이 잡혀 있었다. 쿡쿡 웃음을 터뜨린 그가 미간을 꾹 눌렀다.

"이엔, 이렇게 인상 쓰면 미간에 주름 잡혀."

"아, 이런."

그녀가 황급히 표정을 풀었다. 손으로 제 미간을 꾹꾹 어루만지며 이엘리는 진지하게 말했다.

"아무튼, 그러니까."

"그러니까?"

"다른 귀족들이나 부유한 사람들은 양식 사업에 참여하지 않았으면 좋겠어."

그녀는 의자에 몸을 길게 기댔다. 펜 끝을 까닥거리던 이엘리는 그대로 자카리를 올려다본다.

"그래서 이 점을 확실하게 하고 싶은데……."

"이 일은 뭐든지 네게 일임할 테니까, 네가 하고 싶은 대로 해."

자카리는 선선히 고개를 끄덕였다. 제 아내에 대한 애정을 제외하더라도, 이엘리는 객관적으로 훌륭한 행정가의 자질을 지니고 있었다. 무엇보다도 공작령에 대해 커다란 애정을 가졌다.

"다만 내 도움이 필요할 때면 언제든지 말해. 알았지?"

"응, 그럴게."

이엘리는 생긋 눈웃음을 쳤다. 그녀는 새삼 자카리에게 고마운 마음이 들었다. 보통은 집안 살림과 내정 정도만을 맡기 때문에, 한 가문의 안주인에게 이 정도의 자율성을 주는 경우는 드물었다.

'그래서 처음에는 북부의 가신들도 좀 놀랐지.'

현재 그녀가 처리하고 있는 건 공작 성의 안살림뿐 아니라, 북부에 직접 영향을 주는 행정 관련 문제도 있었다. 원래대로라면 자카리의 영역임에도, 그는 기꺼이 제 아내를 받아들였다.

"아 참, 예산 관련해서 나도 좀 생각해 봤는데."

책상 너머에 비스듬히 서 있던 자카리가 이엘리의 손에서 부드럽게 서류를 받아들었다. 펜을 쥔 그가 예산안이 기록되어 있는 서류를 들여다보았고, 몇 가지 메모를 남긴 후 다시 돌려주었다.

"이런 식으로 배분하면 좀 더 효율적일 것 같아. 어떻게 생각해?"

"아, 정말이네?"

이엘리는 흐뭇하게 웃었다.

"언제나 고마워, 자카리."

"아냐, 오히려 내가 네 곁에 있는 게 기쁜걸."

자카리는 말끔한 얼굴로 그렇게 대답했다. 이엘리는 가슴속이 간지러워졌다. 음, 네가 그렇게 말할 때마다 내가 엄청나게 설렌다는 건…… 역시 넌 모르겠지? 그때 똑똑 노크 소리가 울렸다.

"들어오렴."

"주인님, 그리고 안주인 마님."

그때 메리가 이엘리와 자카리를 불렀다. 두 눈을 동그랗게 뜨던 이엘리는 잠시 후 수줍게 웃었다. 안주인 마님이라니. 새로이 바뀐 호칭이 간질거리면서도 기뻤다. 그녀가 질문을 던졌다.

"무슨 일이니?"

"두 분의 초상화를 그릴 화가가 도착했습니다."

"아, 벌써?"

그녀는 눈을 깜빡였다. 그러고 보니 오늘은 새로운 공작 부부의 초상화를 그리기로 한 날이었다.

"그렇다고 하네. 그러니까 이제 일은 그만하고……."

자카리는 능숙한 동작으로 이엘리의 손을 들어올렸다. 쪽, 손등 위로 짧은 키스가 내려앉는다.

"나가자, 이엔."

"……."

아니 지금 메리가 옆에서 보고 있잖아! 이엘리는 뺨을 붉히면서도 입술을 달싹였지만 자카리는 오히려 아무렇지도 않은 듯했고, 곁에 서 있던 메리 또한 그저 익숙하다는 얼굴이었다.

'공작님과 안주인 마님께서 저러시는 건 뭐, 한두 번 본 것도 아니고.'

메리뿐만이 아니었다. 대부분의 공작 성 사람들은 공작 부부의 다정한 모습에 너무 익숙해져 있었다.

이엘리는 결국 길게 한숨을 내쉬며 자리에서 일어났다.

'나만 부끄러운 거야? 왜 다들 이렇게 평온한 건데?'

이엘리는 속으로 잔뜩 투덜거렸다. 뚱한 얼굴이 된 그녀는 화가가 기다리는 응접실로 향했다.

                    *   *   *

　헤센바이츠 공작가에는 오래된 전통이 있다. 새로이 공작 부부가 탄생하면 초상화 방에 초상화를 그려서 걸어 두는 것이다. 초상화 방이라. 그녀는 예전 일을 생각하며 약간 감회에 빠졌다.

　'예전에 전대 공작님과 자카리가 그곳에서 대판 싸웠었지.'

　그러고 보면 테론이 죽은 지도 벌써 몇 달이 흘렀다. 그 당시의 상처는 아직 남아 있었지만, 그럼에도 이엘리와 자카리는 이제 전대 공작을 떠올리며 약간 웃을 정도의 여유는 되찾았다.

　"오늘은 스케치만 먼저 하겠습니다."

　깐깐한 눈빛의 화가가 두 사람에게 말했다. 자카리가 그녀의 어깨를 톡톡 두드리더니 말했다.

　"이엔, 너부터 먼저 그려."

　"그럴까? 하지만 네가 좀 기다리게 되잖아."

　"아냐, 괜찮아. 난 초상화 방에 가 있을 테니까."

　"초상화 방?"

　이엘리는 두 눈을 동그랗게 떴다. 그는 고개를 끄덕이고는 분홍색 정수리를 슥슥 쓰다듬었다.

　"다 끝나고 불러 줘, 알았지?"

　"응, 알았어."

　그녀는 얌전히 고개를 끄덕였다. 빙긋 눈웃음을 친 자카리가 응접실을 나섰다. 이엘리는 조금 어리둥절한 기분이 되어 자리에 앉았다. 사각사각 연필이 화폭 위를 스치는 소리가 들려왔다.

'자카리가 초상화 방이라니…….'

이엘리는 묘한 표정을 지었다. 자카리는 초상화 방을 그리 좋아하지 않는다. 그런데 그런 자카리가 스스로 먼저 초상화 방에 방문한다고? 그때 화가의 엄격한 목소리가 이엘리를 불렀다.

"공작 부인, 살짝 미소를 지어 주십시오."

"아, 그래요."

찔끔한 이엘리는 애써 입술 끝을 올렸다. 하지만 그녀의 생각은 내내 자카리를 향해 있었다.

스케치만 하는 것뿐인데도 시간이 꽤 걸렸다. 화가가 '끝났다'라고 선언하자마자, 그녀가 가장 먼저 한 일은 종종걸음으로 자카리를 찾아가는 것이었다. 그녀는 조심스럽게 방문을 열었다.

"자카리?"

"아, 이엔."

자카리는 놀라지도 않고 태연한 얼굴로 등 뒤를 돌아본다. 이엘리는 자카리의 곁에 다가갔다.

"화가가 널 찾아."

"그래."

그는 작게 고개를 끄덕였으나, 여전히 움직일 생각은 하지 않는다. 이엘리는 어깨를 으쓱했다.

"뭔가 고민이 많아 보이는 얼굴이네?"

"꼭 그런 건 아니고."

아무렇지도 않게 대답하는 주제에 표정은 깊게 가라앉아 있다. 자카리의 시선은 두 초상화에 못 박힌 것처럼 남아 있었다. 이엘리는 자카리 바로 옆에 서, 그가 바라보는 초상화를 보았다.

"……전대 공작님과 공작 부인이시네."

그는 대답 대신 비스듬히 시선을 기울였다. 새파란 눈동자가 제 아버지와 어머니의 초상화를 느릿하게 훑어 내린다. 자카리의 표정은 차분했다. 자카리는 약간 잠긴 목소리로 말을 이었다.

"참 이상하지."

"자카리."

"예전에는 두 분이 그저 밉기만 했는데…… 이젠."

초상화를 바라보는 자카리의 눈동자는 여전히 복잡해 보였다. 그대로 그는 입을 다물었다. 스스로의 부모를 어떻게 생각해야 하는지 알 수가 없었다.

잠시 후, 자카리는 고개를 내저었다.

"이런, 화가를 너무 오래 기다리게 했네."

"응?"

쓸데없는 말을 너무 많이 했다. 자카리는 입술을 당겨 물었다. 이미 그녀에게 너무 많이 의지하고 있었다. 이엘리에게는 항상 밝은 모습만 보여 주고 싶은데, 어째서 이러는지 모를 일이었다.

"나가자, 이엔."

자카리가 그녀에게 손을 내밀었다. 하지만 그녀는 고개를 가로저으며 한 걸음 뒤로 물러난다.

"난 좀 더 있다 갈게."

"왜?"

"그게, 난 두 분께 할 말이 좀 있거든."

"두 분?"

자카리는 어리둥절한 얼굴이 되었다. 하지만 이엘리는 생글거리며 그를 방 밖으로 밀어냈다.

"그냥, 그런 게 있어."

그저 매끄러운 미소만을 만면에 걸 뿐, 그녀는 전혀 대답해 줄 기미가 없어 보였다. 자카리는 고개를 갸웃거리며 밖으로 빠져나갔다. 이엘리는 초상화 앞으로 걸어갔다. 크게 숨을 삼킨다.

"두 분, 자카리를 낳아 주셔서 정말 감사해요. 하지만……."

연녹색 눈동자가 선대 공작 부부를 바라보았다. 고요한 방 안에 이엘리의 목소리만이 울린다.

"자카리를 힘들게 한 건 나빴어요."

오랫동안 품고 있던 생각이었다. 선대 공작 부부의 초상화 앞에서 이엘리는 단호하게 말했다.

"그건 옳지 못한 일이에요, 그 애의 잘못도 아니었잖아요."

언제나 원망스럽고 안쓰러웠다. 비뚤어진 원망과 사랑 속에서 갈피조차 잡지 못하고 흔들리는 자카리가 가여웠다. 하지만 선대 공작 부부를 아예 이해하지 못하는 건 아니다. 그건 그저…….

"그래도…… 두 분께서도 모두 처음이었을 테니까요."

아이를 낳고 키우는 경험은 미리 학습하여 알 수 있는 게 아니다. 게다가 은룡의 순수한 피를 타고난 자카리는 특별한 아이였다. 대부분의 사람이 본능적인 공포를 느끼게 되는 그런 아이.

"그래도 제가 자카리가 어떻든 웃을 수 있도록 최대한 노력할 테니까요……."

사위는 고요하다. 마치 스스로에게 맹세라도 하는 것처럼, 이엘리는 힘을 주어서 말을 이었다.

"……앞으로도 지켜봐 주세요. 알았죠?"

마지막으로 살짝 미소 지은 그녀가 걸음을 옮겼다. 방 한구석에 천을 덮어쓴 채 조용히 침묵하는 그림이 있었다. 이엘리는 천을 걷었다. 햇빛 아래로 이엘리가 사랑하는 소년이 드러난다.

"그리고 자카리."

희디흰 눈보라. 그리고 그보다 더 새하얀 은발. 뒷모습으로 남은 소년의 등 뒤로 붉은 핏줄기가 흩날린다. 새파란 눈동자 안에 담긴 감정이 그저 광기만은 아니라는 것을 그녀는 안다.

"네가 어떤 존재라 해도 괜찮아."

눈과 얼음으로 쌓아 올린, 오로지 자카리만이 홀로 남아 있었던 외로운 세계. 새파란 눈동자에 담긴 광기는 아마 그 누구도 의지할 수 없는 상황에 대한 절망이었을 터다. 그녀가 속삭였다.

"왜냐하면 난 끝까지 네 곁에 남아 있을 테니까."

조금 더 일찍 만났으면 좋았을 텐데.

공작 부인이 자카리를 포기했던 때. 자카리가 세상 모든 것에 버림받아 외로운 눈동자를 하고 있던 바로 그때. 세상이 따스하다는 것을 알려 줬더라면.

"……."

한숨을 쉰 이엘리는 천을 내리고 방을 빠져나갔다. 자카리의 곁으로 돌아가야 할 시간이었다.

　　　　＊　　　＊　　　＊

　한 달 후, 초상화 방에 걸게 될 두 사람의 초상화가 완성되었다. 새로운 공작 부부의 초상화가 공작 성에 걸린다는 건 상징적인 의미를 지닌다. 그들이 북부의 실질적인 주인임을 말하는 것이다.

　"내 초상화가 여기에 걸리게 될 줄은 상상도 하지 못했는데."

　자카리는 쓰게 웃었다. 이엘리가 고개를 가로저으며 단호한 목소리로 말했다.

　"그렇게 말하지 마, 당연히 걸렸어야 하는 거니까."

　"이엔."

　"오히려 너무 늦게 걸린 거라고 생각해."

　그렇게 대답한 이엘리가 그에게 손을 뻗었다. 머뭇거리던 자카리가 그 손을 꼭 맞잡았다. 온기가 전해져 온다. 이엘리가 그의 곁에 있다. 그 사실에 자카리는 가슴 깊이 안도감을 느꼈다.

〈다음 권에 계속〉